あんだーらいぶ
朝比奈　あさひ
【あさひな　あさひ】
「約束だからね！
絶対3人で
やるからね！」
フリー
柊　夏嘉
【ひいらぎ　なつか】
「怜君は料理も出来て
面倒見も良くて
羨ましいなぁ」
「そんなんじゃ

「女の人にモテないっスよ？」
SoliDlive
霧咲 季凛
【きりさき きりん】
SoliDlive
十六夜 真
【いざよい まこと】
「ごめん、今度ケーキ奢る……」

# アラサーがVTuberになった話。

Around
30 years old
became VTuber.

# 2

とくめい

[Illustration]
カラスBTK

【Illustration】カラスBTK

# Contents

Around 30 years old became VTuber.

# 1話　夏の始まり

**【７月×日】**

先月末に開催された柊《ひいらぎ》先輩の３Ｄお披露目イベントも無事に終え、７月を迎えた。ちなみに借金のカタの茶碗《ちゃわん》は返品済みである。普通に手違いだったらしい。いや、スタッフさんその辺しっかりしなさいよ。ネタ的には大変美味《おい》しいのだけれども、よもや１００万（推定）の品が普通の割れ物注意の郵送で送られてくるとは思わなんだ。こちらから事務所へは美術品用の運送サービスを使って送ったのでそれなりにお高くついたのだが、この手のものはプロに任せておくのがベターである。

あれは恐らくは天目茶碗《てんもくぢゃわん》の一種だとは思うのだが、本物ならそれこそ桁《けた》が違ってくる。その分偽物も多いのだが……私的には結構良い品だと思うんだけれどなぁ、あれ。まあ私的な感想を社長に言っても仕方ないので、酒の席とかそういう場でヨイショする時用の話の肴《さかな》にでもしよう。そういう機会があるのかは知らないけれども。なお知識元は某なんでも鑑定しちゃう番組である。

ちなみに今月に入ってあんだーらいぶ運営から『リーク情報に関しては社内調査の上、再発防止に努める』との声明を発表。内部で既に目星がついているのか、社内の聞き取り調査の段階なのかは不明だが……まあその辺は私が口を挟《はさ》む領分ではない。一応今回の騒動後所属ＶＴｕｂｅｒに対する誹謗中傷《ひぼうちゅうしょう》などを含む動画等は動画配信サイトへ消去依頼を出すようになったらしく、仮想記者氏のアップロードしたリーク者考察動画は削除される事となった。ゴシップ系ＶＴｕｂｅｒ影尾《かげお》探琉《さぐる》氏の動画に関してはノータッチ。一応はまあ真実ではあるものの、弊社《へいしゃ》のロゴやら柊先輩の画像なんかを使っていたので、著作権侵害で消去依頼を出すことも出来るはずなのだが……あえて泳がせているのか、あるいは手を出せない事情が何かあるのかは分からない。今後の活動でも彼の存在には気を配らなければなるまい。

――しかし……もう３ヶ月か。

デビューからもう３ヶ月以上経《た》ってしまった。早いものだ。四半期あっという間だった。未《いま》だに鳴かず飛ばずだし、よく燃える。あんだーらいぶチャンネル登録者数、同時視聴者数不動の最下位。一般企業の多くは新人研修期間を３ヶ月と定めているところが多いと聞く。つまり、もう「新人だから」――なんて理由は通用しない。社会とはそういうものなのだ。流石《さすが》にそう易々と首切られたりとかはないとは思う……個人事業主相手の解雇も違法とかそういうお話もあるわけだし、契約書を見ても私から何かしら問題でも起こさない限りは基本的に大丈夫なはず……多分。

とはいえ、現状に甘んじているのもよろしくはない。だが数字が取れるような企画がパッと思い付くはずもなく、『毎日必ず配信する』ってのを心掛けるくらい。一気に数字取るなんてこと出来るわけもないし、毎日コツコツやっていく方が性に合っているだろう。積み重ねた分が炎上で消えて大体トントンくらいになる悪循環はいい加減改善したいんだけどなぁ……。

まぁ、今は配信に集中しよう。本日の配信は雑談配信。視聴者さんたちとコメントを通して会話するのが割と気に入っている。

「今日暑いね」

[真夏日観測してるところ多いし、もう7月だもの]

[夏だし]

[いつも燃えてるから平気なのでは??]

暑い。VTuberなんて仕事をしていると当然部屋に引《ひ》き籠《こ》もりがちになる。それもそれなりにスペックの高い大きいパソコンからの放熱。防音対策に壁面には防音、遮音のシートやマット。扉も締め切り、隙間も騒音防止テープで塞《ふさ》いでいるのである。じゃあ冷房付ければ良いじゃん、となるが……。

——壊れてんだよなぁ……。

長いこと使ってすらいなかったのでそらそうなる。就職先からこっちに越して来たのが2月頃で、その頃から暖房の効きが悪いとは思ってはいたのだが『何とかなるだろう』と高をくくっていた。猛省。この時期に修理とか購入となると高くつきそうだなぁ。ただでさえV活動始めるに当たって色々買《か》い揃《そろ》えたりしてたのに。

自分で何とか修理できないものだろうか。都内なら仕事で付き合いのある業者さんとか多かったんだけれども、流石に地元では伝手がないし。これも快適な配信のため、と思えば致し方なしか。母さんが聞いたら呆《あき》れそうだけれども。

　昨今は配信人口が増えた印象はあるものの、配信用のＰＣ、キャプチャーボード、マイク、防音対策等々準備にもそれなりに手間もお金もかかる。元々配信をやっていた人や特に機材にこだわりがなければ安価で済むのだろうけれども。私、そういうのやたら高いの買いたくなるんだよね。形から入るタイプというか、そんな感じ。

　パソコンはある程度のスペックがないと配信しながらゲームなんてのも出来ないし、処理能力不足でよく画面がカクつくなんてのは個人、企業勢問わず割とある問題なのである。昨今のＰＣゲームは高スペック要求されたりするので、ゲーム側の設定で画質落としたりなどの対策が必要になってくる。後は防音対策は重要。私の場合は一戸建ての実家住まいなので迷惑が掛かるとしても身内オンリー。だが、界隈《かいわい》的には賃貸で活動している人の方が多いだろう。ご近所の騒音トラブルとか皆さんが想像しているよりもあるお話なのだ。

　配信者が隣に住んでて大騒ぎしていて五月蝿《うるさ》い、といった具合である。防音シート貼ったりとかの防音対策を求められる。アパートやマンション自体に防音設備があるケースなんてそうそうないだろうし、それほど大声を出さないと言った人も大丈夫だったりするんだろうか？

　配信用の簡易防音ってのもあるらしい。便利なことで。メーカーさんもそういう細かい需要に目を付けて商品を出す辺り、目ざとい。私の古巣もそのくらいの柔軟性があれば良かったのにねぇ……。

また、ＶＴｕｂｅｒに関していえば、それらに加えて、立ち絵やモーションキャプチャー……っていうんだっけ？　ああいうのも必要になってくるため個人で準備するには些《いささ》か骨が折れる。私の場合、一番ハードルが高いそれらを事務所側が用意してくれているので配信初心者でもまだ何とかなっているわけだが。

さて、今はそんなことはどうでもいい。配信の方に集中するとしよう。

「妹の誕生日に何をプレゼントしたら良いと思う？」

今月妹の誕生日があるのである。一大イベント。私の人生における大事な日だ。両親の誕生日、妹の誕生日。この辺りは必ず祝うようにしている。ちなみに以前母親の誕生日に「何が欲しい？」と聞いたら真顔で「孫」って言われた。かなしいね。歳《とし》は取りたくないものだ。現実は非情である。長男特攻でダメージ2倍くらいになってる。ネットで誹謗中傷されるよりよっぽどダメージデカいぞ、これ。世間では同年代で既に家庭を築いている人もいると言うのに……深く考えないようにしよう、うん。

〔誕生日近いのか〕

〔相談って配信タイトルだからもっと重い内容だと思ったのに〕

〔去年は何プレゼントしたん？〕

「去年は靴、一昨年はストールだったかな。基本、服とかがいいかなと思っているんだけど。どうかな？」

〔服を選ぶセンスがあったんか、ワレェ!?〕
〔事務所行くとき私服じゃなくてスーツ着てく男が選ぶ女性服……〕
〔どんなデザインなんだ、それ〕
〔クッソだせえ、英字プリントされた服買ってそう（小並感）〕
〔ワイの想像だと小学生の頃、オカンが買ってきたボーダーの服みたいなの〕
〔俺もそれ予想で〕

酷《ひど》い。確かに服のセンスはないかもしれないけれど、そういうのは基本、お店の女性スタッフさんに任せておけば良い塩梅《あんばい》のを選んでくれるのだ。流石はプロ。店員さんに「彼女へのプレゼントですか?」と聞かれる度に「はい」と答えているのはここだけの話。ぐへへ。
「お店の店員さんに任せてるし大丈夫だよ。一緒に出掛ける時もプレゼントした服着てくれるんだぁー。えへへ」

〔惚気《のろけ》るな〕
〔兄妹で一緒にお出かけって、年頃の子は普通嫌がるんだけどなぁ〕
〔あとでどんなデザインか教えて、ファンアート書く〈ｍｉｋｕｒｉ〉〕
〔てかサイズは分かるの？〕

サラっと当然みたいにコメントしているｍｉｋｕｒｉママ。同人誌即売会とかそういうのの作業で忙しいんじゃ……と心配になるが、ついつい名前を見ただけで口元が緩む。

「我が家の洗濯担当ってのもあるけど、割と家族の服のサイズとか知ってるの普通じゃないの？　よく一緒に買い物行くから、あの子も私の服とかのサイズ知ってるよ。なんなら靴のサイズまで言える」

〔いや、ないだろ〕
〔えぇ……（ドン引き）〕
〔やってることが恋人同士のそれなんじゃが……〕
〔ただシスコン＆ブラコンコンビやないかーい〕

「嫌だなぁ、恋人同士なんて」

〔なんでちょっと満更でもなさそうなんですかねぇ〕
〔妹の話してるときだけ立ち絵の顔ニッコニコになるのホント草〕
〔貴重な笑顔差分だぞ、お前ら〕

「最近コメントがちょっと辛辣《しんらつ》では……？　でもなにプレゼントしたら喜ぶかな？　毎年似たようなものばっかりもちょっとあれかなぁって思ってさ。きっとリスナーさんは私より妹の年代に近いだろうし、同性の人も多いかなぁと思って」

〔わたしだったら金貰《もら》えたら一番嬉《うれ》しい〈アレイナ・アーレンス〉〕

〔現金で良いんじゃない？〈酢昆布《すこんぶ》〉〕

〔金〕

〔金券とか図書券〕

〔仮想通貨〕

〔プリペイドカード〕

〔気持ちがこもってれば何でも嬉しいと思うよ〈ｍｉｋｕｒｉ〉〕

「皆さぁ……ｍｉｋｕｒｉママを見習いなよぉ」

口を開けば金金金と皆色々毒されすぎなのでは？　確かにお金も大事だけれども。イラストレーターの酢昆布ネキと、彼女がイラスト――即《すなわ》ちガワを担当した個人勢ＶＴｕｂｅｒのアレイナ・アーレンス嬢のコメントもあった。こういうのは身内ノリっていうので嫌う人もいるかもしれないけれど、私にとっては中々どうして居心地《いごこち》の良い空間。元々雑談枠だしこういうのも悪くないだろう。うん。

〔ごめん〕

〔ｍｉｋｕｒｉママ天使かな？〕

「ワイらがモテない理由が分かった気がする」

「お金はちゃんと別で用意してあるから」

「ちょっと待てや！」

「俺たちが責められる謂《いわ》れはないのでは？」

「草」


「妹名義の口座に祖父と仲良く預金してるから。二十歳《はたち》になったら親から渡してもらうんだ」


「お爺《じい》ちゃんが孫にやるやつじゃん、それ……」

「お爺ちゃんと共犯で草」

「孫じゃないんだぞ……？」

「愛が重い」

「えぇ……（ドン引き）〈ｍｉｋｕｒｉ〉」


そんなにドン引きされるような事だったのか……毎月数万円くらいずつ預金してるだけなんだ。私があの子の世話を焼けるのもその頃まで、と考えると胃が痛くなる。うぅ～、嫌じゃ嫌じゃ。私が永遠に面倒見たいんじゃああ。最期は看取《みと》られて死ねたら本望だなって。

「基礎控除金額内だから杞憂民《きゆうみん》もニッコリだよ」

［杞憂民もドン引きすると思うの］

［アッハイ］

［家族を大切にすることは大事だけど自分も大事にしなさい〈mikuri〉］

【超重大】みんなに相談があります【神坂怜《かんざかれい》／あんだーらいぶ】
最大同時視聴数：約３５０人
高評価：１００
低評価：１５０

【7月×日】

今日は視聴者さんからの質問やご意見のマシマロが溜《た》まってきたので、配信内でそれを取り上げて回答するという決して珍しくもないよくある配信を行う。寄せられたメッセージ数にもよるが、大体月に1~2度程度やっている配信だ。匿名《とくめい》で気軽にメッセージを送る事が出来るので、私みたいなのにもそれなりに送られてくる。柊先輩クラスになると桁がひとつどころかふたつほど違うらしいのだけれども……いや、本当に凄《すご》い。

とはいえ配信でお見せしても問題のない、優しめのものを選出《せんしゅつ》してだが。流石にシステムとしてブロックされ伏《ふ》せ字《じ》処理されたもの、誹謗中傷、他あんだーらいぶメンバーのファンの方からの火の玉ストレートな苦情メッセージなどは、心苦しいが配信内で取り上げる事は見送らせていただいた。

□失くしたワイヤレスイヤホン追跡したら、東南アジアの某国にあったんだけど

「最近の機器ってＧＰＳとかで追跡できるんでしたっけ、便利ですよねぇ。こういうのって警察に相談して何とかなるもんなんですかね」

［寝る時音楽聴きながら寝てて、朝起きるとワイヤレスイヤホン捜すところから１日がスタートするわ］

［失くさないようにするための紐《ひも》があるとか］

［盗難にあって東南行き、怖い〈ｍｉｋｕｒｉ〉］

「それって本末転倒では？　骨伝導イヤホンとか最近出てきてて昔見たスパイグッズとかであったやつだってちょっと興味があるんですよね――って、待って！　皆さん！　今ｍｉｋｕｒｉママがすっごい面白いギャグコメントしましたよ！」

［や　め　て〈ｍｉｋｕｒｉ〉］

［スクショしておこう］

「そこはスルーしてあげて……」

お茶目な一面を垣間見《かいまみ》てちょっぴり嬉しい。さて、次のマシマロに行こう。

□妹ちゃんの生態に関して

「まず、朝起こしてあげるところから始めます」


「！？！？」

「朝よわよわ妹ちゃんカワユス」

「本当にお前ら兄妹なんか……？」

「仲良しじゃん〈ｍｉｋｕｒｉ〉」


「おはようからおやすみまで妹の暮らしを見守るお兄ちゃんです」


「生活用品メーカーのキャッチコピーじゃねぇんだぞ」

「花〇かよ」

「ライ〇ンだろ」

ふと、マシマロに新規で1通メッセージが届いているのを確認した。中々読《よ》み応《ごた》えのある内容だが、配信中に気軽に晒《さら》して良い類《たぐ》いの内容ではない。が、それでも何も答えずに無視するわけにもいかないだろう。こういうの見ちゃうと。

5月のリアルイベント以降、謎の人生相談というかお悩み相談系のメッセージが異様に増えた。私なんかに相談して解決するか甚《はなは》だ疑問ではあるが、こういうのって明確な回答をするというよりかは寄り添って話を聞いて理解してあげるっていうことが重要なんだと思う。溜め込んだものを吐き出すだけでも少しはスッキリするだろうし。世の中には色々溜め込んじゃっている人もいるものなのだ。企業勢としては本来スルーする方が正解なのかもしれない。それでも、私にとってこういうのは看過できない。

そういう意味では最近妹が何かを悩んでいる様子なのが気がかりだが、まずは目の前のこのメッセージをくれたユーザーさんの悩みに一緒に向き合おう。

「いまマロくれた人――」

926 名無しのライバー ID:aK8Rgf8zj
脱サラ大仰しいタイトルで何かと思ったら
妹の誕プレ選びとか草

927 名無しのライバー ID:9UjHGKd6z
シスコンには超重大なんだろ

928 名無しのライバー ID:J6D9IUrTK
妹ちゃんの誕生日プレゼント実績
・靴
・ストール
基本店員さんに聞いて判断

929 名無しのライバー ID:xkqigj0/w
割と普通

930 名無しのライバー ID:2MSY1ZSE0
夏の誕生日にストール……？

931 名無しのライバー ID:MoBthread
日焼け対策とか冷房ガンガンに効いてるの
が苦手な子は割と持ってるんやで

932 名無しのライバー ID:+YLko3T/4
はぇ～

933 名無しのライバー ID:L4lHnB6Pm
脱サラ「プレゼント何がいいかな？」
リスナー「金金金！」
アレ「金！」
酢昆布ネキ「金！」
mikuriママ「気持ちがこもっていれば何
でも良い」
脱サラ「そういうところやぞ、お前ら」
皆「(´・ω・`)」

934 名無しのライバー ID:LzCJSlAx/
>>933
酢昆布ネキとアレの思考回路さぁ……

935 名無しのライバー ID:ExdO89OaS
>>933
母娘、リスナー皆仲良し

936 名無しのライバー ID:sbTrmGm0T
>>933
大天使mikuriママ

937 名無しのライバー ID:w6lQpkZTu
>>933
mikuriママァ……

938 名無しのライバー ID:Jz9jk7k+l
>>933
清涼剤mikuriママ

939 名無しのライバー ID:sMSfhlL/B
脱サラのプレゼントした服着て一緒にお出
かけする妹ちゃん……

940 名無しのライバー ID:K2Wl3hGSp
>>939
そんなんもう彼女じゃん……

941 名無しのライバー ID:MoBthread
>>939
実際JKの妹が兄からプレゼントされた服
とか着るか？

942 名無しのライバー ID:YTptG1TYX
>>939
やっぱりブラコンじゃないか！

943 名無しのライバー ID:KiQmHBLSV
>>939
うーん、これは純愛

944 名無しのライバー ID:7csVT04eW
脱サラ「妹名義で預金口座に祖父と仲良く預金。二十歳になったら渡す」
全員「えぇ……（ドン引き」

945 名無しのライバー ID:exvF8EvDX
>>944
草

946 名無しのライバー ID:X+CteQLF5
>>944
お爺ちゃんかよ！
と思ったらお爺ちゃんと共犯だった

947 名無しのライバー ID:+76pgZK0Y
>>944
相変わらず妹に対する愛が重すぎる男

948 名無しのライバー ID:CAKB8NVnu
>>944
そらドン引きしますわ

949 名無しのライバー ID:SisterChan
>>944
ほんとなにやってんだろうね、この人

950 名無しのライバー ID:MoBthread
情報取っ散らかりそうだから
脱サラ配信まとめ
・脱妹ちゃんへのプレゼント選び
妹預金発覚
mikuriママからプレゼントがある
(Live2D用イラスト匂わせ)
それに併せて脱サラは放送機材関係を贈る予定
・今後の配信について
ラジオ、朗読などを検討
ラジオはメールフォームでお便り募集する形になる
番組内で紹介される回数が多いリスナーにはご褒美有り
上位：モデレーター権を一定期間渡す
1位：配信リクエスト権（ゲームタイトル、コラボ指定等常識の範疇で)

951 名無しのライバー ID:+5plBtFgD
>>950
まとめ乙
妹ちゃんLive2D化進行中ってマ？

952 名無しのライバー ID:jLbRhDErw
>>950
畳妹の夏嘉ちゃんが本格的に活動はじめそうだしな
応援するぞ

953 名無しのライバー ID:3h9ZWUNF/
>>950
これを趣味と言い張って無償でやってるmikuriママァ……

954 名無しのライバー ID:tG2bxmKVx
>>950
ラジオ企画は割と面白そう

955 名無しのライバー ID:No6GnZVgl
スパナが賞品か
そういうのってありなん？

956 名無しのライバー ID:Tl0bMh9zo
関係者以外にもバラまいてる奴結構おるぞ
荒らし用に常駐するようなリスナーに渡したりするのは割とよくある

957 名無しのライバー ID:LykH2Ejta
どのコメント消したかも配信主にも伝わるシステムだし
消去必要ないコメばっか消してたらスパナ剥奪すりゃあええだけやし

958 名無しのライバー ID:9lod3kjUY
ハガキ職人レースか、懐かしい

959 名無しのライバー ID:+jkfsoc+2
昔のラジオ感

960 名無しのライバー ID:iRQhxNb9V
昔のハガキ職人って面白い人多かったよなぁ
その後割とラジオ関係に就職したりとかあったな

961 名無しのライバー ID:HpmNduj+4
よっしゃ！　1位になって女とコラボさせてやるか……

962 名無しのライバー ID:XiYxPKCtc
>>961
やめろww

963 名無しのライバー ID:C4AAO3Djf
>>961
燃えるけど、リスナー要望という建前はあるよな

964 名無しのライバー ID:ygRgXMcWa
>>961
燃えるじゃん……
でも面白そう

965 名無しのライバー ID:WkXk/yw5R
>>961
アンチが大喜利考えて企画潰そうとしてくるって絵面想像しただけで草生えるんだがw

966 名無しのライバー ID:CZeNktUVo
>>965
その発想はなかったww

967 名無しのライバー ID:hASjoWBfn
>>965
アンチがハガキ職人になるとか草

968 名無しのライバー ID:V44YEAg1O
>>965
一瞬あるかもって思える微妙なラインなのが笑える
流石にないだろうけれど

969 名無しのライバー ID:ltRcTAtaV
脱サラも一応数字少ないとか気にして企画みたいなの考えてはいるんやなって

970 名無しのライバー ID:UbWYCD8A1
そら元社会人だし数字は人一倍気にするだろ
売上とか営業成績みたいなもんでしょ、配信の数字って

971 名無しのライバー ID:XN8vfafCY
それもそうか

972 名無しのライバー ID:MoBthread
ワイの母になってくれるかもしれないなかった女性だ……

---

mikuri@C9X新刊出ます @mikuri_illustrator
　裏で神坂君の妹ちゃんとお話ししたけど可愛いなぁ……
これは彼が溺愛する気持ちも分かる
遠くない内にお披露目できると思います
二十歳そこそこでふたりの子持ちかぁ……悪くない
生き甲斐が増えるのって嬉しいことだよ、本当に

---

973 名無しのライバー ID:P9TK8MLjH
>>972
これは聖母

974 名無しのライバー ID:SariAnjre
>>972
聖母mikuriママァ

975 名無しのライバー ID:r2qP76yci
>>972
大　天　使

976 名無しのライバー ID:vv4CGhRgr
>>972
ママもデビューあくしろよォ！

977 名無しのライバー ID:tTANmSBZy
>>972
文章から滲み出てるいい人感

978 名無しのライバー ID:63BAQA7Kx
>>972
いくら天使でも駄馬のママにはなってくれないと思うの

979 名無しのライバー ID:u7AjWbHkg
>>972
脱妹ちゃん可愛いのか、そうなのか……

980 名無しのライバー ID:Njfap1nWR
キャラ崩壊レベルで溺愛してるもんな
そりゃあ可愛いだろうよ

981 名無しのライバー ID:CT8ZpoRt1
なおブラコン

982 名無しのライバー ID:/yurisuko
mikuriママ×脱妹×酢昆布ネキの百合が見たいです

お願いします
なんでもします

983 名無しのライバー ID:bvzktT8KM
ん？　今なんでもするって言ったよね？

984 名無しのライバー ID:cpD/aVLkz
ちょいちょいガチ目の相談マロ来るのなんなん……？

985 名無しのライバー ID:echR3CNXc
5月のリアルイベント見てれば分かるでしょ

986 名無しのライバー ID:TaJJffU/s
ファンとの交流（人生相談コーナー）

987 名無しのライバー ID:M7fQsSWsN
ファンが闇を抱えているのか
闇を抱えているからファンになるのか

988 名無しのライバー ID:NDOxklygr
鶏が先か、卵が先か
みたいな話だな

989 名無しのライバー ID:1/z9lfe+G
何か今回も来てたくさいな
あんな真摯に向き合ってくれるならガチ恋する奴もおるやろ
多分

990 名無しのライバー ID:gckineki/
あ゛！？
そんなの居るわけないじゃん
気の迷いだよ……それは

991 名無しのライバー ID:MoBthread
そう言いつつガチ恋ネキがスレにも紛れ込んでいるんだ
ワイは知ってる

992 名無しのライバー ID:SisterChan
いるのかなぁ……

**今日の妹ちゃん**

お兄ちゃんのファンの人って
なんであんな拗らせてる人
多いんだろうか?

# 2話　嵐の予感

【7月×日】

最近——7月に入ってから妹の様子がおかしい。そわそわと落ち着かない様子で、こちらにやたらと視線をフォーカスさせる。それに気付いた私がマイシスターに微笑《ほほえ》みかけると、そっけなく顔を背けられてしまう。実は私に恋しちゃったのでは？　とかそんなアホな話はあるわけがないので、恐らくは何かを私に相談したいのだろう。踏ん切りが付かないらしく、そわそわとしちゃっている様は実に可愛《かわい》らしい。そこまで切羽《せっぱ》詰《つ》まった様子はなさそうなので、ひと安心。だが、一体何を告げたいのか。気になるものは気になる。

「——で、どう思う？　みんな」

［彼氏出来たな］

［男だ］

［間違いなく女になった］

［好きな人出来たやつだな］

配信で相談したらこんな事を言われてしまった。ははは、ま、まさかそんな事あるわけないじゃないか。確かに私の妹は世界一可愛い。これは事実である。その辺の男が皆恋心抱いちゃうのも仕方がない。だか、まさか……。

「嘘《うそ》だよね、嘘と言って……」

［現実は非情である］
［年齢考えれば全然ない話じゃない］
［最近小、中学生でもガールフレンド、ボーイフレンドいる子多いやろ］
［初体験の年齢は大学専門学生層が一番多くて、次いで高校生らしいよ］

「うッ……そんなこと、うちの妹に限って……」

［いや、泣くなよ］
［ＮＴＲ物みたいな台詞《せりふ》止めろ］
［現実を見るんだ……］
［ＪＫなら彼氏のひとりやふたりおるやで！］
［今頃はきっと……］

「ぐすん……」

「ちょっと男子ぃ～〈アレイナ・アーレンス〉」

「先生、皆が神坂《かんざか》君をいじめてましたー〈酢昆布《すこんぶ》〉」

「はいはい。変なイジりは止めなさい〈ｍｉｋｕｒｉ〉」

「ごめんなさい」

「ごめんなさい、ママ」

「すまん」


「いや、君たちｍｉｋｕｒｉママにだけ従順すぎないか？」


「母の言うことには従うもんや」

「ママが言ってたからね、仕方ない」

「ｍｉｋｕｒｉママが言うんだもん」


「ママは私だけのママなんですぅー」


「は？」

「おいおいおい、やんのかァ!?」

「よろしい、ならば戦争だ」

〔まあ、ｍｉｋｕｒｉママはワイの嫁なんですけどね〈酢昆布〉〕
〔身内ノリはあまりよくないと思います〈ｍｉｋｕｒｉ〉〕

「ごめんなさい」

〔ごめんなさい〕
〔サーセン〈酢昆布〉〕
〔まあ、神坂君の嫁はわたしなんですけどね〈アレイナ・アーレンス〉〕
〔アレ、ステイ〕
〔失望しました、アレのファン辞めます〕

「皆が楽しいなら私はそれで満足です」

**【7月×日】**
元職場の後輩からのメッセージ。

**元後輩：今度ＶＴｕｂｅｒとしてデビューすることになりました**

今度ＶＴｕｂｅｒとしてデビューする旨を報告するメッセージが届いた。『それ部外者に出すの不味《まず》いんじゃ……？』と驚き以前の素直な感想を送信すると、『マネージャーさんに昔お世話になった人に報告するって言って確認はしたっス』と即答。

　許可があるのならばいいか。マネージャーがいるということは企業所属のＶであることは明白。以前会った時『キチンと会社の面接受けて来たっスよ』とか言っていた気がするが、その面接がよもやＶＴｕｂｅｒのそれとは誰が予想出来たであろうか。ストリーマーとしての実績を買われたのか。私が所属している、あんだーらいぶで新人デビューの情報は聞いていないし、恐らくは別の箱だろうけど。私にだけ知らされてないとかそういうのないよね？　ないよね？

　あちらの事務所のマネージャーさんもそのお世話になった人が『他企業の男性Ｖ』だとは思うまい。口外する気は微塵《みじん》もないが、わざわざ私にそれを告げる理由があったのだろうか。一応事前にお互いにある程度示し合わせて適度な距離感を取る目的があったか、あるいは——

「で、なんの相談？」

「滅茶苦茶《めちゃくちゃ》バレてるぅ⁉」

「わざわざ連絡してくるってことはそういうことなんじゃ？」

　こいつの性格上、デビューしてから「さぷら〜いず」みたいなノリでやって来そうなもんだ。わざわざ事前に報告なんて律儀な真似《まね》をする性格してないだろう、という謎の信頼感があって探ってみたがビンゴだったらしい。分かりやすい奴《やつ》。

「いやぁ、わたしともうひとり年下の女の子——ぴちぴちのＪＫ設定の子がデビューするわけなんスよね」

「シームレスに相談はじめるのね、お前」

「いや、まあ先輩だしいいかなって」

「それは果たして理由になっているのか……？　まあ、いいけどさ」

「先輩のそういうとこ好き」

「アー、ハイハイ。ワー、ウレシイナー」

「扱いが雑ぅ！」

　冒頭の話から察するにＶＴｕｂｅｒ関係の相談事だろうか。そういうのは事務所にすれば良いのに、とも思ったが。既に相談済みなのかもしれない。

「それぞれシルエットがまず公開されて。昨日相方が、そして今日わたしがシルエット解除と公式ＳＮＳ始動という流れになるわけですよ」

「そっちは日を分けるのか、へー。あんだーらいぶ《うち》は基本同時公開だったから各社で違うんだなぁ」

　獅堂《しどう》先輩や新戸《あらと》先輩組と、柊《ひいらぎ》先輩ともう引退してしまった女性は数日間期間が空いていたりするので、ファンの中では１期生前期、１期生後期なんて分けたりもするんだとか。この辺は非公式ではあるが、演者自身も使ってたりするのでほぼ公式みたいなものだろう。

「で、同期ちゃんがね。男性ＶＴｕｂｅｒをフォローしているって微妙に荒れてるんスよね」

「あー……」

「しかもお相手があんだーらいぶ《おたく》の柊サン」

「わぁ」

「ど、どうしてたかがフォローくらいで怒るんスか⁉」

「どうしてと問われても困る。そういうもんだから、としか説明できん」

「事務所から男性フォロー禁止とかコラボ配信禁止とかもされてないのに」

「あ、禁止とかはされてないのね」

「そりゃあそうっスよ」

少し手元のパソコンを操作して、『SoliDlive、新人』と検索すると、それらしきアカウントを発見。名前は十六夜《いざよい》真《まこと》。フォローしているユーザー一覧を見ると、同事務所の先輩である女性V、有名な女性声優さん、イラストレーターさん――その中に柊先輩のアカウントがあった。確かに男性ユーザーは彼くらいだろうか。イラストレーターさんなどは性別公開していない方が多いので、断言はできないが。SoliDliveさんは男性との接点が極端に少ない箱であり、同事務所所属のライバーさんも全て女性で構成されている。所謂《いわゆる》『アイドル売り』という奴なんだろうか。現実《リアル》の女性アイドルグループ同様、異性に対する反応は、あんだーらいぶ《こちら》よりも大きいだろう。

「今更フォロー外したところで、なぁ」

「そうなんスよ。事務所もこんなことで動くわけもなく」

「そりゃあそうだろうよ。静観が一番」

「でも、結構相方ちゃん凹《へこ》んでるっぽくてっスねぇ。大人のわたしとしてはどうにかしてあげたいなぁ、と」

まあ気持ちは分からんでもない。現に私もブラン《月》嬢と日野《太陽》嬢の一件では事務所にお伺いも立てずに勝手に行動しちゃったわけで。困っている人を何とかしたいって思う気持ちは至極真っ当なはずだ。

「で、この場合先輩ならどうします？　何かその道のプロっぽいんで」

「いや、まあしょっちゅう炎上はしてるけど」

一部の箱推しの人から十六夜嬢に対して物申す人がいる。極端なファン、あるいはＶＴｕｂｅｒそのもののアンチなのかもしれないけれど、柊先輩に対して……私ですら不快感を抱く類《たぐ》いの呟《つぶや》きもチラホラ。彼の場合はこの手のご意見も慣れっこかもしれないが、今後更に激化する可能性もなくはないわけで。

うーむ。余所様《よそさま》の件に首を突っ込んでいいものか……？　何かあったとき会社の不利益にもなりかねない。だが今以上に私の評判が下がるとかあるのか？　放置したらしたで先述したように柊先輩の方も厄介事《やっかいごと》に巻き込まれかねない。それだけは何としてでも避けなくては。一番お世話になっている先輩だし、それこそ彼が面倒事に巻き込まれる方がよっぽど事務所に不利益になるのでは……？

「お前は同期を、私は柊先輩を面倒事から遠ざけたいって意味ではある意味ｗｉｎ－ｗｉｎか」

「じゃー、作戦会議っスね。ちなみに期限はわたしがＳＮＳデビューするまでなんであんまり時間がないですけど」

**【７月×日】**

まあ予想通りというか、それなりに荒れた。

111 名無しのライバー ID:DXCg6ArDa
結局今月は新人なし？

112 名無しのライバー ID:YvcKlfpEP
ないな

113 名無しのライバー ID:V1Ph+bIcE
前回は考慮しないとして、その前は半年以上は空いてるし

114 名無しのライバー ID:YkaneWXY3
というか月太陽コンビって本来この夏デビュー予定だったのを
無理くり前倒ししたんじゃねぇの？

115 名無しのライバー ID:FL1UaSCVj
面接自体は結構前に終わってたらしいが
デビュー決まったのは急だったっぽいしな

116 名無しのライバー ID:DIJ+aTElH
デビュー時の機材、配信環境の不備はそれが原因か

117 名無しのライバー ID:gjHFhejGQ
だろうな

118 名無しのライバー ID:ZVUVlyhfl
他企業とデビュー時期被らなかったお陰で滅茶苦茶伸びてるから、結果だけ見れば大成功

119 名無しのライバー ID:qMCjsF7Wq
後はパコガワ事件の炎上で多少なりとも注目を浴びていたしな
なお巻き込み事故の脱サラェ……

120 名無しのライバー ID:WlTKHLZ/H
脱サラ自身特に何もしてないのに
・アンチ
・ユニコーン
・影尾
・仮想記者
界隈の関わりたくない四天王全員にロックオン済み

121 名無しのライバー ID:tdJWZB9eL
なお他所は他所でこっちが好調だから予定早めて新人投入する模様

122 名無しのライバー ID:H287aTa/c
6月株主総会やるとこ多いし
そこで言われたりとかしたんかねぇ

123 名無しのライバー ID:8/YI0r2cl
他所で新人ってSoliDliveか

124 名無しのライバー ID:YBb06HkLf
あそこ、近々新人デビューすんだっけ？

125 名無しのライバー ID:hKKkPINzC
悲報　脱妹ちゃんに男の影

126 名無しのライバー ID:Q+qvFYDv7
>>125
それマジ？

127 名無しのライバー ID:2rlr0TREr
>>125

うっそだろ……?

128 名無しのライバー ID:KuLdfTuHz
>>125
ふぁ!?

129 名無しのライバー ID:maC3VHtAN
>>125
脱サラが死んじゃうぅ!

130 名無しのライバー ID:CoWsZxM9Z
正確には
「妹が最近何か悩みを抱えている様子」
という話だが

131 名無しのライバー ID:y8actfDcX
脱サラ「妹が最近悩みを抱えているみたいなんだ」
リスナー「男やろ」
脱サラ「(´;ω;`)」
アレ「ちょっと男子ぃ」
酢昆布「先生、皆が神坂君をいじめてます!」

132 名無しのライバー ID:r1BjZ0Tpj
>>131
ちょっと男子、は草

133 名無しのライバー ID:45lVwzhmt
>>131
声に覇気がなくて割とガチでダメージ受けてんの草

134 名無しのライバー ID:piCtuKAem
>>131
最近当人よりコメ欄のが面白いんじゃないかと思いはじめた

135 名無しのライバー ID:SisterChan
流石にそれで彼氏出来たってのは短絡的すぎる
反応は普通に気持ち悪い

136 名無しのライバー ID:OAmyylLSk
その後mikuriママの一喝で事態は収束

137 名無しのライバー ID:ZJiSVdbks
さすママ

138 名無しのライバー ID:O46HVN+PB
さす大天使

139 名無しのライバー ID:uWjxVCeiz
なおmikuriママを巡って
脱サラ、酢昆布ネキ、リスナーの謎バトルが勃発した模様

140 名無しのライバー ID:4Gu5+qL/9
>>139
えぇ……(困惑

141 名無しのライバー ID:3spXFX81f
>>139
何がどうしてそうなるんだよw

142 名無しのライバー ID:NOzO3gRQd
>>139
さらっとリスナーが第三勢力にいるのは何

なんだよw

143 名無しのライバー ID:cA6d/oELy
>>139
草

144 名無しのライバー ID:MoBthread
酢昆布「mikuriママと昔同棲していた」

145 名無しのライバー ID:9thgsKH4X
>>144
！？

146 名無しのライバー ID:Zfyg3TID+
>>144
ファッ！？

147 名無しのライバー ID:P7wE/W4cF
>>144
なん……だと……？

148 名無しのライバー ID:/yurisuko
>>144
やっぱり！
みく×すこはやっぱりあったんだ！

149 名無しのライバー ID:+KK9sjBhp
>>144
mikuriママ「電気ガス水道ストップされて仕方なく泊めただけなんだよなぁ……」

150 名無しのライバー ID:8DGfCCvft
>>149
酢昆布ネキ何やってんだよ！

151 名無しのライバー ID:gGJycGM+S
>>149
ライフライン止められるとかあの人何やってんだよ！

152 名無しのライバー ID:dQUlXTj/Z
>>149
えぇ……

153 名無しのライバー ID:9nCewXJJ3
悲報　SoliDlive新人ちゃん、早速コーンにジャブを入れてしまう
霧咲季凛→脱サラフォロー
十六夜真→畳フォロー

154 名無しのライバー ID:VqrYkqa4u
>>153
箱の先輩たちを入れ終わった後の最初の面子がそれぞれ脱サラ、畳か……

155 名無しのライバー ID:vjU0HlxfH
>>153
・前世繋がり
・単純にファン
さぁ、どっちだ

156 名無しのライバー ID:b2l88v9fe
ソリライのヒカリ姉さんと畳は絵師同じだっけか

157 名無しのライバー ID:j0yFhVgvP
しかもほぼ同時期という

158 名無しのライバー ID:Jlw5RmBaM

ヒカリ姉さんは昔っからずっと清楚で崩れてないのに
ウチの子だけキャラ崩壊しまくってないですか……？

159 名無しのライバー ID:0C3w7rfPV
魔界（笑）設定はあるやろ！！

160 名無しのライバー ID:Yo5yUI2E2
向こうの板ちょっとお祭り騒ぎで草

161 名無しのライバー ID:3cC+sS+7c
そらそうやろ
男いない箱、単独での男性Vとのコラボも基本お断りの箱やぞ？

162 名無しのライバー ID:zvWqWmG87
脱サラこの夏一発目の炎上か
大丈夫、今回は畳も一緒だよ！

163 名無しのライバー ID:gckineki/
なんにも安心できない件
大丈夫か……？
いや、別に全然心配とかはしてないけどさ

164 名無しのライバー ID:U8e2IRd1v
いや、フォローくらい好きにさせたれよ

165 名無しのライバー ID:1iik0nPHS
ま、まぁ……なんとかなるやろ
多分、きっと、恐らく……

166 名無しのライバー ID:LduNZyqjS
今夏初炎上クルー(゜∀゜)ー!

167 名無しのライバー ID:W025ijBqg
実家のような安心感

168 名無しのライバー ID:Rem0XaR1x
お前らちょっとは心配してやれ……

169 名無しのライバー ID:amK7k4CbZ
もう本人もワイらも慣れてきた

170 名無しのライバー ID:dCODsShde
あいつならへーきへーき

今日の妹ちゃん

えぇ……（困惑）

# 3話 デビュー配信（箱外）

【7月×日】

マシマロやＳＮＳなどで少々批判的なコメントを頂くことになった。正直言えば想定通りというか、こうなるだろうなって事は分かってはいた。

ざっくり説明すると、別の箱からデビュー予定の女性ＶＴｕｂｅｒがＳＮＳで私をフォローした、というだけの話だ。ＳｏｌｉＤｌｉｖｅ——あんだーらいぶと同じく企業ＶＴｕｂｅｒの事務所としてはそこそこ大手。知名度、会社規模もこちらと大体どっこいどっこいといったところか。1点違うのが、徹底した異性の排除である。同じ箱内に男性ＶＴｕｂｅｒがいないのは勿論《もちろん》のこと、コラボ配信等に至るまで極力男性と関《かか》わる事を避けた活動スタイル。この界《かい》隈《わい》、異性が絡むと多少なりとも荒れるので、ならばいっそシャットアウトして所謂《いわゆる》『アイドル売り』して行けば良い、という他社ながら実に強《したた》かなやり方だと思う。

というわけで、そんな箱の女性Ｖが自社の女性Ｖをひとしきりフォローし終えた後、他所の男性Ｖをその中に入れたとなれば過剰に反応されるのも納得である。同社からデビュー予定である十六夜《いざよい》　真《まこと》は柊《ひいらぎ》先輩、霧咲《きりさき》季凜《きりん》は私をそれぞれフォロー。

後者に関してはこうなるに至った経緯がある。

昨日、会社勤め時代の元後輩から、同期として先んじてＳＮＳ解禁した子が柊先輩をフォローしただけで荒れてしまったという相談を受けた。彼女は年下の同期が困る姿を見て同情して、私は先輩がこのゴタゴタで面倒事になることを危惧して、こんな事を画策したわけだ。

柊先輩に関してはＳｏｌｉＤｌｉｖｅの最初期メンバーの明乃《あけの》ヒカリ嬢とママが同じという縁からＳＮＳ上で簡単なやり取りくらいはしていた事や、単純に人気ナンバーワンの男性ＶＴｕｂｅｒなので「まあ、あいつならいっか」的なノリで一部の層からは容認されてはいた。流石《さすが》人気者。とはいえ、根強い箱推しファンからはあの柊先輩ですら叩《たた》かれている始末。

そんな中で人気も一切ない、同期は女性問題で解雇ＲＴＡ全一を持ち、ことあるごとに燃えていて、一説によれば社内の情報を外部へリークした疑いのある男性Ｖとなれば……そりゃあ、もうドッタンバッタン大騒ぎですよ。

元後輩が霧咲季凜。その同僚で事の発端となった子が十六夜真嬢である。よもや彼女も有名なＶＴｕｂｅｒをフォローしただけでこんなことになるとは思わなかっただろう。事務所側から特に禁止もされていないのだから、少々気の毒だ。元後輩が気遣う理由もわかる。まだ若い子にああいう類《たぐ》いのコメントは心にクるものがあるだろうし。

ただ、今のこのやり方って私だけでなく彼女——霧咲季凜もそこそこ叩かれるやり方。単なるそういう層のヘイトを挿《す》げ替《か》えただけ、みたいなものだ。基本的により叩きやすい方に集中砲火する傾向にあるので……どちらも叩くって人も当然いるので、やり口としては下の下だと思う。元後輩は承知の上とはいえ、批判の的になっているし。

しかしあのまま見過ごすと、より過熱に批判する声が増えることもあり得るので、元後輩は同期を、私は先輩を面倒事から遠ざけたい、ある意味ｗｉｎ－ｗｉｎな関係であったのである。あまり褒められた事でないのは重々承知している。が、先月の延焼が未《いま》だに続いている分やるなら今の内かなっていうのが正直なところではあった。こういう形であっても注目されるのも利点がないってわけでもないし。なによりお世話になっている先輩がこういう目に遭うのは見ていられない。という事で、元後輩と話し合った末にこういったやり方に至った。

　その手の批判に耐える覚悟はあったのか。注目される前後で有名な男性声優さんや俳優さんもフォローしていたのは打ち合わせにはないが……興味を持ったアカウントを片っ端からフォローしていくキャラクターという形で進めて行くつもりなのだろう。単純に私にあまり批判が集中しないようにという配慮《はいりょ》もあるのかもしれないが。彼女なりのケジメというか、私を巻き込んだ事への贖罪《しょくざい》という側面もあるのか……？　そんな性格してたか？　まあ、どうでもいいけれど。

　ちなみに元後輩のＳＮＳがこちら。

---

霧咲季凜@kirin_solidlive

はじめまして霧咲季凜です。

初配信の７月×日まで首を長くして待ってほしいっス。

キリンだけに！

取って付けたような語尾そのままだけど大丈夫か、これ？　ストリーマー時代は基本標準語だったらしいが。ストリーマー時代といえば、こういう形とはいえある意味繋《つな》がりを示唆《しさ》するような真似《まね》をしてしまったのだから、過去の件を掘り返される事も十分にあり得る。

「ちなみに、私と関係あるような事配信でネタにしたことある？」

「会社の先輩と同棲《どうせい》してたとは言ったことあるけど、性別は伏せてるっス」

「もう消した？」

「速攻で全部非公開にしたっスよ。最近はずっとアーカイブ残さない感じでしたし。ま、無断転載されたりしてますけど」

「一応、最悪の事態は想定して少し小細工しとこうか」

「……？」

というわけで杞憂《きゆう》で済めばいいが、一応念《ねん》の為《ため》、とある小細工を仕込んでおいた。これの出番がないことを願うばかりである。

◇◆◇◆◇◆

柊冬夜《とうや》：これ謝ったほうが良いの？

神坂怜《かんざかれい》：こういうの触れたら触れたで荒れますよ？　触れなくても荒れますけど

柊冬夜：なぁにそれぇ……

裏であのような話し合いが行われているとは露程《つゆほど》も思っていない柊先輩からチャットツールでメッセージが届いた。彼のことだからきっと私を気に掛けての行動なんだろう。だが、あのイベントを経て、以前より気軽に色々話したり相談できたりするようになった気がする。今度事務所に行ったときは向こうで食事する約束までしたのだ。何かちょっと嬉《うれ》しい。こういうのあんまり経験ないからちょっぴりわくわくしてしまう。

柊冬夜：前世の知人ｏｒ単なるファン。絵師や所属が違うんだったらこの2択。俺の場合は多分後者っぽいけど
神坂怜：そういう詮索《せんさく》されちゃうんですねぇ
柊冬夜：前世誰とか特定するの大好きだもん。まあ、神坂君の場合は前世職業的に前者はないでしょ
神坂怜：…………
柊冬夜：え？
神坂怜：昔の同僚がVになるとかそんな話がありましてね……
柊冬夜：マジで!?
神坂怜：確証はないんですけれどね。初配信だってまだで、声もわかんないので
柊冬夜：にしても前職普通の会社員なのに被《かぶ》るとか凄《すご》いな。まあ、元カノだったり同棲相手、

肉体関係だったりしない限りへーき、へーき
神坂怜：（・＿・）
柊冬夜：あっ……（察し
柊冬夜：後輩ちゃんズには聞かせられないなぁ。リーク云々《うんぬん》の件もあるし個人メッセで正解だったな
神坂怜：ソーデスネー
柊冬夜：まだ確証ないし、大手からそうそう簡単にデビューなんてないって！

いや、ごめんなさい。本当は知ってます……。

柊冬夜：知り合いだったら、もしかしてフォローしたりとかわざとやってるって一瞬思った
柊冬夜：さすがに考えすぎか
神坂怜：そうですよ、考えすぎですすって

私のやり口もうバレとるやんけぇ⁉　危ない危ない。勿論墓場まで持っていく所存でございます。そう言えば、今日がデビュー配信日なんだっけか。無事に終わるといいなぁ。

**【7月×日】**
滅茶苦茶《めちゃくちゃ》想定外の事態になってしまった。そこまでは考慮しとらんよ……。

205 名無しのライバー ID:hqB7lv7RE
で、結局SoliDliveさんの新人ちゃんの件ってどうなったん？

206 名無しのライバー ID:fz7vA/9RB
件の新人ちゃんは今お披露目配信やってる

207 名無しのライバー ID:fsHU8KMMQ
まさか箱外の熱心なファンにまで目を付けられる事になろうとは……

208 名無しのライバー ID:j1AvDFFGC
畳は多少理解を示されるけど、
脱サラは悪い噂しかねぇもん……

209 名無しのライバー ID:eTNRy9uJF
言うて畳も割と叩かれてたぞ
一昨日までは

210 名無しのライバー ID:Og436qq+4
もう一方の子が脱サラフォローしてた件で全部吹き飛んで
畳叩きから脱サラ叩きへ移行ですよ

211 名無しのライバー ID:0b2kRpSV3
叩きやすいってか立場の弱い奴には強く当たるのはネット社会の悪癖

212 名無しのライバー ID:d85+6BbGb
配信とか実況してるワイらだから人となりは知ってるわけで……
外のお客さんにそれを求めるのは酷な話というもの

213 名無しのライバー ID:voR3A1qrh
ソリライファンスレから適当に引っ張ってきたぞ

---

> 310 名無しの箱推し ID:frrd51vXS
> 霧咲 季凛ちゃん
> 元社会人、諸事情あって退社してニートしてたけど、家で肩身が狭かったのでVになった
> ダメ人間なので社会復帰も兼ねている
> 声△、滑舌△、トークスキル○
> あんだーらいぶの底辺フォローしていたことについては「何か問題でもあるっスか？」
> 曰くヨゴレ枠らしいので、アイドル性は期待しないでほしい
>
> 十六夜真ちゃん
> JK、友達誘って一緒にオーディション受けようと思ったけど断られた
> 声○、滑舌△、トークスキル×
> あんだーらいぶの柊は活動前からのファンで、V界隈知るキッカケになった人。尊敬する人
> コラボとか恐れ多くて無理

---

214 名無しのライバー ID:sgZE5mJSp
>>213
脱サラ名前すら覚えられてないただの底辺扱いなんやな

215 名無しのライバー ID:lveoyAwll
個人Vならあの数字でも十分すぎるけど、

222 名無しのライバー ID:/ByTSYUt2
>>220
こっちもデビュー配信で無音事故やらかしたから他所の箱にどうこう言えないわ

223 名無しのライバー ID:gckineki/
>>220
えっ、ヤバいじゃん！

224 名無しのライバー ID:2BLJ4ty6t
>>220
個人情報とか、彼氏とか出てきたらヤバいやつ

225 名無しのライバー ID:vif6lhXan
>>220
撮れ高じゃん
切り抜きで伸びるタイプ

226 名無しのライバー ID:Ej5kdcGft
朗報　ソリライ新人真ちゃんリア友から連絡来て配信停止に成功

227 名無しのライバー ID:YJMAlvHL2
あんだーらいぶスレなのにただのソリライスレになってんの草

228 名無しのライバー ID:Lt6ofqPlp
こっちの配信やってないんだもの

229 名無しのライバー ID:txFVOrhkA
裏にお披露目とか強めの企画あると配信避けるのはままあるし
こっちの上位勢はあっちとも仲良いし、あ業界大手のVであの数字はちょっと……

216 名無しのライバー ID:z4QvrysL/
>>213
キリちゃんちょっと煽ってるの草

217 名無しのライバー ID:W0w7qH7UL
>>213
畳は何だかんだ古参V、人気No.1男性V、3D持ちV、と冷静に見れば化物スペックそらファンになったり、尊敬の対象にもなりますよ
脱サラはヲチ対象——つまり観察対象、声が良いとかそんくらいだけど

218 名無しのライバー ID:X81M9fxUz
>>213
脱サラはまあ置いておくとして、キリちゃんの対応燃えそうで冷や冷やする
向こうのファンのユニコーン率やべぇから
マジで気を付けろよ

219 名無しのライバー ID:cM92KOjir
他所の箱のファンを処女厨《ユニコーン》とか言ってるけど
ワイらも大差はないからな

220 名無しのライバー ID:ZfTAgrzpk
悲報　ソリライ新人真ちゃんデビュー配信で切り忘れをやらかす

221 名無しのライバー ID:e6NXK00JV
>>220
えぇ……お隣さん、大丈夫かよ？

えて被せてない奴もおるやろ

230 名無しのライバー ID:VWKD+2HwF
悲報　友人ちゃんの声が配信に乗る

231 名無しのライバー ID:wK7Ud22yU
友人ちゃん女の子なら寧ろバフでしかない

232 名無しのライバー ID:MoBthread
( ,,`・ω・´)ンンン？

233 名無しのライバー ID:ATWSevp7I
どうした駄馬？
男の影でもちらついたか？

234 名無しのライバー ID:mEcjkdBm5
向こうのスレ見たら駄馬あっちでも常駐してんの怖いんだけど

235 名無しのライバー ID:JePgWmQYE
ヒェ……

236 名無しのライバー ID:MoBthread
友人ちゃんボイスと脱妹ちゃんボイス似てないか？
・友人ちゃん（仮）
https://xxxxx.vuploader.xxa
・脱妹ボイス
https://xxxxx.vuploader.xxb

237 名無しのライバー ID:ktWKnKIjx
>>236
ファ！？

238 名無しのライバー ID:XB3H1LhrB
>>236
！？

239 名無しのライバー ID:7cE0o7jQr
>>236
これマジ？

240 名無しのライバー ID:eNmR+jksY
>>236
確かに似てる気がする

241 名無しのライバー ID:+i44kU3fF
>>236
あっこりゃ

242 名無しのライバー ID:PwdNf/kcw
>>236
というかよく気付いたな、お前

243 名無しのライバー ID:MoBthread
アニメやナレーションの声聞くだけで大体の声優を判別できる
ワイのダメ絶対音感を舐めるなァ！

244 名無しのライバー ID:f3FasZdE6
何の自慢にもなりゃあしねぇな

245 名無しのライバー ID:5geMjW9aa
流石に切り抜きだけだし確証はないけど、似てはいるな

246 名無しのライバー ID:gckineki/
これマジなら脱サラ平気なのだろうか？

247 名無しのライバー ID:WOgpv2/wL
ちょっと焦げ臭くないか？？

248 名無しのライバー ID:HTk0yYBfA
スレテンプレにアフィ、持ち出しNGテンプレあって良かったな！

249 名無しのライバー ID:nx/qmZcvA
なお、このスレからソリライスレに逆輸入する奴がいて無事拡散される模様
普通にネタ持ち出しはアウトだからな？

250 名無しのライバー ID:bLdp1otML
>>249
草ァ！

251 名無しのライバー ID:IKMIyDzNQ
>>249
持ち出し君さぁ……
もう着火寸前じゃん

252 名無しのライバー ID:a+Pfb9Cf+
脱サラのスレ内呼称チャッカマンにしない？

253 名無しのライバー ID:s//qSFMgF
着火してんのは主に第三者だから
発火マンの方が正確なのでは？

254 名無しのライバー ID:/TARNVWw9
>>249
あかんこれじゃ脱サラが燃えるぅ！

255 名無しのライバー ID:/4ncJjU+G
>>249
向こうのスレではmikuriママイラストの脱妹ちゃん大好評で即コラボが望まれる

256 名無しのライバー ID:TM5mtC4if
ワイらのアイドルが世界に羽ばたいてしまったな……

257 名無しのライバー ID:NtmNUKZbP
アイドルじゃなくて玩具では？？

258 名無しのライバー ID:jcpCBuYe8
夏も元気に燃える脱サラが見れそうで俺は嬉しいよ

**今日の妹ちゃん**

どうしてこうなった

【8月×日】

霧咲季凜《きりさききりん》——それがわたしの仕事上での名前。芸名って言えば良いんスかね、これ。あ、これキャラのRP《ロールプレイ》守れとか怒られる案件？

こほん。

わたし、霧咲季凜2X歳《さい》。いざこざがあって会社を辞めてニート、ストリーマーを経てVTuberに転生したの！　でもその矢先とんでもない事件が起こってしまったの！

アバンはこんな感じで良いっスかね。ここからオープニング入る感じのまぁ、そんなサムシングで。

しかし——

「たかがSNSアカウントフォローした程度で荒れるってこの界隈《かいわい》一体どうなってるんスか……」

想定外。というか普通そんなの想像出来るか。そんなん考慮しとらんよ、状態。そもそも人様が誰をフォローしているとか逐一《ちくいち》チェックするものなのか。直接リプしたりだとかそういったのは一切ないのにこの有様である。自分の箱のファン層が少し心配になる。ストリーマー時代のファンは別にそういったことはなかったし、事務所からＳＮＳ利用上の諸注意云々《うんぬん》聞かされたものの男性ＶＴｕｂｅｒフォローしたらいけません、というような旨は別になかったと記憶している。わたしは最初直接的な関係を匂わせるような行為は避けて、それなりに時間をかけて縁があれば先輩と表立って交流するつもりではあった。だがしかし、そうも言っていられない事情があったのである。

話は昨日に遡る。

エゴサして、実況板らしきところで同期、相方の十六夜《いざよい》真《まこと》ちゃんが先輩のところ――あんだーらいぶの人気男性Ｖである柊《ひいらぎ》サンをフォローしていた件で何故《なぜ》か盛り上がっていた。そりゃあ界隈トップクラスの人だしフォローすること自体は別に何ら問題ないと思う。そもそもＳｏｌｉｄＬｉｖｅ《うち》の先輩も大体がフォローしているのだし、批判的な意見が出る方がそもそもどうかしてる。

ただ、ほぼ関係者の中にポツンと他企業の男性ＶＴｕｂｅｒがいるのが気に障ったようだ。

至極どうでもいい。異性の友人とかいないのかな、そういう人たちって。そこまで行くと日常生活に支障を来したりしない？　界隈特有と言うか、デビュー直前や直後にフォローした面子を見てＶ活動前――前世関係者を疑うのが最早《もはや》恒例行事となっているし。そこそこ有名なバーチャルタレント企業が新人発表した前後で急に活動を休止したストリーマーがいたら「こいつ、ＶＴｕｂｅｒに転生するだろ！」みたいなご意見はよく見られる。

「何か凄《すご》い人間不信になっちゃうＶの人多そうっスね、こんなのが多いと」

かつてストーカーやらが原因で異性よりも同性に対して怯《おび》えることはあったが、別にそれが原因で人間不信になったりとかはない。自覚していないだけで無自覚にそういう言動してるかもだけど。あえて同僚やスタッフ含め女性が多いこの箱からのデビューを決めたのは、単純にスカウトされたからっていうのもあるが、社会復帰の一環と考えていたからだ。異性を怖がるのはまあ珍しくはないが、流石《さすが》に同性に対して距離を作ったままではちょっと生《い》き辛《づら》い。直接顔を合わせる機会も一般の会社よりは少ないだろうし、打ち合わせとかも基本通話が中心なので随分《ずいぶん》と気が楽。元々ゲームとか好きだしある意味天職だったのでは？

と意気揚々と始めたらこの有様。大丈夫か、この業界。

「ふええ、これは酷《ひど》いっスね」

同時接続者数……生配信での視聴者数の数字だのスーパーチャット金額だの、やれアイツは箱内で嫌われているだの派閥《はばつ》があるだのと好き勝手に書き込まれている匿名《とくめい》掲示板。ファンスレッドでは多少数字の話はあるものの、演者への直接的な批判コメントは少なく感じる。とは言え、板の勢いが強いのは実況やアンチスレの方。マネージャーがちらっと言っていたが、一昔前にあったゲハ板――ゲーム業界、ハードウェア板で活発に行われていた『ゲハ論争』のそれに近い物を感じるんだとか。ゲームハードやソフトの売上が視聴者数や登録者数、スパチャ額。ゲームハードの違いが事務所、箱の違いみたいなものなんだろ。知らんけど。『現代に蘇《よみがえ》ったゲハ論争』とかなんだとか。わたしにはさっぱりだが、その当時を知る人からすると割と納得いく説明らしい。

そんなクソみたいな板の、デビューすらしていない相方の女子高生に対するコメントは正直不快の一言。出会い目的だとか、男漁《あさ》りだとか本当アホか。一応先程のマネさんにはさっさと何とかするように言っておいたが、ああいう匿名掲示板の対処って難しそう。知らんけど。

わざわざアングラなところに足運んで調べるなよ、とは言われるが気にはなるじゃん。と言うか、検索サイトで調べるとそれなりに上位にヒットしちゃうし。ＳＮＳにも普通に似たような書き込みが大量にあった。真ちゃん明らかに凹《へこ》んでるし。さっきまで泣いてました、みたいなテンションで打ち合わせに参加される身にもなってほしい。わたしの方が年上でお姉さんなわけだから何とかしなくては……今更フォローを取り下げたところでどうこうなる問題でもないし。

ＳｏｌｉｄＬｉｖｅ《うち》とあんだーらいぶ《あっち》のコアなファンなのか厄介《やっかい》なファンなのかは知らんけど、そういう人たちが真ちゃんや、柊サンを叩《たた》く姿がそれなりに見られた。

困ったものだと悩んでいたらあの人を思い出すわけですよ。あのお人好《ひとよ》しというか、自己犠牲大好きマンを。後、あの人、なんかこういうトラブル多いので傾向と対策詳しそうだし。あの人の先輩もある意味被害者なので、放《ほう》っておいたら勝手に自分だけ突っ走ってひとりで何かやらかしそうな気配すらある。そういう人だ、昔から。ひとりで全部しょい込んで。本人は気にしてないけど、見てる側は傷付くんだよ。その辺をきちんと自覚してほしい。

そういう姿が容易に想像出来てしまう。ならいっそ、最初から共犯になってもらおう。秘密を共有することで距離を縮めようとかそういう邪《よこしま》な考えは……少し、ほんの少しだけあったのかもしれない。一度実質フラれてるようなものなのに、未練がましい女である。メンヘラかよ、わたし。すぐに連絡しようと思ったが深夜だったのでさすがに控えた。

「寝て、明日起きたら連絡しよ」

◇◆◇◆◇◆

その日、随分と懐かしい夢を見た。彼と再び関わりを持ったせいだろうか……？

あの人と初めて会ったのは何年前だったろう？　新入社員として入社したわたしは事務という仕事柄たまにやり取りすることはあったが、いつも酷いクマでいつも上司に頭を下げていた印象くらいしかなかった。傍《はた》から聞いていても言いがかり、難癖《なんくせ》みたいなものを語気を強めた様子で投げ付けられていた。彼は彼でそれをへらへらと笑顔で「申し訳ございません」と深々と頭を下げるもんだから、上司連中も気持ち良くなって何でもかんでも面倒事を投げる。どう考えても無理だろって仕事もきちんとこなしているあの人は異常すぎるが……そのお説教が終わった後、一転してその笑顔が消《き》え失《う》せる。その時になってようやくあれは作り笑顔だったんだと気付く。生気のない目、額に寄った皺《しわ》——酷い顔だ、と思った。少し怖くなった。

「あの人、いつもああだけど大丈夫なんかねぇ」

「いつも……なんスね」

「昔っからああらしいよ。なんか一説によるとほぼここに住んでるって話だけど」

「えぇ……なんかもうストレス凄そう」

「夜中にキャスター付きの椅子でカーリングしてたらしい。守衛さん情報」

「何それ怖いっスよ……」

「あたし的には寧《むし》ろちょっとお茶目なところ可愛《かわい》くない？」

「確かに凄くシュールな絵《え》面《づら》で面白そうではあるっスけど」

同じ部署の先輩とのやり取りがこれ。大体いつものノリらしい。徹夜のテンションで変なことしちゃうだけの余裕があるのは救いだったんスかねぇ。

「あ……」

「……どうも」

ある日、非常階段でエナドリ飲んで休憩中の彼と遭遇してしまった。気まずい。軽い気持ちで涼みに来ただけなのに……思わず目を逸《そ》らすと、視線の先で彼が写真を持っているのに気付いた。そこには制服姿の少女。実はロリコンだったとか……？　鬱屈《うっくつ》した状態だと変な性癖に目覚めちゃったりとかするんだろうかと心配するが、よくよく見ればその少女の隣には彼が写っていた。ツーショット写真。

「それ、妹さんですか？」

「ん……ああ。ここ何年か会っていないけれどね。可愛いでしょう？」

「そうですね」

こういう顔もできるんだ。写真の中の彼も、目の前の顔も普段誰かと話すときに見せているような作り笑顔とはまったくの別物だった。確かに、そこに写っていた少女は本当に可愛らしい子だった。彼の袖《そで》を無意識なのか控え目に握っている様子から察するに、この子はきっとお兄ちゃん子なんだろうということがなんとなく伝わってくる。この後、適当に相槌《あいづち》打っていたら聞いてもいないのに妹ちゃんについて聞かされた。ああ、この人絶対シスコンだと確信した。

　その後、大体休憩時間にここで会う事が増えた。この人大体１０秒でエネルギーチャージできるようなゼリー飲料やエナドリばっかり飲んでいるのが気になって、たまにコンビニで買ったおにぎりとかを「買いすぎた」と言い訳して無理矢理食べさせていた。放っておくと流動食で済ませようとするし。良くて栄養ブロックみたいなのだし。

「なんか餌《え》付《づ》けされてるみたいだな」

「自覚あったんスね」

「そりゃあなぁ……ホイ」

「なんスか、これ」

「なにってお菓子だけど」

「そりゃ見りゃ分かるっスよ」

　手渡されたのは個包装された焼き菓子だった。なんでも営業や納品に行くとき客先に持っていく菓子箱を買いにいくついでに買ってきたらしい。貰《もら》うばかりなのを気にしていたらしい。まあわたし的には多少お仕事方面で助けられることが多いので、気にしていなかったけど。

「付き合ってるの？」

「ごっほ、ごっほ。な、な、何言ってんスか？」

　お返しに貰ったお菓子をもぐもぐ食べていたところ、それを見た部署の先輩にそんなことを言われてしまい思わず咽《む》せた。そんなんじゃない。

「いや、昼休みいっつも逢引《あいび》きしてるじゃない？」

「ちがう、そうじゃない」

「スが付いてないよ□□ちゃん？」

「〰〰ッ⁉」

と、顔を真《ま》っ赤《か》にして否定したところを回想したところで目を覚ました。なんだこれ。ひっでぇ夢じゃんか。あの頃は若かったわ……マジで。ほんの数年前だけど。ホント、若かったわ……色々と、ね。

「はっずぅ……マジか、変な夢見ちゃったなぁ」

ちなみに変な語尾はキャラ付け。高校卒業頃までは眼鏡《めがね》におかっぱ頭の地味子で、その頃クラスメイトの中心にいて誰からも好かれていた子がそんな口癖だったのだ。単にそれを模倣《もほう》して大学デビューしたら割と上手《うま》くいっちゃったもんだから、それを引き継いでいる。ある意味ゲン担ぎみたいなもの。

予定通り早速連絡を取ることにした。先程変な夢を見てしまったせいで、妙に緊張してしまう。特に対面する訳でもないのに、スマホを片手に硬直していた。冷蔵庫からチューハイの缶をひとつ取り出す。やはり酒……！　酒が全てを解決する……‼

「っぷはぁ！」

少し酔いが回ったところで、まずは軽い挨拶とＶＴｕｂｅｒデビューすることを告げると、

「で、なんの相談？」と早々に看破《かんぱ》されていた件。滅茶苦茶《めちゃくちゃ》バレてるぅ⁉

◇◆◇◆◇◆

相談した結果、わたしが真ちゃんと同じように男性ＶＴｕｂｅｒである先輩——神坂怜《かんざかれい》をフォローしてヘイト稼ぐみたいな行動を取ることになった。単純明快。ただ、わたしと彼が代わりに厄介なそういう連中に叩かれるというだけ。本来はわたしだけが悪いってことで話を納められればよかったんだけど。

　立ち位置的にわたしがそういう役回りをするのが一番しっくりとくるだろう。箱内にはひとりくらいは汚れ役いるでしょ。わたしはそれでいい。他所の箱とはいえ、彼と箱内でよく似た立ち位置になる……なんてのはちょっぴり笑っちゃう。本来あの人のそういうところはわたしが諫《いさ》めてあげるべきなのだろうけれど、どうしても甘えてしまう。彼の優しさに付け入ってしまう。なんて迷惑な女だろうか。結局今回も迷惑かけてしまった。頼ってしまった。一緒に用意した保険の方の出番がないことを願おう。

「計画通りとはいえ——」

　男性Ｖをフォローしたという同条件であっても、神坂サンは失礼ながらその……えぇーと、何というかよく叩かれたりとか、槍玉《やりだま》にあげられる印象であるのに対し、真ちゃんのフォロー先はフォロワー１０万人越え、超大御所、超人気ＶＴｕｂｅｒ、更にはウチの先輩と同じ絵師繋《つな》がりとかがある。この２組が並べばフォローする理由があまり想像できないこちら側にその手の矛先《ほこさき》は向く。

「これはこれでキツイっスねぇ……」

想定通りに事が進んで矛先が真ちゃんからこちらに向いたはいいが、切れ味が白ゲージありそうなくらいの言葉という得物でバンバン斬り付けられる気分はあまりよろしくはない。まあその大多数がファンに見せかけたアンチによるものだという事は分かる。

エゴサを止められる人間に、わたしはなりたい。こういうの涼しい顔して受け流しつつ、「楽しい職場です」って言ってるどこかの先輩はやはりどっかおかしいと思う。失礼かもしれないけど、頭のネジ2〜3個どっかに置いてきたんじゃないんだろうか？　あるいは増し締めしすぎてネジの頭がねじ切れてそう。トルク調整とかせずに顧みないでガンガンやっちゃうタイプだし。その癖《くせ》、他人には激甘だし。

どういう人生経験があったとかは知らないのだけれども、少なくともまともに生きていればあんな風にはならないと思う。あの人のあれは異常だと思う。昔から。周囲の人もそれに甘えて――利用して、面倒事を押し付けていた。断ればいいのに作り笑顔で、安請け合い。それでも当人のスペックが高いせいで大体卒なくこなしてしまう。周囲は『あの人に投げれば何とかなる』と思い込む悪循環。かく言うわたしも利用している立場なので文句言う資格はないか。

わたしが退職するとき「一緒に辞めてこの生活続けます？」って誘ったのに普通に断りやがった。言うのに結構勇気出したのに秒で断りやがった。迷う素振りすら見せなかった。その後倒れてりゃ世話ない。結局家族……主《おも》に妹ちゃんの言葉ひとつで退職を決めて実家へ帰郷。ちょっとだけ悔しい。あの人にとっての特別は昔からずっと家族だけなのだ。悔しいのはちょっとだけだ。本当に少しだけだ。

わたしは缶チューハイを一気に呷《あお》った。

【8月×日】

真ちゃんが滅茶苦茶心配していた。彼女の話題で荒れたのももう既に過去の事。今はわたしが絶賛叩きの対象です。どうもありがとうございました。狙い通りといえば狙い通りだが、あまり良い気分ではない事は確かだ。飲酒量が増えたのはここだけの話っス。やはり酒……‼　酒は全てを解決する……‼　あれ？　前も言ってたっけ……？　最近飲酒量が増えているとか気にしてはいけない。これでも顔出ししていないだけ幾分《いくぶん》か気は楽ではあるのかもしれない。

「あの……本当に大丈夫ですか……？」

『本当に大丈夫か？』と問いたいのはこちらの方。確かに、正直に答えるのならば『ノー』である。しかしこの程度はあの人に比べれば全然大したことはない。さして大事にはならない。ごく一部で批判されているだけ。きっと大丈夫。

「あー、平気平気。お姉さん、社会に出てた時はもっとこう……色々酷いのとかあったから」

ここまでの誹謗中傷《ひぼうちゅうしょう》は流石に中々ないっスけど。ネットの誹謗中傷でも逮捕者がそれなりに出ているのによくやるこった。ウチの事務所がその辺の対応きちんとやってくれることに期待しておこう。そういうの面倒見てもらうってのが、企業勢の強みのひとつなわけだし。

「好きな男性声優さんとか、俳優さんとか、配信者さんとかフォローしていけば誤魔化《ごまか》せるし大丈夫よ。勿論《もちろん》女性も含めてだけれども。フォロー先が増えて行けば叩きようもないでしょ」

「な、成程《なるほど》ッ……！」

『割と気軽に誰でもフォローするんだ』と印象付けさえしてしまえば大体何とかなると思う。多分だけど。

【８月×日】

初配信でも割と調子に乗ったことを言った割にあまり燃えていない。なんでだ。やっぱりあれか、『可愛いは正義』という例の格言通りだったのか。大半が「ああ、そういうキャラなんだ」みたいな反応。ちょっと肩透かしを食らった感じがする。人気の声優やら、ストリーマー、プロゲーマー、果てはＶ界隈でちょっと変なキャラ——アレイナ・アーレンスちゃんとかを男女問わず片っ端からフォローしていったのが利いたのだろうか。流石にゴシップ系は避けたけど。

一応あの人との関係を疑うようなメッセージも多かったので、配信内で触れておいた。彼の担当するイラストレーターさん、ｍｉｋｕｒｉ先生のファンであるという理由で。実際以前から先生の本は持っていたし、ウソは言ってない。結構女性向けの薄い本とかイラスト集とかも出しているし、違和感はないはず。これで納得したのかあれからめっきりそういうコメントも来なくなった。こういうので良いのか……聞き分けがよかったと喜ぶべきか。じゃあ最初から叩かないでくれ。

ただ副次効果としてｍｉｋｕｒｉ先生からフォロバされたの地味に嬉《うれ》しかった。

ちなみに、あの人も一部に叩く人がいるようだが登録者自体は１００人程増えているので何とか許してほしい。こっちに多少ヘイトが向くように、先述したように他の男性活動者をフォローしまくったのが効果あったかは分かんないけど、どちらかと言えば被害者サイド故《ゆえ》同情的な意見もある。この辺りはまあ至極当然の理由なんだけれども。ただ、ヲチ目的――観察対象としてわたしがフォローしているとかいう意見で納得する人がいるのもどうなんだ？　確かに見てて面白いのはわかるけど。配信の内容はあまり面白みはないけれど、その周囲で巻き起こる騒動含めると実に見応《みごた》えはあると思う。

　後、わたしのファンアート、エロ絵比率が多いのは何故なんだ。首絞めたり、腹パンされたりマニアックプレイが多い気がする。曰《いわ》く『わからせたい』らしい。やはり最後に勝つのは三大欲求よ。エロって大事。うん。ファンアートが多いのは悪い気はしない。わたしのキャラデザをしたイラストレーターさんとしてはその辺複雑なのかもしれないけど。同人誌とかも人気のコンテンツだとその数も多いし、イラスト数が多いということは人気の証《あかし》でもあるので素直に喜んでおこう。

　結局結果だけ見ればこのフォロー云々の問題が小規模な炎上商法になっていたのかもしれない。不幸中の幸い。一方のわたしの相方の真ちゃんだが、初手初配信で軽い放送事故をやらかしてしまい……結果、バズッていた。

　えぇ……わたしの心配返して。というか、これがあるなら変な小細工する必要なかったじゃん！　同期の人気にあやかりたいもんだ。

　放送事故といっても配信を切り忘れるという、配信者には割とあるあるの事故。ちなみに同時刻、わたしもその場面を目の当たりにして、ディスコで連絡を取ろうとしたもののヘッドホンを外していたのか当人に伝わらず、マネージャーが対応しようとしたとき事件は起こった。

　真ちゃんのクラスメイトが直電でその旨を伝えたのだ。偶然にもマイクの傍で。何やら別の作業の合間だったのか、偶然にもスピーカーフォン機能で通話してしまうというある意味奇跡の事故。該当部分は現在編集されてカットされているものの、その場面はファンにとってかなり好意的に受け入れられており、デビュー前に男性Vフォロー云々で叩いてたはずの層が揃《そろ》って掌《てのひら》返しをしている様は正直面白かった。クラスメイトが男子だったら大変なことになっていただろう。女の子の友達でよかった。それも結構可愛らしい声だったもんだから、ファンは歓喜の声を上げた。更にお相手の友人ちゃんも配信中ということを配慮《はいりょ》して、個人を特定できるような情報を一切漏らさなかったし。

「あ……？」

　そしてエゴサで見つけた奇妙な説。真ちゃんの親友＝あの人の妹？　以前彼の配信で声が乗る事故があり、その声と今回の一件のクラスメイトの声が酷似《こくじ》している。声紋照合だか何だか知らないけど、そっくりというデータを出す輩まで現れた。その能力もっと別のとこに使え。鑑識かよ、お前。怖いよ。

　となれば当然ファンの人々はわたしや彼女のＳＮＳフォローの話なんてもうどうでも良い。そっちの方がどう見ても美味《おい》しそうなネタである。もうそりゃあもう軽いお祭り状態。

　こ、これさ。原因の一端がわたしだったりするやつ？　あの人また燃えるんじゃ……？

「ど　う　し　て　こ　う　な　っ　た」

　思わずそう言葉をこぼさずにはいられなかった。後、酒も飲まずにはいられなかった。あ、この日本酒美味しい。おつまみなんか冷蔵庫にあったかなぁー。

# 4話 特定？

**【7月×日】**

先日あんだーらいぶとは異なる企業のＶＴｕｂｅｒ――ＳｏｌｉＤｌｉｖｅ所属の霧咲《きりさき》季凜《きりん》にＳＮＳでフォローされ、界隈《かいわい》が少しざわつく、なんて事があった。まあその中身は私が会社勤めしていた頃の元後輩なんだが。

　ざっくり時系列を整理すると、

十六夜《いざよい》真嬢《まこと》が柊《ひいらぎ》先輩をフォロー

←

一部で荒れる、十六夜真嬢、柊先輩双方が一部から叩《たた》かれる

←

元後輩相談しにくる

←

元後輩が私をフォロー

←

彼女に注目が集まったところで男女問わず声優や俳優をフォロー以上のような流れになる。自然とヘイトが十六夜嬢と柊先輩から元後輩と私に向いた。まあ、わざわざ荒れているところに同じような火種を持ち込んでいるので当然の結果だ。この流れを見る人が見れば、わざと被《かぶ》せに行ったことを疑う人も出てきそうだが。

正直いつものあれが小火《ぼや》だとすると、今回の件はぬるま湯ですらない。正直叩いているのはＳＮＳの捨《す》て垢《あか》みたいなので騒いでいるような人くらいだし、恐らくはあんだーらいぶ《こちら》とＳｏｌｉＤｌｉｖｅ《あちら》の対立煽《あお》りが目的なんだろうと思うけれども。逆に売名効果があったのかチャンネル登録者数が増えているのである。多少時間を置いた後、元後輩は企業勢ＶＴｕｂｅｒから有名個人勢、実況者、声優、芸能人を男女問わず片っ端からフォローしていったようで、すっかり鎮火状態。

ある意味注目度を高めた一種の炎上商法のそれに近いかもしれない。災《わざわ》い転じて福となす。というやつだろうか。変なのに目を付けられて今後の活動に支障が出る可能性があるかもしれないので、一概に喜べないけど。

長々と語ったのは現在進行形でその元後輩が初配信中であるからだ。他の箱とはいえ、元後輩で、ある意味今回の件では共犯者でもある。気になるのは仕方がない。それ以前に配信で何かやらかさないか心配なんだよなぁ……当人が聞いたら怒りそうだが。何かお漏らししようものなら、いよいよ本格的な炎上に発展しかねない。

「こんな時間にこんないっぱい人が……皆暇なんスねぇ」

［わざわざ時間を空けたんだが⁇］
［配信楽しみにしてたんや］
［夜勤中だけどスマホからこっそり見てる］

「え？　そうなんスか。いやぁ、照れるなぁ～」

まんま後輩の声だった。猫撫《ねこな》で声《ごえ》というと失礼かもしれないが、流石《さすが》にちょっと声色は普段よりも大分《だいぶ》高めでいかにも『可愛《かわい》い声出してます』感がすごい。こうして配信の声を聴くとよく分かる。彼女に対して声だけでよく私の事に気付けたな、とか思っていたけど確かに割と分かるものなんだな。とはいえ、意識して聞かないと確かに判別は難しいかもだが。

「後マシマロでめっちゃ来てんですけど、これ」

□他箱男性Vフォローしてたのなんで⁇

［アイドルに男の影はアカンぜよ］
［関係者フォロー直下にそれは色々気にする人がおる］
［杞憂民《きゆうみん》さぁ……］
［別に気にせんでええんじゃね？　詮索《せんさく》したくなる気持ちは分かるが］

「フォローしたら何か問題でもあるっスか？」

［いや、ない］
［特にないです］
［処女厨《ユニコーン》が騒いでるだけ］
［よりによってあの底辺に絡みに行くのは止めろ］
［せめて人は選ぼうよ］
［ないけど、推しに男の影があるのは気がかり］

「キモ。めんどくっさい人たちですね。そんなんじゃ女の人にモテないっスよ？」

私以外の異性のVをフォローしたら、それこそわざとその人に火種を送り込むようなものだし私以外に選択肢がなかった。とはいえ、あちらのファンには非常に申し訳ないことをした。本当にごめんなさい、ファンの皆さん。何も知らず応援しているこういった人たちは知る由もないだろう。今後明かすつもりもないが、罪悪感は抱かざるを得ない。こういう人たちの気持ちを蔑《ないがし》ろにしていたのだ。

柊先輩みたいなカリスマや人気を持ち合わせていればまた違ったかもしれない。私の場合、あんだーらいぶ外の他箱のファンにもあまり良く思われていないのが致命的すぎる。普段から炎上連発、トドメは先月の影尾《かげお》氏リーク情報からの仮想記者氏による考察動画が決定打か。界隈の嫌われ者、それが私です。というか、ここから私持ち直したり出来るんだろうか……？

最早《もはや》こういう役回りくらいでしか事務所の役に立つような場面がないような気がする。
　本来もっと叩かれても良さそうなものだが、何故《なぜ》か登録者は微増していた。直接コラボ、やり取りをした形跡もないし、単なる相互フォロー状態でしかないからか。こういうのは逆に余計申し訳なく思えてしまう。ド派手に、ボロカスにもっと叩かれた方が許された気になっていたかもしれない。

［草］
［火の玉ストレート草］
［そういうリア充はそもそもVの配信見ない］

　良くも悪くも素っ気ないというか、普通の人が想像するような女性Ｖの対応ではない。路線で言えばアーレンス嬢とかが近いんだろうか？　あれはあれでかなり特殊な例だが……箱としてそういう方針なのか、単純に彼女が未《いま》だ人間不信気味なのが原因なのか……はたまた今回の件であえてそういうヘイトを買うような言動をしているのかは定かではないが。それでもＳｏｌｉＤｌｉｖｅさんがデビューにゴーサイン出した以上、こういうキャラクター性というもので推していくつもりなのかもしれない。アイドル性を売りにしたメンバーの中でひとりくらいパンチの利いたキャラがいても確かに問題はない。他メンバーの当て馬とかそういう扱いでなければ良いのだが。まあ、声は多少作ってても性格的には素の状態に近い今のスタイルが楽だっただけかもしれないが。性格まで猫被ってたらそら長続きしないよな、とも思う。

「まあ理由言わないと色々言われちゃいそうなので、白状するっスけど。単純にあの方のイラストレーターさんのファンだったんですよね。ｍｉｋｕｒｉ先生。昔某スポーツ漫画のＢＬ本で結構お世話になったし。おい、初配信で性癖の片鱗《へんりん》見せちまったじゃないっスか！　責任取って一生推して。もっと清楚《せいそ》に行くつもりだったのにぃ」

［あー、そっちか］
［ｍｉｋｕｒｉ先生の絵はガチ］
［草］
［多様性の時代だし、へーきへーき］

「真ちゃんも男性ライバーフォローしてたのが大事になってて凄《すご》い裏であわあわしててめちゃくそ可愛かったっスよ。皆わたしはいいっスけど、真ちゃんイジメるのは止めたげてね」

［真ちゃんｗｗ］
［真ちゃんかわいい］
［お？　同期てぇてぇか？　いいぞもっとやれ］
［隙あらば同期仲良しアピールして、どうぞ］

割と上手《うま》い事誤魔化《ごまか》してた。確かにｍｉｋｕｒｉママはくっそ有能イラストレーターさん。

控え目に言って神絵師。以前から同人活動や一部のライトノベルのイラストなども手掛けていたので、そっちのファンでしたというのは上手い。彼女のフォロワーを見てもイラストレーターさんも多くフォローしている。その中には勿論《もちろん》ｍｉｋｕｒｉママもいる。コメントを見ても納得する声が多い。流石ママ。後輩の性癖に関してはノータッチで。

同期の子のフォローを頑張っているようだし、ひと安心できそうだ。彼女が配信内で少しでも私に触れた以上、逆にスルーするのもあれだ。私は彼女のＳＮＳのフォローボタンをクリックした。ちなみに同タイミングでｍｉｋｕｒｉママも彼女をフォローしていた。ママも配信をチェックしていたんだろうか。

---

霧咲季凜@kirin_solidlive
ｍｉｋｕｒｉ先生からフォローされている……だってぇ!?
あっあっ新刊も買ってましゅうう

---

ｍｉｋｕｒｉ@Ｃ９Ｘ新刊出ます@mikuri_illustrator
ありがとー、今後も色々よろしくね
いろいろと、ね？

---

この色々に私含まれてたりしない？　大丈夫？

**【7月×日】**

念《ねん》の為《ため》今回の一件を犬飼《いぬかい》マネに報告しておいた方が良いだろうし、顛末書《てんまつしょ》的なものを書き上げる。大事にはなっていないが、取って付けたような新規アカウントからであったとしても他社との対立煽りに利用されたという事実がある以上報告は必要だろう。報連相は大事、これな。ちなみにこの後「ＳＮＳのフォローくらいでそこまで言いませんよ」と真顔で『何言ってんだ、こいつ』みたいなノリで言われた。いや、まあ言われてみればそうなのかもしれないけれど。それで良いんだ……以前、別件のお願いも二つ返事で了承されたし、この事務所、色々寛容すぎないか？

放任主義とまではいかないかもしれないが、伸び伸びと配信活動をやっているからこそ、それぞれのキャラクター、個性といったものがより反映されやすい環境となっているのだろう。逆に言えば没個性の塊みたいな私がご覧の有様なので、演者の力量がモロに出てきちゃうのよね……とはいえ、爽やかイケメンを演じるのは私には無理だ。短時間の配信やボイス収録の間くらいは誤魔化しが利くが。そういう自由なあんだーらいぶの社風というか活動方針は私も気に入っている。

丁度報告書を添付して送ったところで、部屋をノックする音。この控え目なノックは恐らく我が愛しの妹のものに相違ない。時刻を確認すると日付が変わったところ。一仕事終えて丁度良いタイミングだった。露骨に疲れた表情を見せるわけにはいけないので、「ふぅ」と一息だけ入れてから扉を開く。

「どうした？」

「お兄ちゃん……その……ちょっと相談が——」

「勿論。ホットミルクでも飲みながら話そうか」

リビングへと誘導して手早く準備を済ませる。ようやく相談する気になってくれた、と安堵《あんど》感《かん》。それと同時に表情から察するに結構な面倒事のようだ。私に何が出来るかは分からないけれども、妹には何でもしてあげたい。どんなリスク、犠牲を払ってでもこの子だけは幸せになってもらわねば困る。

「お兄ちゃん……あのね、先月ウチに来てた子いるでしょ？」

「ああ、フィナンシェ大絶賛って言ってくれてた子だろ？　また連れてきなよ。次はもっと気合入れたお菓子作るよ。何だったらリクエストにも応えちゃう」

「その子ねＳｏｌｉＤｌｉｖｅの新人としてデビューしちゃったの」

「ほう……？」

安心しろ。兄の元同僚もその同期としてデビューしているぞ。世の中狭いにも程がある。というか私の周囲ＶＴｕｂｅｒ大杉問題。何というかご都合主義感満載じゃないか。こんなことありゅ？　誰だよ、こんな設定考えた奴《やつ》。もうちょっとリアリティのある設定にしろよってお気持ちしたくなるぞ。事実は小説より奇なり、という便利な言葉があるのでそれで納得しておこう。

恐らくは後輩……霧咲の後に配信していたであろう柊先輩をＳＮＳでフォローしていた十六

夜真嬢のことだろうか。そう言えばそちらの娘の配信は一切見ていなかった。後で確認しておこうか。妹の友人というのであれば極力関わりを避けつつ、陰でひっそりと応援することにしようではないか。うむ。というか、ＳＮＳのデビュー順番は十六夜嬢が先だったのに配信順番は逆なのか。直前のゴタゴタが原因で入れ替えとかになってたんだろうか。

　その友人ちゃんが直前でネットで批判されていたとかそういう類《たぐ》いの相談内容じゃなくて本当に良かった……頼まれたら頼まれたでどんな手を使ってでもその願いは叶《かな》えてあげたい。マイシスターの目に入るよりも前に、あいつのフォローがあったと考えれば、ある意味元後輩――霧咲に救われたのかも。

「初配信後配信が切れてない事故があってね」

「昨日の夜にその子の初配信があってね……」

「あー、ソリライさんのデビュー配信は昨日だったっけ。あそこって変わってるよね。ＳＮＳ開始とデビュー配信でふたりの順番違うの」

「前後の変な騒動とか、単純に事前登録者数見て判断なんじゃない？　って、そんなのはどうでもよくって！　初配信で配信切り忘れをやらかしちゃって……」

「そりゃあ大変だ」

　うちの新人ちゃんもかつて初配信でミュート事故をやらかしていただけに、他人事とは思えない節がある。配信終了を押したつもりが、それが反映されておらず放送事故になるケースこのＶＴｕｂｅｒ界隈、配信者界隈ちょこちょこある。素のキャラで喋《しゃべ》ってしまったりっていうのはまだ序の口。個人情報――本名を漏らしたり、果ては素の悪態なんかを全世界に向けて発信してしまう人までいるから中々に怖い。私も常々気を付けてはいるし、後輩ふたりの配信もその辺ないか余裕があればチェックするようにはしている。

ＶＴｕｂｅｒというのはあくまでそのキャラクター……私で言えば『神坂怜《かんざかれい》』として活動しているのであって、中身——所謂《いわゆる》『魂』とは別物。本名や芸名で顔出しもしながらこっちの活動も同時並行している人もいない事もないが、一般には別物とするものだ。極力そういったものを露見するのは避けるべきだろう。

「わたし、慌てて配信止まってないよって電話したの」

「うん。そりゃ大事故になりかねないし」

「電話には出てくれたの」

「うん」

「でもね、それがマイクのすぐ傍《そば》でね」

「あぁ……」

「配信にわたしの声が乗っちゃった」

「ま、まぁ電話越しの声って意外と分かりにくいから——」

「前お兄ちゃんの配信にわたしの声乗っちゃったことあるでしょ？　それでバレちゃった」

「え……？　声が乗ったのなんて一瞬だし、アーカイブも編集済みだったのに……。それで気づいちゃうかぁ……」

「ダメ絶対音感の駄馬——じゃなかった、変なファンがどうしてか気づいちゃったみたいで」

あれ？　雲行き怪《あや》しくない……？

「神坂怜の妹がＳｏｌｉＤｌｉｖｅ新人の子と友人だっていうのがもうネットで拡散されちゃった……」

「ｏｈ……」

――ど、どうしよう……。

「ど、どうしよう……」

「大丈夫、大丈夫。お兄ちゃんに任せとけ」

一言一句マイシスターと同じセリフを胸中で吐露《とろ》していたけど、それをぐっとこらえる。妹の手前そんな姿を見せるわけにはいかない。自信満々に振る舞っておく。お兄ちゃんは妹の前ではいつだって最高に格好良《かっこよ》くって頼れる存在でなくてはならないのだ。色々なことを諦めて、投げ捨てて来た人生であったとしても、それだけは絶対に曲げない。

少し計画は早まってしまうが、どの道そういう予定で話は進めていたのだ。事務所からも許可は取っているし、諸先輩方にも既にディスコでは通達済み。当初の予定とは少し異なる形での発進となってしまうが、私ひとりではない――そう思うと幾分《いくぶん》か気が楽ではある。まあ妹の前だから自信満々に大見得を切ってしまったが、やってることは先輩たちの威を借るだけなんだけれども。同じ箱内において、前例があるのが何より有難い。

もうなるようになれ。

神坂怜　チャンネル登録者数４６５０人（＋１５０）

324 名無しのライバー ID:YarkXrfx7
脱妹ちゃん＝ソリライ新人の友人ちゃん
これってマジ？

325 名無しのライバー ID:GQYyGXWEO
脱サラは特に無反応だし、十六夜さんサイドも特に友人ちゃんには触れていない

326 名無しのライバー ID:5Ad6SzjvH
裏でバタバタしてるんじゃろうか？

327 名無しのライバー ID:gckineki/
今日の脱サラプレビュー
・お料理系YourTuberにスイーツツイートいいねされる
・キリちゃんにフォローされる
・妹が真ちゃんの友人説
本人何もしていないのにこれである

328 名無しのライバー ID:E61Sr88dc
>>327
草

329 名無しのライバー ID:659STXOeb
>>327
>・お料理系YourTuberにスイーツツイートいいねされる
普通に凄いんだろうけど、配信に関係ない点が評価されてるの草

330 名無しのライバー ID:Bm7ZDW2Cg
>>327
最初の1行目以外不穏な気配しかないんですけど……

331 名無しのライバー ID:SnZj72iHH
>>327
向こうのファンスレだとクソザコ底辺精スプ野郎とか散々な言われようで草だった

332 名無しのライバー ID:gfhBSXi4y
捏造止めろ、それはごく一部だったろ
ほとんどは底辺君だったろうが！

333 名無しのライバー ID:cxFM6+Yrc
それはそれで結構な言われようである

334 名無しのライバー ID:6gl8axedY
速報

---

神坂雫フォロー@kanzaka_shizuku
あんだーらいぶ所属のVTuber神坂怜（@Kanzaka_underlive）の妹です
パンケーキだいすき
兄のチャンネル登録してください
イラスト→mikuriママ（だいすき！）@mikuri_illustrator

---

神坂雫@kanzaka_shizuku
色々とお騒がせして申し訳ありません
十六夜真（@makoto_solidlive）ちゃんとはクラスメイトで友人です
兄との面識は一切ないので皆さんご安心を

---

335 名無しのライバー ID:CJhZ2l8hZ
>>334
脱妹ちゃんSNSデビューきたあああああああああ！

336 名無しのライバー ID:Ev+/poIPm
>>334
雫ちゃん可愛いｐｒｐｒ
スケスケだぜ！！

337 名無しのライバー ID:pq4g+Q92M
>>334
雫ちゃん、露出は少ないけどなんやそのすけすけスカートは！？

338 名無しのライバー ID:MoBthread
チュールスカートっていうんやで

339 名無しのライバー ID:mT2amlILF
>>334
黒髪ロングで絵に描いたような清楚な感じ
mikuriネキのこだわりが凄すぎる
なんやそのレースの描き込み

340 名無しのライバー ID:Z1R/dQAOe
>>334
mikuriネキ渾身の作品だな
相変わらず色使いが凄いええなぁ

341 名無しのライバー ID:8jel58EmO
>>334
後並べて立たせても違和感ないデザインになってるのが地味に凄い

342 名無しのライバー ID:7Pvoqy3Zs
>>334
これは脱サラがシスコンになるのも納得

343 名無しのライバー ID:TD9S0drrr
>>334
清楚感がカンストしそうなレベルの美少女

344 名無しのライバー ID:M8tcJ4GUs
本物か？

345 名無しのライバー ID:JvzOpyAat
脱サラ、mikuriママ、畳、酢昆布ネキ、ハッス、忍ちゃん、月太陽コンビ、女帝
フォロー面子見てみろや
脱サラがその呟きリツイートしてるし
本物やろ

346 名無しのライバー ID:hzetlz7cE
雫ちゃん登場にソリライスレ困惑
mikuriママ渾身のキャラデザ公開で完全勝利へ
↓
ソリライファンスレ民
・かわいい
・ソリライに来ないか？
・運営は契約しろ
・清楚
↓
脱サラが良い人材を紹介したとして感謝される←謎

347 名無しのライバー ID:yaijnWo2/
いや、草

348 名無しのライバー ID:XVQSKGFqE
向こうもこっちもスレの流れ大体同じなの草ですわ

349 名無しのライバー ID:Jy8XTddto
脱サラの今日の株価
↓↓↓↓↓↓↑↑↑
畳（参考）
↑↑↓↓←→←→BA

350 名無しのライバー ID:+ZIQ9im7C
最初のマイナス分まだ取り返せてないんじゃ……？

351 名無しのライバー ID:9xjCX/5a
あっ……

---

神坂雫@kanzaka_shizuku
色々とお騒がせして申し訳ありません
十六夜真（@makoto_solidlive）ちゃんとはクラスメイトで友人です
兄との面識は一切ないので皆さんご安心を

---

十六夜 真@makoto_solidlive
ごめん、今度ケーキ奢る……
あ、お兄さんにこの前のフィナンシェ美味しかったって伝えておいて

---

352 名無しのライバー ID:/CJpkf16m
>>351
あかん

353 名無しのライバー ID:JjPvEx32z
>>351
やめたげてよぉww

354 名無しのライバー ID:EG7HGDnbe
>>351
起き攻めやめろww

355 名無しのライバー ID:CNYEAlJkj
>>351
やwwめwwてww

356 名無しのライバー ID:fAtG/370N
>>351
ドジっ子か、おめぇ……
ちょっと登録してくるか

357 名無しのライバー ID:cjTWwriaO
>>351
デジャヴかな……？
ウチでも似たような事があったような気がしないでもない

358 名無しのライバー ID:Bg5lHk/qF
>>351
脱サラ、今シーズンもよく燃えそうやな

359 名無しのライバー ID:xOXWS4WBb
>>351
妹ちゃんが持ってきたお菓子を食べた感じだろうなぁww

360 名無しのライバー ID:iaXeZZ+Ke
>>351
ファーww

361 名無しのライバー ID:8+uJeWzTr
悲報　脱サラ炎上確定

362 名無しのライバー ID:AWV1o8o4/
もはや様式美

363 名無しのライバー ID:S2pTbst9r
悲報　ソリライファンスレでも拡散される

364 名無しのライバー ID:DZiMJtyLB
あーあー
まあ登録者は減らないやろ（適当

365 名無しのライバー ID:s47NUIDT1
悲報　脱サラ　雫ちゃんにSNSデビュー1日目でフォロワー数敗北！

366 名無しのライバー ID:+ywQKO+g9
>>365
ちょっと待てｗｗ

367 名無しのライバー ID:wZOTqJIvJ
>>365
あかんｗｗ

368 名無しのライバー ID:SsBtu7hel
>>365
脱サライジメるのやめたげてよぉｗｗ

369 名無しのライバー ID:e42CVSbFJ
>>365
もう笑ってやるしかないじゃん

370 名無しのライバー ID:5GqONB2n/
もう脱サラが初日にフォロワー数や
登録者数負けるのが様式美になっとる

371 名無しのライバー ID:2pNF0eR1w
こいついっつも登録者数追い抜かれてんな

372 名無しのライバー ID:NgjLUa3CW
周囲が化け物ばっかなだけでこれでも
YourTuber的には上澄みなんだぜ……

373 名無しのライバー ID:99WzJc3uz
お前らが草生やしまくってるせいでソリライファンスレ民困惑

---

ソリライファンスレ

951 名無しの箱推し ID:f9FuV7y+q
えぇ……（困惑

952 名無しの箱推し ID:Q8QatBT++
せめて少しは擁護とか心配とかしてやれよぉ……

953 名無しの箱推し ID:KbET1+3K+
あまりに気の毒だったし登録してきたわ
妹ちゃんとの絡みも見れるかもしれんし

954 名無しの箱推し ID:G47WRvdp0
ワイも登録はしてくるか

---

374 名無しのライバー ID:WvuSEZdam
なんでちょっと気の毒に思われてんだよｗｗ

375 名無しのライバー ID:A/WYuuJZW
草

376 名無しのライバー ID:xnViBrVLG
あまりにもVTuberに向いてなさすぎるんだ……

377 名無しのライバー ID:go8dd9Cyi
今更だ
なお本人は妹ちゃんが大人気で大喜びしている模様

378 名無しのライバー ID:snzf0bGwu
これが本当の炎上商法というやつか……
後さらっと脱サラがキリちゃんフォロバしている件

379 名無しのライバー ID:RlHDYaXu6
色々ネタにしまくってるけどさ
この騒動の発端駄馬なんだよなぁ……

380 名無しのライバー ID:+xh7wbiHQ
戦犯　駄馬

381 名無しのライバー ID:ZtBg6vFC8
割とマジで反省しろよ、お前
詫びとしてボイスは買っとけな

382 名無しのライバー ID:MoBthread
うん、それはマジで反省しとるわ……
脱サラがスパチャオンにしてたら赤スパ出しとくわ……
後ボイスは毎月買ってる

383 名無しのライバー ID:SisterChan
お前あとで校舎裏な

384 名無しのライバー ID:gckineki/
脱サラボイスはいいぞ

**今日の妹ちゃん**

わたしがバズってどうすんのぉ!?
違うでしょ!?

【7月×日】

妹がSNSデビューしました。カワイイヤッター！　プロフィール画面から溢《あふ》れ出《で》るこの清《せい》楚《そ》感《かん》、可憐《かれん》さを見よ。mikuriママのめちゃくそ美麗《びれい》イラストも相まって最強に見える。ありがとうmikuriママ。ああああ、可愛《かわい》い、可愛いよ雫《しずく》ちゃん！

mikuriママにはイラストに関して具体的な注文は一切付けていない。彼女からこのイラストが送られてきたとき「とにかく清楚に。可愛く。怜《れい》君と並んで立ってて違和感ないデザインを心掛けた」とのコメント。書き込みも彩色も大変なレースをあしらったトップスにチュールスカート。あああああ、早く動いてる姿を見たいぃいいいいい。

ぐへへ、ほら見ろ、世間の皆も我が妹の可憐さに心奪われているではないか。ふははは、世界よ見るが良い。これがマイシスターだ（ドヤァ

今回のこれがキッカケで妹のファンアートが増えているので嬉《うれ》しい。片っ端から『いいね』と『リツイート』をしていく。私のイラストも何故《なぜ》か増えた。何でや……？　いや、まあ嬉しいんだけどね。どういう経緯で描くに至ったんだ……？　「隣にいる男性キャラ邪魔じゃね」というようなVTuber事情というか我々の背景を一切知らない一般人の感想ツイートを目

撃した。まあ、確かに。気持ちは分からんでもない。

いかんいかん、年齢に不相応なくらいはしゃいでしまった。

さて妹がＳＮＳデビューを果たした経緯から話していこうと思う。ＳｏｌｉＤｌｉｖｅ所属の新人十六夜《いざよい》真嬢《まこと》。彼女が初配信で配信停止出来ていなかったという初手配信事故をやらかしてしまったのだが、その事態を収拾しようと我が妹——雫ちゃんが連絡。これまた困ったことに十六夜嬢がマイク付近でそれを取ってしまったからさあ大変。配信にその通話ボイスが乗ってしまうという、この界隈《かいわい》では割と切り抜きポイントを作ってしまう。そしてマイシスターは以前私の配信で声を拾われ、それが切り抜きされてしまった過去がある。勘の良いリスナーがそれに気付いてしまった。というわけで、そんな事態を収拾すべくＳＮＳを始めたのだ。誰だよ、気付いたやつ。どこの馬の骨だ。逆によく気付いたなってレベルだ。雫ちゃん検定あるなら1級取得できそうだな。おのれ。

元々こういった活動をするように求めるファンからの声は多かったし、当人も乗り気だった。遅かれ早かれ始める予定だった上に、先月には柊《ひいらぎ》先輩の妹である夏嘉《なつか》ちゃんがＳＮＳデビューしていたのでタイミング的にも丁度良かっただろう。元々雫ちゃんも十六夜嬢から「一緒にオーディション受けよう」と誘われていたらしいのだが、私の存在もあってそれを断ったのだと言う。こういった活動を始めるのなら、気心の知れた人が傍《そば》にいた方が良い。私への罪悪感や宣伝のための義務感として配信に手を出してほしくはない。それならば友人に寄り添う形でやってもらった方が良い。だからそういう意味では私にとっても都合が良かったのである。渡りに船というやつだ。ただ想定外だったのはこれだ。

神坂《かんざか》雫@kanzaka_shizuku
色々とお騒がせして申し訳ありません
十六夜真（@makoto_solidlive）ちゃんとはクラスメイトで友人です
兄との面識は一切ないので皆さんご安心を

十六夜 真@makoto_solidlive
ごめん、今度ケーキ奢《おご》る……
あ、お兄さんにこの前のフィナンシェ美味《おい》しかったって伝えておいて

何かデジャヴ感がある。具体的に言うと某後輩とのやり取りである。まあ私は妹が友達と仲良くやり取りしているのを見てとっても満足である。ぐへへ、学校じゃこんなやり取りしているんだぁ。ちなみに、私のＳＮＳフォロワー数は速攻で雫ちゃんに追い抜かれてしまった。この界隈のファン、見る目あるではないか。私が伸びないのは疑問を抱く余地はないし、妹が伸びるのは必然。妹が評価されて嬉しい限りである。今日は久しぶりに晩酌《ばんしゃく》でもしようかな。

一点納得いかないのが、何故妹のファンらしき人物から苦情マロが届くのか。いやいや、私は妹大好きアピールだけは絶対に止めねぇからな。私のライフワークには口出ししてほしくは

ない。他の女性Vに近付くなとかそういう類《たぐ》いのコメントならまだ容認できるが、こればっかりは絶対に無視するからな。兄妹の絆パワーを舐《な》めるなよ。

「ごめん、お兄ちゃん……」

「いいよ、大丈夫。大丈夫。慣れてるから」

「いや、慣れちゃダメでしょ……」

「仰《おっしゃ》る通り。それに関してはぐうの音も出ない」

罪悪感からしょんぼりして謝りに来る妹が可愛すぎて辛い。笑顔が一番だから、いつも笑っていてほしいのだけれども。この件と、霧崎元後輩のフォロー問題も重なって件《くだん》の箱推しファンからはそれなりのヘイトを買っているらしい。これだけ盛大にやらかしているのにチャンネル登録者は減るどころか何故か１５０人増えている。何でや……いや、まあ向こうのファンの人が監視目的にでも登録したのだろう。諸先輩方もコラボしている箱なだけに、迷惑がかかりそうで少し怖い。

神坂怜　チャンネル登録者数４６５０人（＋１５０）

**【7月×日】**

マネージャーの犬飼《いぬかい》さんから連絡が来た。例に漏れず疲労を感じさせる声。この会社大丈夫なんだろうか？　私、彼の過労メーター進行の片棒担がされてたりしない？　人数足りてないせいで、ひとりで複数人の面倒見たり、マネジメント以外のお仕事も色々抱えているらしい。

ちなみにソースは事務のお姉さん。茶菓子ひとつとコーヒー1杯で大体の社内事情を把握できちゃう。コスパ最強だよね。余計な探りを入れるなって話かもしれないが、これは最早《もはや》癖《くせ》というかライフワークみたいなものなのだ。私って人間できてないから、そういうお話聞くのが単純に好きっていうのが大きな理由だったりとかもするけれど。

「来月の予定なのですけれども、グッズの発売が決定しました」

「グッズ、ですか……？」

いや、それどこの需要狙っているんだ。私のグッズ買ったら低確率で柊先輩のレアグッズが手に入ります、くらいの離れ業やらなくちゃ売れなくない？　そもそも必要性があるのだろうか？　まあ持ち回りというか、ひとり最低1アイテム作っておかないと例によって叩《たた》きたいだけのお客さんから色々理由付けられて叩かれる事も想像出来るし、パッと見でも平等に扱っていますというポーズは必要なのかもしれない。糞《くそ》ほど在庫抱えて、売れ残りそう。

作るにしても製造コスト低くて、在庫になってもかさ張らない物がベターだと思う。大量在庫抱えるのってマジでヤバいからね。この手のグッズならばないとは思うが、製造業においては処分にも金がかかる類いの大物や特殊なものがあったりもするし。別機種のパーツ取り用として倉庫に眠っているというパターンは元勤め先以外にもきっとあるはずだろう。

「他の人のグッズ出した方が良いような気がしますけれど……」

「それに関してはもう既にプロジェクト進行してまして、今更変更となると……」

疲れた声の犬飼マネに余計な仕事増やすのは非常に申し訳ない。まあ、運営の決定だと言うのであれば素直に従っておくべきだ。

「分かりました、基本的にはお任せします。ですけど、詳細決まったら連絡お願いします」

　この手のは運営さんに丸投げで良いだろう。プロに任せておくのがベターだ。下手に首突っ込むとロクな事にはならない。まあ先月の一件で運営サイドもかなり私の事を気にかけているのかもしれない。正直リソースは他所に割いた方が会社の利益になると思うの。

「承知しました。あの……それから１件お問い合わせ来ておりまして」

「問い合わせ、ですか？」

　まさか箱外からのコラボ依頼でもあるまい。ＳｏｌｉＤｌｉｖｅさんからの苦情とかだったりするんだろうか。菓子折り持って謝罪にでも行けば良いのだろうか。もし仮にそうなった場合、私がテンプレ作って良いのか？　いや、そもそもバーチャル業界の関係者へ謝罪を行う場合、我々って直接対面式なのか。それとも画面越しなのか。その辺、真面目《まじめ》に気になる。

「ちょっと変わった、と言いますか特殊なお話でして」

「特殊、と言いますと……？」

「まずはじめに、この話はイメージ戦略上断っていただいても構いません」

　イメージ戦略云々《うんぬん》なら私に決定権を預けるというのも妙《みょう》な話である。案件が来たのならば断わるつもりは毛頭ないが。どういうお仕事でもコツコツとした積み重ねが大事。どんなに小さな企業さんが相手でも誠意を持って対応すべし。それが後々、自分に返ってくるのだ。

「その……実は――――――――――の案件がありまして」

「へ……？」

　それは予想外のお話だった。

440 名無しのライバー ID:O0h+qraFB
脱サラ燃えてる割に登録者は微増

441 名無しのライバー ID:QEhaUuo64
元々登録してないはずもない層が燃える原因だしな
雫ちゃんのファンアート結構増えて喜ぶ兄
そして、おこぼれ（？）で登録者、イラストが増える脱サラ

442 名無しのライバー ID:mUCq5jgf6
雫ちゃんバフで逆に増えてるの草

443 名無しのライバー ID:eTkBGKDyZ
実際雫ちゃんは個人勢なら上位狙えるレベルにキャラデザ気合入ってる

444 名無しのライバー ID:DgQuaXpkg
雫ちゃんツイートでお兄ちゃん登録してアピールが可愛すぎて辛い

445 名無しのライバー ID:lFA2m8u5f
お前ら登録してやれ

446 名無しのライバー ID:gckineki/
しとるしボイスも買っとるわ！

447 名無しのライバー ID:mr/be2HS1
してるけど配信は見てねぇ
雫ちゃんコラボのときだけは教えてくれ

448 名無しのライバー ID:bd1x3R6ez
ソリライのキリちゃん、真ちゃんで株を下げて雫ちゃんで持ち直す

449 名無しのライバー ID:5OUhmOrDN
早々に妹にSNSフォロワー数負ける男

450 名無しのライバー ID:mHsmEdjMS
デビュー数時間で負けてたのマジで草

451 名無しのライバー ID:7qKGPDUaU
お披露目、デビュー後の初速で負けるのもう様式美だから

452 名無しのライバー ID:Gj4r8hk1a
そらあんだーらいぶ＋ソリライの両方のファンからフォローされてるからな
一方ソリライファンにも敵を作る兄

453 名無しのライバー ID:CgD+SIFJa
夏嘉ちゃんと初絡み雫ちゃん

---

神坂雫@kanzaka_shizuku
夏嘉ちゃんにフォローされた！

---

柊夏嘉@natsuka_hiiragi
雫ちゃんかわいい
だいすき
いい子
すき
きれい

---

神坂雫@kanzaka_shizuku
夏嘉ちゃんありがとー
わたしもすき

---

454 名無しのライバー ID:bEUk2A8cR

>>453
ええやん……

455 名無しのライバー ID:/yurisuko
>>454
いいぞ、もっとやれ！

456 名無しのライバー ID:4HOj/aO7H
>>454
これを見てニヤニヤしてる両方の兄の姿が容易に想像できてしまう

457 名無しのライバー ID:IydJoJA1u
リプに縦読み仕込んでるの笑う

458 名無しのライバー ID:2xPp/DmNB
草

---

神坂雫@kanzaka_shizuku
兄のフォロワー超えてしまったんですけど……
みんな登録してあげてよ
後兄は兄でわたしが人気出たとか喜び勇んで晩酌はじめないでよ
ちょっと高いボトルをパパと一緒に飲みだすな、アホか

---

459 名無しのライバー ID:d5gEzeu/J
>>458
妹褒められて嬉しくない兄はいない

460 名無しのライバー ID:zFaiQC22C
>>458
普段酒飲まない奴が飲むとかガチで喜んでる奴じゃんw

461 名無しのライバー ID:bi4RqSBQ5
>>458
パパ参戦ww

462 名無しのライバー ID:MkvtkQbM2
>>458
パパ呼びなのか、可愛いなぁ

463 名無しのライバー ID:6MVVWtiEv
>>458
パパ何してんだよww

464 名無しのライバー ID:XfVQ6DmyZ

---

神坂雫@kanzaka_shizuku
すごい有名なVTuberさんたちがめちゃくちゃフォロワーしてくれてる！
すごいすごい

---

アレイナ・アーレンス@清楚系VTuber@seiso_vtuber_Alaina
お義姉さんって呼んでください

---

神坂雫@kanzaka_shizuku
ほんとですか？
うれしいです、お姉ちゃん欲しかった！

---

アレイナ・アーレンス@清楚系VTuber@seiso_vtuber_Alaina
天使かな？

---

470 名無しのライバー ID:Ze2g7TZOM
雫ちゃんは雫ちゃんでブラコンだしなぁ

471 名無しのライバー ID:MoBthread
ここまでの情報雫ちゃん情報
脱サラ→天使
アレ→天使
酢昆布→天使
結論　天使

472 名無しのライバー ID:UAXByzUou
>>471
正解大卒

473 名無しのライバー ID:cGlPWqrlB
一方その頃、脱サラは酔っぱらって介抱されていた模様

---

神坂雫@kanzaka_shizuku
1時間もしないうちに酔い潰れる兄と父
介抱するわたしやさしい
明日はパンケーキつくってもらおう

---

474 名無しのライバー ID:J3GuKae0f
>>473
やさしいせかい

475 名無しのライバー ID:NRMix56tP
>>473
酒よっわw

476 名無しのライバー ID:W9p0rhL+J
>>473

酢昆布@新刊委託販売中@sukonbu_umaiyone
壁]ω゜)mウラヤマスィ…

---

神坂雫@kanzaka_shizuku
お姉ちゃん沢山できた！

---

酢昆布@新刊委託販売中@sukonbu_umaiyone
。:+.゜ヽ(*´ω`)ﾉﾞ。:+.゜ヤッター
天使かな？

---

465 名無しのライバー ID:TflVHqnZk
>>464
草

466 名無しのライバー ID:9qURDdmBv
>>464
さらっと何雫ちゃんから攻略しようとしてんだ、アレェ……！

467 名無しのライバー ID:0+wYyKkDF
>>464
これは闇を浄化する光属性ですわ

468 名無しのライバー ID:wbdD2v04r
雫ちゃんにお義姉ちゃん認定基準大丈夫？
アレが通るってガバガバじゃない？

469 名無しのライバー ID:DnN9t+CCG
兄に害があるかないかで判断してそう
家に彼女連れてきたら絶対姑みたいなチェック入りそう

社畜の癖に酒が弱いのが意外すぎる

477 名無しのライバー ID:QsZ5/2zkC
>>473
パパも酒よわよわで草

478 名無しのライバー ID:rcaXbZR3t
>>473
脱サラと脱パパの会話聞いてみたいわ

479 名無しのライバー ID:0HjD9onhl
ターン制で雫ちゃん可愛いところ挙げてくバトルしてそう

480 名無しのライバー ID:MoBthread
そしてこのタイミングでこの公式発表である
https:/underlive_news.jp

481 名無しのライバー ID:JkSxo8mDr
>>480
！？！？！？

482 名無しのライバー ID:AXg84Iz57
>>480
え……？

483 名無しのライバー ID:UiNEPO8aZ
>>480
なんじゃこれ

484 名無しのライバー ID:9rpIpyFtU
>>480
これは喜んで良いニュースなのだろうか？

485 名無しのライバー ID:eB3//2mO5
>>480
脱サラァ！

486 名無しのライバー ID:GO8uX3sub
>>480
どういう経緯だよ、これw

487 名無しのライバー ID:0QQ1f6KML
>>480
何気にこの手のは界隈初なのでは……？

488 名無しのライバー ID:agh+L8suh
楽しそう

# 6話 特別なおしごと

【7月×日】

「まず初めに、この話はイメージ戦略上断っていただいても構いません」

ふむ……どうやら妙《みょう》な方向に話が進もうとしている予感がする。まさかＶＴｕｂｅｒに闇営業とかあったりはしないだろうし、年齢層高めの商品のプロモーションとかだろうか。

「ちょっと変わった、と言いますか特殊なお話でして」

「特殊、と言いますと……？」

「ざっくり言うと案件です」

「案件、ですか」

断っても良い案件。それもイメージを損ねる恐れもある内容となるといよいよ雲行きが怪《あや》しくなってきた。そもそもイメージ戦略云々《うんぬん》なら私に決定権を預けるというのも妙な話ではあるが。

だが、よくもまぁ私に案件依頼しようなんていう物好きがいるものだ。少なくとも私に投げよう、なんて思うからには物付きなメーカーさんという事だけは確かだが。あるいは、他で断られたからこっちに降りて来たと捉《とら》えることも出来なくはない。違法でない限りは、「ハイ！

喜んで！」と元気な掛け声とともにお受けしたいところ。地道な営業活動は大事なのである。

数字もない、登録者もない、スパチャもない。ＶＴｕｂｅｒ活動において重要視されるそれらがない、３なし。なしばっかり出てきて恥ずかしくないんですか？　生き恥はずっと晒《さら》し続《つづ》けているので平気になってきちゃった。このまま行くと年内にでもクビ切られたりして——割とありそうなのが笑えない。

案件といえば５月のＮＯＶＯＬさんのゲーミングＰＣ以来である。運営が事前に突っぱねずに、こちらに伺いを立てている現状を見るに変なメーカーってことはないだろうが。ここまで濁《にご》されるとなると逆に気になってしまうのが人の性。

「その……美少女ゲーム………アダルトゲームのメーカーさんから案件依頼がありまして」

「えーと……ザックリ言うとエロゲメーカーからの案件ってことですか？」

「そうなります」

えっ、なにこの面白そうな話。というわけでふたつ返事でその案件を受けることにした。なんでも先月ドキドキ手芸部のプレイ配信を偶然案件先の『くりぃむソフト』さんの担当者が見てくださって今回話をくださったとのこと。この界隈《かいわい》、割と色んな案件があるものの、こういった全年齢ではないＲ指定商品の案件というのは初めての試みらしい。私は別に良いんだが、逆に会社のイメージとしてそっち方面の依頼受けるのって平気なんだ。戸口は広い方が今後には繋《つな》がるか。

アラサー設定が初めて生きる場面では？　いや……設定年齢未成年でも平気で配信中に酒飲んでるキャラが蔓延《はびこ》る世界だったわ。夢のない話というか、メタ的な話になってしまうがＶＴ ｕｂｅｒとしての設定年齢と中の人の年齢差があるのがデフォルトみたいな世界なのだ。歳《とし》を跨《また》いでも年齢増加しなかったり、はたまた数百歳、数千歳と公言している者もいる。勿論《もちろん》中の人が未成年なら大問題になるが。基本的に設定に矛盾点があろうが、それも『そういうキャラ』として生きるのだ。柊《ひいらぎ》先輩のなんちゃって魔界設定とかが良い例だ。それに比べれば年齢設定なんて些細《ささい》な問題である。

　それにしても偶然であっても私みたいな数字のないＶＴｕｂｅｒのアーカイブを見るってどんな確率だ？　まあ、Ｖでサウンドノベルゲームやっているっていう企業配信者という条件で絞《しぼ》れば私が出て来ても不思議ではない。果たして数字的に宣伝になるのか、甚《はなは》だ疑問ではあるのだが。繋がりを作っておいて、後々有名Ｖに依頼という流れを作りたいのかもしれない。Ｒ指定の仕事を受け入れる人いるのか分からないけれ――いや、普通に面白がって受けそうだな、柊先輩とか。羽澄《はすみ》先輩に至っては嬉々《きき》として受け入れそうな気がする。そっちの面子はマネージャーからストップかかりそうだけれど。

　何にせよ、受けたからにはキッチリ仕事をこなさなくては。

**【7月×日】**

「というわけで今日は、くりぃむソフトさんのＦｌｏｗｅｒ　Ｄａｙｓをやって行こうと思います」

［まさかのエロゲ案件］

〔エロゲ案件は草〕

〔また何か変な案件もらってる〕

〔いや、そこはほらあんだーらいぶだし……〕

〔この箱だから、多少はね？〕

あれからトントン拍子にお話が進み、配信用に使う体験版データが即日届いた。事前に準備していたんじゃないかってくらいに。前回のゲーミングＰＣ案件とは異なり、自室からの配信。

「何と今回特別にご用意いただいた体験版をプレイしていきます。思春期もびっくりのＹｏｕｒＴｕｂｅ君にも優しい肌色少な目でお送りしていきます。動画概要欄にホームページのアドレスを貼ってありますが、１８歳未満の方はアクセスしないでくださいね」

ちなみに、公式ホームページで一般ユーザーに向けた体験版配布はこの配信終了後という流れである。しっかり商品をアピールしなくては。エロゲ案件という物珍しさや、メーカーのファンの人が見に来てくださっているんだろう。尚更《なおさら》に失敗できない。

「エロゲってなんでこう初期設定の音量爆音なんでしょうね。プレイ時最初に必ずコンフィグ開くマン。メーカーさんはその辺対処とかできないものなのでしょうか。あるいは何かしらＪＩＳみたいな規格で初期設定の音量が決まっていたりします？」

〔わかりみが深い〕

〔それすげぇわかるわ〕

「わかる」
「テレビでも映画とＣＭの音量差とか気になるよな」

ちなみに完全初見を装っているものの、事前に起動チェック済み。流石《さすが》にぶっつけ本番ではゲームが始められませんでした、ではお話にならない。同データは犬飼《いぬかい》マネージャーにも送付されており、そちらで配信するのに問題ないか事前にチェックしてもらっている。案件配信では不安が残るので、本文はスキップしつつ表示されるＣＧイラスト、立ち絵などに問題はなさそうか私自身も目を通しておいた。ダブルチェックは大事。決して犬飼さんを信頼していないとかではなく、私の性格上の問題。本文は読んでいないので極力自然な感じで振る舞うことを心掛けよう。こういうのは初見での反応が大事みたいだし。

「音量は低めに、文章スキップしても音声継続、文字表示速度最速が私のお気に入り設定」

「ワイと一緒やｗｗ」
「最初にコンフィグ設定から入るの草」
「案件なのにそのノリで平気か？」
「事前に設定しておけ」

「ちなみに、体験版時のセーブデータ及びコンフィグ設定を何と製品版では引継ぎ可能だそうです。凄《すご》いですね、じゃけん皆さん配信終了後配布される体験版やりましょうね」

［ぐう有能じゃないか］

［設定引継ぎ設定は有能］

［何なら過去別作品のコンフィグ設定も引き継げるからな、ここのメーカー］

このゲームヒロインに妹、のような後輩女子と親の再婚により義妹となった少女がパッケージヒロインに据えられている。後は生徒会長の先輩に、男性経験豊富そうに見えてその実その手の経験皆無の処女ビッチキャラの悪友クラスメイト女子。割と王道的な感じである。この案件、私がシスコンだから振ったのだろうか？

「この美人女教師絶対ＦＤ《ファンディスク》か続編でヒロインに昇格するやつでしょ。私は知ってる。キャラデザが気合入ってる。うむ」

［草］

［あ、この先生ヒロイン枠じゃないんか!?］

［声優さん的にもメイン張ってても不思議じゃないしな］

［ひまりんはいいぞ］

［結構若手だけど演技お上手《じょうず》よね、この子］

この手の作品の声優さんってのはちょこちょこ表でアニメ出演している人も多い。名義を変更してひっそりと出ているケースがほとんどであるが、その辺りには触れないようにするのがある種のお約束である。

例に漏れずこの作品にも子供向け人気アニメにも出演経験がある声優さんが出ている。アダルトゲームは収入の割が良いのだ。通常のアニメーションでは各々の声優さんでランク付けされ、それによってセリフ数等関係なく1出演幾らみたいに報酬が出るそうだ。一方この手のアダルトゲームはワード数、即《すなわ》ちセリフが多ければ多いほど報酬が増えるので実に割が良いのだとか。というわけで、滅茶苦茶《めちゃくちゃ》有名な声優さんもこっそり名義変更して出稼ぎしていたりする。ちなみに、中には名義も変えずにアニメにもエロゲにも本名で出演する猛者《もさ》もいる。

「あ、ここブレス乗っちゃってますね」

「ダメ出し草」
「デバッグ要員じゃなくて、案件やぞお前w」
「よく気付くな。そんなん気にならんわ」
「おい、案件だぞ！」

案件時の条件として「下手に持ち上げずに思ったことは何でもズバズバ言ってほしい」と要望があったので結構厳し目に見ている。自分がもしこの作品をフルプライス――こちらでいうところの赤色のスパチャラインである1万円近い値段を出した期待作品をプレイしている、という体でのコメントだ。客先の要望にはキッチリ応えるのが大事。事前にきちんと要望書も頂いているのだ。最初は口頭だったがきちんと書面で出してもらった。こうしておかないと後から「言った」「言ってない」と揉《も》めるケースがままあるのだ。きちんと書面で残る形にした方が良い。これマジで、大事。こちらと相手の担当者の承認サイン付きであればなお良し。

［義妹ちゃん可愛《かわ》い］
［ワイは妹的後輩ちゃんすこ］
［三角関係いいぞぉ］

「まあ、うちの妹の方がかわいいんですけどね（ドヤァ」

［ドヤ顔で何言ってんだ、こいつ］
［エロゲキャラにマウント取る男］
［雫《しずく》ちゃんは確かに可愛いが］

「最近ＳＮＳデビューした神坂《かんざか》雫、神坂雫をよろしくお願い致します」

［選挙かな？］
［案件中に妹への愛を叫ぶ男］

［後でｍｉｋｕｒｉママから説教されそう］
「――あ、ここ見てくださいよ。誤字ありますよ、誤字。日本語として正しいのは――」
［デバッグ配信じゃねぇーかよォ!!］
［あの……案件配信ですよね…………？］
［無駄に良い声でモノローグ読み上げてたのに余韻《よいん》台なしだよ！］

【くりぃむソフト】Ｆｌｏｗｅｒ Ｄａｙｓ体験版をプレイする【神坂怜《れい》／あんだーらいぶ】
最大同時視聴数：約５１０人
高評価：３００
低評価：２５０
神坂怜　チャンネル登録者数４７００人（＋５０）

**【７月×日】**

昨日の案件作品のスタッフロールスペシャルサンクスの欄に何故《なぜ》か私の名前が入ることとなった。何でや⁉

512 名無しのライバー ID:MXuKlImGc
草
https://underlive_news.jp

513 名無しのライバー ID:JI+eL4f4l
エ　ロ　ゲ　案　件

514 名無しのライバー ID:HZy1oEoum
業界初エロゲ案件は流石に草

515 名無しのライバー ID:qxD3CnZtU
どういうコネだよ、これw
妹メインヒロインだしそれシスコンだからか？

516 名無しのライバー ID:Vxbn3lRqk
前にやったドキドキ手芸部配信とかか？
大学の時ちょこちょこエロゲとかやってたとかは言ってたし

517 名無しのライバー ID:S2Q8QwGeZ
配信サイトにも配慮した肌色少な目の体験版らしい

518 名無しのライバー ID:BP5449Cor
AI君、思春期中学生もびっくりのラインだしな

519 名無しのライバー ID:kIDgKSPrR
人員減らしてAI君にお仕事させると色々不都合出ちゃってるのはまあしゃーないけど

520 名無しのライバー ID:/0p5TJcdg
てか事務所的にR18案件オッケーなんか

521 名無しのライバー ID:S3l8u/znw
アダルトグッズに明らかに無許可っぽいパロディキャラがパッケージングされてたりするけどな

522 名無しのライバー ID:fDLH2oMvt
案件特化にでもするんかな？

523 名無しのライバー ID:1dOIEpnZt
それもありっちゃあり
隣に別のあんだーらいぶメンバー付けてメインを脱サラ据えればどんな案件も大丈夫そう

524 名無しのライバー ID:QnfaVCoLM
案件漬けはよくないって
女帝から学んだでしょ……

525 名無しのライバー ID:WxAbB7qP1
脱サラ「エロゲは初手コンフィグ設定が安定」
以下変更設定
・文字表示速度MAX
・音量（BGM）下げ
・音声継続機能ON

526 名無しのライバー ID:MoBthread
>>525
設定がワイとまったく一緒や
同士だったのか……

527 名無しのライバー ID:+Xr6NafSS

そう言えば、こいつプレゼン企画でガチガチのスライド作ってくる男だったわ

534 名無しのライバー ID:/3BLMo78E
>>529
エロゲキャラにマウント取りに行くなよw

535 名無しのライバー ID:udPZUH03o
>>529
なおソフト提供であるメーカー、くりぃむソフトスレの反応

Before

---

くりぃむソフトスレ　Part XXX
125 名無したちの午後 ID:hTAcVR+sZ
Vの者が体験版やるとかどういうコネなんだ？

126 名無したちの午後 ID:7znBhwJ6L
底辺V、悪い噂が多い奴っぽいし絡んでほしくないが
昨今じゃエロゲ売れないし少しでも名前売るって目的もあるんでしょ

127 名無したちの午後 ID:threadXXA
そいつ業界でも嫌われ者の底辺クズVTuberだぞ

128 名無したちの午後 ID:UPCZUyI00
こいつは超有名Vとコネあるから
足がかりには丁度ええんだよ

129 名無したちの午後 ID:DVX5nLnq5

>>525
手慣れた設定である

528 名無しのライバー ID:Tfw1H3pUe
雫ちゃんとかどういう反応してるのかが気になる

529 名無しのライバー ID:oo+BzajU3
脱サラ、体験版内容に関してガチのダメ出し（メーカーからの要望もあり）
・誤字（2ヶ所）
・日本語の誤用（1ヶ所）
・ブレス、リップノイズ指摘（各1ヶ所）
・ウチの妹（雫ちゃん）の方が可愛い
ちなみに前者3つは具体的な個所をメモって後でまとめて案件元へ渡す予定

530 名無しのライバー ID:m93KEJ9gn
>>529
何やってんだ、こいつw

531 名無しのライバー ID:00lybNLGd
>>529
いや草

532 名無しのライバー ID:RvDlv9hDV
>>529
案件先のゲームに誤字脱字、ボイス不備を報告するライバー
というか何でメーカーサイドも辛口コメントを要望してんだよw

533 名無しのライバー ID:l9vfzIBVd
>>529

ス化されてて、作業しながらも内容把握出来て捗るな、これ

338 名無したちの午後 ID:qfDNn0v+T
確かに

339 名無したちの午後 ID:xNAa3KDnh
妹に対しての言動がキモい以外は割と普通だな

---

536 名無しのライバー ID:31qdCcOgh
>>535
やっぱり悪い噂が先行してんのなぁ
ただ、妹に対しての言動キモいとか言われてんのは草

537 名無しのライバー ID:C7ybZObF/
>>535
モブより良い声判定貰ってんのかよw
まあ、確かにモブの棒読み声優よりゃ全然プロっぽいけどさ

538 名無しのライバー ID:cKssUefZV
最初から心配してなかったけど、案件は見てて安心だな、流石元社畜

539 名無しのライバー ID:bgRSvzr6Z
朗報　指摘箇所修正し、体験版公開へ

540 名無しのライバー ID:XDUwJBiXb
仕事早い

541 名無しのライバー ID:Ap0nBhfvu
エロゲも売れない時代だし、人気コンテンツにはコネ作っておかないとなぁ

---

After

---

くりぃむソフトスレ　Part XXX
330 名無したちの午後 ID:DhYnmZsAl
案外造詣深いというか、まともだった

331 名無したちの午後 ID:Kls7qxdhP
案件なのにデバッグ報告するの草
誤字脱字なら分かるが、ブレスとかリップノイズまで気付くか？　普通

332 名無したちの午後 ID:q+TmjY4Yn
モブの声優よりセリフ読み上手いの草

333 名無したちの午後 ID:pwozhP0sK
中の人元声優なの？

334 名無したちの午後 ID:OBVIRMC5y
調べたら過労死しかけて脱サラしてVTuberになったらしいぞ

335 名無したちの午後 ID:Okd7KGY8T
世知辛いのじゃ

336 名無したちの午後 ID:X1Js4LWM4
エロゲも昔それなりにやってただけあって人選も割と正解だった説

337 名無したちの午後 ID:F2LjNq6Ge
実質主人公セリフ＋モノローグフルボイ

速報　製品版スタッフロールスペシャルサンクスの欄に脱サラの名前が入る模様

542 名無しのライバー ID:gE9hj2bjP
>>541
公式君ノリノリじゃん……
そのくらいのフットワークの軽さを運営君にも見習ってもらいたい

543 名無しのライバー ID:UHhbUNRFK
>>541
完全にデバッガーと化した脱サラ

544 名無しのライバー ID:9KGhsRW1w
>>541
草

545 名無しのライバー ID:90eKJNgNO
なんだかんだ仕事はこなす男

546 名無しのライバー ID:xKfXeMy8l
元社会人だけあって案件時の謎の安心感

547 名無しのライバー ID:fo2ixSvPM
数字以外は優秀
それ一番言われてるから

548 名無しのライバー ID:+aflcwQsL
その数字が一番大事なんですが、それは

549 名無しのライバー ID:lMpOgA/u3
こいつ、つくづくVTuberである必要性ないよなぁ

550 名無しのライバー ID:Kp7fm+y42
なんでや！？
タンクとヒーラーとバッファー兼ねてるんだぞ！
必須キャラやろ！！

551 名無しのライバー ID:wmAPJSrgo
あんだーらいぶ君のプレイスキルに問題ある定期

552 名無しのライバー ID:90eKJNgNO
あんだーらいぶ運営君
ガバプレイが持ち味だから……

553 名無しのライバー ID:2EVRiSHqc

---

柊冬夜@野菜だいすき@Hiiragi_underlive
なんで俺にあのエロゲ案件来なかったんだ……
くやしぃいいいいい！
俺もエロゲ案件欲しい欲しい欲しい

---

神坂怜@エロゲデバッガー@kanzaka_underlive
妹に対する愛が足りないんじゃないですか？？

---

柊冬夜@野菜だいすき@Hiiragi_underlive
神坂ァ！！

---

554 名無しのライバー ID:0tMbjpQHu
>>553
いい歳した大人が何やってんだよw

555 名無しのライバー ID:Rlo1GFSEo
>>553
こんなんでも箱内じゃ割と健常組なんだぜ……？

556 名無しのライバー ID:XzPB5wxrB
>>553
エロゲ案件欲しいのか、畳w

557 名無しのライバー ID:4MdPS7WEM
>>553
相変わらず仲良いな、お前ら

558 名無しのライバー ID:6kHFSaTve
そういや、畳が明日イベントの振り返り配信するんだってさ

559 名無しのライバー ID:+rhWj6QVV
結構経ってた気がするけどまだ1週間くらいなんか……

560 名無しのライバー ID:TmvAU1o4t
ソリライ新人騒動やら、雫ちゃん登場でスレの勢い凄かったしな

561 名無しのライバー ID:gckineki/
明日の目玉はこれだろ↓
kanzaka_underlive/status/XXXXXXXXX

562 名無しのライバー ID:6PC96gHY2
>>561
ファ！？

563 名無しのライバー ID:MoBthread
>>561
ｍｊｄ？

564 名無しのライバー ID:Wol1tQqQJ
>>561
アーカイブ残らないならリア帯で見るしかないやつじゃん

565 名無しのライバー ID:fkCY83WzR
>>561
キタ———(゜∀゜)————!!

566 名無しのライバー ID:rT8kre2Pr
絶対ルール破るアホがいそう

567 名無しのライバー ID:AzlMyDBSF
まあ、おるやろうなぁ……

## 7話 妹とコラボ



【7月×日】

急な案件も終え、再び平和な日常へ。とは言え、未《いま》だ先日のＳｏｌｉＤｌｉｖｅの件で一部には色々と騒がれているのだが……その割には直接的な被害――視聴者数や登録者数のマイナスがないというのは非常に珍しい。お気持ちマシマロはやたら届くが、これに対して何かしら反応したらしたで問題になりそうなので基本表に出すつもりはない。

「兄さん、もう配信始まってますけど？」

「あ、はい。告知にあったとおりアーカイブ残らない配信です。昨今お騒がせしております」

『兄さん』呼称、更には丁寧な口調。猫被ってる。めっちゃ猫被ってる。そんな姿もとってもキュートで思わず笑みが零《こぼ》れてしまう。猫被りってことで猫耳差分とかｍｉｋｕｒｉママに頼んで作ってもらおうかな。勿論《もちろん》有料で。

フェイストラッキングツールは流石《さすが》にあんだーらいぶ内製品を使うわけにもいかんので、個人勢のアーレンス嬢から使っているものを聞いて採用した。ちなみにイラストはｍｉｋｕｒｉママが描き、その後は彼女の伝手《つて》を頼ってＬｉｖｅ２Ｄ用に加工やアニメーション制作をしてもらった。それなりに、というかかなり費用は掛かっている筈《はず》なのだが、費用負担すると申し出てもやんわりと断られてしまった。一応前職でそれなりに貯金はあるのだし、きちんとその辺りのお金だけは出しておきたいのだが……。

そういう全てを寛大な優しさと慈悲深さで包み込んでくれる包容力ある点含めて本当にママなんだなぁ、と実年齢年下の絵師さんに母性を感じるアラサー。字面だけ見るとやべぇやつじゃん、私。そもそも彼女は母を超えて最早《もはや》天使とかそういう類《たぐ》いの高貴な存在かもしれない。

「夏の短夜に皆さんいかがお過ごしですか。あんだーらいぶ所属神坂怜《かんざかれい》です」

「あ、いきなりそう始まるんだ。妹です。神坂雫《しずく》です。いつも愚兄《ぐけい》がお世話になってます」

［雫ちゃんきちゃあああああ！］
［雫ちゃんかわいいprpr］
［声可愛《かわい》い］
［あああ雫ちゃん雫ちゃん雫ちゃん〈酢昆布《すこんぶ》〉］

「ねぇ、こいつら全員ブロックしていいかなぁ……？」

「ダメです」

「えぇ……だってちょっと馴《な》れ馴《な》れしくない？　私の雫ちゃんに」

「誰のだってぇ……？」

「痛い痛い、太ももつねらないで」

「ははー、何言ってるんですか。兄さん。わたしがそんなことするわけないじゃないですかー」

妹に群がる害虫さんは駆除しなくちゃ（使命感）

こいつらちょっとウチの雫ちゃんに対して距離感近くない？　もうちょっと距離取ってもらって良いですか。

「なんかすごい人多くない？」

「当社比3倍くらい多いね。お兄ちゃんとっても嬉《うれ》しい。妹が人気で」

「いや、自分が人気になるようにしなさいよ」

〔妹ちゃんください〕
〔雫ちゃん動いてるぅううう〕
〔これは人気出る〕
〔もう妹ちゃんがあんだーらいぶメンバーになればよくね？〕
〔兄より優れた妹は存在したんやなって〕

アホ毛がぴょこぴょこ動き、お目目もぱちくりと小動物のような庇護欲《ひごよく》を掻《か》き立《た》てる、守ってあげたくなる美少女。そうです、それが私の妹です（ドヤァ

〔兄が終始ニヤニヤしているのがちょっと草〕
〔立ち絵が配信開始時からずーっと正面向いてないｗｗ〕

[絶対隣の雫ちゃんガン見してるだろ]
[ずっと雫ちゃんの方見てニッコリしてる]
[俺らのコメント見てないだろ、こいつ]

「あってる。さっきからずっと画面上のわたしと、リアルのわたし交互に見てニヤニヤしてる。ちょっとキモい」

「あははは、可愛いなぁ」

「撫《な》でようとするな！」

頭撫でようとしたらその手を払いのけられた。手を握ったり、頭を撫でたりとか過度なスキンシップは避けていたのだが、配信のノリで行けるかなぁとか思っていたけどダメだったでござるの巻。可愛いなぁ。

[演者さんにはノータッチでお願いします]
[やはり恋人説]
[イチャイチャしすぎ]

今日は兄妹仲良くゲーム配信である。古今東西の定番からマイナーゲームまでを集めた遊戯大全というミニゲーム集をプレイすることにした。

「まずはルール知ってるリバーシからやろうか」

「オセロじゃん」

「Ｗｅｂ小説だと異世界転生した人がそこそこの確率で自分が考案したフリしてひと儲《もう》けする三銃士。マヨネーズ、リバーシ、トランプ」

「――――」

「笑いこらえてても、立ち絵でバレてるよ？」

「うっさい！」

「異世界転生でトランプ、リバーシでひと儲けする展開はよく見る」

「雫ちゃん笑い隠してるつもりだけどバレバレ」

「流石元異世界転生物書いてただけあってクリティカルなネタ」

「違います。異世界転生して愛され系の令嬢物なんて書いてないです、本当です」

「実は私の手元にはＷｅｂ魚拓《ぎょたく》したものが――」

「お兄ちゃん、それ初耳なんですけど⁉　あっ……」

「お兄ちゃん？」

「お兄ちゃん⁉」

「兄さんでなく、お兄ちゃん？」

「ヨソ行き兄さん呼びだったのか」

「草」

「普段お兄ちゃん呼びなのか、ほーん」

「お兄ちゃんかー」

「兄さん、お兄ちゃん両方聞けて満足」


「違うの！　これは違う。ちょっと噛《か》んだだけだから‼」

「お兄さん、お兄ちゃん。ひと粒で二度美味《おい》しい。お兄様とか。兄さま、色んなバリエーション期待しても良いですか？」

「期待するな、アホ」


「お兄ちゃん呼び羨ましい」

「こんな妹が欲しいだけの人生だった……」

「どけ！！！　俺はお兄ちゃんだぞ！！！」

「ワイはお義姉ちゃん呼称だから有《う》象《ぞう》無《む》象《ぞう》共とは格が違うんだよな、格がよォ！〈酢昆布〉」

「は？　自分もお義姉ちゃんなんだが⁇〈アーレンス〉」

「ママですがなにか？〈mikuri〉」

「くっ、勝てねぇ！〈酢昆布〉」

「ママに勝てるわけないだろ！〈アーレンス〉」

「これが私の妹です、フフン」

［何故《なぜ》かマウント取りだす関係者草］

［心なしかmikuriママがいつもよりテンション高めである］

［毎秒雫ちゃんとコラボしろ］

［ドン引きしてる雫ちゃんもカワイイ］

［めっちゃ怪訝《けげん》な顔してて草］

「何なの、この人たち……？」

「ふ……」

「満足そうに笑み浮かべてないで、なんか喋《しゃべ》れぇ！」

【兄妹初コラボ】遊戯大全プレイする【神坂怜／あんだーらいぶ】

最大同時視聴数：約１２００人

高評価：８００

低評価：５０

**【7月×日】**

チャンネル登録者数が遂《つい》に５０００人を突破した。正直兄の立場としては、妹とのコラボで、というのが少々複雑なお気持ち。妹人気に乗っかった形というのが非常に情けない限りである。柊《ひいらぎ》先輩の妹である夏嘉《なつか》ちゃんの場合は、先輩が既に有名ＶＴｕｂｅｒとして活躍していた。私の場合は既に雫ちゃんの方が人気者なのである。悲しいね。だがこれが現実である。事前にアーカイブが残らない、切り抜き禁止を告知していたとはいえ……普段の同時接続者数約３倍も行くとは思わなんだ。

　この界隈《かいわい》、チャンネル登録者数がキリ良い数字になるとＳＮＳなんかに報告したりする文化があったりするのだが……同事務所の同業者たちが軒並《のきな》み数万人単位の登録者を誇る箱内で５０００人で嬉々《きき》として報告しても良いものか逡巡《しゅんじゅん》したものの、報告というよりかは、どちらかと言うとファンへの感謝の言葉として伝えるべきなのかもしれない。ただ、前述した通り妹人気に乗っかった企画直後なので少々情けないのは否めないが。

神坂怜　チャンネル登録者数５０００人（＋３００）

632 名無しのライバー ID:sldc4Q1M0
！？
【兄妹初コラボ】遊戯大全プレイする【神坂怜／あんだーらいぶ】

633 名無しのライバー ID:w2SkqdN+q
雫ちゃん遂に配信デビューか

634 名無しのライバー ID:aCUZ/TyCm
ソリライ真ちゃんの友人バレから速攻でSNSデビュー　→　配信デビューと早いな

635 名無しのライバー ID:LMkKE4O94
まあ、似たような枠の畳妹夏嘉ちゃんは配信ゲスト回ちょこちょこあったしね
前例あるとやりやすかったってのもあるんでしょ

636 名無しのライバー ID:hm52BShfP
でも夏嘉ちゃんと違ってガッチガチのLive2Dまで用意してあるんだよな

637 名無しのライバー ID:MgcNCe2SL
mikuriママの愛の結晶だぞ

638 名無しのライバー ID:wlrSzbcEh
Live2D化は伝手とか色々頼ったらしいが、それを無償でぽんと渡しちゃうmikuriママ……

639 名無しのライバー ID:RrBbMqQwE
ママァ……

640 名無しのライバー ID:5k4SfZHrs
この界隈で一番の癒し枠は実はmikuriママという可能性が微レ存

641 名無しのライバー ID:/yurisuko
mikuriママと雫ちゃんの親娘百合画像はまだですか？？

642 名無しのライバー ID:PFsFqEU4m
同接脱サラ枠で1000人超えとか凄いやん
デビュー配信、リレー企画以外で初の4桁じゃないか

643 名無しのライバー ID:vJcBeWgF8
平均同接1000人もあれば胸張って企業勢と言えるとは思う

644 名無しのライバー ID:hyxEy6xq1
その半分でもアベレージあればVとしては普通に十分だけど
この箱的には微妙だけど

645 名無しのライバー ID:x6uabwJGs
遊戯大全やるのか

646 名無しのライバー ID:VIzwTAOEJ
妹と一緒にゲームとか……
ワイも一緒にゲームしてくれる妹が欲しかったンゴ

647 名無しのライバー ID:B7CVh5nSD
速報　雫ちゃん普段は「兄さん」ではなく「お兄ちゃん」呼びだった

648 名無しのライバー ID:3L+0rluOJ

>>647
かわいい

649 名無しのライバー ID:xc4mt3V2n
>>647
はい、かわいい

650 名無しのライバー ID:3h5ijBfwi
>>647
猫被ってるの草

651 名無しのライバー ID:MoBthread
リスナー「雫ちゃんかわいいｐｒｐｒ」
リスナー「どけ！！！　俺はお兄ちゃんだぞ！！！」
酢昆布ネキ「ワイはお義姉ちゃん」
アレ「わたしもお義姉ちゃんだが？」
mikuriママ「私はママだが？」
脱サラ「私の妹です(￣ー￣)ドヤッ！」
雫ちゃん「何なの、この人たち……」

652 名無しのライバー ID:1sx8cdRdD
>>651
リスナーにマウント取りにいく関係者なんなんだよw

653 名無しのライバー ID:aX3e22Of5
>>651
mikuriママが悪ノリするの珍しいな

654 名無しのライバー ID:7q3E5SdvG
>>651
先日のSNS絡みの結果あのふたり本当に姉貴面するのか……

655 名無しのライバー ID:a6AUbPAlo
悲報　雫ちゃん、脱サラにリバーシボロ負け
雫ちゃん「もういっかい！　もういっかいだけ！」

656 名無しのライバー ID:gcq8QtYxl
>>655
なにこのかわいい生物

657 名無しのライバー ID:usJwrZAxE
>>655
なお徐々に手を抜いていく脱サラ

658 名無しのライバー ID:kFdvZvVJG
>>655
脱サラ挑戦回数を重ねるごとに弱体化していくの草

659 名無しのライバー ID:MoBthread
なお4度目の挑戦で雫ちゃん勝利するも
雫ちゃん「今！　わざと負けた！　絶対今わざと負けた！」
脱サラ「違うよ、ほら。プリンあげるから、ね？」
雫ちゃん「……プリンおいひい」
脱サラ「(*´ω`*)」
関係者、リスナー「(*´ω`*)」

660 名無しのライバー ID:D3YlVCnPO
>>659
草

661 名無しのライバー ID:R1KnKJ6am
>>659
流石に手加減に気付いたかww

662 名無しのライバー ID:QjlpPVG/u
>>659
餌付けされてんなぁ

663 名無しのライバー ID:sg4vsImla
>>659
やだ、この娘チョロすぎる……

664 名無しのライバー ID:JrgDlEKhF
>>659
雫ちゃん……

665 名無しのライバー ID:BE5wiywiR
>>659
かわいい

666 名無しのライバー ID:VZyaznxlZ
脱サラと雫ちゃんがイチャイチャするのを見るだけの配信だったな
アーカイブ残らないのは残念

667 名無しのライバー ID:pb4Z9IEbF
雫ちゃんにコーン湧いてるのは草なんだよなぁ
その男誰？　とかコメ付いてんのマジで草

668 名無しのライバー ID:EXDlk6LxO
脱サラがかつてないほど終始ニコニコ
画面上の雫ちゃんとリアルの雫ちゃんを交互に眺めて楽しんでるキモオタ状態

669 名無しのライバー ID:ynSNPKEE8
雫ちゃんがゲーム下手なのか、脱サラがコンスタントに何でもこなすだけなのか

670 名無しのライバー ID:gckineki/
>>669
多分その両方

671 名無しのライバー ID:/exAytfuV
>>669
トランプのスピードでボロ負けしてたし歳には勝てない……

672 名無しのライバー ID:qz12qT43R
そらまあアラサーだし、若さには勝てないよ

673 名無しのライバー ID:18n+oGTla
Vertexも裏でずっと練習はしてるらしいが
年齢的に伸び代どうなんだろ

674 名無しのライバー　ID:NXKP99+6r
反射神経的には20代の若い内がピークって話は聞くな
でも、脱サラはそういうの抜きに努力して場数でその差を埋める系のいぶし銀タイプだろ

675 名無しのライバー ID:9FM/ukfPB
確かに
裏でも未だに訓練場にこもってるとかいう真実

676 名無しのライバー ID:BDNI0efDT
マジで100時間訓練場通いする気だったのか……？

677 名無しのライバー ID:fpslovers
もう100時間超えてお代わり中だゾ

678 名無しのライバー ID:CbGxvkKDR
草

679 名無しのライバー ID:Y3XiJbcaH
雑談配信（訓練場）
の謎早朝配信最近やりだした男やぞ

680 名無しのライバー ID:AjiRqZ6tN
健常なはずなのにたまに突拍子ない行動取り出すな
社会の闇がそうさせた定期だけど

681 名無しのライバー ID:2Gwus0BJQ
朗報　脱サラ　チャンネル登録者数5000人突破

682 名無しのライバー ID:dzQJ6Agcf
>>681
長かったな

683 名無しのライバー ID:VGC80Ggvr
>>681
辛い道のりだったな

684 名無しのライバー ID:z4jXSHNB6
>>681
この逆境の中頑張ってはいるんだよなぁ

685 名無しのライバー ID:0b7fJ2IHe
一般的には登録者5000人って凄いんだぞ
感覚麻痺してっけど

686 名無しのライバー ID:mOq1U4J87
後発の月太陽コンビが配信前に超えた道である

687 名無しのライバー ID:JZtADg8sr
あんだーらいぶあったけぇ
http://vitter.com/kanzaka

**今日の妹ちゃん**

ビーフシチューおいひい

ルナ・ブラン@luna_underlive
おめでとーございます
ところでいつコラボしますか？？

---

日野灯@akari_underlive
おめでとうございます
MyCraftっていうゲームがありましてね
あんだーらいぶ鯖出来るらしいので一緒にやりましょうよ

---

宵闇忍@台パンで机にヒビが……@shinobu_underlive
おめ！
気の利いたこと思い付かないからとりあえず、台パン要員必要だったら呼んでください

---

羽澄咲@7月マンスリーボイス発売中@hasusaku_underlive
おめでとうございます。
ところで、ボイス台本の依頼待ってます
マジで

---

獅堂エリカ@普通VTuber@erika_underlive
おめでとうございます
先日の湯飲みグッズ化してひと儲けしませんか？

---

神坂雫@kanzaka_shizuku
おめでとー
晩御飯はビーフシチューが食べたい
手伝うから作って

---

神坂怜@妹人気に乗っかる系VTuber@kanzaka_underlive
登録者数5000人ありがとうございます
皆様に何よりの感謝を
様々な事情によりご迷惑おかけしておりますが
今後ともご愛顧のほどよろしくお願い申し上げます

---

柊冬夜@野菜大好き@Hiiragi_underlive
おっしゃあああああああ
おめえええええええええええええ！

---

柊夏嘉@natsuka_hiiragi
めでたい！　記念枠あくしろよ
ASMR枠もはよ！　あとだいすき！

---

mikuri@C9X新刊出ます@mikuri_illustrator
本当におめでとう
我が家の自慢の息子です

---

酢昆布@新刊委託販売中@sukonbu_umaiyone
おめおめ
雫ちゃんのイラストプレゼントとかでいいっすか？

---

アレイナ・アーレンス@清楚系VTuber@seiso_vtuber_Alaina
おめでとうございます
オフコラボでお祝いしませんか？

---

**【7月×日】**

遂《つい》にチャンネル登録者数が５０００人を超え、その報告と謝意をＳＮＳで発信したところ沢山のお祝いメッセージを貰《もら》った。あんだーらいぶ内だけでも、柊《ひいらぎ》先輩を筆頭に３Ｄお披露目リアルイベントメンバー、宵闇《よいやみ》先輩。また、箱外でもアーレンス嬢や、酢昆布《すこんぶ》ネキ、ｍｉｋｕｒｉママ、夏嘉《なつか》ちゃん。それに愛《いと》しのマイシスター。この箱的にいえば５０００人という数字は本来とても褒められた数字ではない。個人勢や小規模な無名箱などではない、多数の銀盾——即《すなわ》ち、登録者１０万人を抱えたこの業界でもトップクラスの事務所に所属しながらこんな状態にあるのは偏《ひとえ》に、私の力量不足が原因である。

幾ら男性ＶＴｕｂｅｒの頭数が少なく、評価されにくい環境下であったとしても……現に柊先輩のように性別を超えて沢山のユーザーに好かれる人だっている。５０００人という数字で浮かれることはしないし、猛省すべき点も大いにある事も承知している。それでも、私はリプをくれた関係者、裏方のスタッフさん、リスナーの人たち——そのどれかひとつでも欠けていたらここまで至らなかっただろう。この数字を恥だなんて思わない。沢山の人々に支えられてここまで来た私にとっては、何より掛け替えのないものなのだから。

あ、でも妹に露骨に好意を示しているユーザーは許さん。絶対に許さないからな。

「苦情以外のマシマロがまた溜《た》まってきたので読んでいきます」

妹とのコラボや登録者５０００人のお祝いを経て一気に増えたお便り。メッセージが多いので今月２度目のマシマロ枠である。何か配信内容に困ったら手を出している気がしないでもない。実際使い勝手が良いから許してほしい。既存ファンの人には割とウケの良い配信だし。


「苦情マロ滅茶《めちゃ》苦茶《くちゃ》多そう」

「苦情マロとかこっわ」

「辛辣《しんらつ》なのばっか来てそう」

「本来甘いお菓子由来のネーミングなのに、これっぽっちも甘くなさそう」

「甘くないですね、全然。スコヴィル値めっちゃ高い。苦情マロデイリー４桁《けた》行ったことあるＶとか私だけでしょうね」

「そこまで行くと笑えねぇよ」

「１０００件超えって、それ……大丈夫？　運営さんとかに言った？」

「先月の一件は色々酷《ひど》すぎる」

「黙々と確認ボタンを押しているときの私はもう虚無だった。それはそうと、チャンネル登録者数５０００人突破致しました。偏《ひとえ》に皆さまのご尽力のおかげです。本当にありがとうございます」

［５０００人記念枠とかしないの？］

［というか、スパチャオンにしろ］

［投　げ　さ　せ　ろ］

「お金を投げたいそんな貴方《あなた》にオススメなのが、はいこちら！　7月のマンスリーボイス。なんと今回は羽澄《はすみ》先輩の台本になります」

［宣伝乙］

［スパチャよりボイスのが割が良いんだっけか］

［サンキュー、ハッス］

かねてより羽澄先輩から申し出のあった「台本書かせてほしい」との言葉にホイホイ甘えてしまったのである。今思えばその言葉はあくまで社交辞令だったのかもしれないが、僅《わず》か1時間足らずで台本が送られてくるとは思わなんだ。

　普通台本外注する場合それなりの代価を払うのが当たり前だと思うのだが、当人曰《いわ》く「趣味」とのことで、彼女が満足するまで収録、リテイクをかなりの回数繰り返した。

「まずは凄《すご》い真面目《まじめ》なのから。ほい」

□1個上の先輩を好きになってしまいました。彼は別の女の子、わたしのクラスメイトが好きみたいで……素直に気持ちを伝えるべきでしょうか？

「うーん、甘酸っぱい。実に青春っぽい。こういう相談来ると微笑《ほほえ》ましくなっちゃいますね」

〔かわいい〕
〔わー、青春じゃん〕
〔相談する相手がこいつで平気か？〕
〔視聴者層おっさん、おばさんばっかだと思ってたわ〕

「いやいや普通に若い方も多いですからね、データ上は。でもコメントでも指摘ある通り、相談相手が私で大丈夫なんだろうか。正直女性関係上手《うま》くいった試しがまるでないんですが」

〔反面教師的な？〕
〔失敗から学べることもあるさ〕
〔男性目線のお話が聞きたいんじゃね？〕
〔つまり恋愛強者のワイらの出番ってことやな〕

「嘘《うそ》だろ、絶対みんな独り身だよ。これまでも。そしてこれからも」

「真実でも言って良いことと悪いことがあるだろ!?」

「まあ、これはあくまで私個人が思うことなので参考になるか分からないんですが、好意を伝えられて嬉《うれ》しく思わない人はまあそうそういないわけでして。素直な想《おも》いを伝えてぞんざいに扱ってくるような人なら、そもそもお付き合いしない方が良いと思うんですよ」

「それはそう」

「ＹＯＵ、告白しちゃいなＹＯ」

「告白しないと後々すげー後悔すっぞ」

「このチャンネルキッカケでお付き合いとかしたら凄いよね。他の活動者さんはリスナーさん同士で結婚とかもあるみたいですし。あ、でも罰ゲームで告白とかマジでやめようね。割とトラウマになるから」

「あ……」

「まさか」

「お前女運が悪すぎないか？」

「悪い女に引っかかりすぎ問題」

〔美人局《つつもたせ》とかマジで気をつけろよ、お前〕

「はは、その辺は想像にお任せします。上手くいったときはまた報告してくださいね。では次。ここからが問題なんだけどさ——」

□J('ー`)し　たかしもう午前0時よ。寝なさい

〔カーチャン……〕
〔たかしだったのか〕
〔何故《なぜ》取り上げた〕
〔名前バレ!?〕
〔たかしくん、君だったのか〕

「ちがうから。私の名前じゃないからね!?　これね、ここ1ヶ月くらい毎日午前0時丁度に届くんだよね」

〔草〕
〔ただのクソマロじゃねぇか！〕
〔ログインボーナスかな？〕

〔ログボなら午前5時にしてほしいところ〕

「先月末にですね、届かない日が２日程あったんですよね。もう気が気じゃない。ログインしているのにログインボーナスもらえないわけですよ。そら心配もしますよ」

〔メンテでログボ受け取りやデイリーやれないときの不安感すごいよな〕
〔詫《わ》び石《いし》案件じゃん〕
〔寝坊かな？〕
〔クソマロ主《ぬし》が心配されるとか草〕
〔なんでお前が身を案じてるんだよｗｗ〕
〔ゲームなら詫び石でるから、詫びマロはよ〕

□⊂（-ー´）⊃　たかし午前0時よ。久しぶりに高速バスに乗ったら疲れたよ。先輩がんばってたねぇ。たかしも先輩見習ってがんばるんだよ

「これどう見ても柊先輩の３Ｄお披露目イベントの日に前日入りしてるんですわ。それも、地方からはるばるね、高速バスに乗ってやって来るわけですよ。もうね、スマホから送れば良かったとか野暮《やぼ》なことは言いません。ひとつ言いたい。先輩に直接マシマロ送りなよ……」

［ｗｗｗ］
［草］
［カーチャン、新幹線とか使いなよ……］
［カーチャンが高速バス使うのは解釈通りでは？］
［ワイのカーチャンはバイクで来るで〈酢昆布〉］

「触れた途端模倣犯《もほうはん》出てくるの止めてもらっていいですか？　この手のがね、今3通届きました。先生怒らないので、心当たりのある人は手を挙げなさい」

□J('ー`)し　午後10時、見てるよ

［模倣犯ｗｗ］
［草］
［3人もいるの草］
［毎分時報マロが届けば1440通だな］
［分担するにも面倒だな。マクロでも組むか］
［ノ］
「マ　ク　ロ　は　や　め　ろ」

また5通増えるのやめれ。マクロは止めてくださいお願いします。その能力をもうちょっと別の方向に生かしてもろて……。

「気を取り直して次」

□ドライヤーから火花出るんだけど

「あなたが今これを送るのに使ったツールを使って調べなよ……吸い込み口に埃《ほこり》やゴミは詰まっていませんか？　電源のケーブルから出ている場合は直《ただ》ちに使用を止めて家電量販店で新しいの買ってください」

［雑に何でも聞けばいいってもんじゃないだろw］
［超絶重い相談じゃなくて良かったな］
［答えるんかーいw］
［もしかして、まともなマロ届いてない……？］

「はい、というわけでお客様相談室からお伝えしました」

［ww］
［草］

「ドライヤーかけるだけの髪があるだけ幸せなんだぞ」
「→ごめん」
「あっ……すまねぇ……」
「(´・ε・`)また髪の話してる……」

【マシマロ】読むよ、マシマロ【神坂怜《かんざかれい》／あんだーらいぶ】
最大同時視聴数：約４５０人
高評価：２００
低評価：１５０
神坂怜　チャンネル登録者数５０００人（＋０）

**【7月×日】**
今日は柊先輩ととある配信を同時視聴することになった。非常に楽しみである。

758 名無しのライバー ID:N+OCJYWF4
くっそ暑い
今夜はどの枠見ればええと思う？

759 名無しのライバー ID:d+p20wDog
>>758
推しの配信がないなら畳のイベント振り返り雑談でも見れば良いんじゃね？

760 名無しのライバー ID:CWLh+rLQe
>>758
裏話聞けそうだし、畳かな

761 名無しのライバー ID:OKxLP7bLb
>>758
ハッスのASMR

762 名無しのライバー ID:5krcdtW5k
畳振り返り雑談同接多いな
コラボでもないのに

763 名無しのライバー ID:G611jVDNk
最近徐々に数字インフレしてきたよな
箱内でも上位陣は去年では考えられないレベルで増えてる

764 名無しのライバー ID:E9vi3Rvxl
企業案件だったり、ソシャゲコラボ、グッズ展開、メディア露出とかが徐々に増えてきたしな
最近はホント切り抜きから入ってくる新規さん多い印象あるわ

765 名無しのライバー ID:LIBEEOpxr
切り抜き動画は撮れ高シーンを編集してんだからそれなりに面白いのが多い
とはいえ、そこから実際の配信に足運んでもらうまでが大変なんだよなぁ

766 名無しのライバー ID:k6ol4RZfB
結局は切り抜きだけで良いやってなっちゃう人多いだろうな、実際

767 名無しのライバー ID:DsaqM1zOJ
自由に使える時間は有限だし、そこだけで済ませるってのは仕方がない
無編集の生配信見て面白いと感じるかどうかも問題さね

768 名無しのライバー ID:XwGdOvTaX
生配信主体じゃなくて動画投稿主体なら一定以上のクオリティは維持できるとは思うが
編集めんどくさそう

769 名無しのライバー ID:brlMgAVg9
動画だとスパチャ集金できないし……

770 名無しのライバー ID:EarmLwrSV
プレミア公開ならできるでしょ

771 名無しのライバー ID:ocDPU9zdY
プレミア公開ってあからじめ製作した動画を指定時間に配信する機能だっけ
あんま使ってる人見ないけど

772 名無しのライバー ID:6lyzxryyT
確かそうだったはず

あれならコメントやスーパーチャットも出来る
分かりやすく言うと録画の放映みたいなもんかな

773 名無しのライバー ID:RJL+IShyv
VTuber界隈最初期は動画勢が主だったけど、今は配信勢がほとんどだ

774 名無しのライバー ID:TlZXFscPm
リアルタイムでコメントとか反応してくれる方がいいしな

775 名無しのライバー ID:Frg2kBOn1
切り抜き動画は収益化云々で一悶着ありそうな気もする

776 名無しのライバー ID:/DvJyFU5y
登録者と再生数から収益計算するサイトみたいなのがあって
切り抜き師の収入が年収ウン百万とかリーマンの年収余裕で超える額出っててマジでビビッたわ

777 名無しのライバー ID:+oO/qK205
前述されてるけどそこから入る新規層もおるし
変に規制出来ないのも難しいな

778 名無しのライバー ID:MiRoDw3yP
畳　振り返り配信まとめ
・関係者もリスナーもありがとう

779 名無しのライバー ID:siwq7sfDU
>>778
簡潔すぎるw

780 名無しのライバー ID:ICFlvLKWa
>>778
ざっくりしすぎぃ！

781 名無しのライバー ID:5p3ALsJw2
>>778
正解大卒

782 名無しのライバー ID:MoBthread
他まとめ1

女帝
裏で賄いくそほど食いまくった挙句、タッパーに入れて持ち帰ってた
大舞台控えたの昼休憩時間にタッパーを買いに行く女
やっぱりやべぇ奴

783 名無しのライバー ID:e9f4Te4W2
>>780
女帝なにしてんだよ！
お前滅茶苦茶稼いでるだろww

784 名無しのライバー ID:ehxh1hMaH
>>782
えぇ……（ドン引き

785 名無しのライバー ID:jMvKql3NH
>>782
女帝楽屋枠のとき散々後輩ちゃんズのチョコパイ食べまくってたのに

>ふたりで手を繋いでいた
てぇてぇかよ……

791 名無しのライバー ID:sOWMaRhaD
>>789
あら＾～

792 名無しのライバー ID:RRQv6frcj
>>789
親戚のお兄さんと姪は解釈一致すぎる

793 名無しのライバー ID:MoBthread
他まとめ4

脱サラ
ただのスタッフ
しょっちゅう姿を消しては裏方業務に勤しむ
打ち上げ時に聞いたところ、女性陣を抑えイベスタッフ好感度No.1の男
その人気者っぷりをどうして表で発揮できないのか。コレガワカラナイ

794 名無しのライバー ID:UpEcFiS1v
>>793
草

795 名無しのライバー ID:uROZylgxj
>>793
スタッフに大人気ってそら仕事手伝ってくれる上に、賄い料理まで振る舞う男やし……
でも、それって演者の仕事じゃないっすよね……？

裏でも食いまくってんのかよw

786 名無しのライバー ID:MoBthread
他まとめ2

ハッス
後輩にボディタッチしまくる。なんなら女性スタッフにもしてた
無事月太陽コンビの個人連絡先をゲットしてほくほく顔だった
人の大事な舞台を出会いの場だと勘違いしてるとんでもない奴

787 名無しのライバー ID:rlSUQLQAg
>>786
いつか女の人に刺されそう

788 名無しのライバー ID:hwylmSjaV
>>786
ハッスは通常運行で安心したわ

789 名無しのライバー ID:MoBthread
他まとめ3

月太陽コンビ
ハッスの被害者。癒し枠
楽屋突撃の時不安からかふたりで手を繋いでいた
仲良しでずっとくっ付いてた
脱サラといると完全に親戚のお兄さんと姪みたいなノリ

790 名無しのライバー ID:bdVjny272
>>789

結局リーク者不明なまま収束していったけど
今後も裏で問題あったら影尾が派手に動くのか

804 名無しのライバー ID:GQCalL4Tv
脱サラ　妹ちゃんのガチ恋マロに宣戦布告する

805 名無しのライバー ID:YE+Hha/hu
>>804
お前ホント最近楽しそうだよな

806 名無しのライバー ID:gckineki/
>>804
妹ちゃんが絡むとガチで声が弾むからな

807 名無しのライバー ID:8NqrPH2F7
畳ツイートしてたけど
脱サラと同時視聴予定草なんだが

808 名無しのライバー ID:MYkH+r8xa
楽しそう

809 名無しのライバー ID:SvSaQc+1t
今日も日本は平和です

796 名無しのライバー ID:vBxUUG2Y8
>>793
ライバーより絶対スタッフとして雇った方が良かっただろ、こいつ

797 名無しのライバー ID:MoBthread
他まとめ5

社長
借金相手とは音信不通
返却されたと思ったら何故か脱サラの茶碗と入れ違いに届いていた

798 名無しのライバー ID:OrPmpJr2L
>>797
音信不通ww

799 名無しのライバー ID:m629IfnLq
>>797
借金のカタ……

800 名無しのライバー ID:E8shFnIac
>>797
オチが草

801 名無しのライバー ID:WHrahlnUS
悲報　脱サラ、先月のリーク騒動時day1000通を超える苦情マロが届いていた

802 名無しのライバー ID:eRHCfilt7
1000通超えってそらまたえげつない……

803 名無しのライバー ID:yAgJxPgn7

【7月×日】

柊《ひいらぎ》先輩の妹、夏嘉《なつか》ちゃんが動画チャンネルを開設したらしい。既に有名ＶＴｕｂｅｒである先輩の実妹という事で広く存在を知られており、先月の華々しいＳＮＳデビュー……何か貰《もら》い事故みたいなのがあった気がするけれども、この際それは置いておくとして。そんなこんなで、あんだーらいぶの熱心なファンの間でも秘《ひそ》かな人気を獲得した彼女が自分のチャンネル開設したとなれば、ちょっとしたお祭り騒ぎである。

開設から数日で登録者はなんと７５００人。私の約１・５倍である。凄《すご》い（確信）。企業勢の身内とはいえ、正式なあんだーらいぶ所属でもないので、公式ＳＮＳから宣伝等もない。先輩や担当絵師のトライデント先生は大々的に宣伝していたので、それも大きいのだろう。これは個人勢としては十分トップクラスの登録者数であり、この数値からもファンからの期待度を伺える。

この界隈《かいわい》のこういった数字も最近少しずつインフレし始めている。有名企業勢は軒並《のきな》みデビュー前に登録者数１万人を超え、デビュー配信も同接１万近くいく。ＶＴｕｂｅｒ業界自体のファン数が増えているのは非常に喜ばしいことである。徐々にではあるが、個人としてＶを始める層も増えてきた。そういった人向けに割と安価で配信用オリジナルキャラクターの立ち絵を用意します、なんてイラストレーターもちらほら。

　まあ人が増えたからといって私の立ち位置が変わったりはしないわけであるが。私の悪目立ちというか炎上要素が強すぎてご新規さんバイバイ状態である。雫《しずく》ちゃんは私に関係なく評価されているようで、ある意味安心である。実は可愛《かわい》い女の子なら割となんでもありなのでは？とか失礼な事は考えてないです。本当ですよ？

　話は逸《そ》れたが、夏嘉ちゃんチャンネル開設に伴い今日配信をするとのこと。それも愛しのマイシスター雫ちゃんと一緒にである。私の知らない間にふたりとも凄く仲良くなったらしい。女の子同士が仲良くするのはとっても良い事だとお兄ちゃん思います。互いにＶＴｕｂｅｒの妹という中々珍しい境遇。身内の私から見ても中々面白いユニットだと思う。

　あんだーらいぶ運営サイドも私や先輩の妹ちゃんズがＶとして活動することに関しては特に咎《とが》めたりとかはないらしい。コラボに関しても基本的には自由にどうぞ、というスタンスなのだ。逆に「もし弊社《へいしゃ》に興味があるようでしたら、是非に」と謎の勧誘のお言葉まで賜《たまわ》った。その辺は割と寛容なんだなぁ……実際私よりは結果を残せるのは確定的に明らか。

「はい、というわけで今日は我が妹夏嘉ちゃんと、神坂《かんざか》君の妹の雫ちゃんのコラボを同時視聴していくぞぉおお！」

「イエーイ！」

「よっしゃあああ！」

〔テンション高いの草〕
〔何やってんのこの人たち〈ｍｉｋｕｒｉ〉〕
〔草〈トライデント〉〕
〔酒でも飲んでるのか？〕
〔本編より同接多いの草なんだが〕
〔なんで同時視聴元より同接多いんだよｗｗ〕

　柊先輩に誘われ、夏嘉ちゃんとマイシスター雫ちゃんの配信を同時視聴枠にすることにした。同時視聴枠。この界隈独特の文化とも言えるかもしれない。配信主《はいしんぬし》が指定したコンテンツ——アニメだったり映画だったり、あるいはライブイベント等を見たりしながら視聴者含めて好き勝手感想言い合う枠である。通常、視聴対象の映像や音声は配信に乗せる事ができないので、視聴者には別途それらの映像を見る環境を自前で用意してもらわなくてはならない。正直少々手間がかかる。気軽に配信枠だけを開けば良いというわけではないので、一般的には同時視聴枠はデバフとされていることが多い。通常配信より数字は取《と》り辛《づら》いらしい。どちらかと言うと既存のコアファン向けのコンテンツと言えるのではないだろうか。

　とは言え、今回は柊先輩と実質コラボなのでいつもの私の数字よりかは何倍も数字出ているわけだが。現在の同時接続数は約５０００。十分とは言えるものの、流石《さすが》に柊先輩の通常枠の数字よりかは幾分《いくぶん》劣る。私のデバフが原因でないと信じたい。味方へのデバフ効果とかお荷物キャラすぎる。

『みなさーん、こんちゃー。バカ兄貴の枠でちょいちょい出てるしお久しぶりの人が多いのかな？　柊夏嘉でーす』

『はじめまして。神坂雫です……』


早速本放送の方が配信開始される。ザ・清楚《せいそ》の化身雫ちゃんに対し、驚くほど肌露出面積が多くちょっと生意気そうな所謂《いわゆる》『分からせたくなる』感じの見た目の夏嘉ちゃん。

ふむ……見た目のバランスはふたり並んでも余り違和感はない。

「うちの妹恥ずかしがってる。可愛い。マジ可愛くない⁉」

「俺の妹はいつも通り可愛い」


「平　常　運　航」

「いつも通りじゃないか」

「ブラウザバックされてがっつり視聴者減ってるんですけどぉ！」

「どんどん同接落ちてる件」


「立ち絵って基本ｍｉｋｕｒｉママにほぼほぼお任せだったんですけど、やっぱプロってすごいですよねぇ」

「それな。ウチも同じ感じ。トライデントせんせーの性癖詰め込んだ結果らしいけど」

「あ、でもここだけの話ですが。実は胸部装甲はｍｉｋｕｒｉママにお願いしてちょっと盛ってた」

「ウチは太もものムチムチがナーフされた」

「そういうの気にするところもすっごい可愛くないですか？」

「わ　か　る」

［そこは黙っててあげてｗｗ］
［ふたりともママが有能すぎんよなぁ。男女両方上手《うま》く描ける絵師は貴重］
［後半のとこは聞かなかったことにするわ］
［おい早くこいつら何とかしろ］
［ちょっとシスコンビさぁ……］

視聴者数が５０００人からがくっと４０００人に減った。あっれぇ……何かおかしなこと言ったかな？


『なんか裏であにーズが同時視聴枠やってるみたい』

『滅茶苦茶《めちゃくちゃ》キモい事言ってそう。あにーズってファミレスっぽい』

『どうせなら収益化通ってからやるべきだった……』

『裏で凄い緊張していたのに、この子……』

『れ、怜《れい》君は料理も出来て面倒見も良くて羨ましいなぁ』

『友人に自分の兄が名前呼びされてるとかちょっと複雑』

『友人……フフン。ドヤァ』


「カワイイ、カワイイ、カワイイ」

「女の子同士が仲良くしているのは実に良い。実に良いぞ」

［あの……ブラバが止まりません］
［流石にちょっと気持ち悪い］
［シスコンもすぎれば毒］

「昨日くらいからそわそわ緊張してたんよね、ウチの妹」

「そりゃ緊張もしますよ」

「俺配信であんま緊張したことないわ。３Ｄんときくらいかな？」

「あー、滅茶苦茶顔強張《こわば》ってましたからね」

「マジで!?　めっちゃわかった？」

「めっちゃわかりました」

「うっわ、恥っず……」

「そういう情報もっと頼むよ」

「流石に緊張するか」

「ちょうだいちょうだい！　もっとこういうのちょうだい！」


かく言う私も、最近は案件やコラボ以外の通常配信では緊張感が抜けてきている気がする。慣れた頃が一番危ないとはよく言ったもので、事故や炎上とか色々気を付けなくちゃ。


「そう言えば、スーパーチャットってどうやって投げるんですか？　投げたことなくて」

「収益化通ってないんだよなぁ……」

「えっ、ああ。だからか……じゃあ仕方ないか」

「うん？　今何かファスナー開く音と小銭音が聞こえたんだけど？」

「えーっと封筒かポチ袋は」

「こういうとき同居が羨ましい。今から実家に手渡しに行くわけにもいかん。マネーカードのＩＤで良いかな？　ストックあるし」

「なんでストックあるんですか……」

「コンビニ行くとついでについつい買っちゃうんだ。テヘッ☆」


「ふたりしてなにやってんだよｗ」

「こいつリアル投げ銭しにいく気だろ」

〔配信中に配信者ふたりが席を立つ異常事態〕
〔生活音ＡＳＭＲと思えばイケるイケる〕
〔妹が絡まない限りはまともなのに……〕
〔一般的なあんだーらいぶメンバーの生態だ。驚くことはない〕

この後最終的に同接は２７００人まで減った。悲しいね。本放送はというと視聴者数３５００人とまずまず、どころか個人の配信として見るならば一線級のそれと遜色《そんしょく》ない程度には数字が出ていた。身内が評価されるのは誠に嬉《うれ》しい限りである。まあ普段の私の配信の軽く10倍以上なんですが。

配信終了後、部屋に珍しくノックして入ってくるマイシスター。

「お兄ちゃーん」

「あー、これすっごい笑顔だけど怒ってるやつだ。げきおこだ。多分」

「せいかーい」

盛った件に関してとっても怒られました。まあこれはこれでご褒美なのでは……？　それを悟られないように私はそっと正座してお説教を受けた。しかし本当にウチの妹は可愛いな。


**【7月×日】**

運営さんから連絡が来た。公式番組に出演しないか？　というオファーであった。

832 名無しのライバー ID:ZLQJq+l17
夏嘉ちゃん、雫ちゃん遂に配信するのか

833 名無しのライバー ID:yYaMSEEmZ
夏嘉ちゃんチャンネル開設
↓
一夜にして登録者数7000人突破
↓
雫ちゃんとコラボ配信（イマココ

834 名無しのライバー ID:3ofyW0MWw
>>833
脱サラライン気軽に超える夏嘉ちゃん

835 名無しのライバー ID:JG1OjNsnV
>>833
個人勢なら普通に上位クラスの登録者数になってて草

836 名無しのライバー ID:Odq4MRPbY
そら界隈トップの妹に有能絵師がママときたら伸びない要素はない
V業界男性ファンの方が多いだろうし、あのセンシティブ立ち絵は食いつきええだろ

837 名無しのライバー ID:5FGZ4DlhV
ただ畳は女性ファンが多めなのもあって、女性層からの支持はイマイチだとは思うけれど

838 名無しのライバー ID:+avqBJlwd
畳っていつぞやアナリティスク見て女性視聴者3割とか言ってたな

839 名無しのライバー ID:7gkf7yPA4
男性V自体の頭数少ないしな
女Vの女性視聴者率1～2割くらいって話はよく聞くが

840 名無しのライバー ID:VsLIi+T+7
妹の配信を同時視聴する兄の図

841 名無しのライバー ID:CGXgJpqFo
それぞれの妹ちゃんズ「同時視聴か……」ってドン引きしている模様

842 名無しのライバー ID:vsofVY9Zk
そう言いつつ許可出した模様

843 名無しのライバー ID:BSuqEqTXP
兄から妹の対応激甘だが
妹から兄のそれも大概だと思う

844 名無しのライバー ID:pz9Ca3y+i
愛が重いだけで人間的は健常オブ健常やぞ、このふたり

845 名無しのライバー ID:X6KRkIFHW
界隈では珍しい常識人枠だもんな

846 名無しのライバー ID:39KxeTRrM
夏嘉ちゃんは見た目と声、喋り方からして本当にメスガキ感半端ない
一方で完璧清楚系美少女雫ちゃん
良い取り合わせだ……

847 名無しのライバー ID:MoBthread
ギャル×優等生はいいぞぉ

百合なら意外なところで優等生キャラが攻めになるんだよね、わかります

848 名無しのライバー ID:0/svlJGTm
兄組
脱サラ「スパチャどうやって投げるんです？」
畳「収益化通ってないんだよなぁ……」
脱サラ「(´・ω・`)」
妹組
夏嘉ちゃん「収益化通ってからやるべきだった！」
雫ちゃん「さっきまで凄い緊張してたのに」
夏嘉ちゃん話題をそらす

849 名無しのライバー ID:IFAx3t9t8
妹組もチラチラ同時視聴枠覗いてるのな

850 名無しのライバー ID:PKhv1I8LQ
妹ちゃんズが仲良く百合百合し出してテンション上げまくるあにーズ
雫「友達出来て嬉しい」
夏嘉「わたしは親友だと思ってる」
雫「わ、わたしもちゃんと親友枠に入れてるもん」
夏嘉「今度オフでお買い物行こうよ。服雫の選びたい」
雫「それ楽しそう！　じゃあわたしも夏嘉の服選ぶ。とびっきり可愛いの選んであげる」
兄「ああ＾～」（兄の歓声が本放送に乗る）

851 名無しのライバー ID:/yurisuko
>>850
やっぱり女の子は女の子同士で仲良くするべき、はっきりわかんだね

852 名無しのライバー ID:y3t7uN55x
>>850
兄がただの百合豚なのでは？

853 名無しのライバー ID:0ykwfzDZj
速報　脱サラ、雫ちゃん配信部屋の扉の隙間からリアルマネーを差し出す

雫「扉の隙間からポチ袋入れられたんだけど……」
夏嘉「幾ら入ってる？」
雫「お爺ちゃんが孫に渡すお年玉くらいは入ってる……」
夏嘉「なんかウチのからはマネーカードのID届いてんだけど！？」

854 名無しのライバー ID:YOeMnKmXY
>>853
草

855 名無しのライバー ID:iePRRv+n/
>>853
何やってんだこいつら？

856 名無しのライバー ID:gckineki/
>>853
妹が絡むだけでどうしてこうなってしまうのだろうか
後輩や先輩とかのピンチに颯爽と駆け付けるお前はどこへ行ったんや……

857 名無しのライバー ID:fRtdfuc80
>>853
おい、誰だ！
さっき健常枠とか言ってた奴は！？

858 名無しのライバー ID:pz9Ca3y+i
すまん
やっぱ奇人変人枠だったわ……

859 名無しのライバー ID:wtWNUowuW
あんだーらいぶにまともな人間がいるわけないだろ！
妹に限界化する度にブラバされて同接が減る配信

860 名無しのライバー ID:vR1XqU80u
これを見せられる女性ファンの気持ちを答えよ

861 名無しのライバー ID:HX4LIsyJV
その道の上級者は自分をその妹に変換して妄想してるし、へーきへーき

862 名無しのライバー ID:OU6cg1vc1
なおこの後ママからお説教がある模様

---

mikuri@mikuri_illustrator
怜君、後でお説教するので
ディスコ通話待機お願いします

---

863 名無しのライバー ID:hZQEYOBAL
>>862
mikuriママとかいう癒やし

864 名無しのライバー ID:eR/W7ziY9
>>862
ママのお説教って諭すように凄い優しくしてそう

865 名無しのライバー ID:3O6BKluWE
>>862
やっぱり一番の常識人はmikuriママなのでは……？

866 名無しのライバー ID:tBnqyuxiw
>>862
正解大卒

867 名無しのライバー ID:JZtADg8sr
なお
夏嘉ちゃん：太ももムチムチナーフ
雫ちゃん：胸部装甲バフ
をママに依頼していたことが判明した模様

868 名無しのライバー ID:eVhHv32rZ
>>867
草ァ！！

869 名無しのライバー ID:r1K2I+sVQ
>>867
持ち味を生かせ……

870 名無しのライバー ID:V9Bbp/1yd
>>867
そっちのバージョンのイラスト公開はよ

871 名無しのライバー ID:PPvVeY4IG
今頃妹ちゃんにお説教されてそう

872 名無しのライバー ID:0Zl+dV6ZA
そりゃあそうよ

873 名無しのライバー ID:pQ7VsNDK8
はい、そんな皆さんに大本営発表
https:underlive_news.jp
【あんだーらいぶ放送局】Season2 第5回
出演者：朝比奈あさひ、神坂怜

874 名無しのライバー ID:5b71sGuK8
>>873
噂をすれば、というか脱サラか

875 名無しのライバー ID:nF+snFXxo
>>873
脱サラ公式番組デビューか

876 名無しのライバー ID:SYsT3K4no
>>873
相手あさちゃんだし炎上は平気そうだな

877 名無しのライバー ID:BPg8UyvVx
>>873
実は初絡みのこのふたり組

878 名無しのライバー ID:H/X3YP9XD
そういや、このふたり貴重な男の子組なのに今まで絡みなかったな

879 名無しのライバー ID:6d2+DvE4n
あさちゃん延々FPSばっかやってて、コラボとかしないもんな

880 名無しのライバー ID:G+IgHjzqQ
あんな可愛い男の娘が人をバンバン撃ち殺すキリングマシーンになってるんだぜ？

881 名無しのライバー ID:rJT3tkQ9Z
てかあの番組って何すんの？

882 名無しのライバー ID:EtPOESEmf
普通にテーマ別トーク
人気カップリング、グループゲスト回 or 絡みのない面子回
今回は後者だな

883 名無しのライバー ID:4gsJz38Wp
箱推し的には楽しいが、良くも悪くも既存ファン向け
ニヨニヨと別媒体というのもあって数字はイマイチ

884 名無しのライバー ID:H6xhiimjV
脱サラにもこの手の話は来るだけひと安心や

【7月×日】

突然な話であるが、あんだーらいぶ公式番組の『あんだーらいぶ放送局Ｓｅａｓｏｎ２』第5回配信の出演ライバーとして抜擢《ばってき》された。この配信はあんだーらいぶの公式チャンネルにて不定期に配信されている生配信番組であり、タイトルからも分かるようにＳｅａｓｏｎ２——つまり2シーズン目を迎える箱推しにはお馴染《なじ》みの配信となっているわけである。

ある程度持ち回りで行われているものの、通常は人気ライバーが出演者として選ばれる傾向にあるはずだが……今回はどういうわけか私。その辺りどういう判断が社内上層部でなされたのかは分からないが、ご指名頂き大変光栄である。不定期配信で前回が私がデビューするよりも前なんだとか。不定期すぎる。せめて月イチくらいでやればいいのに。演者のスケジュールの都合があるんだろうけど。箱内の人数でも増えればこの手の企画も回しやすいんだろうけれども、如何《いかん》せん頭数も少ないから各々のスケジュール調整も難しいのだろう。なので不定期更新もまあ納得といったところか。新人さんが入ってきたらやるか、みたいなノリなのかもしれない。

ちなみに、朝比奈《あさひな》あさひ先輩が今回一緒に出演することになった。過去に特に絡みもない、デビュー当初にディスコで少し挨拶したくらいである。彼、と言うべきなのか彼女と言うべきなのか……所謂《いわゆる》『男の娘』キャラとして活動している朝比奈先輩。あんだーらいぶで現状３人しかいない男性ＶＴｕｂｅｒの一角。残りは柊《ひいらぎ》先輩、私である。ファンからは『性別：あさちゃん』と男でも女でもない妙な扱いをされている。そういったキャラ設定もあってか、女性ＶＴｕｂｅｒとコラボしても一般の男性が絡む時よりは拒否反応はあまりない。設定の勝利とでも言うべきか。運営サイドもよく考えたなぁと。段階を踏んだつもりで男性Ｖを新規投入したら現在の私みたいな状況である。間に性別不詳設定でも挟《はさ》んでから男性投入した方が良かった気がしないでもないが。単純に私の力量不足によるところが大きいので素直に反省しておこう。

演者の性別はまあ無視するとして、この界隈《かいわい》、性別不詳だったり両性だったりとかバーチャルという融通が利く環境もあり、割と言ったもん勝ちみたいなところがある。柊先輩は魔界設定あったりするし。朝比奈先輩の場合は女性ライバーさんとファッションやコスメの話をしたり、男性ライバーと薄い本の話していたりと性別に合わせた話題を取捨選択することが出来る強みがある。男の娘ならでは、と言うべきか。

公式番組では人気カップリング、グループか過去に絡みのない珍しい取り合わせを出演者に据えることになっているらしく、今回の場合は後者であろう。男性Ｖという共通点もあるし、今後活動を続けていくことを考えればこの機会は非常にありがたい。

――何より、このコラボ配信が決まった時にお気持ちマロが全然来ないのである！

ありがたいなぁ、本当に……寧《むし》ろ彼のファンからの励ましのメッセージや、「うちの子よろしくね」みたいな保護者さん視点のコメントまで寄せられていた。こういうのあんまりないからちょっぴり新鮮。今まで絡んでも叩《たた》かれないのって、柊先輩やアーレンス嬢くらいだもんな。いや、あの人のファンはなんでこんなに好意的なのか謎だ。何故《なぜ》か謝罪文とか長文のボイス感想とか貰《もら》うんだけれど、多分それ熱量を向ける相手違うよね？

後、今朝母が妙な拾いものをしてきたのだが……この件に関しては後日語るとしよう。

## 【7月×日】

予習も兼ねて朝比奈先輩の配信を視聴してみることにした。

以前私が配信でボロカスにやられ、野良《のら》のパーティーメンバーから『ｆ〇ｃｋ』とのコメントを投げかけられた3人1パーティーで最後の1チームになることを目指すバトルロイヤル形式のＦＰＳゲームＶｅｒｔｅｘ。それ以来私はずっと訓練場にこもって、ただひたすらに射撃練習に勤《いそ》しんでいる。毎朝早朝に、時には配信で雑談なんかも交えつつやったりしている。継続は力なりという言葉もあるように、徐々に狙った場所に当てられるようになってきた。

話は少し逸《そ》れたが、朝比奈先輩は件のゲーム――Ｖｅｒｔｅｘのあんだーらいぶ内最強プレイヤーとしてちょっとした有名人である。単純にＦＰＳ系のゲームを得意としているというのもあるのだろうけれども、ＶＴｕｂｅｒでここまでＦＰＳ系ゲームのみに特化した人が少ないという点が大きいだろう。この手のゲームは正直に言ってしまえばあまり数字が取れない、所謂『デバフ』なんて言われているジャンルだ。その道のプロであるプロゲーマーが既に配信業界にいる以上、選択肢としてＶＴｕｂｅｒの配信をチョイスしてもらうには少々ハードルが高い。

上手《じょうず》になるには沢山プレイしなくてはならない。かと言って配信で同じタイトルのゲームばかりプレイすると、それを良く思わない視聴者も当然いる。通常、その辺りの兼ね合いが非常に難しい問題。やりたいようにやってもある程度安定した数字が取れてしまうのが、先輩の凄《すご》いところである。

今後彼が主体とするＶｅｒｔｅｘプレイ人口が増えれば自《おの》ずとそれに続くようにこぞって配信を始めるんだろうなぁ……この界隈、基本的に流行《はや》り物《もの》に敏感なのである。特にこれはゲームキャラクターや武器のスキン等課金要素もあるが、基本無料でＰＣ、据え置き型ゲーム機と幅広い媒体でプレイできるとあって、取っつき易《やす》いし。

年齢不詳。金髪童顔の男の娘キャラ。声色は女性のそれ。そんなキャラクターが銃器で他プレイヤーをぶっ倒すというギャップが彼の魅力だろうか。プロゲーマーとも交友があり、コラボや有名配信者が参加するＦＰＳゲーム大会等にも招待されているんだとか。箱外、ＶＴｕｂｅｒでなく配信者やプロゲーマーとコネのあるという、あんだーらいぶ内でも非常に珍しいタイプである。もっとも、男性Ｖという時点で物珍しくはあるのだけれども。

「ランクマッチやってくよ〜」

［カジュアルで肩慣らししなくていいの？］

［エイム練習は済ませたか？］

［そろそろパーティー組まないとポイント盛るの大変そう］

「一緒にやってくれる友達がいないんだよ。プロゲーマーさんとやろうにも、人工ランクだとか裏で言われちゃうし」

［柊パイセンと、神坂《かんざか》君で丁度３人やん］
［ふたりともちょろっとだけ配信でもやってたことあるみたいやぞ］
［肩身狭い男性Ｖで組もうぜ］

割と私の存在自体は認知されているらしい。少し嬉《うれ》しい。それもコラボを勧めるコメントがあるということは、彼のファンにはそれほど悪くは思われていないのだろうか……？
「今度誘ってみようかなぁ……でも断られたら困るし、そもそも皆嫌だけど断り辛くて仕方なくってって事になったら尚更《なおさら》心苦しいし……」

［やさしいお兄《にい》さんだし、へーきへーき］
［頼むだけ頼んでみようよ］
［神坂さんはｖｅｒｔｅｘ配信ちょいちょいしてるみたいだね］
［あの人ずっと射撃訓練場なのが謎だけど］
［逆に言えば一緒に行く人を求めているムーブとも取れる］

「そうしようっかな……この前チラッと見たけど本当にずっと訓練場にいてビックリした。飽きないのかな。僕だったら10分、15分でカジュアルかランク行っちゃうな」

［初戦がチーターに轢《ひ》き殺《ころ》されててトラウマになってるっぽいな］

［長時間練習してるんなら、エイムだけはめっちゃ上手くなってそう］

［らぎパイセンにはこのゲームのガチャの魅力を紹介しよう］

「ガチャはあの人の誘蛾灯《ゆうがとう》じゃないからね⁉　――オラァ、死ねェ！　っしゃぁ！」

ただ、この子銃持った途端凄い性格変わるよね。唐突に現れた敵に対して殺意丸出しで襲い掛かる。こういうのトリガーハッピーとかって言うんだっけ？　普段の女の子みたいなボイスから急にイケメンボイスにチェンジする。普段の声が作っている方で、こっちの声が素に近いのだろうか。

「あっ……」

［スナでヘッショ草］

［遮蔽物《しゃへいぶつ》ないところは危ない。はっきりわかんだね］

［あの距離当てる相手が化け物すぎる］

［無言になるの止めろ］

［無言再戦］

「あー、昨日盛ったポイントが一瞬で……」
「タイムライン見たら柊先輩がガチャ爆死したってツイート見て元気出た」
「あの人いっつも爆死してんな」
「またか」
「爆死トレンド入り草」

「僕知ってるよ。1畳＝15万っていうんでしょ」

「草」
「それ以上はいけない」
「ガチャ爆死代　爆死大好き　￥10000」

「いや、なんで僕のところにそれ投げるわけ⁉」

**【7月×日】**
公式番組があった。
あ、後家族が増えました。

905 名無しのライバー ID:Azqwyq8/D
はい、公式番組始まります

906 名無しのライバー ID:Omfb49NVV
脱サラ、コラボするのに荒れない事にただただ感動する

907 名無しのライバー ID:1Qk6MHGhF
>>906
草

908 名無しのライバー ID:9JnyJxHQW
>>906
脱サラ……本来それが普通なんやで……

909 名無しのライバー ID:OFbp80dsr
あさちゃん「神坂さんはとっても紳士です。お菓子沢山くれました」
脱サラ「ハムスターみたいに食べますね。あんまり食べると晩御飯食べられなくなりますから控え目に」
あさちゃん「あ、あとでいっしょに鍋食べに行くんだー」

リスナー「可愛い」
リスナー「お兄さんからおやつもらえてよかったね」
リスナー「よかったね」

910 名無しのライバー ID:MgXve9JfX
>>909
なんて優しい世界なんだ……

911 名無しのライバー ID:I0wqcLMtS
>>909
一応男同士だしな
何ならお姉さま方に受けそうなカップリングである

912 名無しのライバー ID:bqNhY9gCO
>>909
こいついっつも餌付けしてんな

913 名無しのライバー ID:fFw08JlXc
>>909
あさちゃんはコラボ自体少ないからこういうコラボ系企画ってだけで
推しは喜んでるやで

914 名無しのライバー ID:sKw1JNhzl
普段FPSばっかだもんな

915 名無しのライバー ID:SCPbPvLA/
昔は女性Vとよくお話配信してたけど、一部の層に配慮したのか最近はご無沙汰だしな

916 名無しのライバー ID:gIXYDNMxC
大分前Vertexで野良に暴言吐いたとかで叩かれてたな

917 名無しのライバー ID:gzCoN/+fc
FPSゲーマー、配信者ならあの程度日常茶飯事だけど
企業V的には確かに褒められたものではないけれど
取り立てて騒ぎ立てるほどかと言われると微妙

918 名無しのライバー ID:fpslovers
あの件に関しては野良がチーミングでポイント稼ぎしてたわけで……
現に後にあの野良垢BANされたって話だし
謝罪も終わってるんや、許してやってくれ

919 名無しのライバー ID:cz27MJ6sn
あの頃くらいから影尾やら仮想記者やらが悪目立ちはじめたイメージ

920 名無しのライバー ID:vK9Y/9ZDf
1週間謹慎＋FPSゲーム1ヶ月自粛してんだよなぁ

921 名無しのライバー ID:RROZjuxO9
人を撃ち殺す衝動を抑えながら、バーチャルペット育成するゲームをする流れは笑った
その後ちゃっかり本当に猫を飼い始めたのも草
今ではすっかり愛猫家

922 名無しのライバー ID:/5YuZPl7U
あさちゃん「Vertex今度一緒にやりたい」
脱サラ「後ちょっとエイム特訓したらやりたいですね」
畳（コメント）「そろそろ交ぜろよ」
コメント「点棒（クレカ限度額）すっからかんに搾り取られてそう」
コメント「その台詞は噛ませ犬キャラっぽくないか？」
あさちゃん「本当！？　約束だからね！
絶対3人でやるからね！」
脱サラ「ええ子や……銃さえ持たなければ」
畳（コメント）「そのギャップが持ち味なんやで」
コメント「良かったね！」

や　さ　し　い　せ　か　い

923 名無しのライバー　ID:dRJLcAU21
>>922
割と女性ファン層多い連中だろうしな
同性同士が仲良くするのは割と寛容

924 名無しのライバー ID:aZlwERyEo
>>922
ちょっと感動すら覚える展開であるが
少しだけ寂しい気持ちにもなる
何だこの複雑な感情

925 名無しのライバー ID:HF3xozpPv
>>922
あさちゃんリスナーはコラボに飢えているからな
畳×あさちゃんのBLカップリングがお姉さま方にそれなりに人気
そこに新たな掛け算要素ともなれば、そりゃあね

926 名無しのライバー ID:r1rslxTFA
>>922
脱サラがアウェーじゃない違和感

927 名無しのライバー ID:2QV26z41s
マジレスすると脱サラはそれなりにリアイ

べで株を上げている

928 名無しのライバー ID:A5WEkbMcE
あさちゃんの配信はお世辞にも万人向けじゃないからな
ライトユーザー少な目よ
コア層故に影尾とか毛嫌いしまくってるからな、ワイらみたいに
だからあれの被害者枠である脱サラには同情してはいる

929 名無しのライバー ID:wggRyGb0M
影尾や仮想記者嫌ってる層には脱サラは気の毒に思われてはいる
色々あれでお馴染みのニヨニヨの大百科記事ですら若干のフォローが入るレベルである

930 名無しのライバー ID:yWEA8xmU4
あさちゃんも言うてそこまで数字強くない印象あるわ

931 名無しのライバー ID:BPzZhxcwh
>>930
畳とかと違って超少数精鋭リスナー抱えてる感じ
平均同接1000～1500でもスパチャ額はかなり上位っていうアレイナみたいなもん

932 名無しのライバー ID:Y5JGQYoKI
あさちゃんが同接出ないのは、配信でデバフ扱いのFPS擦ってるせいだとは思うけれど
それでも脱サラの3倍以上は出てんだよな
スパチャ額なんかはそれこそ桁が違うわけで

933 名無しのライバー ID:LKNndIUEm
FPSや明確に順位とか出るゲームは結果出すとスパチャ投げるキッカケになるしな
プレイスキルさえあるなら集金効率は悪くはない
特にVertexは収益化も「お好きにどうぞ」スタンスだし

934 名無しのライバー ID:3HUvEsdQW
この業界単純に同接＝Vの強さってわけでもないしな

935 名無しのライバー ID:FFoCVijbm
だからってスパチャ＝Vの強さってことでもないけど
毎月ランキング作って馬鹿騒ぎしてるワイらが言えた話ではないけど

936 名無しのライバー ID:yS1/IfrcG
サポート特化の脱サラとかいうソシャゲならTier1のキャラ

937 名無しのライバー ID:vJS74un+3
個人的にはTier2くらいでいぶし銀な感じで玄人が好むキャラであってほしい

938 名無しのライバー ID:SrBpHCS5a
その理論で行くと脱サラを使いこなせていない運営サイドに問題があるのでは……？

939 名無しのライバー ID:kV5SS3EVw

>>938
それはそう
ただ、本人自身がそもそもスペック使いこなせてない説あるぞ
素材は良いのに配信イマイチっていうあれよ

940 名無しのライバー ID:zx5FXHxTU
>>938
イベ前説→エロゲ案件→公式番組と
それなりに気を遣ってはいる

941 名無しのライバー ID:DPloDhCpV
それなりにプッシュはしてるが……
壊滅的に華やかさはないな

942 名無しのライバー ID:wzUdqtd73
数字取れる面子の脇にそっと添えておくと凄くいい仕事すると思うの
ハンバーグの横のポテトみたいなものだよ

943 名無しのライバー ID:8hOFLx8oF
裏方で仕事すんの上手いなら企画でもやらせてみれば良いのに
割と人脈だけは界隈トップクラスだろ

944 名無しのライバー ID:dcQDs0Yny
同じ箱内ではあるが、畳は言うまでもないが女帝も脱サラ割と気に入ってるみたいだしな

945 名無しのライバー ID:V230nAY9M
ヒント：女帝も餌付け済み

946 名無しのライバー ID:gZ8UI5NHO
スタッフムーブが糞ほどツボに入っていたらしい
後でゲラゲラ笑いまくってた

947 名無しのライバー ID:0KdeA7pre
脱サラ「そう言えば、朝比奈先輩に聞きたいことがあるんですよ」
あさちゃん「ほぅほぅ。何かな何かな」
脱サラ「新しい家族が増えることになりましてね」
あさちゃん「あの……それ、配信で言って大丈夫な奴ですか？　僕聞かなかった事にしたほうが良い？」

948 名無しのライバー ID:O6pMuLmaD
>>947
ふぁ！？

949 名無しのライバー ID:HaeL0bg4c
>>947
え？

950 名無しのライバー ID:gckineki/
>>947
あ゛！？

951 名無しのライバー ID:FD/81VsR2
>>947
最近燃えないからって自ら燃料投下するのか、お前……？

952 名無しのライバー ID:ZG5rm59tj
新しい家族

・結婚
・妹弟（両親頑張った）
・妹ちゃんに彼氏

953 名無しのライバー ID:MoBthread
彼氏……
僕だ！

954 名無しのライバー ID:b9cVwytKS
>>953
お前だったのか駄馬ァ！

955 名無しのライバー ID:SisterChan
>>953
寝言は寝て言え

956 名無しのライバー ID:y3yykbxYn
まあ、話の流れ的に……いや、マジレスしてええのか、これ？

957 名無しのライバー ID:njorNlvHj
ええんじゃない？

## 11話

# ＶＴｕｂｅｒ猫飼いがち

**【7月×日】**

数日前母親が子猫を拾ってきた。この子猫はゴミ捨て場のダンボールに入っていたという。それも雨の降る早朝に。色々言いたいことはあるのだが、ともかく母はそれをお持ち帰りしてきた。普通こういうのは妹ちゃんのイベントだと思うのだけど。

私がＶＴｕｂｅｒを始めるようになってから、日中家事をしながらテレビでＹｏｕｒＴｕｂｅの動画を見る事が増えたらしい。そんな母のお気に入りが猫動画。人間様より稼いでいる猫ちゃんが沢山いる何とも不思議な世の中。昔から犬や猫を飼いたかったらしいのだが、親——私の祖父母が許しをくれなかったのだという。そのため母の中では「この猫飼おう」と即決だったらしい。

当初父は「気軽に飼うもんじゃあない」と割と批判的だったものの、マイシスターの鶴の一声「パパ、わたしもお世話するから……ダメ？」と上目遣いで頼まれてしまっては断ることも出来ず、私に「お前も手伝ってあげなさい」なんて意味を含んだであろう目配せ。それに対し頷《うなず》くと父親は「好きにしなさい」とだけ言って猫ちゃんをひと撫《な》でして自室へと戻っていった。

これ案外父も気に入ってる感じだと思う。

そんなこんなで、我が家に新たな家族——茶色ベースに黒の縞模様《しまもよう》の入ったキジトラちゃん（仮）が増えましたとさ。というわけで愛猫家として知られる朝比奈《あさひな》先輩との公式番組で色々お話を伺ったのだった。私の言い回しがあれだったせいで、最初変な誤解もされたようだが。

**【7月×日】**

キジトラちゃん（仮）の愛らしさにすっかり夢中の我が家の女性陣。ワクチン接種やら何やらで出費はあるが、癒《い》やしはプライスレス。母があれだけ楽しそうにしている様子は滅多に見れないので、少しは親孝行になっただろうか？

中々気難《きむずか》しい性格なのか、じっとこちらを見つめて観察しているような素振りを見せている。幼いながら自分が捨てられた事を悟っているのかもしれない。無理に構うと逃げてしまうので、そっと距離を置いてあちらが心を許すまでは様子見しておこう。

ペット——特に猫を飼い出す配信者は結構いる。他業種と比べて圧倒的に自宅にいる事が多く、ある意味自宅に拘束されているとさえ言える。そんな中で彼らは癒やしを求めているのかもしれない。勝手な憶測だけれども。あんだーらいぶでも朝比奈先輩は愛猫家として知られており、彼の飼っている白猫の白玉ちゃんは大人気だ。昔ＦＰＳ自粛をしていた頃、人を撃ちたいという殺意の波動を見事押さえ込んだことで白玉ちゃん人気に火が付き、今では朝比奈先輩の公式グッズにも脇にイラストが据えられる程である。時折配信にフェードインしては、先輩や視聴者を翻弄《ほんろう》していく。その度に切り抜き動画が作られ大変好評なのだ。朝比奈先輩が白玉ちゃんのことを猫可愛《ねこかわい》がりする様子もファンにとっては嬉《うれ》しい一幕なのだ。

配信中のペット介入事案はちょこちょこ見受けられるが、基本的には好意的に受け入れられている。寧《むし》ろ撮れ高があると言っても良いくらいだ。私がキジトラちゃん（仮）の動画をＳＮＳに投稿すると、過去最大級の『いいね』と『リツイート』が来てびっくりである。もう、この子がメインで動画投稿やった方が人気出るのでは……？　一部のファンから「また本業（ＶＴｕｂｅｒ活動）以外で目立ってる」って言われた。もうね、ぐうの音も出ないよね。
ちなみにこの界隈《かいわい》、色々手広いので人外系のガワや設定を持ったＶも多い。それこそ外見犬猫のそれもいたりする。人と動きも異なるので、モデリングとか色々大変そうだなっていう程度の感想しか素人《しろうと》からは出てこないのだけれども。

**【7月×日】**

いつまでもキジトラちゃん（仮）では可哀相《かわいそう》なので名前を決めようという話になる。

私：トラちゃん
妹：パンケーキ
母：トラさん
父：紫電《しでん》

だがネーミングセンス皆無なのである！　父案の紫電は猫に付ける名前にしては厳《いか》ついという理由で却下されたが、個人的には嫌いではない。額の模様が稲妻のように見えるという理由もきちんとある。
「――というわけで、猫の名前を募集したいと思いますガサ、ボフ」
〔(ﾟωﾟ) マカセロー（バリバリ）〕
〔そんな大事なことワイらに振るんか？〕
〔何や最後のノイズ〕
「猫ちゃんがマイクに猫パンチしました。マイクに興味《きょうみ》津々《しんしん》です」
「シャー！」
「こーら、嚙《か》まないの。めっ、だぞ」
「ンニャ」
〔怒ってない？〕
〔おこなの？〕
〔かわいい〕
〔めっ、助かる〕
〔あ゛……!?〕
〔ボイス助かる〕

ポップガードだったので平気だろう。まあ、子猫程度のパンチで壊れたりとかはしないはず。コメントは一体何に助かっているんだろうか……？　一方猫ちゃんの方はというと、ＰＣのディスプレイを凝視して何かを目で追っている。ああ、マウスカーソルか。必要ないのに大げさにカーソルを移動させてみると、顔が左右に動く。あ、可愛い。

「猫ちゃん今度はマウスカーソルに興味を示す。オーバー」

［その内キーボードの上で寝たりするぞ］

［ディスプレイの真ん前で寝たりもするぞ］

［飲み物のグラスやコップには気をつけろ］

［了解。動きがあれば報告せよ。Ｙｏｕ ｃｏｐｙ？〈ｍｉｋｕｒｉ〉］

「Ｉ ｃｏｐｙ」

いや、この手のネタって若い子に通じるのだろうか？　ｍｉｋｕｒｉママは猫を飼っているかは不明だが、よく猫動画や画像を『いいね』や『リツイート』しているので、好きではあるのだと思う。普段あまり見れない反応である。

「ちなみに性別はオスです」

［セーフ！］

［男の子か］

［メスなら炎上していたかもしれないな］
［危なかった］

「いや、そうはならんやろ……ならんよな？」

［今までの経験を振り返ってみろ、言い切れるか？］
［今のお前がある理由を思い出せ］
［まあ、ワイが擬人化するからな〈酢昆布《すこんぶ》〉］
［名前はアレちゃんが良いと思います〈アーレンス〉］

「んー、どうしたー？　にゃー。ははは、くすぐったい。良い子、良い子」

［！！！？］

［あ゛!?］
［な、な、なにがあったんです？〈アーレンス〉］
［最高かよ、自分も来世猫になるわ〈酢昆布〉］
「今めっちゃ指ぺろぺろされてる。さっき田作り作るのにごまめのワタ取ってたからかな」

〔しれっと田作り作る系男子〕
〔正月以外でも作るんか……〕
〔何だそのシチュ〕
〔おい、ちょっと俺と場所替われ！〕

「お兄ちゃんだけズルい！」

〔雫《しずく》ちゃん来たｗ〕
〔めっちゃ普通に入って来てて草〕
〔一切遠慮ないなｗ〕
〔配信中なのに躊躇《ちゅうちょ》なく自然にフェードインしてきて草〕
〔絶対裏で配信見てたやろｗｗ〕

唐突に配信用の部屋に飛び込んできたマイシスター。キジトラちゃん（仮）を「よーしよーし」と撫で回しはじめた。どっちも可愛い。可愛いと可愛いが合わさり最強に見える。

「よしよし、可愛いね、可愛いね」

「ここ撫でるともっと喜んでたぞ。うりゃうりゃー」

「にゃあ」

〔おまかわ〕
〔はぁー、最高かよ〕
〔シチュエーションボイスじゃん〕
〔あ、あ、あ、今までなかった供給が一気にされて困惑中〈酢昆布〉〕
〔はぁー、すき〈アーレンス〉〕

「んにゃあ」
「ほらー、玩具《おもちゃ》のボールだぞー」
「猫じゃらしもあるよー、ほらほらー」

〔もう壁でいいや、自分ら〈酢昆布〉〕
〔ほんそれ〕
〔はー、私も神坂《かんざか》兄妹に挟《はさ》まれてぇ。飼われてぇー〈アーレンス〉〕
〔荒らしブロックした方が良くないですか？〕
〔ブロックすっか〈酢昆布〉〕
〔やめて！〈アーレンス〉〕

先程妹が開け放った扉の隙間からは何故《なぜ》か父が覗《のぞ》き込《こ》んでいた。そーっと音を立てないように部屋へと入ってきて無言で手にしたそれを私に手渡す。猫用の円座のような格好をした丸いクッション。お礼を言おうと思ったら、そそくさと部屋から退散し扉を閉めて去って行ってしまった。配信中ということは分かっていたらしい。後でお礼を言わないと。

「猫用のクッション気に入るかな？」

「置いてみようよ」

キジトラちゃん（仮）は何度か脚を使ってふみふみして感触を確かめた後、ごろんと横になった。どうやらお気に召したらしい。少し遊び疲れたのか、「んにゃぁあ」とあくびをしてから、クッションの上で眠り始める。

「寝た」

「か、かわいいー」

「一瞬で寝ちゃったな、にくきゅうぷにぷにしちゃお」

「わたしもする」

途中配信してるのを素で忘れそうになってしまった。反省しなくては。でも何故かいつもより高評価だし、視聴者も多かった。猫って偉大。

【猫】新しい家族が増えました。要名前募集【神坂怜《れい》／あんだーらいぶ】
最大同時視聴数：約５５０人
高評価：４００
低評価：１５０
神坂怜　チャンネル登録者数５１００人（＋１００）

32 名無しのライバー ID:PQuy+ji8o
脱サラママの拾ったキジトラちゃん（仮）可愛いな

33 名無しのライバー ID:82ErclsGn
SNSにアップした動画で雫ちゃんが「可愛い！」連呼してるのがそもそも可愛い

34 名無しのライバー ID:Eps6C1JKg
新しい家族とかいう意味深な言い回しだったが結局猫ちゃんというオチ

35 名無しのライバー ID:XjqE9lpkl
VTuber猫飼いがち

36 名無しのライバー ID:389i5kdVR
何故か猫飼うよね

37 名無しのライバー ID:oRQRUmfkp
Vってのは基本在宅勤務だし、癒やしが欲しいんだろう
多くはひとり暮らし、配信によって長時間拘束されるし

38 名無しのライバー ID:114png9m6
猫は可愛いからね仕方ない

39 名無しのライバー ID:tg3COBUdr
脱サラ、猫ちゃんの名前を考える配信

40 名無しのライバー　ID:3Dr5E4+k1
若干数字強くなってるの草

41 名無しのライバー ID:GSlb/Ye4r
【朗報】猫ちゃん、バフだった

42 名無しのライバー ID:tM7VFf13y
もう猫をメインコンテンツにしたらどうだ？

43 名無しのライバー ID:+mTXA0Mdl
それVTuberである必要が……

44 名無しのライバー ID:bcrmu7Fmv
妹、猫
自分以外の要素でばかり話題になる男

45 名無しのライバー ID:C/IrvX5vd
脱サラ本人だって話題になってるやろ！

46 名無しのライバー ID:IkLGDCYzM
その話題、炎上なんよなぁ……

47 名無しのライバー ID:m0XqAGXZP
まあ実際猫単独でコンテンツできてるレベルだしな

48 名無しのライバー ID:nzIumOETp
ワイらよりよっぽど稼いでるぞ、猫さん

49 名無しのライバー ID:KOXdFajuy
速報　キジトラちゃん（仮）猫パンチ

50 名無しのライバー ID:+7upwS5mr
マイクを殴るのは止めて！

51 名無しのライバー ID:n2eImXuBV
明らかにおこです……

52 名無しのライバー ID:vkwphTmwF
めっちゃ威嚇しとるw

53 名無しのライバー ID:MoBthread
キジトラちゃん（仮）まとめ
・脱サラママが拾う
・乳離れはしている
・人見知り気味
・マイクのポップガードを殴る
・ディスプレイ上のマウスカーソルを目で追ってキョロキョロ
・オス

54 名無しのライバー ID:sXgMX8fcu
>>53
こんな可愛い猫ちゃん捨てるとか許せんな

55 名無しのライバー ID:Cc0dkef+c
>>53
オスか

56 名無しのライバー ID:d/y3jshiT
>>53
メスじゃなくて良かった

57 名無しのライバー ID:NU7U5Uh8G
>>53
オス……
セーフ！

58 名無しのライバー ID:LluELvlxE
コメでも「オスで良かった」言われまくってんのマジで草

59 名無しのライバー ID:hnB2jKrlb
名前決めるはずが、延々と猫ちゃんと戯れる脱サラを見守る配信になる

60 名無しのライバー ID:fF/FPGQ0f
なおファンには概ね好評だった模様

61 名無しのライバー ID:gckineki/
実質シチュエーションボイスみたいな代物だったからな
正直助かる

62 名無しのライバー ID:XFzWrvkL1
途中から雫ちゃんも加わって、神坂兄妹に甘やかされるシチュボイスと化す

63 名無しのライバー ID:fJTe1eN6K
中々の質だったな

64 名無しのライバー ID:PN0iOV8+s
mikuriママ命名、虎太郎君

65 名無しのライバー ID:/dfswHptM
>>64
滅茶苦茶普通だな

66 名無しのライバー ID:sC9o1o43N
>>64
ええやん

67 名無しのライバー ID:QDmsc7bYL
mikuriママァ……

---

mikuri@C9X新刊出ます @mikuri_

71 名無しのライバー ID:xvuGFr3c2
>>70
雰囲気台なしで草

72 名無しのライバー ID:/yurisuko
>>70
虎太郎きゅん……
ケモ耳ショタと脱サラのBLですか……
中々良いご趣味をお持ちだ

73 名無しのライバー ID:2IC8O2Ki5
>>70
誰よりも早くほぼ身内が擬人化BLとかどうなってんだよw

74 名無しのライバー ID:TjhUMcw6u
そう言えば元々BL本書いてた人だったな
酢昆布ネキ

75 名無しのライバー ID:k3huK9tsb
ま、まぁこれで新規客が増えるならええんじゃないか……？

76 名無しのライバー ID:rT7GJktRc
割と虎太郎きゅんのデザイン気合入ってんのが草

77 名無しのライバー ID:hy4frHZcO
それより今回小火にすらなってない事に違和感を覚える

78 名無しのライバー ID:ug/E+5XN2
そら虎太郎君と戯れるだけのほのぼの配信だもん

illustrator
虎太郎君
実は昔飼っていた猫ちゃんの名前です
幼い頃少し毛色は違いますが、同じキジトラでした
あの時名前案怜君と雫ちゃんに振られて咄嗟に出たのがその名前
沢山愛情持って可愛がってあげてほしいです
後日フルカラー版出すと思います
pic.vitter.com/neko

---

68 名無しのライバー ID:9JB0D3YM2
>>67
虎太郎君、昔飼ってた猫ちゃんの名前か
昔飼っていたって事は今は……

69 名無しのライバー ID:tZ5wk0035
>>67
神坂兄妹と虎太郎君が戯れるイラストええやん……

70 名無しのライバー ID:pg/J8XFS5
一方、酢昆布ネキは虎太郎君擬人化イラストを投稿していた

---

酢昆布@新刊委託販売中@sukonbu_umaiyone
虎太郎きゅん擬人化イラスト
ケモ耳ショタはいいぞぉ～
pic.vitter.com/nekochan

---

Mikuri
酢昆布

79 名無しのライバー ID:yrZcqxhtd
アレが自分の名前を猫に付けさせようとした件でファンにボロクソ言われてる模様

80 名無しのライバー ID:WVEiYBXOM
>>79
その辺は様式美や

81 名無しのライバー ID:tOjEU20hR
>>79
ペットの名前を付けさせるのは普通に重すぎる

82 名無しのライバー ID:5XuhTqlT4
>>79
アレさぁ……
ほんまそういうとこやぞ、お前

83 名無しのライバー ID:MoBthread
燃えてないと心配の皆さんご安心ください
火種はありまーす

---

ルナ・ブラン@luna_underlive
虎太郎君かわいい
抱っこしたい

---

日野灯@akari_underlive
オフコラボで事務所に虎太郎君をゲストに呼ぼう

---

ルナ・ブラン@luna_underlive
そ　れ　だ！

---

84 名無しのライバー ID:IOAcTAfm2
>>83
あっ……（察し

85 名無しのライバー ID:MOUwUyXvm
>>83
後輩組が嬉々として脱サラ燃やしに来てんのマジで草

86 名無しのライバー ID:LJEPeuOp7
>>83
ただのコラボ要請からサラっとオフコラボになってる件

87 名無しのライバー ID:SisterChan
虎太郎可愛い

**今日の妹ちゃん**

虎太郎……
なんでわたしの顔見ると
逃げちゃうのぉ!?

**【7月×日】**

キジトラちゃん（仮）の名前が虎太郎に決まった。配信中結局2時間弱ただただ猫と戯《たわむ》れるという本来の主旨を忘れてしまっていたので、収拾が付かないと慌ててｍｉｋｕｒｉママに名付け親になってもらった。家の雰囲気も彼の存在で随分《ずいぶん》と良くなった気がする。別に元々険悪だとかそういう話ではないが、自然と家族同士で過ごす時間が増えたのだ。随分と昔の——幼い頃以来で懐かしい。

ただ、問題があるとすれば……。

「最近妹が私に構ってくれないんだ。虎太郎に夢中なんだよね……おのれ、末っ子とはいえ私は甘やかしたりなんかしないんだからね！」

「ニャー、ミャウ、ミャウ」

［餌《え》付《づ》けしながら言う台詞《せりふ》ではないと思うの］

［わざわざ猫餌《ねこえさ》の代名詞、チュール買ってきてる男が言っても説得力皆無］

［割高のエサ買い与えてる男がそれを言うか］

〔お前も散々甘やかしてんだよなぁ〕

「食事には気を使う性質なんだよ」

「ニャー」

「はーい、おやつはおしまい。これ以上食べたらダメです」

「ヴゥヹァア！」

「お、何だ。不服なのか。うりうり」

「ゴロゴロ」

「やだ、この子。チョロイ。顎の下撫《な》でるだけでごらんの有様だよ！」

〔AV（アニマルビデオ）じゃん〕
〔可愛《かわい》い〕
〔なお本題〕
〔ネコと和解せよ〕

「さて、そろそろ本題をば……」

〔既に配信開始20分経過しているのである〕
〔そういや、猫と戯れる配信じゃなかったわ〕

「虎太郎くん報告は定期的にほしい」
「もうこっちが本編で良いのでは？」

近々朝《あさ》比《ひ》奈《な》先輩とバトルロイヤルＦＰＳゲームＶｅｒｔｅｘを一緒にプレイしようと約束したので、日課であるエイム練習を雑談交えつつやる。普段配信外でやる事も多いが、今の時間帯はあんだーらいぶ所属の演者が配信していなかったのもあって、今日は配信してみることにした。毎日１回１時間以上、事務所に特別な用事があって遠出したりする以外はやるように心がけている。中身はまったくないし、撮れ高もクソもないけれども。一応配信に向けて「練習してますよー」というアピールも兼ねている。もし本番で手痛い失敗をしたとしても、「練習してたもんな」となってくれれば御の字。いつか言ったかもしれないが、努力はある程度人に見せておくことも大事。それが言い訳になるから。

「ｍｉｋｕｒｉママのイラストがエモかった」
「ｍｉｋｕｒｉママは３人目のお子さんですね」
「実質は４人目なんだよな」
「４人……あっ、本当はお姉さんがいたか……引退済み……」
「ＶＴｕｂｅｒ業界も厳しいからね……特に最初期は今以上に、ね」
「ママァ……」

「ｍｉｋｕｒｉママの誕生日来月なんですよね。何か恩返ししなくては」
［配信者として数字出してやるのがええぞ］
［頑張って活動してるだけで多分ママは喜んでくれる］
［あの人何貰《もら》ってても喜んでくれそうだもんなぁ］

そうなんだよなぁ……あの人良い人すぎてそういうの面と向って言ったら断るだろうし、何を贈っても喜んでくれそうなので具体的に何をプレゼントすれば良いのかが分からない。私だけでなく、雫《しずく》ちゃん、虎太郎とこの一家お世話になりすぎなのである。プレゼントとは別にお中元も用意しておかねば……。

世間の、というか他所のＶＴｕｂｅｒさんは自分の担当したイラストレーターさんへプレゼント送るとかいった話はあまり聞かない。ただ私の場合は他所様より大変ご迷惑をかけているし、お世話にもなっている。ようは『手のかかる子』というやつなのである。『手のかかる子ほど可愛い』なんて言葉もあるが、妹は兎《と》も角《かく》私はそう形容し難いわけで……何かしら恩返し、という程ではないが感謝を形に込めるべきだと思ったのだ。

［一方、酢昆布《すこんぶ》ネキは虎太郎君を擬人化していた］
［あの人何やってんだろうね］
［海外ケモナーニキに目を付けられる虎太郎きゅん］

〔海外の某掲示板にて拡散されていた模様〕
〔虎太郎きゅん逃げてぇ！　マジで逃げて！〕

酢昆布ネキは何故《なぜ》か我が家の末っ子を擬人化していた。仕事が滅茶苦茶《めちゃくちゃ》早い。名前が決まって1時間後にはイラストをＳＮＳにアップロードし終えていたのである。いや、まぁ、ファンアートは嬉《うれ》しいよ。嬉しいんだけれども、初っ端《しょぱな》が擬人化とはまた奇怪な……他人の性癖というか趣向に関してはとやかく言うつもりはないのだが、何故かそのイラストのリプライには海外ユーザーのコメントが多かった。何故ぇ……？

ちなみに虎太郎君が一番懐いているのが意外な事に父である。逆に嫌われ気味なマイシスター。あまり構いすぎるせいなのだろうか。ちなみに私は別に嫌われていないが、買い出しから戻ると、やたら構ってほしそうにしてくる。中々現金な奴《やつ》らしく、私が餌や玩具《おもちゃ》を買ってくる事を察しているらしい。今のところ噛《か》み癖《ぐせ》はないが、猫パンチは繰り出してくる。先程おやつあげているときには散々構ってアピールしたくせに、貰えないと悟った現在は、部屋の隅でお昼寝中である。

私の視線に気付いたらしく「うみゃあ？」とねだるように甘い鳴き声。いやいや、もうおやつはあげないからね。と目で訴えかけると「なんだぁ」とでも言いたげにプイっとそっぽ向いて、父のプレゼントであるクッションの上でお昼寝を再開する。この子やたら賢くないか？実は前世人間で転生してきたとかいうＷｅｂ小説あるあるだったりしない？

**【7月×日】**

さて、7月も終盤に差し掛かりエアコンなしに過ごすには少々辛い季節になってきた。連日猛暑日を超え寝苦しい夜も増えた。世間的には学生たちの夏休みがはじまる頃合いだ。年中休暇中みたいな生活習慣の私には無縁のお話にも思われるかもしれないが、そういうわけでもない。世の学童さんが長期休暇という事は、愛しのマイシスターもそれに該当するわけで。昼間に妹がいる生活……うむ、悪くない。大学生はまだ先だが、小、中、高校生は長い休みに入ったわけだ。社会人になるとそんな学生の長期休暇が羨ましくもあったが、ＶＴｕｂｅｒになってからは世間のどんな人より自由に使える時間があると思う。まあ、やることと言ったら配信か、その準備、他箱内のV配信のチェック、家事くらいのものなのだけれども。

ま、前置きは置いておくとして、昼間に学生がいる上に深夜帯にもそういった若年層の視聴者が増え始めて来た。ちょっと現金な話になるが、新規顧客獲得のチャンスというやつである。夏休み需要とでも言うべきか。昨今の学生さんはＰＣはどうか分からないが、スマートフォンは当たり前みたいに皆持っている上にご家庭のテレビ、はたまたゲーム機からでも動画サイトを閲覧できる機能がある時代。若年層の客数というのも中々どうして馬鹿に出来ない市場だ。

ただ——。

「若い子の流行《はや》りが分からない……」

問題はそこである。若い子向きな配信と言うものがサッパリ……コレガワカラナイ。そもそも万人向けの放送出来ていないから伸びていないのでは？　なんて言われてはぐうの音も出ない。マイシスター雫ちゃんや、虎太郎の一件で少しずつだが着実に伸びてはいるのだが、私自身の力で伸びた事は皆無。基本的に誰かの力を借りてのものばかり。手応《てごた》え、みたいなものも未《いま》だに実感できない。何かキッカケがあればこういった点も払拭できるのだろうか。

「ふむ……？」

　ＳＮＳタイムライン上に流れて来た、あんだーらいぶ公式アカウントのツイートが目に入る。内容をざっくりと説明すると、『Ｍｙ　Ｃｒａｆｔ』というゲームの専用サーバーが開設予定ですよと言うお知らせである。

「成程《なるほど》、こういうのがあるのか。確か以前に裏で説明があったような……」

『Ｍｙ　Ｃｒａｆｔ』とは昔懐かしいドットテイストで作られたグラフィック、そして玩具のブロック遊びの要領でゲーム中で様々なブロック材や各種クラフトアイテムを用いて建造物を創造したり、あるいはサバイバルゲームとして遊ぶことが出来るゲームである。自由度が高く、決まった攻略方法などもないことから『サンドボックスゲーム』というジャンルに分類されるらしい。中々に奥が深いゲームらしく、ゲーム内での自動化に欠かせない特殊回路は、現実の電気回路やプログラミングのそれに近いとも言われているようで中々興味深い。子供にも大人気のゲームということで、夏休みユーザー獲得に向けて運営さんが頑張ったのだろう。

　共有サーバーということは当然弊社《へいしゃ》所属の他演者さんもプレイ出来るという訳で……これ、ゲーム内で出会ったらアウト判定出たりする……？

　ま、まあ……他の人がプレイする時間帯を避ければ問題ないはず。ウチの箱基本的に事前に配信告知する人ばかりなので、その辺きちんとチェックするようには心掛けておこう。そうそう何かあったりなんてないよね、流石《さすが》に。うん。多分、きっと。

**【7月×日】**

ニヨニヨ動画に『ＳｏｌｉＤｌｉｖｅ、霧咲《きりさき》季凜《きりん》　同棲《どうせい》していた』というタイトルの動画がアップロードされた。久しぶりに荒れた。

119 名無しのライバー ID:bk2Y/DuXN

---

あんだーらいぶ公式@underlive_official
予てよりユーザー様、及び弊社所属演者から希望ありました
『My Craft』のあんだーらいぶ共有サーバーが間もなく開設致します
詳細は下記のURLを参照ください
https:underlive_news.jp

---

120 名無しのライバー ID:oTa0azuBY
>>119
マルチ鯖開設キター！

121 名無しのライバー ID:b+uRX4EYA
>>119
ええやん

122 名無しのライバー ID:YHu9Yzg4P
>>119
夏休みのキッズ層も狙ったチョイス
悪くない

123 名無しのライバー ID:Yg+tjKwAl
>>119
やはり新人デビューはないか
別でのテコ入れかな

124 名無しのライバー ID:YphpwfAUK
My Craftってキッズ人気あるんか？

125 名無しのライバー ID:6xdFe8iAe
>>124
割とあるぞ
PC以外にもスマホ、据え置き機と対応機種も多い

126 名無しのライバー ID:lQHV6YlRw
クロスプラットフォーム対応だし
ゴールがないから延々と遊べるくらい
時間泥棒だ、ありゃ

127 名無しのライバー ID:e0KDIJZzb
一応ボスはおるけどオマケみたいなもんだ
サバイバル、探索、建築がメインだしな

128 名無しのライバー ID:YoKAD5PM0
素材集めとか建築ひとりだと大変だけど
鯖内でVが協力できるのは楽だし
撮れ高的にも美味しい

129 名無しのライバー ID:TBLITPpN1
軒並みどの面子もリツイートしてるってことは
過疎化ってことはなさそうでひと安心やな

130 名無しのライバー ID:GbmMDNqKj
脱サラもリツイしてるけど、やるんかな？
ワイは後輩コンビとのやり取り楽しみなんだが

131 名無しのライバー ID:yUyVJ1hcr
>>130
普段の配信も裏被り結構気を配ってる奴だし、誰もいない時間帯にひっそりしてそう

132 名無しのライバー ID:Jhj6k/fwl

>>130
・プレイ時間が偶然被る
・通話繋がない
・ゲーム内チャットのみ
これで何とかなるか……？

133 名無しのライバー ID:a/olebR0O
未だにリーク云々信じてる層もいるし、以前からのアンチもいるが
まあ畳他ユーザーからは受け入れられ始めているとは思う

134 名無しのライバー ID:wQ5MQGUmB
リアイベ見てりゃ、叩く気にはならんぞ
所詮叩いてる奴はニワカよ

135 名無しのライバー ID:LJwPd3Wub
そうだぞ
最近は猫の虎太郎君人気で猫動画しか見ない層のフォロワーが増えたんだぞ
なお、通常配信での数字に還元はされない模様

136 名無しのライバー ID:pEappbDTb
以前のスイーツ画像多かったから、
主婦フォロワーが増えたやつの別バージョンなだけじゃん……

137 名無しのライバー ID:pjt+tqP3H
酢昆布ネキが虎太郎きゅんを擬人化したせいで海外オタからリプを貰い流石に混乱するネキ

138 名無しのライバー ID:vuoR164MV
海外ニキって耳尻尾生やしただけのやつより、もっと動物要素率高い方が受けると思ってた

139 名無しのライバー ID:MF2aCjJwK
ま、その辺は性癖だし人それぞれよ
ケモナー、多眼、果てはドラゴンが車と性行為するニッチなのまであるんやで

140 名無しのライバー ID:D78CgonJG
向こうはこっちと違って表現規制も厳しいからなぁ……
薄い本税関で止められるって話も聞く

141 名無しのライバー ID:pyDObm4n5
この国に生まれて本当に良かったわ

142 名無しのライバー ID:crtBxz3jg
そう言えば、結構経ったけど
社内リーク者云々の件、結局運営サイドから正式発表なしなんだよな？

143 名無しのライバー ID:h0IFHEw8S
裏で内々に処理してるか
特定できていないか……

144 名無しのライバー ID:KyMm8dMtl
どういう経路で漏れたんか知らんけど
SoliDliveの新人ちゃん前世割って、ストリーマー時代の配信掘り起こしてたけど
そして何故か脱サラが流れ弾浴びてんだけど

145 名無しのライバー ID:/4MsOsafU

ストーカー被害で会社辞めて引きこもり
気味になったからストリーマーに
特定されると気の毒だから名前は言わん
よ

---

150 名無しのライバー ID:MoBthread
そそ
言及するか迷ったけど、特定したアホがおるから……
ワイの記憶やと当時ストーカー被害で警察さんも一応動いてはくれたけど
不安で、職場の先輩のところで厄介になっていたって情報が綺麗に切り取られてる
誰かその辺アーカイブ保存してる奴とかおらんのかな……？

151 名無しのライバー ID:gckineki/
>>150
あ゛！？
捏造じゃねぇかよ！

152 名無しのライバー ID:KLWcj09kH
>>150
フル尺の動画手元に持っててわざとやってるなら悪質やなぁ

153 名無しのライバー ID:hMlWBZCQd
それを嬉々として取り上げてアンスレソースで脱サラに流れ弾が
あんなんでも女性ファンがいるのが驚きである

154 名無しのライバー ID:I2zkkknvn
前世がストリーマーとか昨今珍しくもないだろ
後、なんで脱サラに流れ弾？？

146 名無しのライバー ID:LgHNa6DK5
男と同棲匂わせてたとか、そういう感じ内容だったけど
最初期脱サラ真っ先にフォローしてたのはその相手だからっていう、ソースはアンスレネタや
いや、別に犯罪行為とか迷惑行為じゃないんだから放っておいてやれ

147 名無しのライバー ID:MoBthread
あれさもうアーカイブデビュー前に全部消してるはずだから
ソースが誰も確認できないんだよね……

148 名無しのライバー ID:wDI1XHtSk
駄馬君そっち界隈も詳しいんだったか

149 名無しのライバー ID:yshf4dJIO
あ、もしかして前にスレで言及してた↓か？

---

640 名無しのライバー ID:MoBthread
酷いなぁ……
マスク姿だから顔はわかんないけど多分美人
酒は飲めるから20代以上確定で、ちっぱいだけどそれ気にしてるのがとても可愛い
声はちょっとハスキーな感じ、ゲームの腕はふつう

過激な内容がお好みの人にはええんちゃう？
昨今迷惑系配信者なるものが台頭してきたりするし

うちの子、タゲ取り範囲が広すぎてお隣の箱の分までタンク役になってんのは草だわ

155 名無しのライバー ID:6B9Z11ByO
速報　明後日女帝逆凸企画

156 名無しのライバー ID:nR06J/RSF
>>155
凸配信バフだしな
結構良い数字出そう

157 名無しのライバー ID:sIZ01Ztey
>>155
何人くらいやるんやろ？

158 名無しのライバー ID:oTMvRG7L6
>>155
この前のリアイベ関係者は全員凸するか？

159 名無しのライバー ID:xLprm6lHn
脱サラ、もしかしてお前また……？

160 名無しのライバー ID:LPonxUW0i
流石に凸じゃなくて、逆凸だから大丈夫やろ……大丈夫やろ……？
凄い事務的な会話で切り上げそうだけど

161 名無しのライバー ID:yHHheTC/u
会話デッキ募集してるし
誰か案ある人は応募してこい
ちなみに女帝にも熱心なガチ恋はいるとだけ言っておく

162 名無しのライバー ID:vV9jmw1Nw
この夏は企画物多そうで色々楽しみやな
脱サラはまあ毎回のことだけど頑張れ……

**今日の妹ちゃん**

昔同棲云々は本当にあったらしいけど
ま、まあ実際にやってようが
何してようがカンケーないけど……
関係ないもん

**【7月×日】**

ニヨニヨ動画に『ＳｏｌｉＤｌｉｖｅ、霧咲《きりさき》季《き》凜《りん》同棲《どうせい》していた』とセンセーショナルなタイトルの切り抜き動画が上げられる。切り抜きなんて言ったものの、霧咲季凜として配信したものではなく、それ以前のストリーマー時代——言うところの『前世』での配信のものである。今は既に該当配信は消去、非公開済みであり、ソース元を他のユーザーは確認しようがない状態である。以前彼女と話した時には残してあったようだが、デビューに併《あわ》せて整理しておいて、後に前世特定や詮索《せんさく》されるのを避けたかったのだろう。まあデビューして数日で『霧咲季凜の前世はストリーマーの○○である』みたいな記事が出回っていた辺りこの業界も怖いものだ。別段元後輩のその選択が間違いって訳でもないが、今回はそれがかえって面倒なことになってしまった。

　この動画の投稿主《とうこうぬし》はＶＴｕｂｅｒオファーがあった旨を聞いて動画を保存しておき、このタイミングで投稿したことになる。彼女のプライベートな発言があったとはいえ、よく保存していたなぁと感心してしまう。投稿主の投稿動画一覧画面を見ても、この動画以外には一切の投稿はない。ＩＤの数字からもごくごく最近作られたものと思われる。つまり『捨て垢《あか》』による投稿と見て良いだろう。まあ単に捨て垢の動画ってだけなら良かったのだが、この界隈《かいわい》のそういった話題に耳聡《みみざと》い彼が動かないわけがない。

彼——以前色んな意味でお世話になった影尾探琉《かげおさぐる》氏である。彼の配信でその動画について言及して、『情報を持っている人はヨロシク』という旨を伝えて。配信の中で彼が『あくまでこういう説もある』と枕詞《まくらことば》を付けて『あんだーらいぶの男性Vを真っ先にフォローしたのは同棲相手だから。両社ともブラック企業勤めという共通点もある』と、特に根拠らしい根拠はない説ではあり、笑い飛ばしたいところなんだが……。

「当たってるから笑えないんだよなぁ……」

彼のファンや私を快く思わない人たちによって拡散され、彼らはさもそれが真実であるかのように触れ回っている。いや、まあ実際真実なんですけれども、直接結びつけるような証拠はないのである。それでも、そういう導線があったことで若干荒れ気味になってしまっている。

ま、恐らく彼のファンなんだろうけれども。叩《たた》いてどういう反応するかを楽しんでいる節もあるのでは？

□季凜ちゃんと同棲してたってマジ？

□氏ね氏ね氏ね氏ね氏ね氏ね氏ね氏ね

ここまでド直球な苦情マロ君も久しぶりだね。うん。普段はもう少し濁《にご》した表現のものが届くのに。送信する層が普段のそういう人たちとはまた別個なのか、こういうのでも意外と個性出るよね。こういう形でストレスを発散しなくてはならないほど追い込まれているのであれば、ちょっと気の毒。きっと普段さぞストレスを溜《た》め込《こ》んでいるのであろう。頑張って生きてほしいものだ。下手に溜め込むよりかは何かで発散する方がいいが、やり口は褒められたものではないけれど。

こっちに来てるってことは、当然あちらにも似たような類《たぐ》いのものが届いているだろう。私のファンはそういうの言うような人はいないだろうけれども。彼女自身のファンから苦情が来ているというのは容易に想像できる。ガチ恋勢と呼ばれる、熱心なファンを抱えているであろう女性Vならば尚更《なおさら》に。私には多分そういう人いないと思う。もし仮に、万が一、億が一いたとしてその辺の言動は弁《わきま》えているんじゃないかな、多分。配信中にコメントを残すような人の中には少なくともそんな人はいない。あくまで希望的観測なんだけれども。

だが、元後輩の霧咲が私をフォローするという流れになった段階で、何らかの繋《つな》がりを疑う人が出てくるであろうことは想定できなかったわけではない。それに関しては最早《もはや》どうしようもない。だが証拠もない。

となるとネタになりそうなのは過去の配信。同棲していたとかキャッチーなネタ。今回それと私を無理矢理繋げてくるとは流石《さすが》に想定外だったが。精々「彼氏と同棲している」止まりだとたかを括《くく》っていたのだ。怖い怖い。

あれでなんとかなるといいんだが……通話、メールアプリで元後輩へ連絡を取るとワンコールで通話に出た。早くないか、お前。まるで連絡が来るのを待っていましたとでも言わんばかりの勢いである。怖い、怖いよ。

「せんぱーい。お久しぶりっス」

「今回の件、大丈夫か？」

「あー、大丈夫っスよ……と言いたいところですけど、荒れてるっスね」

「事務所には」

「適宜《てきぎ》その手の動画は消去申請出してもらってるみたいです。勝手に立ち絵の画像使ってたので」

「報告済みならいいか」


元後輩が配信を消去しておらず非公開設定ならば再度公開するか、あるいは捨て垢で投稿しなおす。またはこの一件を完全に無視しておく。前者の場合は前世との関係を半ば認めるような形になってしまうし、後者なら後者で関係者か本人が投稿したと疑う者もいるだろう。

騒動前、それどころかデビュー前にでも投稿された動画でもあれば——その辺りの事を気にする人も納得がいくはずだ。元より遅かれ早かれこういう騒動が起こる事は分かっていたのだし、そりゃあそれなりに保険をかけておくものだ。『じゃあ元動画非公開にするなよ』と言われると、まあそれまでなんだけれども。それは彼女が判断してのことだ。もしかしたら事務所との契約上、そうする必要があったのかもしれない。

あらかじめ作っておいたニヨニヨ動画の捨て垢。投稿動画一覧のリンクをクリック。そこには『非公開設定』になっているとある動画。非公開設定にしておくことで、検索等にも引っかからず動画投稿主以外は閲覧することが出来ない状態になっている。設定画面でそれを『公開設定』に変更する。こうすることで動画投稿者以外でも閲覧可能な状態になった。

そして、重要なのはこの動画投稿日。ニヨニヨ動画の仕様上、たとえ非公開設定状態から公開設定に切り替えたとしても動画投稿日は『設定変更日』ではなく実際に『動画を投稿した日付』のままなのだ。投稿先にこちらを選んだのはこの仕様が一番の理由である。いつも配信で利用している配信サイト――ＹｏｕｒＴｕｂｅでは設定変更した日付が反映されるのでそういった小細工が出来ない。

『公開設定』に切り替えるとあら不思議。投稿日は霧咲季凜の公式ＳＮＳが稼働する少し前。本格的な活動をする前の日付である。切り取られた例の発言があった配信のフル尺動画。例の切り抜き動画も大元のソースはここなんじゃないかと思う人もいるのではないだろうか。

　後はこの動画に関連ワードのタグを設定しておくだけ。後は誰かが見付けて勝手に盛り上がってくれるだろう。この類いの関連動画は軒並《のきな》みランキング入りしている。検索機能が優秀なこのサイトであれば探すのも容易。下手に弁明しようものなら余計に荒れるのは目に見えているし、あくまでＶＴｕｂｅｒである神坂怜《かんざかれい》と、霧咲季凜はこの件について一切コメントせずいつも通りに配信すれば良いだけだ。

　しかし……当てずっぽうでも私との関係性を言い当てている件に関してはまったくの想定外だったのだが。実際に疑い通りの事や……まあうん、邪推されてるあれそれもないわけではなかったのもあってか嘘吐《うそつ》いているような感じもして罪悪感を抱いてしまう。日頃から誠実であろうと心掛けてはいるものの、結局のところはこんな人間なのである。だが、いつかこの件が本当に公になるような事があれば……と不安に思うが。その時は腹を括るしかないだろう。そうならない事を切に願う。

正直こういうやり方は好ましくないと思うのだが、今回はあちらのやり口には少々思うところがあって踏み切ることにした。ま、言い訳でしかないんだけれども。毎回思うがもう少しスマートに物事を解決出来ないものかなぁ……いい加減こういうのも慣れてきたのだから、それに対する対応も上手《じょうず》になりたいものである。

あれ……そもそも慣れる事自体が問題なんじゃ…………？


**【7月×日】**


先日の一件、思わぬ形で終息に向かっている。今後は平和でありますように。

今日のおやつは少し小洒落《こじゃれ》た物をと思い、リンゴのタルトフランベを作ることにした。昨今は便利なもので、ネットで幾らでもレシピは出てくる。元々はフランスのアルザス地方の郷土料理らしく、チーズなどを乗せて焼き上げるもので薄生地のピザのようなものを想像してもらえば良いだろう。軽食として調理される事が多いが、今回のようにデザートとして作る事もある。詳しくはないのだが、ネットで見て見栄えも中々良さそうだったので今回チョイスしてみた。

犬飼《いぬかい》マネージャーとの定期連絡。来月のボイス締め切り日や、先日公式ＳＮＳで触れられていた『Ｍｙ Ｃｒａｆｔ』のあんだーらいぶサーバーに関する諸説明など。サーバー開設日初日に数多くの演者がプレイ予定とのこと。私は初日様子見して、プレイ時間をなるべく他演者と被らないようにした方が良いだろう。基本男性演者以外と絡むと荒れるし。触らぬ神に祟《たた》りなし、というのは少々大袈裟《おおげさ》かな。何にせよ適切な距離感を保つことに注力すべきだろう。

201 名無しのライバー ID:Au2TMvLix
朗報　影尾炎上

202 名無しのライバー ID:uIj9iKLUM
>>201
草

203 名無しのライバー ID:JrR6PEv6t
>>201
ざまぁｗｗ

204 名無しのライバー ID:u1j9tTBUQ
>>201
今回は特に酷かったから当然の結末である

205 名無しのライバー ID:MoBthread
まとめ
お隣さん（SoliDlive）の霧咲季凜の前世バレ
↓
前世のストリーマー時代の配信アーカイブ（Vデビューに伴い消去済み）を切り抜き
異性と同棲していた疑惑をピックアップ
↓
ソリライファンがざわつく
↓
ニヨニヨでフル尺の無編集版アーカイブが発掘される
（投稿日がデビュー前、転生匂わせしていたのでファンが保存してたものと推測）
内容からストーカー被害の不安感から知人（職場先輩）を頼った旨が周知される
↓
上記の切り抜き
影尾を批判する動画がニヨニヨにアップロード
↓
ストーカー被害に悩む女性をネタにしていたと影尾炎上←イマココ

206 名無しのライバー ID:qY7ttUDIE
>>205
因果応報
捨て垢で偏向切り抜き投稿したうｐ主の正体不明なのがちと気になるところ
ウチもあっちも社内に厄介な奴抱えてるんじゃないか……？

207 名無しのライバー ID:YnSQxr+vS
>>205
悪意ある編集でストーカー被害の女性を晒し者にしたんだから、そらキレますわ

208 名無しのライバー ID:qCvaOh05I
>>205
お隣さん、無事に事態収拾できそうで良かったな

209 名無しのライバー ID:gckineki/
特に根拠もない流れ弾を食らったウチの子はどうなるんですかねぇ……

210 名無しのライバー ID:Uw3t1Wd3l
>>209
キリンちゃんのストリーマー活動前に在籍していた職場もブラックだったくさいし
在籍期間的にも脱サラと一緒の職場説も一応あり得なくはない

Hiiragi（畳）はスケルトンに撃ち抜かれた
女帝「開始してまだ数分なんですけどぉｗｗｗ　あっ……」
Erica（女帝）は地面と強く激突した
先輩ふたりのキルログを見た後反応その1
灯ちゃん「えぇ……」
ルナちゃん「開始2分だよ？」
灯ちゃん「と言うか、昼間なのに何故スケルトン？」

先輩ふたりのキルログを見た後反応その2
あさちゃん「毎分1キルペースかぁ、凄いなぁ！　キルレート凄そう！」
ハッス「月太陽コンビどこぉ？！　有識者、座標、座標を教えて！」

220 名無しのライバー ID:50dXcpdrU
>>219
だ　い　さ　ん　じ
カップ麵出来るより短時間でご覧の有様である

221 名無しのライバー ID:cT4FJD48U
>>219
因果応報

222 名無しのライバー ID:s1scXD2j4
>>219
あさちゃんキルログでちょっとテンション上がってるの草

223 名無しのライバー ID:oeW61cQ6S
>>219

流石に違うだろうけど

211 名無しのライバー ID:64Eel/l2+
>>209
ソリライさん、せめてチャンネル登録してやってクレメンス……
こういう偏向切り抜きはマジで害悪だわ
事務所は訴えろよ

212 名無しのライバー ID:dyzvf0CC4
マイクラフト、あんだーらいぶ鯖開設です

213 名無しのライバー ID:glSeXj7X7
結構枠取ってる人おるな

214 名無しのライバー ID:ayCulibme
悲報　畳スケルトンに殺害される

215 名無しのライバー ID:J5uPfkaJj
速攻でやられてんの草

216 名無しのライバー ID:YrhzZX7h0
あんだーらいぶ鯖最初の死亡者畳

217 名無しのライバー ID:Dlk7RtngP
悲報　畳キルログで爆笑していた女帝高所落下で死亡

218 名無しのライバー ID:yCyXcpqPh
不幸の連鎖止めろｗｗ

219 名無しのライバー ID:dLjV969qz
畳「やめろォ、死にたくない！　死にたくなぁああい」

ハッスがただの美少女出会い厨と化す

224 名無しのライバー ID:C7hq4uDCj
うーんこのカオス具合

225 名無しのライバー ID:aqvtTM/Ge
畳と女帝ステゴロ勝負を始める謎展開

226 名無しのライバー ID:B45g3+HGx
開始5分でこのザマである

227 名無しのライバー ID:m8aMcm7xo
美少女（ルナちゃん、灯ちゃん）の間に入ろうとするハッス

228 名無しのライバー ID:dGxwgUYRO
弓を作りたくて仕方のないあさちゃん

229 名無しのライバー ID:dRfAML4Py
何窓すりゃあえええねん……！

230 名無しのライバー ID:1ZQ2Q7oMX
複窓ツールってのがありましてね

231 名無しのライバー ID:OAG1utn1U
配信サイト規約的にはグレーゾーンだが

232 名無しのライバー ID:DWyraEwem
推しはリアタイ、残りをアーカイブで視聴時間が幾らあっても足りねぇ

233 名無しのライバー ID:hiKOo0wz+
嬉しい悲鳴だな

234 名無しのライバー ID:YIM/+y86U
有能切り抜き師頼みやな

235 名無しのライバー ID:AqS7YGB3O
なおこの盛り上がりようだが、全員通話なしである

236 名無しのライバー ID:bgVuXaA63
チャットとキャラの操作だけで意思疎通するこの感じ
一昔前のネトゲ感

237 名無しのライバー ID:9H5TpM9Td
同接も夏休み、マイクラフトバフで通常比1.5倍くらいは出てるな

238 名無しのライバー ID:kmcj33RpV
ただちょっとコメント欄がなぁ……

239 名無しのライバー ID:aCcdK2QJg
キッズが多いからしゃーない

240 名無しのライバー ID:RqMXlJuPg
元々この手のゲームは指示厨が出るもんや

241 名無しのライバー ID:4udSYyOdx
人気者の性というか、どうしてもそういう傾向になるのはVに限らないからなぁ

242 名無しのライバー ID:aCCmp2SYk
実際夏休みの子供を引き込むメリットとは？

243 名無しのライバー ID:RCkKWWl7a

>>242
視聴者の頭数増やすのは大事でしょ
広告収入増えるし、案件増加にも繋がる

244 名無しのライバー ID:Rm4mbTV+j
>>242
まずVTuberっていうコンテンツを周知してもらうのが大事よ
まだ世間一般には浸透してないマイナーコンテンツやぞ、この界隈

245 名無しのライバー ID:Lo9xswWVz
一部オタクが見てるだけだからなぁ
リアルでV詳しい友人とかいねぇし

246 名無しのライバー ID:fZ7RpiL8z
脱サラは炎上警戒でプレイ回避したのか

247 名無しのライバー ID:Nm3qW4F8W
明日はやるらしい

248 名無しのライバー ID:4h7jNibbX
通話繋がない限りは別に平気なのでは？

249 名無しのライバー ID:zX01HSZVR
それで平気なら今まで炎上してないんだよなぁ

250 名無しのライバー ID:NYo0t37MW
そう言えば脱サラ案件してたエロゲ予約開始してるから
お財布に余裕がある人は買おうぜ

251 名無しのライバー ID:MoBthread
ワイの推しのひまりん出てるから予約済やで

252 名無しのライバー ID:SMk/NurJV
声優買いしてんのな、駄馬

253 名無しのライバー ID:THZA7fYae
駄馬って一日中板に張り付いてるのにどっからその金出て来るのか……？

254 名無しのライバー ID:MoBthread
>>252
アニメの端役やってた頃から応援してたんやで
最近エロゲ参入したから応援してる

>>253
在宅ワークとでも言っておくやで

255 名無しのライバー ID:TCCU5EQXm
もう脱サラ次回作でエロゲ声優デビューしろよ……

256 名無しのライバー ID:YH2ThuYgF
割と出来そうなのが怖い

257 名無しのライバー ID:SIFaoCEpS
声関係でバズったりしない？

258 名無しのライバー ID:Lwtgxf0GS
まずバズる姿が想像できない件
いつまでもスレ民の玩具であってほしい気もしちゃう

【7月×日】

さて、今日は『Ｍｙ Ｃｒａｆｔ』をプレイしていこうと思う。以前よりちょくちょく触れてはいる大人気のゲームタイトル。昨夜あんだーらいぶマルチサーバーが開設し、かなりの盛り上がりや撮れ高を見せたらしい。ニヨニヨ動画ではその切り抜き動画がＶＴｕｂｅｒカテゴリの上位３つを独占するなど、いかにこのゲームが注目されているかが窺《うかが》える。

今回は少し冒険して夜もまだ浅い時間帯で挑戦してみる。一応炎上対策に他演者の配信予定をチェックし、サーバー内で遭遇したりしないようにそれなりに気を遣ったつもりだ。いつもは箱内のメンバーと配信そのものがバッティングしないようにしていたのだが……夏休みの学生さんという新規顧客獲得を狙う以上いつもみたいな辺鄙《へんぴ》な時間帯だと望み薄だし、この辺は致し方ない。コメント欄には見慣れたアイコンもチラホラあって、常連さんもいるのを見て少し安心する。とは言え、逆に見慣れないアイコンの方が多いのだが……配信開始直後だというのに、いつもの倍近くの同時視聴者数。流石《さすが》は人気タイトルだ。

「はい、と言うわけでマイクラフトやって来ます」

［きちゃー］

［待ってたぜ！］

［ヨシ！　鯖《さば》内誰もいないな］

［初見です］

Kanzaka joined the game

画面左下にはゲーム参加を告げるチャットログが表示される。ここには各プレイヤーがゲームにログイン、ログアウト時、死亡時に自動でコメントが表示される。また同じサーバー内で参加しているプレイヤー間のチャットのやり取りもこの画面で行われる。

同じ箱に所属している以上、全員と通話を繋《つな》ぐ事もそれほど難しいことではない。そこをあえてチャットを通じてコミュニケーションを取る、というのも面白いだろう。実際、昨夜の配信では各々チャットでのやり取りがメインだった。コラボ配信の要素もありながらも、実際に配信で相手の声が入るわけではないのでソロ配信と言えなくもない。ソロ配信、コラボ配信どちらが好きな人の需要も満たせている、という意味ではいいとこ取りみたいな感じだろうか？　もっともそこまで考えて視聴するかしないか決めているような視聴者さんがどの程度いらっしゃるかは分からないけれども。

「誰もいない時間帯を選んだからね」

［草］
［露骨に警戒してんの草］
［マルチ鯖の意味とは……？］
［なぁ、これ……ソロ鯖で良いんじゃ……？］

「裏被りあっても他配信だし、これで安心安全。ヨシ！」

［プレイヤーがそう言ってるし、ヨシ！］
［他の人が言ってるし、ヨシ！］
［多分、ヨシ！］
［現場ぬこ案件では？］
［露骨にフラグ立てるの止めない……？〈mikuri〉］

「――で、この後どうすれば良いんだ、これ？」

このゲーム、特に目的らしい目的が定められていないのである。一応ボスキャラでドラゴン？　みたいなのがいるらしいのだが、基本的には建築かサバイバルがメインになる事が多いらしい。小さい頃某有名なメーカーのブロック遊びに夢中になった人は多いだろう。こんなの幼少の頃に与えられたら永遠にプレイしちゃいそう。他のフルプライスのゲームと比べるとずっとお手軽だし、パソコンだけでなく様々な据え置き、携帯ゲーム機からもリリースされているという取《と》っつき易《やす》さ。販売本数も1億本を超える、今まで私がプレイしたどのゲームよりもプレイ人口は多いだろう。
知育玩具《おもちゃ》、知育ゲームと言っても差《さ》し支《つか》えはないのかもしれない。今パティシエをやっている昔の知人に子供がいるので、そのプレゼントにこういうものを送るのも面白そうだ。

[仮拠点作って、ベッド置いてとか？]
[ひとまず、作業台作るところからだろ]
[食料もある程度確保しとかないと]

そう——このゲーム、やることが……やることが多い……！
某探偵漫画スピンオフの犯人さんも真《ま》っ青《さお》な感じである。まず、周囲の探索から始めるのがベターなのだろうか。最低限の操作には慣れておかねばなるまい。最初期の開始地点は共通らしく、周囲の地形はガタガタ穴が空いたり、平地のど真ん中に採取した素材を収納するアイテムボックスが放置されていたりと几帳面《きちょうめん》な人が見るとちょっとモヤモヤしそうな感じ。かく言う私もちょっと整理したい衝動に駆られている。

Hiiragi joined the game
〈Hiiragi〉こんちゃーっす
〈Kanzaka〉こんばんは

配信予定入ってなかったと思うが、柊《ひいらぎ》先輩がログインしたことを知らせるチャットログ。先輩なら多分絡んでも燃えないし、大丈夫だろう。寧《むし》ろ先輩か朝比奈《あさひな》先輩以外だと大体アウト判定にされそうな気がする。セーフ！

こういう風に同じサーバーに参加できるユーザー同士であれば、同じマップを共有出来るのも楽しみ方のひとつと言っていいだろう。


「柊パイセンじゃーん」

「畳《たたみ》ィ！　自枠取れや！」

「映り込みに来ただけだろ、お前」

「柊先輩ならセーフ！」

「セーフ、ヨシ！」


「チャットログのログイン情報だけで盛り上がるんだ、すごい」


「初見、マイクラフトと聞いて」

「なんで露骨に警戒してるの？」

「なんでこの人怯《おび》えてるの？」

「虐《いじ》められてるの……？」

「初見さん困惑してるからやめーやｗ」

「この人、女性と仲良く出来ないんです……」

「恥ずかしいの？」


違う、そうじゃない。きっと夏休みのお子さんであろうご新規さんに界隈《かいわい》の闇を見せるわけにはいかない。単純に女性と絡むのが恥ずかしい思春期男子中学生みたいな誤解のままで結構です、ええ。

〈Hiiragi〉はちみつください
〈Kanzaka〉それ別ゲームのネタでは……？
〈Hiiragi〉は溺れ死んだ
〈Hiiragi〉モンスター狩るゲーム新作出たらやろうず
〈Kanzaka〉いいですよー

「はちみつくださいは草」

「ふんたーじゃねぇかよ！」

「ゆうたくんかな？」

「あの……お友達水死してるんですけど？」

「まあ大したアイテムも持ってない序盤だろうし、へーきへーき」

ひとまずベッドを作る事に成功する。作業台は近場にあった柊先輩のものをお借りした。この辺りはマルチサーバーの強みだろう。アイテムや施設も共有出来るので何かと便利だ。このゲームにおけるベッドはゲームオーバー時のリスポーン地点となるので、拠点となるスペースにベッドとアイテムボックスを設置するのが一般的なプレイ方針である。

「女性ライバーのベッドにだけは近づかないようにしなくちゃ」

［それはそう］
［そのくらい大丈夫やろって言えないのがこの業界の怖いところ］
［冗談抜きで燃えかねない］
［ダンジョンじゃないからベッドで寝ても燃えないよ？］
［ベッドが燃えるのはダンジョンで寝た時］
［他の人の作ったベッドでも寝れますよー］
［ベッドは壊さない限り借りてもへいき］
［そうやな］
［いつまでも純粋なままでいてくれ］

どうやら特定のダンジョン内ではベッドでの休息によって何らかのペナルティがあるらしい。

あるいは他プレイヤー設置のベッドを使用できないと私が思っている——と勘違いしてくれて

いるのなら、それでいい。決して界隈の闇を見せないようにしよう。青少年の教育に悪そう。

心の中でそっち方面のネタは触れないようにと決意したところで――

Akari joined the game
Luna joined the game
〈Akari〉こんばんはです
〈Luna〉こんばんは！

唐突にやって来る後輩ちゃんズ――日《ひ》野《の》灯《あかり》嬢、ルナ・ブラン嬢の登場に一瞬思考が停止する。確か配信予定では裏で雑談配信とかやっていたはずだが……？

「あ……」


「あ……」

「あーあー」

「やっちまったな！」

「／(^o^)＼オワタ」

「平和なエルフの村にオークがやって来た時ってこんな感じなんだろうか？」

「それはちょっと違うと思う」

「寧ろ逆では？」

「平和なオークの村にエルフが侵攻しているイメージ」

あ、あわあわ……ど、どうすれば良いんだ？　おかしいだろう。配信予定ではマイクラフトではなく、ふたりで雑談するとか予定出していたじゃないか。事前にきちんと調査していたはずだ。急な予定変更？　あるいは情報収集不足？　どうしてこうなった……⁉

「どうしたの？」
「⁇」
「なんかあったん？」

あかん。初見さんたちにはこういう行動がどういった形に帰結するか、なんてことは知らない。『炎上するんです』なんて口が裂けても言えない。新規層にそういったマイナスイメージを抱かれるのだけは何としてでも避けねば。そういった目で見られるのは不味《まず》い。特にＶＴｕｂｅｒというジャンルに触れて間もないユーザーさんも多いかもしれないし。ただでさえ私がＶ＝炎上みたいな連想を加速させているような節があるので尚更《なおさら》に。単純にこのゲームのファンである人とかもそれなりにいる。ひとまず……何とか炎上を回避しつつ、どうにかして配信の体を——

〈Hiiragi〉こんちゃー

〈Kanzaka〉こんばんは……

昨夜初プレイであるため、全員がほぼこの初期リスポーン地点の近郊を仮拠点としている。
当然、彼女たちも例外ではない。画面の奥の方にそれらしき姿がふたつ薄っすらと見えていた。
何かしら手を打ちたいところだが、それをする余裕を与えてくれはしないらしい。何か嫌な予感がするのだ。このままずっとこの場所に留《とど》まってはきっといつもの流れになる事が容易に想像できてしまう。で、あるとするならば……。この場で私が取れる行動なんてただひとつ――

「に……」

［に？］
［にってなんや］
［うん？］

「逃げるんだよォ！」

［草］
［流石に草］
［逃　走　中］
［ｗｗｗ］

［がんばれｗ〈ｍｉｋｕｒｉ〉］
［個人勢Ｖもこの鯖に参加出来たりしないですかね……？〈アーレンス〉］
［がんばれ♥　がんばれ♥〈酢昆布《すこんぶ》〉］

〈Hiiragi〉今、川を渡って対岸へ逃げたぞォ！

〈Akari〉情報感謝です！

〈Luna〉追えー！　追えー！


「柊せんぱぁい⁉」

土を積み上げて作り上げられた物見台からこちらの動きを後輩ちゃんズに提供していく先輩。

なんてことしてくれちゃってるんですか。


そこからマイクラフト鬼ごっこ大会が幕を開けたのだった。

【ＭｙＣｒａｆｔ】サンドボックスゲーム初挑戦【神坂怜《かんざかれい》／あんだーらいぶ】
最大同時視聴数：約２５００人
高評価：８００
低評価：１２０

後、配信中の獅堂《しどう》先輩から何故《なぜ》か通話がかかって来た。文章でのやり取りは以前のイベントの際ちょこちょこしていたし、会場で直接お会いして話したりもしたのだが……ディスコ通話機能で会話というのは初めてである。そもそも配信中に通話をかけるなんて——いや、以前柊先輩の前例があったんだった。

先輩からの呼び出し。出なければ失礼だ。だがきっと、かけ間違いに違いない。早々に謝罪して引き上げよう。後、今はそれどころじゃない。心持ちとしては校舎裏に呼び出される後輩の図である。キャパオーバーで対応が杜撰《ずさん》になると、それはそれで燃える要因になり得る。どこかひとつでも選択肢を違えば……いや、既にこのゲームを始めたこと自体がミスだったとか言われるとどうしようもないけれども。

**【7月×日】**

7月も終わりを迎えようかという日。私は自身のチャンネル管理画面を見て呆然《ぼうぜん》としていた。

「な、なんじゃこりゃあ……!?」

滅茶苦茶《めちゃくちゃ》チャンネル登録者数が増えていた。

326 名無しのライバー ID:sIGWpmMAp
脱サラマイクラフト開始です

327 名無しのライバー ID:MOTQxiIhi
初見多いやんか
やっぱ人気タイトル＋夏休みバフすげぇな

328 名無しのライバー ID:7OZuZji8r
脱サラ「誰もいないな、ヨシ！」
リスナー「ヨシ！」
初見さん「この人なにやってんの？」

329 名無しのライバー ID:i60yu4XcM
>>328
初見さんもこれには困惑w

330 名無しのライバー ID:hd5AZyd58
>>328
ヨシ！　じゃねぇよw

331 名無しのライバー ID:/X+/216HP
>>328
夏休みのキッズに界隈の闇を見せてはいけない（使命感）

332 名無しのライバー ID:Oxx9rV+7H
朗報　初見の学生さんが
「女の子とゲームするの恥ずかしいんだ」
という可愛い勘違いで乗り切る事に成功する
これにはmikuriママもにっこり

333 名無しのライバー ID:d06Tafmsu
>>332
初見とmikuriママが清涼剤の配信である

334 名無しのライバー ID:nWfWVCmjU
>>332
草

335 名無しのライバー ID:kS2RFF3Sw
速報　畳参戦

336 名無しのライバー ID:goeffhCoT
自枠取らないのかよ

337 名無しのライバー ID:8vWeMLrqA
脱サラに数字献上目的説

338 名無しのライバー ID:GaaYQXK/k
畳「はちみつください」

339 名無しのライバー ID:R8BrXmzbD
>>338
別ゲーネタじゃねぇかよ！

340 名無しのライバー ID:fqslJQB2n
>>338
モンスターハントコラボをさらっと取り付ける

341 名無しのライバー ID:0EJLXYnuu
その手のゲームは皆でワイワイやるの楽しいもんなぁ

342 名無しのライバー ID:g7WLrtwd0
速報　あんだーらいぶ鯖にルナちゃん、灯ちゃん緊急参戦

343 名無しのライバー ID:d+9WPwnqp
>>342
脱サラ、逃げて！　超逃げてぇ！

344 名無しのライバー ID:u6fsqUTk+
>>342
裏で雑談配信してたはずだろ……？

345 名無しのライバー　ID:SNndiX6cR
雑談中、脱サラ配信中と聞き嬉々として駆けつけて来る先輩想いの後輩ちゃん

346 名無しのライバー ID:LryDYjqd/
脱サラ「逃げるんだよォ！」

347 名無しのライバー ID:1tPd3OoY7
>>346
ある意味サバイバルモードではあるな

348 名無しのライバー ID:nQolW8F64
>>346
急に鬼ごっこはじまってて草

349 名無しのライバー ID:pKBzuOitg
>>346
草ァ！

350 名無しのライバー ID:ZPP/fwFOq
>>346
畳、急遽枠を取り鬼ごっこ実況枠として配信する

351 名無しのライバー ID:bW8lCGdMK
悲報　畳、裏切る

352 名無しのライバー ID:+E3/CorAx
土積み上げたタワーから月太陽コンビに的確な位置情報送るの草

353 名無しのライバー ID:MKcqKMn0K
戦における位置情報って大切なんやなって

354 名無しのライバー ID:aWodRtT3G
わざわざ実況風にエコー効かせるなww

355 名無しのライバー ID:XMv3uN9+B
脱サラ、月太陽枠、畳枠一緒に見ないと分からねぇww

356 名無しのライバー ID:MoBthread
畳「さあ、やって参りました第１回マイクラフト鬼ごっこ大会。逃げるのは我があんだーらいぶが誇る火薬庫神坂ァ！　です」
ルナちゃん「何で逃げるんですかぁ！」
灯ちゃん「追いかけよう！」
脱サラ「何で追いかけてくるのぉおおお！？」

357 名無しのライバー ID:swZTph0HN
>>356
脱サラがかつてないほど焦ってるの草なんだけど

358 名無しのライバー ID:W4eQVTX06
>>356
火薬庫とかさらっと言ってやるなよw

359 名無しのライバー ID:DFhruQFgv
>>356

逃げても火種は追って来る模様

360 名無しのライバー ID:MRh8Wu/nx
速報　このタイミングで女帝の逆凸通話が来る

361 名無しのライバー ID:0REXS+PL2
初見さんに界隈の闇を見せまいと必死に逃げる脱サラ……

362 名無しのライバー ID:zmUEIoGis
よりにもよってこのタイミングww

363 名無しのライバー ID:ND2vfRGJk
女帝「もしもし神坂さんですか？」
脱サラ「はいそうです！　何の御用でしょうかああああ？！」
女帝「今、何されてますかww？」（確信犯）
脱サラ「配信やってますぅううう！」（全力逃走中）
灯ちゃん「あたしこっちから行くから回り込んで！」
ルナちゃん「あいあいさー！」

遂に裏を取るプレイングを見せつける

364 名無しのライバー ID:FMAkbdIhu
もう一体何枠複窓すれば良いんだよww

365 名無しのライバー ID:r1lF1I26n
カオスすぎて草

366 名無しのライバー ID:tmkPIr4Bb
何枠絡んでんねんww

367 名無しのライバー ID:Va9Zjc2sd
この騒動の中心が脱サラというのが感慨深い

368 名無しのライバー ID:r9oLkvEmb
月太陽コンビが完全に構ってほしくて追いかける、犬猫のそれ

369 名無しのライバー ID:CQzSINv8/
速報　あさちゃんコメント参戦
あさちゃん「完全に挟まれる前にハイドしましょう！」
脱サラ「ハイド！？　隠れる奴ですか！？」（地中に穴掘って潜伏へ）

370 名無しのライバー ID:lw+iq42+v
脱サラの数字ガンガン伸びてて草

371 名無しのライバー ID:I50pU9nJB
ハイドww

372 名無しのライバー ID:Srtx00UBO
速報　土タワーの畳が弓で射殺される

373 名無しのライバー ID:gAR08Jgy0
あさちゃん畳に躊躇なく弓引いてるな

374 名無しのライバー ID:2F4+Qy6IB
あさちゃん「これで空の目は潰した！」
出る作品間違えてない？

375 名無しのライバー ID:MoBthread

地中ハイドで地中深くへと掘り進む
脱サラ「持ってて良かった松明」
コメント「魔王退治の旅も共にした相棒だしな」
↓
地中のマグマを発見しアチーブメント解除。

脱サラ「あ……」
コメント「あ……」
↓
ここでハイドがバレる
灯ちゃん「地面だ！」
ルナちゃん「いたぁ！」
↓
悟ったような顔
脱サラ「ご視聴ありがとうございましたああああああ！」
溶岩に飛び込み死亡、配信終了
https:uploader.underlive01.gif

376 名無しのライバー ID:lVOnZ6Hxl
>>375
1時間逃げ続ける配信草
悟った顔からのマグマダイブgifすこ

377 名無しのライバー ID:yZGiFahAY
>>375
後で切り抜き絶対上がりそう

378 名無しのライバー ID:D/0O/J4fH
>>375
締めが溶岩ダイブww

379 名無しのライバー ID:gckineki/
楽しかった
お前はもっとバズれ

380 名無しのライバー ID:shCAjPJOF
朗報　脱サラ遂にプチバズる

381 名無しのライバー ID:qOd6AFE5E
一番驚いているのが当人である

382 名無しのライバー ID:SisterChan
良かったな、神坂ァ！

---

神坂怜@温泉行きたい@kanzaka_underlive
！？！？！？！？

---

神坂怜　チャンネル登録者数7100人（＋2000)

# 閑話　とあるマネージャーの回顧録

【X月X日】

ＶＴｕｂｅｒ事務所のマネージャーというのは世間的には一体どう思われてるんだろうか。

大学卒業後に起業して立ち上げた『あんだーらいぶ』というＶＴｕｂｅｒグループ。驚くほど順調に成長を続けて来た。途中この界隈《かいわい》特有の炎上等々色々あったものの、軒並《のきな》み数字――結果としては常に右肩上がりを続けていた。多少の炎上も知名度を高めていくという、言うところの『炎上商法』というものなのかな？

一番ヒヤヒヤしたのは、春先にこの業界を大いに騒がせた、言うところの『ハセガワ事件』あるいは『パコガワ事件』だ。弊社《へいしゃ》からデビューした男性Ｖが未成年と不適切な関係にあったという一件。世間一般でもアウトもアウト。弊社としても早々に契約解除を宣言し、事態収束を図った。実際には事態収拾できてなかったんだけど。

あれに関しては事前にその手の問題を察知できなかったこちらにも非はあるし、我々運営はその責めは甘んじて受け入れ、今後の改善に努めていくべきだ。裏アカウントでのやり取りまでは察知することが出来なかったというのは言い訳だと思うが、こちらとしても細かいところにまで手が回らないのが実情である。最近になって現れた、こういったネタを嬉々《きき》として取り上げるゴシップ記者のような真似《まね》事《ごと》をする者の存在が情報の拡散を加速させていった。

ただ、あの件において想定していなかったのはハセガワ君と同時デビューした彼——神坂《かんざか》さんの方に、そのマイナス的な感情をぶつける人があまりにも多すぎた。何もしていない、何ら関係のない筈《はず》の彼を鬼の首を取ったような……あるいはそういった行為を半ば楽しんでいるような節すら窺《うかが》えた。炎上というのはネット上ではしばしば『祭り』なんて風にも表現される理由が少しだけ分かった気がした。いや、思い知らされたという方がより正確かな。

ＶＴｕｂｅｒという職業、兎《と》に角《かく》一番守らなくてはならないのは演者の健康、特にメンタル面である。そりゃあコンプラとか諸々もあるのだけれども、インターネットという媒体で活動する以上、普通の職よりも誹謗中傷《ひぼうちゅうしょう》の的になりやすい。この業界自体を快く思わない人、他所のメーカーさん推しで弊社を敵視する熱狂的なファンの人、挙げればキリがないが……。

普通の芸能人や有名人ならばバックに大きな事務所やスポンサーが付いているし、その類《たぐ》いの行為での逮捕者も時折ニュースになるくらいには世間に知られている。酷《ひど》く叩《たた》けばしっぺ返しが来る事を彼らは知っているのである。ところが、我々のＶＴｕｂｅｒ業界はどうだろうか？　そもそもバーチャルの存在で実在しない人物。事務所の多くはここ1～2年程で立ち上げられたベンチャー企業ばかり。そういった行為に対する対処がまるでなっていないのが実情である。この問題は今後必ず改善しなくてはならない課題だ。とは言え、自分がそういう事に口出し出来る立場には正直言ってないんだ。世知辛い。どこのバーチャルタレント事務所も抱える問題だと思う。

以前ＦＰＳ配信中の暴言だとかなんだとかで自分の担当する子のひとりである朝比奈《あさひな》さんは

かなり病んでいたのだが、動物のセラピー効果で何とか引退もせずに活動を続けている。自分もペット飼おうかなぁ。普段長い時間家にいないので無理だと思うけど。職場に犬とか猫1匹放し飼いにしない？　荒《すさ》んだ自分の心を少しは癒《い》やしてくれるんじゃないだろうか。

話はえらいこと逸《そ》れてしまったが、酷い誹謗中傷の標的になった神坂さんに対しての接し方をどうしたものかと測りかねていたところで彼自身から連絡が来た。そういう類いの行為に対する相談だろうと切実にその想いの丈を受け止めるための胃薬を服用して、更にエナジードリンクを呷《あお》り気合を入れて臨んだところ——

『事務所としてはどういった対応を予定していますか？　私はどう振る舞っておけば良いですか？』

酷く冷静な声でそんなことを聞いてきたのだ。冷静に……寧《むし》ろ冷めたような印象すら感じてしまう程の。今、まさに炎上中で知りもしない人たちから数多くの暴言や心ない言葉をこれでもかと投げ付けられている筈の人物が、である。思わず言葉に詰まる。『何を言っているんだ、この人は？』。その言葉を胸中で吐きながら、事務所としての方針を伝えると……。

『分かりました。ああ、後でこの件書面で残しておいてもらえます？』

「え……？」

『議事録とか書かないんですか、この手の打ち合わせの時って。口頭だけだと後々上から小突かれたり、内部監査の時上が五月蠅《うるさ》くないですか？　いや、ＩＳＯとかそういうのの監査ってないのか。いやいや今後の会社の発展した時の事を考えれば書面できちんと残しておいた方がスポンサーさんとかにも心象が——』

何を言っているんだ、この人は。いや、まあ確かに社会人としてはそうあるべきなんだろうけれど。なんで当事者――被害者である貴方《あなた》が一番冷静なんですかね……？

その日以降、通話での打ち合わせの後には文章でまとめた物を製作、演者にも添付して送るようになった。他の担当の人は口頭とチームコミュニケーションツールを使ってのみ、だそうだが。こちらは元社会人がいる手前適当な仕事は出来ない。ちょっと緊張する。上司でもないのに。毎回名前入りの日付印が押印されたモノが返信されてくる件に関しては、流石《さすが》におかしいと彼に伝えるべきだろうか？　そもそも日付印の名前が本名か活動者名義どっちが良いですか？　なんて聞かれても困る。自分が聞きたい。

「なんかえらい可愛《かわい》らしい包装だな、それ」

「あー、まあ貰《もら》い物《もの》でして」

「はぁーん」

「なんです、その顔は……？」

「いや、羨ましいなって」

手元にあった随分《ずいぶん》可愛らしいラッピングがされたそれをニヤニヤしながら眺めて来る同僚。つい先日財布拾ってあげた子からお礼として受け取ったものだ。

「でも……変わってますよね……神坂さんって」

「まあ、僕らよりよっぽどしっかりしてるよねぇ……そりゃ社会人経験者ってのもあるけど、あの人の場合はそれとはまた別というか……」

話題を逸らすついでに神坂さんについて聞いてみると、同僚もまた同じように感じているらしい。面接に同席した人が言うには、生気が抜けた抜け殻みたいな人だったという。私が直接会った時はそういうのを感じなかったし、表情や仕草、口調は暗いとかそういうわけではない。寧ろ社交的なくらいだ。面接官っていうのは人を見る力が云々《うんぬん》とかそういう話になるんだろうか。今思うと、どちらかと言えばスタッフ向きな性格なのではないだろうか。事務所に来る際は必ず手土産《てみやげ》片手にやって来る。スタッフ全員の顔と名前を覚え、たとえ収録や案件の配信が早々に片付いても、関係者にひと通り挨拶し世間話なんかをしてから帰る。何か出来る営業マンを彷彿《ほうふつ》とさせる。何故《なぜ》か毎回スーツ着てるし。毎度ネクタイの色やネクタイピン、スーツ自体も何着かローテしているみたい。

「神坂さんは平気なんですか？」

ある時遂《つい》に直接聞いてしまったことがあった。当人よりもマネジメントするこっちの方が精神的に参っているって普通はあり得ないと思う。胃薬はデスクの引き出しに入れるようになったし、眠れない日もある。

『あー、最近エアコン壊れちゃってちょっとバテてたのバレちゃいました？』

違うそうじゃない。炎上の件という風に指摘すると、「ああ、何だそんなことですか」と他人事か、あるいはまったく気にしていない様子で答えるのだ。この人にとっては他人の誹謗中傷をたったそれだけの言葉で片付けるくらいにしか思っていない。その台詞《せりふ》を聞いた直後一瞬背筋が凍った。

『こういう活動する以上大なり小なり叩かれるものでしょう？　今の環境だと特に。元々男性Vの試金石として採用されたわけですし、このくらいなら平気ですよ』

笑ってこんな風に答えるのだ。更にこの後逆に毎回燃えてる件に関しての謝罪をされてしまった。以前から思ってはいたが、やはり彼にはどこか違和感を感じざるを得ない。年長者に対して偉そうに言える立場じゃないけど、確かに一見すれば本当に普通の好青年だ。決まり事は必ず守るし、仕事も丁寧、賞賛されれば本当に心底嬉しそうにしていた。

だけど……批判や誹謗中傷、それらの口撃に対しては何の感情も持ち合わせていないのである。さもそうされる事が『当たり前』と彼自身が容認してしまっているようだ。そういった行動の結果会社に不利益になる事を恐れているが、自身のことなど二の次——どころか、そもそも考慮に入れていない節すらある。普通誰だって傷付くし、弱気にもなる。そういった当たり前の感情が欠落しているんじゃないだろうか？

それはきっとあまり良くない事だと思う反面、もし彼が本当に真っ当な人であったとすれば——果たして、引退せずに活動を続けてくれていただろうか？　引退までは行かなくとも、活動休止くらいはあったかもしれない。『もしも』の話をしても何の意味もないんだけど、心のどこかで『良かった』なんて人様の不幸を喜ぶ自分に心底嫌気《いやけ》が差す。あの状態を不幸と勝手に決め付けてしまう自分も嫌いだ。

「困った」

何事も卒なくこなしてくれるし、人柄も良い。声は恐らくこの界隈でもトップクラスのものを持っている。ちょっと身内《みうち》贔屓《びいき》かもしれないんだけど、決して何の強みもないわけではない。確かに強烈な個性や荒唐《こうとう》無稽《むけい》な言動、軽妙なトークで人を魅了するのは難しいかもしれない。それでも……彼にしかない魅力だってある。

「あー、胃が痛くなってきた」

自分が担当でなければもっと伸びていたんじゃないだろうか？　もっとやりようがあったんじゃないだろうか。そんな後悔か恐怖感かよくわからない感情が泥のように胸中に流れ出すとつい胃薬に手が伸びてしまう。

数字が出ない——個人勢ならいざ知らず、企業のＶＴｕｂｅｒとなるとそうそう放置も出来ない問題なのだ。男性Ｖの黎明期《れいめいき》の今は社内にもまだ数は少ない。だが、今後デビュー予定の彼が結果を出してしまえば、どうなるか……あまり想像はしたくはない。誰か彼の上手《じょうず》なマネジメント方法教えてください。ちなみに同僚に聞いたら『サッパリ分からん！』と即答された、酷い。

手堅く案件を回すように上に働きかけるくらいしか思い浮かばない。案件は客先に概《おおむ》ね好評だし、ボイス売上も登録者や再生数を並べて見れば寧ろ優秀なくらい。早々に進退がどうのこうのって話にはならないはず……彼は他のＶと違い、案件配信で数字が落ちないどころか伸びるという変わった特徴がある。通常どんなに有名なＶＴｕｂｅｒでも案件配信ともなれば、視聴者数は減少する。弊社のトップＶである獅堂《しどう》さんや柊《ひいらぎ》君ですらその例外ではない。

元々持っている数字の差もあるのだろうけれども、運営サイドとしては彼以上に安心して任せられる演者もいない。これは彼の強みだろう。前回案件元である美少女ゲームメーカーさんも『新作を出す際には是非とも』とお言葉を賜《たまわ》った。ただ案件漬けは演者に負担がかかるので、ほどほどにしないと。以前他の担当がそれでやらかしているので、本当に気を付けないと。

ただ割と案件の時は凄《すご》い生き生きとしてる気がする。やったことない仕事だと当人も好奇心を持って取り組んでいた。特に案件先の人からシステムとか裏話みたいなのを聞いている時が一番楽しそうだった。元々製造業にお勤めだったみたいだし、そういう話が好きなのかも。そういう素《す》の部分をもっと前面に押しだして行けばもう少し固定ファンも増えそうな気もするけれども、余りそれを良しとしていないらしい。自己評価が低すぎるせいかもしれない。

【X月X日】

人気ゲームタイトルのプレイで登録者が1日で２０００人も増えた。その日の内に投稿された切り抜き動画の存在も大きい。ただ、これはマネージャーとしての自分の采配によって得たものではなく、彼とその周囲の人間関係によるもの。結局、自分は彼に対して何もしてあげられていない。こういう舞台さえ整えて上げられれば、彼は伸びるんだ。自分でなければ、他のもっと優秀なマネージャーが付いていれば……。

「胃が痛い……でも、良かった」

世の中ああいう人が報われないといけない。そうじゃないとおかしいじゃないか。今夜は久しぶりに早めに退社して居酒屋でも行こうかなぁ。うん、そうしよう。

【X月X日】

「あああああ、どうしてこうなったぁあ!?」

ダメだ。これは不味《まず》い。不味い。ちょっと担当者ァ！　なんでそんなとこケチっちゃったのさぁああ！　ふざけんなよぉお！

# 15話 初プチバズり

**【8月×日】**

8月。真夏。世間的には夏休みだったり、長期連休を控えたりで色々落ち着かない季節。とは言え、連日のうだるような暑さに嫌気が差してきた人にとってはその連休がある種の救いというか、心の支えになっているのかもしれない。基本在宅勤務であるＶＴｕｂｅｒには割と天候、気温などの変化は縁遠いもの。新しくなったエアコンの性能は素晴らしくついつい頼りがちになってしまう。世の中には炎天下で汗水垂らして働いている人もいるというのに……何だか少し申し訳なくなってしまい、エアコンの設定温度を少し上げてみる。この夏買い換えたばかりのエアコンである。収入より支出のが多いとかそんなこと言われちゃうと心苦しくなっちゃう。悲しいね。

「しかし、これは……」

神坂怜《かんざかれい》　チャンネル登録者数７１００人

滅茶苦茶《めちゃくちゃ》登録者が増えているのである。２０００人以上がたった1日で、だ。

キッカケは『Ｍｙ Ｃｒａｆｔ』配信だと思う。いまいち実感が湧かないので、断言は出来ないのだが……柊《ひいらぎ》先輩が参加した辺りまでは良かった。その後、後輩ちゃんズ参戦で色々と歯車が狂いだした。何故《なぜ》あのゲームで急に鬼ごっこを始める必要があったのか。今になっても自分の言動が結構おかしいと自覚するが、一連のやり取りが結構ウケたらしいのだ。私は正直炎上したくない一心で逃げていただけなんですけれども。あの配信、やたら初見さんが多くて、最大同時視聴者数もデビュー配信、リレー企画を除けば歴代最高数値を叩《たた》き出《だ》した。ゲームの人気とそのファン層、プレイ層を多く抱えた学生さんが夏休みだった、という点が何より大きいのだろう。世に言う『夏休みバフ』ってやつなのだろう。事務所サイドもそれを狙ってこのタイミングでサーバー開設したんだろうけれど。

　ブラン嬢、日野嬢からの逃亡中に何を思ったのか、あんだーらいぶ最古参にして界隈《かいわい》でも広く顔を知られている獅堂《しどう》先輩から通話があり、更なる混乱を招いていた。通常、配信中の演者に対し通話を待つ企画を『凸待ち』と言い、それなりに数字も出せる事からこの業界においても度々行われている。今回は配信者側から連絡をする『逆凸』企画だったようだ。あの時の彼女の反応から察するに、後輩から必死に逃げ回っているという情報をどこからか聞きつけて、『ここでかけたら面白いやろ！』みたいなノリでやって来た事はそれとなく察する。

　一番の疑問は最後に問いかけられた『今のパンツの色は？』という、性別が逆だったら炎上待ったなしの質問である。それ以前の質問も『今何してますかｗｗ？』や『どこに逃げてますか？』等々、色々突っ込みたくなるような感じではあるが、彼女の配信でもそれなりに盛り上がりを見せていたらしいのでひと安心である。

　そして今、一夜が明けた頃にその模様を丁寧に編集した切り抜き動画がニヨニヨ動画にアップロードされていた。動画製作者は以前からお世話になっている、私のリスナーさん。５月にリアルイベントで代打出演した際のトークイベントにて、進路に関する相談をしてくださった人だ。将来映像制作関係の職に就きたいとかで、公務員を志望するように言う親と揉《も》めているだとかいう話だった。話を聞く限りまだ高校生なのにご立派な動画作れて凄《すご》くないか？　私が同い年くらいの頃なんて本当に何も出来ないタダのガキだったぞ。それに夢があるって本当に立派なことだと思う。彼の夢が叶《かな》う事を願いつつ、その動画をお気に入りに登録する。

さて再び話は戻るが、当日は私以外の配信枠——実況配信枠の柊先輩、同期との雑談コラボ枠から急遽《きゅうきょ》マイクラフト枠となった日野嬢の枠。マイクラフト配信移行に伴い自分視点で新たに配信を開始したブラン嬢の枠。途中逆凸参戦してきた獅堂先輩枠。更には朝比奈《あさひな》先輩やアーレンス嬢のコメントまで丁寧に拾い上げたそれは、何とＶＴｕｂｅｒカテゴリのデイリーランキング１位を獲得した。まあそれは一瞬でその後のランキング更新で流石《さすが》にガクッと落ちてしまったのだけれども。それでもかつてこれほど注目されることはなかっただけに当事者が一番混乱している。

普段みたいに大量のアンチコメントがある方がまだ落ち着いていられる。こう言うのはなんだか落ち着かない。マシマロを見ると毎度の如《ごと》く批判のご意見がありちょっと和む。こうだよね、うん。こうでなくっちゃ。たった一度マグレでウケただけなのだ。ここで調子に乗ってしまうのは悪手というもの。

と、心を戒めたところで新たにフォローされましたとと言う通知。普段あんまり携帯とか鳴らないから未《いま》だにこういうのビックリしちゃうんだよね。登録者も増えたが同じくらいフォロワー数も増加している。

これは世間で言うところの『バズった』というやつなのだろうか。まさか自分がそんな体験をする事になろうとは。恐らくは昨日だけの一過性のものにすぎないが、沢山の人に笑って楽しんでもらえたのならこんなに嬉《うれ》しいことはない。近々またマイクラフトの配信枠を取ろうかな。夏休みという事もあるし若い子に人気のゲームに挑戦してみるのも要検討事項だな。うむ。

**【8月×日】**

今日は早朝に日課のＶｅｒｔｅｘの訓練所生活を慣行。基本的にコメントを適宜《てきぎ》拾いながら朝の雑談がメインである。普段は朝仕事や学校の準備をしながら聞いてもらえればと思い枠を開いている。基本あんだーらいぶメンバーは夜型の人間が多いので、早朝や昼間は誰も配信していないことが多い空き巣状態。今月朝比奈先輩と柊先輩の３人でパーティーを組んでプレイする予定なので、少しでも上手《うま》くなっておかねば。

「この前教えてもらったＮＰＣキャラ動くの便利だね。ＢＯＴだっけ？　もっと飛び跳ねたりスライディングとかしてほしいけど」

〔エイムだけはやたらよくなってるの草〕

〔リボルバーよー当てんなぁ〕

〔リボルバー、ショットガン構成とか世界ランカーの有名な人かな？〕

〔射線管理ガッバガバのくせにエイムだけは上手い〕

〔射線管理……一瞬すごい卑猥《ひわい》な単語に見えた〕

［射○管理、こうですか？］

［や　め　ろ］

　このゲーム、武器を2種類保持することができ、状況に応じてそれを切り替えながら戦う。近距離が強い武器と、遠距離、中距離が強い武器を組み合わせたりすることもある。更に各武器にも様々な特性があり、それらの取捨選択も重要な鍵となる。が、自分の得意とする武器がいつも手に入るとは限らないのがこのゲームの奥深いところで……何種類かある程度使いこなせるプレイヤーが強いのだ。

　私の場合『リボルバーなんか格《かっ》好《こ》良《い》い』という雑な理由で練習している。当てるのが難しい分威力があり、他の武器より弾が装備品収納バッグの容量を圧迫することが少ない利点がある。ただいかんせん当てにくい。兎《と》に角《かく》当てにくい。この武器が使いこなせる人＝強いプレイヤーみたいな風潮があるので、尚更《なおさら》浪漫武器感があって練習を止められない。だって男の子だもん。頭に当てれば一発で相手を倒せるスナイパー武器とかも好き。

　まあ、偏るとあれなんで全種類の武器をそれなりに触ってエイム練習をしてはいる。ちなみにコメントで指摘されている射線管理とは、相手の攻撃が通りにくい位置を適宜とりながら動いたりする事。こればっかりはまだまだ踏んだ場数が足りなくて、修業不足なのである。単純に実践恐れて訓練所に引《ひ》き籠《こ》もってるのが悪いんだけれども。ここまで来たらコラボ当日を実戦復帰にした方が面白いと思うので、しばらくはここで置物相手に練習することにした。

　コメントの後半については多分触れない方が良いのかな、多分。

「流石にこの距離は当たらんなぁ」

「そこそこ当ててない？」

「いや、普通に当てとるのだが……？」

「スコープなしの初期状態――アイアンサイトでよー当てるわ」

「キャラコンって言うんでしたっけ？　キャラクターコントロール？　キャラクター操作の練習もしないとなーって。上手い人の動画見ると壁蹴って攻撃避けてたり、反撃してたりしてて恰好良かったですし。あれやりたいな」

「壁ジャンプからかな」

「実戦で使えたらまあ便利」

「マウスホイールにジャンプボタン設定するから誤操作には注意やで」

射撃の正確性だけでは勝てない。キャラクターの操作もある程度練習しないといけない。敵から尻尾《しっぽ》巻いて逃げ出すときや奇襲をしかけるとき、あるいは通常時の移動など応用は利く技らしい。

「あれ？　タイミング悪いんかな」

［こればっかりは慣れるしかない］
［ぶっちゃけ出来ないプレイヤーのが多いから、ほどほどでええで］
［直前のスライディングジャンプのときは勢い強めにする］
「なんかこう何もない壁に向かって練習してると学生時代体育の授業で、ふたり組作れなくて授業中ずっと壁打ちしてたのを思い出すなぁ」
［はーい、ふたり組になってー］
［せんせー、神坂くんが余ってます！］
［おい、やめろ！］
［やめろ……それはワイにも効くんや………］
［あれのトラウマ抱える人結構いると思うの］
［ああいうの先生側がもう君と君！　みたいにやった方が誰も苦しまないよね］
「修学旅行とかああいうので、仲の良いグループのところに余ってるからって捻《ね》じ込《こ》まれたりさ。ああいうのが一番辛いって思う。もう自分だけグループの中で浮いてるわけじゃん？　中心人物が陽キャでちょっと良い人で同情心から招き入れられるタイプ。あれが一番辛いと思う」

［あー、たまにオタクに優しい陽キャ君いるよね］
［いい人なんだけど無自覚な言動でこっちに的確にダメージ与えてくるよね］
［わかる］
［たまにいるよな、やたら陰キャにも優しい陽キャ君。高確率でバスケ部かサッカー部で彼女持ち］
「君たちも中々鬱屈《うっくつ》した学生生活送ってるんだね。自分だけじゃないって、ちょっと元気をもらえた気がする」
［人生相談といい、リスナー含め闇抱えすぎ問題］
［ほら、ペットは飼《か》い主《ぬし》に似るって言うじゃん？　あれみたいなもんよ］
［ワイらの不幸で推しが元気になるならおｋです］
「愛が重い。後、何かこれは絶対練習しないとっていうのがね」
［グレネードｗｗ］
［草］
［松明《たいまつ》同様扱いが上手くなれると玄人《くろうと》感が増す］
［いや、うん。グレは大事だよ。特に終盤とかは］

「あっ、やっべ」

［あ］
［あ……］
［真上に投げて自爆してんじゃねぇ！］
［炎上よりひでぇ］
［爆☆殺］
［それドローンに張り付けて敵特攻とかめっちゃ面白いやで］

【Ｖｅｒｔｅｘ】訓練所生活××日目【神坂怜／あんだーらいぶ】
最大同時視聴数：約４００人
高評価：２００
低評価：１００
神坂怜　チャンネル登録者数７２００人（＋１００）

**【８月×日】**
どうやら、暫《しばら》くＭｙ　Ｃｒａｆｔはプレイ出来ないようだ。

432 名無しのライバー ID:KQDSURlkf
脱サラマジでプチバズってて草なんだが

433 名無しのライバー ID:NJKqn6XTC
切り抜きニヨ動のVカテゴリ1位とか凄いやん

434 名無しのライバー ID:SdVHdB/NL
動画製作者脱サラリスナーじゃん！
別視点も補完してるのに仕事はえぇ

435 名無しのライバー ID:D9iYSRtfO
有能切り抜き師バックについてるのはええやん

436 名無しのライバー ID:lWX9MtmQ8
就活合間に時間作って投稿とか頑張るなぁ

437 名無しのライバー ID:+eHWdZMgO
昨日だけで登録者2000人増とか人気VTuberじゃん！

438 名無しのライバー ID:WkqR6mJbO
マイクラフト暫く擦っておけば登録者1万くらいまでは行けるのでは……？

439 名無しのライバー ID:6fGFJcfaR
夏の間に稼げるうちに登録者稼いでおこうぜ

440 名無しのライバー ID:JUf34yzVC
初見コメ多かったし、やっぱり夏休みバフってあるんだな

441 名無しのライバー ID:FHvmUHudY
若い子は今やテレビかそれ以上に動画サイト入り浸ってたりするもん

442 名無しのライバー ID:JB1qlI2Uc
芸能人の配信業界参入も増えてるもんなぁ

443 名無しのライバー ID:RV1bvLQOP
逆に芸人でもない一般人の配信者がテレビ番組に出るくらいや

444 名無しのライバー ID:vnKjTYiMX
子供のなりたい職業上位に入ってるのがちょっと笑えないけど

445 名無しのライバー ID:Xh/oLtrqW
専業でやれるのなんて本当に極々一部だからなぁ……

446 名無しのライバー ID:bD8X4g/EQ
まあ、夢を見るだけならタダやし多少はね

447 名無しのライバー ID:z7yUowak9
パッと見はゲームして騒いでるだけで金儲けしてる感じですしおすし

448 名無しのライバー ID:iD8cmL/WQ
昨日のは展開が色々神がかっていたしな

449 名無しのライバー ID:MoBthread
脱サラマイクラフトプレイ
↓
畳映り込みに来る
↓

月太陽コンビ、雑談枠取りやめて緊急参戦
↓
脱サラ逃亡の旅へ
↓
畳実況枠を取る
↓
噂を聞きつけた女帝が逆凸
↓
追い詰められマグマ投身自殺
※同タイミングで畳も敵により爆☆殺

450 名無しのライバー ID:t8+yIVCAm
>>449
これを僅か1時間弱で全部やる配信

451 名無しのライバー ID:l7KFPiClU
>>449
女帝がゲラゲラ笑いながら逆凸して確信犯隠せてないのほんと草

452 名無しのライバー ID:R34Qk/H5P
女帝「今どんな気持ちですかぁｗｗ？」
脱サラ「このタイミングなんて事聞いてくるんだ、この先輩って気持ちですぅううう！」
女帝「草」

453 名無しのライバー ID:BG1ZXa+DT
脱サラの妙に慌てたボイスは中々にレアだったな

454 名無しのライバー ID:oUhVEsnXW
悲報　JKのリスナーが増えてしまう

455 名無しのライバー ID:qM9ZgKRAm
それって良くない？

456 名無しのライバー ID:+ugbtEGcm
女性Vとかが絡まない限り
リスナーに女性が多いとかでは流石に燃えんからな

457 名無しのライバー ID:ZHm1nqrVm
性格はまともだし
そういう方面で何かしでかすってこともないはず

458 名無しのライバー ID:gckineki/
・ガワが良い
・声が良い
・家庭的
・性格良し
これは女性ファン増えますわ

459 名無しのライバー ID:MVwVwEZMf
カタログスペックは高いとは以前から言われてたし

460 名無しのライバー ID:bYLHR1H6k
ワイらの玩具が遂に発見されてしまった

461 名無しのライバー ID:whULE2+sq
そこは喜んでおくべきだろう

462 名無しのライバー ID:VgfoQAwo5
とは言え早朝のFPS訓練所配信は継続してるが、そっちの数字は流石に増えてるってわけではないのな

463 名無しのライバー ID:ZSYJsN2TL
100人前後は増えてそうだが

464 名無しのライバー ID:lXgztgp4O
中身は相変わらずの虚無配信者でしかないからなぁ
マイクラやるなら見るわ、程度だと思う

465 名無しのライバー ID:HeZG+sxUG
継続して伸びるには
やっぱり本人の力量も必要になるんよ

466 名無しのライバー ID:Aq3cwgaKZ
あんだーらいぶ男衆でVertexコラボか
スリーマンセルで1パーティーだし、頭数的には丁度良いな

467 名無しのライバー ID:rjhSnV6fW
5月くらいからマッチせずに延々とエイム練習だけを続ける男

468 名無しのライバー ID:IAYW+vfgB
無事エイム練習だけで3桁時間超えてる男

469 名無しのライバー ID:wHhhn/GuA
えぇ……（ドン引き

470 名無しのライバー ID:ovYPtF8XQ
初戦でチーターにキルされる
↓
それに対し野良のチームメイトが悪態吐く
↓
自身に対するチャットだと感じ、責任を感じて訓練所生活スタート

471 名無しのライバー ID:h9PUM9jAJ
>>470
毎日日課にしてるからな
プロゲーマーも練習が大事とは言ってたし

472 名無しのライバー ID:Ci1JSlGLS
>>470
エイムは上手くなってきてるけど、実戦で相手と対面勝負してないからな
BOT相手とはいえ遮蔽物意識したり、射線管理まったく出来てない
その辺は多分あさちゃんから指導入るとは思う

473 名無しのライバー ID:F9uQ28zST
脱サラの得意武器構成が世界ランカーのそれで草なんだが

474 名無しのライバー ID:fpslovers
浪漫編成寄りだけど
フルオート武器じゃなく単発武器だから弾がバッグに余裕出てくるし
グレネードとか沢山持てる
攻撃当たるなら普通に強い構成だよ
当たるなら、な

475 名無しのライバー ID:2AYsx8yCx
キャラコンも練習してはいるのな

476 名無しのライバー ID:lkdjIzZn3
既にエイムがワイよりいいんじゃが？

477 名無しのライバー ID:ZaD+9ZAU2
そら訓練所に100時間以上引きこもってる

んやぞ
射線管理さえきちんとすればゴールド帯くらいは楽勝じゃないか？

478 名無しのライバー ID:58cRPd2Oo
実戦行かないせいで、通常ランク上げる過程で新キャラ開放できるけど
訓練所生活でそれ出来ないので、金の力で解決する男

479 名無しのライバー ID:J/XgGcWAw
貯金使いまくってるけど、あいつ大丈夫なのか？
お世辞にもVで稼げてないだろ

480 名無しのライバー ID:c1dXiAax3
労働時間的にはブラックだったけど残業代はそれなりに出てたんじゃね？
かなり余裕はあるみたいだが

481 名無しのライバー　ID:wTLKdQlPv
ま、基本ゲームとか買うくらいだし
課金だってガチャゲーどっぷりの量でもないし
雫ちゃんに配信機材一式はそれなりに金かかってそうだが

482 名無しのライバー ID:7gaGFyM6i
ボイス売上がどんなもんなんやろ

483 名無しのライバー ID:8SL8LoDKU
メンバーシップ解禁でもすりゃええのに
ボイス関係のメン限配信なら需要大有りだろ

484 名無しのライバー ID:ifYgtOsEt
ひとまず登録者1万人目指してもろて

485 名無しのライバー ID:MoBthread
速報　マイクラフトあんだーらいぶ鯖落ちる
緊急メンテに伴い暫くプレイ不可に

486 名無しのライバー ID:EUSG22chX
えぇ……
運営君さぁ……

487 名無しのライバー ID:dPC8B8Kbs
そんな負荷かかるほどの人数おらんやろ……

488 名無しのライバー ID:usw+I720g
アクティブユーザー10人もいないのに何故？

489 名無しのライバー ID:DGdCZgiyQ
外部から接続されたとか？

490 名無しのライバー ID:wTw6PLvwP
鯖代ケチりやがったな

491 名無しのライバー　ID:4U1X/BfZb
まあ配信外でもやってる連中多いしな
過去ここまで同一タイトル同タイミングでやることなかったからなぁ

492 名無しのライバー ID:GuLbRtEKE
悲報　あんだーらいぶ運営君無能

493 名無しのライバー ID:vZ0qrZ8xa
運営君が有能だったことがあっただろうか？

494 名無しのライバー ID:i7XmK44Ep
え、営業さんは案件取ってきてるし頑張ってるから……
後は採用担当は有能かもしれない

495 名無しのライバー ID:cz/aA9vMl
採用担当はハセガワを採用した時点で……

496 名無しのライバー ID:691HRRSV4
せっかくバズったのにゲームできない脱サラェ……
なお何故か配信しない某ニートが鯖にinした直後にこんな状況に

497 名無しのライバー ID:7nPsqZXON
新戸、オマエガ犯人ダッタノカー

498 名無しのライバー ID:aOiJ99M01
話のオチをあいつにしておけば大体なんとかなるやろ（適当
後、ほんまそういうとこだぞ、運営君

## 今日の妹ちゃん

どうしてこんなとこまで
不憫属性発揮してしまうん……？

# 16話 最後に泣いたのはいつですか？

【8月×日】

例の一件で登録者がかなり増え、登録者1万人も決して夢ではないところまで来たのだが。あれから環境が劇的に変化した、ということはない。２～３日も経《た》てばほとんどいつも通り。やはりというか、ああいった伸び方は一過性のものにすぎず、結局私の配信が面白いのではなくその周囲が、その環境が物珍しく評価されただけなのである。決して私がＶＴｕｂｅｒとして評価されたわけではなかったというだけの話である。果たして私個人の企画力や面白さで同じような結果を出せる日がやって来るのだろうか？　正直まったくもって自信はないが。

「そうそう美味《うま》い話なんてない、か」

それでも最初期からずっと支えて来てくれたファンの人も楽しんでくれていたし、自分自身に不甲斐《ふがい》なさを感じることはあっても、悔しさとかそういうのはない。最初から私はＶＴｕｂｅｒ不向きなのは分かりきっていたわけだし。推してくれる人たちがどうすればもっと楽しんでもらえるだろうか？　そういう方向に思考を巡らせる方がよっぽど有意義だ。

本来なら人気タイトルであり、登録者激増の立役者である『Ｍｙ Ｃｒａｆｔ』をプレイしたいところなのだが、なんと現在サーバーメンテナンス中とのこと。今後一度にもっと沢山の所属Ｖたちが参加することができるように、サーバーの強化などを行っているらしい。というか昨夜鯖《さば》落ちしたらしい。これも妙《みょう》な話で、ウチの所属Ｖメンバー全員がサーバーに入ったところで１０人もいない。その程度でサーバーに負荷がかかるのだろうか？　どこかから、ＩＤが漏れて第三者がサーバーに侵入したとかそんなことでもあれば話は別だが……まあ流石《さすが》に考えすぎだろう。一応今回のメンテナンス後はＮＰＣキャラクターの付近にプレイヤーがいない場合行動しない、といった負担軽減も実施されるとか。私ですらあれだけ数字が出せたのだから運営としてもそちらにテコ入れし、予算を割くのは至極当然なわけで。

　ただちょっとタイミングは悪かったかな、という感想。繁忙期に工作機が故障とか見飽きるほど経験してきたので、すぐに仕方ないと割り切れてしまったのはここだけの話。現場の機器ってそれこそ休みなしで、３交代制とかでコキ使われているからなぁ。んでもって、年末年始やお盆の連休で運転停止して、いざ休みが終わって運転再開しようとしたら動かなくてそのまま永眠ってのがテンプレだ。

　劇的な変化はないが、少しだけ変化はあった。自身のチャンネルのアナリスティクス――視聴者数やユーザー層などの統計データを見られる項目によれば、若年層の視聴者が増えたこと。女性ユーザー率が5パーセント程増加したこと。若い子に人気なタイトルだけあって、短期間でこういった数値として出ているのは驚きである。まあ、元々の母数が少ないのだからというのもあるのだろうけれども。女性ユーザーの数に関してはよく分からないが。ともあれ、『初見』や『切り抜きから』といったコメントも最近目に付くようになってきたのは喜ばしいことだ。いかに、そういった新規層を常連さんにするか……それが課題なのだけれども。

【8月×日】

本来はもっと早くに用意すべきだったモノが届く。私があんだーらいぶに所属する際妹からとある頼み事をされていたことを覚えているだろうか。頼まれてから随分《ずいぶん》と遅れてしまったが……獅堂《しどう》エリカ先輩のサイン色紙である。本人にお願いして、事務所経由で送ってもらったのである。3Dお披露目イベント時にもお会いしたのだが、流石にああいう場でそういうのを求めるのは柊《ひいらぎ》先輩にも失礼かと思い控えていた。

獅堂エリカ：ご依頼いただいていた件ですがマネージャー経由でお渡しする感じでいいですか？
神坂怜《かんざかれい》：勿論《もちろん》です。わざわざありがとうございます
獅堂エリカ：私ひとりだとスペース余ってたんで、適当に埋めておきました。ご精査ください
神坂怜：本当にありがとうございます
獅堂エリカ：あ、後でちょっと頼みたい事あるんでよろ～
神坂怜：私で出来ることであれば何でもお申しつけください
獅堂エリカ：ん？　今何でもするって言ったよね？
神坂怜：えっ……？
獅堂エリカ：言ったよねぇ？

神坂怜：確かにそう書き込みましたけれど……
獅堂エリカ：言ったよね（ニチャァ

何だか不穏な雰囲気が漂っているんだが……まあ破天荒に見えて常識人だと私は勝手に思っているので、そんな無理難題を押し付けてきたりはしないだろう。多分。きっと。

先輩から届いたそれを繁々と観察してみる。獅堂先輩をはじめとして、柊先輩や後輩ちゃんズ、朝比奈《あさひな》先輩、宵闇《よいやみ》先輩、羽澄《はすみ》先輩と、私が何らかの形で関わった所属Ｖ全員のサインがあった。こうして揃《そろ》うと壮観だし、それぞれに個性があって見ているだけでも中々興味深い。

「というか、皆わざわざサイン考えてるんだ」

確かに学生時代、名前の漢字を崩してサイン考えてたりとか誰もが通る道だとは思うのだけれども、流石は人気ＶＴｕｂｅｒさん。こういったサインをする、という機会も多いのかもしれない。とあるトレーディングカードゲームとのコラボでは、レア枠として演者の複製サインが箔押《はくお》しで印刷されたものがあったはず。それ以外にも複製サインをあしらったグッズなども販売されていたっけか？

妹がデビュー開始時からずっと欲しがっていた獅堂先輩のサイン。柊先輩の３Ｄイベントでの縁もあり、お願いしてみたところふたつ返事でオッケーを貰《もら》えた。それだけでなく、このあんだーらいぶの主要メンバー全員のサイン入りという欲張りセットが完成していたのである。ファンなら垂涎《すいぜん》ものに違いないと、確信して妹に手渡した。これでお兄ちゃんポイントを一気に獲得間違いなし。報酬は妹の笑顔ひとつで十分。

「あれ、覚えててくれたんだ？」

「私がお前の頼みを忘れるとでも……？」

「わーすっごい。灯《あかり》ちゃんやルナちゃんのサインって初めてじゃない？」

「獅堂先輩がスペース余ってるからって気を遣ってくれたみたい」

「流石エリカ様……」

　色紙を渡した反応はイマイチ。と見えるが、割と喜んでいる。明らかに声色が普段より高いし、何より表情が嬉《うれ》しさを隠せていない。本当にあんだーらいぶが好きなんだな、なんてしみじみと思っていたところで大事そうに抱えていたそれを私の方に突き出す。いや、返品されても困るのだが……？

「ここ、場所空いてる」

「うん……？」

「もうひとりサイン欲しい人がいるの」

　指で指し示したところは確かに少しスペースがあった、丁度ひとり分くらいはサインできる余裕は十分にあるだろう。まるで最初からそのためにあったとも取れる隙間。

「えーっと連絡先知っているライバーさんなら大丈夫だとは思うけれど……？」

「そっか。良かった……」

「で、誰のサインが欲しいの？」

　私が絡んだ箱外のＶＴｕｂｅｒさんだろうか？　あるいはｍｉｋｕｒｉママを筆頭としたイラストレーターさん？　まさかとは思うが、大穴で社長のサインとか言わないだろうか。あの

人借金のカタ云々《うんぬん》で「サインください」とか変な方向に誤解されて距離取られる、なんて事になったりしないだろうな……。

これっぽっちも想定していなかった人物の名が妹の口から紡がれた。

「神坂怜。いっつも炎上ばっかりしてるけど、わたしがいちばん大好きなＶＴｕｂｅｒ——って何言わせんのよ。い、今のはあれよ。お世辞というかひとりだけハブられるの可哀相《かわいそう》とか、将来お兄ちゃんが万が一、万が一超人気になったとき価値が上がるとかそういう事を考えてのことだから！」

大慌てで取り繕うマイシスターの様子が可愛《かわい》いのは一先《ひとま》ず置いておくとして、そんなこと言われると流石にお兄ちゃん泣いちゃう。

「——なによ、その微妙な表情」

「いや、普通に感涙にむせんでいるつもり……」

「全然、感涙って感じの表情じゃないんだけど……？」

「あれ、おかしいなぁ……」

最後に泣いたのはいつだったっけ？　小さい頃はしょっちゅう泣いてたというか、泣かされていた記憶が色濃く残っているせいか、それを避けよう避けようとしていたらこういう有様か。

でもマイシスターに彼氏が出来たら多分血涙は出ると思う。

「むむぅ。いつか絶対泣かせてやるからなぁ！」

謎の宣戦布告。こら、人を指差すんじゃありません。私を泣かせる……要約すると彼氏連れてくる気満々ってこと⁉

「お嫁には行かないでぇ！　後１０年は家にいてよぉおお」

「目が怖い、目が怖い」

この後筆ペンで綺麗《きれい》にサインしました。

「いや、なんで筆ペンで書いてるの……やたらとめ・はね・はらいがしっかりしてるけど、書道じゃないんだからさ」

「こう見えて書道段位持ちだからね」

「無駄に字綺麗だよね、お兄ちゃん……」

「よーし後で妹に泣かされたってツイートしよう」

「ちょっと待てぇ！　それ捏造《ねつぞう》ぅ‼」

546 名無しのライバー　ID:sVfUz4HEY
My Craftのあんだーらいぶサーバーが鯖落ちとな？

547 名無しのライバー ID:ODyJgngLq
言うほど大人数は一斉インしてなかったとは思うが
運営が何かしらの確認作業でインしてたとか？

548 名無しのライバー ID:DmdSJD2st
その辺が謎よね
裏で負荷のかかる処理でもやってたのか
まあメンテ後はNPC画面外で動かなくなる仕様にはなるらしいが

549 名無しのライバー ID:45ldiMSeT
脱サラ、切り抜きバズった直後にメンテでゲームできないとか色々ついてねぇなぁ

550 名無しのライバー ID:6qHlPJGin
>>549
まま、今後も擦っていけばええやろ

551 名無しのライバー ID:SUmFTWwH1
>>549
そういうツイてないところ含めて嫌いになれないな
やっぱりコラボというか他V絡むと面白いってのも分かったし

552 名無しのライバー ID:/8XQAz4ip
まあ、まだ箱内最低登録者数だけど

553 名無しのライバー ID:/cwarl8/i
調子良ければ今月中にも登録者数1万人いけるくらいは伸びたんや……

554 名無しのライバー　ID:4GYhKOPI9
箱バフはどんどん使っていけ
企業勢なんだし

555 名無しのライバー ID:C/YK+RTeB
これを機に伸びてくれると良いけどな

556 名無しのライバー ID:MoBthread
悲報　脱サラ妹に泣かされる

---

神坂怜@夏休みボイス販売予定@kanzaka_underlive
【速報】アラサー、妹に泣かされる

---

神坂雫@kanzaka_shizuku
誤解です

---

557 名無しのライバー ID:9y6NmUVal
>>556
一体何されたんだ、お前

558 名無しのライバー ID:7KNpQkhO3
>>556
まあ多分しょうもない理由なんだろうな
玉ねぎ調理が原因だったりするんだろ、どうせ

559 名無しのライバー ID:MoBthread
妹ちゃん宛に、女帝からサイン色紙プレゼ

ント（3D企画時の面子全員サイン入り）
空いてるスペースに「わたしの一番大好きなVのサイン」として兄にサインをおねだりして、
脱サラガチ泣き

560 名無しのライバー ID:yLkpbN8oP
>>559
対身内には防御よわよわで草

561 名無しのライバー ID:S/lCPXDXB
>>559
お、てぇてぇか？

562 名無しのライバー ID:C4YAEUycO
>>559
雫ちゃんにだけは糞ほど甘いなぁ

563 名無しのライバー ID:zYUO5TXKB
妹ちゃんに限らず身内には甘いぞ、こいつ

564 名無しのライバー ID:smoGQ6rNp
このサイン色紙欲しいんだけど
脱サラだけ筆ペンで名前書いただけなの草

565 名無しのライバー ID:gckineki/
涙を流せる人間らしさ残っててちょっと安心したゾ

566 名無しのライバー ID:OZa34H+bE
さらっと枚数余計に書いて、夏のプレゼント企画にする女帝
というか運営の指示か、これ？

567 名無しのライバー ID:NstXFN8pg
プレゼント分にも脱サラのサインハブられずに書かれるらしい
良かったな

568 名無しのライバー ID:hNldSqGcw
畳の3Dイベント行った層からすりゃ喉から手が出る程欲しい一品だぞ、これ

569 名無しのライバー ID:SYC59H6Vk
脱サラと月太陽コンビのサイン初出だから結構レア物

570 名無しのライバー ID:NUXZ2+51k
夏休みのリツイートキャンペーンでプレゼント
お前らも公式のやつリツイートしとけよ

571 名無しのライバー ID:XwJ3JXWvL
お……？

---

有栖院 アリス@Alicein_Alice
[フォロワー]［フォロー中]

---

神坂怜@夏休みボイス販売予定@kanzaka_underlive
あんだーらいぶ所属。VTuberの神坂怜です
アラサーが脱サラしてはじめました
妹だいすきな標準的な兄です　ママ→mikuriさん@mikuri_illustrator
妹→雫ちゃん@kanzaka_shizuku
お問い合わせはこちらからお願いします→bit.ly/357fLhs

マシマロはこちら→bit.ly/2JPWyss

---

572 名無しのライバー ID:r7307hP2k
>>571
あっこりゃ

573 名無しのライバー ID:faR9kbUps
>>571
また燃えるか、ワレェ……

574 名無しのライバー ID:8wOL12O+y
>>571
アリスか

575 名無しのライバー ID:I9OHEkuou
>>571
これは流石に燃えないぞ
だってアリスだぞ

576 名無しのライバー ID:XipSQJYSA
まあ、この子に関してはセーフだな……うん

577 名無しのライバー ID:zYycsQKp5
か、勘違いした某プロゲーマーだっているんですよ！？

578 名無しのライバー ID:8d/QxAZ9w
あの切り抜きはくっそ笑ったわ

579 名無しのライバー ID:Xyb7R47OG
こいつなら絡んでも燃えないし、へーきへーき
アレと似たような扱いでええからな

580 名無しのライバー ID:JmZ0k9JI3
でも、アレより可愛いから

581 名無しのライバー ID:tyRjVITQ4
なんでや！？　アレだって清楚やろ！
見た目は！

582 名無しのライバー ID:S4NXcpqRs
確かに可愛いな、うむ
中身を知らなければ、だが

583 名無しのライバー ID:tohi5L3oA
それはそれでええやん
そもそも中身隠してないんだから

584 名無しのライバー ID:hxHhJD2f+
寧ろ年齢脱サラと近いから話合いそう

585 名無しのライバー ID:OlQJ6xxR/
アリスってうちと絡みあったっけ

586 名無しのライバー ID:icKYtFU4J
伸びる前の畳とはコラボしてたはず
今のSNSでやり取りはしてる

587 名無しのライバー ID:tlq3Lqk21
割と良い相棒かもしれないだろ

588 名無しのライバー ID:HwRzjuJqE

---

有栖院 アリス@Alicein_Alice
フォロバされた

コラボ誘ってもいいのかな？

---

神坂怜@夏休みボイス販売予定@kanzaka_underlive
いいですよー

---

有栖院 アリス@Alicein_Alice
本人しゃま！？

---

589 名無しのライバー ID:iEE+hgVMB
珍しくコラボに積極的だな

590 名無しのライバー ID:1DKCGuEuv
まあコラボしても多分燃えないしな

591 名無しのライバー ID:a05+qq24K
今あんだーらいぶ鯖メンテ中でマイクラフトもプレイ出来ないからな

592 名無しのライバー ID:1SYCwGGDp
このふたりの会話がどうなるか普通に気になるわ

593 名無しのライバー ID:sEhoCIMSt
晩酌配信とか見て見たいわ

594 名無しのライバー ID:rWLOsClsw
ふたりして人生経験について語ってほしい

595 名無しのライバー ID:lw//nnL8+
元社畜、元社会人（現在アルバイター）のコラボ

596 名無しのライバー ID:1CiAGGlTG
社会の闇が垣間見えそう

597 名無しのライバー ID:l+RcJrYz/
友達が増えるよ、やったね脱サラ！

598 名無しのライバー ID:9ygcihAsK
おいやめろ

【8月×日】

先日の妙なバズりで、ＳＮＳのフォロワーは既に８０００人を超えた。チャンネル登録者数よりもフォロワーの方が多い状態となっている。そこまで大差があるわけではないが、一般的にどちらが上になる傾向とかあるのだろうか。少し見る限り人によって結構バラつきがあるようだが。普段ツイートが多いとかそういうのもあるのかもしれないけれども。

私の場合は虎太郎や料理関係のツイートが『いいね』『リツイート』が多くされて、肝心の本業である配信関係の呟《つぶや》きに関してはそれらの半分以下。配信関連が２桁《けた》に対して、先述の猫、料理は３桁。あっれぇ…………？　どうしてこうなった。本業を何とかしろ、私。このままだと動物飼って料理動画出す顔出しのＹｏｕｒＴｕｂｅｒやった方が良かったとか言われちゃうじゃないか。

そんなＳＮＳをチェックしている最中、新規のフォロワー内に一際目を引くプロフィールを持ったユーザーさんがいた。『有《あり》栖《す》院《いん》アリス。個人勢ＶＴｕｂｅｒ有栖院アリスです。お絵かきが人より少し上手《うま》いです。』とあった。私よりもＳＮＳフォロワー数は多いし、調べてみるとＹｏｕｒＴｕｂｅのチャンネル登録者数も約２万人と所属事務所のない個人勢としてはかなりの数字である。私よりも全然多いし。

　名前からもある程度察する事が出来るかもしれないが、誰もがタイトルを聞いたことがある児童文学である『不思議の国のアリス』をイメージしたフリルをあしらった水色のエプロンドレスに、黒色のリボンカチューシャ。見た目はもう幼い少女のそれである。

　普通こういった絡みで燃えるのが日常と化した私ではあるが、こと彼女——いや、正確に言えば彼に関しては例外なのである。簡潔に言ってしまえば、男性なのである。見た目は完全に幼女なのに、中身は三十すぎたおじさんなのだ。バーチャル美少女に受肉した事を指す、バ美肉という言葉がある。彼のことを『バ美肉おじさん』と呼ぶ人も多い。声はボイスチェンジャーを使い実に可愛《かわい》らしい女の子のそれだ。このV界隈《かいわい》、彼のような『バ美肉』もそこそこいる。ボイチェンを使わず声色でそれっぽく出している人、モロに男の地声のままの人などなど様々なスタイルがある。ＶＴｕｂｅｒがあったからこそ生まれた文化、あるいは属性ってやつなのかも。

　有栖院氏の代名詞と言われているのが、通称『アリスショック事件』である。これは当時コラボで初顔合わせだったプロゲーマーさんと会話中、見た目と声から完全に女の子と思い込んでいた相手がその真相を聞き「ウソでしょ!?」なんて絵に描《か》いたような満点のリアクションを披露した事件だ。そのシーンの切り抜きはかなり伸びており、配信は見たことがない人でもその事件だけは知っていると言う人も多いという。

　というわけで、有栖院氏をフォロバしてみる。例によってものの数分で反応が返ってくる。この界隈の人たちってずっとＳＮＳに張り付いているのだろうか……？　リプとか反応やたらと早いんだけれども。後は単純にこの業界人不摂生がすぎる。昼夜逆転なんて当たり前、朝食抜き、食事はデリバリーで偏った食事生活。柊《ひいらぎ》先輩なんかもその典型で、妹の夏嘉《なつか》ちゃんがその辺気にしてちょこちょこ家事や食事作りに来たりと甲斐甲斐《かいがい》しくお世話しているのはいつぞやの一件で明るみになっている。ライバーに定期的に健康診断受けさせるべきだと思う。こういうのは若い間は良いけれども、歳《とし》食ってくるとその皺寄《しわよ》せが一気に来ちゃうのだ。ＶＴｕｂｅｒに限らず、身体が資本なので皆さんには是非ともその辺気を配って頂きたい。

　こちらの場合は逆に前職辞めてから体調が良くなったくらいだ。体重が少々増えたが、許容範囲内であろう。運動する配信、なんてのをやっている人もいるのでそういった配信も今後やっていけたら良いなぁ。配信映えするかは……まあ、うん。その辺が課題だけど。

　私は他の人の活動が控え目な早朝、昼間あたりでの配信することが多い。夜配信も多いが、基本的に深夜にまで及ぶ事はない。朝昼あたりは同社所属Ｖの配信は少ないので、空き巣時間とも呼ばれている。だからといって視聴者が多いかと言われると微妙なところだが。

---

有栖院アリス@Alicein_Alice

　フォロバされた

　コラボ誘ってもいいのかな?

神坂《かんざか》怜《れい》@夏休みボイス販売予定@kanzaka_underlive

---

いいですよー

---

有栖院アリス@Alicein_Alice
本人しゃま!?

---

炎上する心配のない配信って良いよね。年齢も近いとなれば躊躇《ためら》う必要などあまりないだろう。リスナーさんの反応を見ても、コラボ配信自体は比較的好評のようだし、高評価数も多い傾向にある。てなわけで、共同配信の申し出を快諾した。ちなみに低評価が多いのもコラボ配信である、という事実もここで明記しておこうと思う。

ＶＴｕｂｅｒというのはバーチャルな世界で同じ時間、同じ場所で活動することは滅多にない。動画配信サイトという同じ土俵《どひょう》には立ってはいるが、現実の職場よろしく人間関係の構築というのは中々に重要なものなのである。横の繋《つな》がりが増えれば、その分多くの人との接点が生まれて共同配信やリスナーの行き来がはじまる。特に仲の良いグループ間では、そのグループを推す関係性オタクみたいな人もそれなりにいる。故にコラボ配信というのは馬鹿に出来ない。Ｖとして活動するのであれば重要なファクターのひとつに位置付けられているように思う。

勿論《もちろん》それを快く思わない層もいたりで、色々と難しいところではあるんだけれども。特に女性Ｖに対して異性の活動者が絡んだりとかが良い例だ。それぞれファン層も異なるから、そういう折り合いが難しい。自分の数字のためだけに他人を利用したり、身勝手に何かをやったりとかは決してやりたくはない。企業所属としては失格な考え方かもしれないけれど。折角活動するからには胸を張って活動したいじゃない？

**【8月×日】**

早速《さっそく》有栖院氏とコラボすることになった。お互い平日に時間があり余っており、喜んで良いのか悲しんで良いのか……彼も昔は会社勤めだったらしいが、今はアルバイトとVTuberの二足の草鞋《わらじ》という事らしい。

「はじめまして、有栖院アリスです」

「こちらこそ、はじめまして。あんだーらいぶ所属の神坂怜です」

［可愛い］

［だが男だ］

［え!?　男ってマ!?］

［アリスショック被害者の会、新会員だな］

［また被害者増えてて草］

初見さんなら勘違いしても仕方があるまい。ガワは可愛い女の子だし、声もボイスチェンジャーで私は多少違和感を覚えるのだが一聞してその正体が男性だと見抜ける人は中々いないだろう。近年の技術進歩って凄《すご》いなぁ。これで誰でも美少女になれちゃうってことだ。声にコンプレックスのある人も少なくないだろうし、身バレが怖くて活動が出来ないって人ならバーチャルの姿にボイスチェンジャーを利用すればいいし。最早《もはや》そこまでいくと、どこかの個人運営のWeb小説投稿サイトで滅茶苦茶《めちゃくちゃ》流行《はや》っているらしい『TS』——性転換ってやつになるのでは……？　ちなみにボイスチェンジャーはボイチェンと略すことが多いらしい。

「美少女だと思った？　残念三十すぎたおっさんです！」

「あざとくウインクしながらそれ言うんですか……」

「実はウインク出来なくて、滅茶苦茶練習したんですよね。三十すぎのおっさんが」

「ファンサービスってほら、大事じゃないですか」

「え、出来ます？　神坂さんは」

「多分出来るんじゃないかな。システム上は。たまに先輩方やってますし。えい」

〔ウインク助かる〕

〔助かる〕

〔もっとやって〕

〔あ゛!?〕

きちんと出来たみたい。幼少の頃以来な気がする。目薬点眼した後目をぱちぱちさせたり、目のストレッチとかで似たような事はやってなくもないけど。この歳になって人前でやるなんて、誰が想像できたろうか。ｍｉｋｕｒｉママのアバターが滅茶苦茶出来が良いから、需要はあるのはなんとなく伝わってきた。

「なお中身はぽっこりお腹《なか》の中年男性の模様」

「幼児はみんなぽっこりじゃないか」

「それって最早ただの中年太りでは？」


「こう見えてお腹出てます！」

「立ち絵だと普通なんですが」

「コルセットで隠している設定です。後、ボテ腹差分もあります」

「なぁにそれぇ……」


「ワイらの（スパチャ）で孕《はら》ませた」

「パパですよー」

「俺がパパになるんだよぉ！」


「でも歳食ったら腹出てきませんか？　特に下っ腹」

「私昔太ってたんですけど、筋トレとかするようにして今は全然ですね。」


「そいつ腹筋割れてるぞ」

［妹ちゃん情報によると腹筋割れてんぞ］
［マジｗｗ？］
［すげー］

「すっげ。腹筋マジですか？」

「綺麗《きれい》なシックスパックとか想像してるなら全然そんなんじゃないですよ」

「しゅげー。ところで、どうです？　いっそ一度バ美肉化しませんか？」

「しないです、しないです。需要ないですから」

［あるよ］
［需要はある］
［果てしなく需要はある］
［レイちゃんかー……アリやな］

「ホラ、あるじゃん」

「何故《なぜ》ェ……」

［家事万能、顔が良い、声が良い、ほらな？］
［お前が女ならＶ業界の天下取れてたかもしれん］

［女体化イラストが増えるな、うん］
［大丈夫、私が描くよ〈ｍｉｋｕｒｉ〉］
「ｍｉｋｕｒｉママァ⁉」
「仲間が増えるよ！　やったねみんな！」
各方面から滅茶苦茶期待する声が上がった。そして何故か身内というか、私――神坂怜の生みの親までノリノリである。なんでやねん。いや、やらないからね⁉　多分だけど。
神坂怜　チャンネル登録者数７３００人（＋１００）

654 名無しのライバー ID:EJ57trHOz
脱サラ×アリスコラボ

655 名無しのライバー ID:EO1xAjx3k
行動早すぎて草

656 名無しのライバー ID:A7Rf5B1wc
マイクラフト鯖まだメンテ中だしな

657 名無しのライバー ID:nfvO9BnZ8
バ美肉おじさん相手だし炎上しないな、ヨシ！

658 名無しのライバー ID:xlnOyzt+1
アリスのが年上なんだよな
あいつもう30余裕で超えてたろ

659 名無しのライバー ID:octB6oBXn
最近収益化が順調で贅沢した結果中年太りになり、腹が出てきたとか
まあ単なる中年太り……
なお公式にフィードバックされてボテ腹差分が追加された

660 名無しのライバー ID:mThnvnmKh
ファン「実質俺たちがボテ腹にした」

661 名無しのライバー ID:NTqMRceZA
叡智絵にボテ腹属性増えた模様

662 名無しのライバー ID:jbqmqizrS
あいつなんでその辺の女性Vよりエロ絵が多いんだよ

663 名無しのライバー ID:5NXTHWt08
中身おっさんだけど可愛いからな

664 名無しのライバー ID:WruISMzLz
ガワめちゃくそえええからな
ボイチェンで声は女性のそれだし、実質女の子

665 名無しのライバー ID:rD97x/6TI
アラサーふたりが飲酒雑談とかどの層に需要があるんだ……

666 名無しのライバー ID:nzhBJMkLK
いや、でも正直気になるじゃん

667 名無しのライバー ID:xkuY/8dVq
マシマロ「最近ショックだったこと」

アラサーコンビ両親に「孫の顔はいつ見られる？」と問われ凹む

アリス「昔のクラスメイトが結婚どころか子供までいる……」
脱サラ「私は長男だから余計に気が重い。次男だったら我慢できたと思う」

668 名無しのライバー ID:sCLWlKUBc
見ているこっちまで辛くなるの止めて！

669 名無しのライバー ID:q8o9eoqbf
年齢考えるとそりゃそうだ

670 名無しのライバー ID:FcYwe2fn7
これには鬼退治の某長男君も苦笑い

671 名無しのライバー ID:rYQyj9vis
こどおじのワイ、むせび泣く

672 名無しのライバー ID:QzHyimWwp
マシマロ「バ美肉化しませんか？」
アリス「しませんか？」
脱サラ「いやいや、私無理ですって。ガワも声もこれですからね」
アリス「フリーのボイチェンソフトっていうのがあるんですよね」
mikuriママ（コメント）「ラフ画でいいなら今から描いてくるわ」
脱サラ「MA☆TTE！！」

5分後ガチでmikuriママがラフ画をアップロードする

---

mikuri@C9X新刊出ます @mikuri_illustrator
名前的に元から女性でもおかしくはないと思っていた
怜君あらため、レイちゃんです
pic.vitter.com/reichan

---

673 名無しのライバー ID:Fl5G8WM1e
>>672
さらっと外堀埋められてないかｗ？

674 名無しのライバー ID:B2YrtS059
>>672
可愛いの草

675 名無しのライバー ID:MoBthread
>>672
レイちゃん可愛いやん！

676 名無しのライバー ID:ZTfl6NQhG
>>672
黒髪ポニテとはまたシンプルなだが、アリだな

677 名無しのライバー ID:EPyl8sJfu
このガワとバ美肉おじさんキャラで売り出していたらそれほど燃えなかった説

678 名無しのライバー ID:gckineki/
それはある
でもいまのガワも嫌いじゃない

679 名無しのライバー ID:G45O4or+g
その一方、

---

酢昆布@原稿進んでないです@sukonbu_umaiyone
なるほど
これはつまり……ワイはエッチな絵を描けば良いんですね？
姉妹百合とかすこすこなんや

---

680 名無しのライバー ID:LLsMg73zh
>>679
お前は新刊をいい加減仕上げろ

681 名無しのライバー ID:UrMEv4Dgv
>>679
原稿進んでないウーマン……

682 名無しのライバー ID:7jdYgVkaH
>>679
虎太郎きゅん擬人化だけでは飽き足らず、
女体化エロ絵にまで手を出すのか……

683 名無しのライバー ID:unXlSTf9T
僅か数分の間に女体化され、エロ絵ルート
が確定する男性VTuberがいるらしいっす
よ

684 名無しのライバー ID:237GLxwfF
またまた、ご冗談を

685 名無しのライバー ID:gl+bDpm4O
ところがどっこい……夢じゃありません
これが現実です……！
これが現実…………！

686 名無しのライバー ID:lxNv6BpNI
日本人は古来より何でも擬人化・女体化す
るの大好きだからね、仕方ないネ

687 名無しのライバー ID:qEme71Xz+
昨今では大戦時の艦艇を擬人化したゲーム
が流行ってたりするし

688 名無しのライバー ID:l7lo0QDih
・マシマロ　気を付けている事
脱サラ「炎上」
アリス「草。自分は腰っすね」

689 名無しのライバー　 ID:+oFvytmR3
>>688
気を付けてはいたのか
ってよくよく考えれば本人責任のガチ炎上
案件はまだ1回もないんか

690 名無しのライバー ID:0XceYKo2F
>>688
しょうもない理由で燃えてるだけだし
警戒しても無意味なんじゃ……？

691 名無しのライバー ID:4m8l9oVWH
>>688
アリス、お前腰ヤったのか……

692 名無しのライバー ID:+oz2OlcYr
初回のパコガワ事件は当事者じゃない
歌リレーの順番云々は叩かれてもしゃーな
いけど
他は大体女性V絡みだな

693 名無しのライバー ID:XaVfm16wm
その後ふたりでVTuber界隈の不摂生な生
活を危惧する

694 名無しのライバー ID:QCBcGe8sq
昼夜逆転に、ウーヴァー出前食事
そら若い内ならええけど、歳食うとヤバイ
よなぁ

695 名無しのライバー ID:6piFH8PiP
ふたりとも家事は出来るんだっけか

696 名無しのライバー ID:Sewr0ZKKT
社会人生活での闇デッキを披露し、リスナ
ーをドン引きさせる
アリス「昔痴漢冤罪で社会的に死ぬとこだ

った」
脱サラ「終電のスーツ着た会社員全員目が死んでる説」

697 名無しのライバー ID:tlWzMF476
>>696
おいやめろ

698 名無しのライバー ID:x3GTsauDQ
>>696
おそとこわい……

699 名無しのライバー ID:1EXUdW4Rq
>>696
ヒェ……

700 名無しのライバー ID:XP0ixY9yi

---

酢昆布@原稿進んでないです@sukonbu_umaiyone
我ながら仕事早いな、うむ
pic.vitter.com/reichan02

---

701 名無しのライバー　ID:9uq1eJ8ap
>>700
原稿手を付けず、何やってんだこいつ……

702 名無しのライバー ID:MoBthread
>>700
ほぅ、姉妹百合ですか……大したものですね（ムクムク

703 名無しのライバー ID:/yurisuko
>>700
好き

704 名無しのライバー ID:SisterChan
>>700
可愛い
こんなお姉ちゃんがほしかった

705 名無しのライバー ID:w73ZWb7gO
バ美肉って何で受けてんのかイマイチわかんないんだよね
まあ見ちゃうんだけど

706 名無しのライバー ID:Sfw62bssd
中身が男だから男にウケの良い言動をしやすいと思う

707 名無しのライバー ID:Wjw0+vhqp
そらもう某小説サイトでは性転換、TS要素含んだ作品が大人気だし
バ美肉ってリアル版のTSみたいなところあるんじゃないかな

708 名無しのライバー ID:vs5iBzMlQ
美少女でなく、美少年ver.でもバ美肉判定になるんだろうか？

# 18話　箱内男性Ｖコラボ

【8月×日】

「いや、どうしてこうなったんだよ……」

昨日有栖院《ありすいん》アリス氏とのコラボから一夜明けた朝。眠気覚ましにコーヒーを啜《すす》りながら自分のＳＮＳのＴＬ《タイムライン》を見ての感想がこれである。

そこには何故《なぜ》か私――神坂怜《かんざかれい》を女体化した謎のファンアート群があった。というか、ｍｉｋｕｒｉママがその原因というか中枢である。生みの親が一番ノリノリで描いてるんだよなぁ。彼女やファンの人たちが楽しそうなら私はそれだけで満足だ。

「こういうときどんな顔すればいいかわからないの……」

ファンアートはどういった形であれ有難いので『いいね』と『リツイート』はするんですけれども。目元は少し鋭い吊《つ》り目《め》気味で、黒髪ポニテ。何故かレディーススーツ着用。まあ私の現状衣装もジャケットにスラックスだからそれ準拠なんだろうか。あるいはｍｉｋｕｒｉママの趣味だったりするのかな？　何故かやたらと胸部装甲がご立派である。でっけぇ……。

更に酢昆布《すこんぶ》ネキが私（女体化）と雫《しずく》ちゃんのイチャコラしてるイラストを投下していた。いや、何でそうなるんだよ。『レイちゃん』『ｋｎｚｋｒｉ』等々でエゴサするとそれ以外のイラストがそれなりにヒットするのが怖い。特に後者はＲ指定付き絵が多い。一応演者がエゴサしてもヒットしないようにというクリエイター層からの配慮《はいりょ》という特有の文化なのだろうか。私もエゴサは多少するから良いが、批判的なコメントや意見をするユーザーさんの中にもこういった名前を直接的に出さずにツイートしている人もいる。個人的にはそういった意見は隠さず出してもらえると改善に繋《つな》げやすいのでありがたいのだが、そのユーザーさんなりの配慮なので直接触れるのは野暮《やぼ》というもの。

　ちなみにこの独特の検索ワード。私は神坂怜だから『ｋｎｚｋｒ・ｉ』、柊《ひいらぎ》先輩の場合は柊冬夜《とうや》なので『ｈｉｒｇｔｕｙ』と各音の頭文字を組み合わせた隠語のようなものが多用されている。こういった単語を用いて日夜ひっそりとエッチなイラストや過激なファンアートが投下されているのだという。叡智絵《えいちえ》とかそんな言い回しをされることもある。中々不思議な文化である。わざわざ当人の目に入らないように、わざわざブロックする配慮までやっているイラストレーターさんもいらっしゃる。

　突然性転換された上に、エロ絵投下されて反応には困るのだが……どういった形であれイラストを描いてもらえるのは嬉《うれ》しい事だし、それに費やした時間や労力を想像すると頭が上がらない。それだけ情熱を持ったユーザーさんがいるということだけは、私は素直に誇っておこう。大手の投稿サイトであるＰｉｘｙＶでは二次創作が盛んに行われており、ＳＮＳにアップロードしたイラストの高画質版や、ちょっと変わったところでは小説なども投稿されている。大体がオチ要員というか炎上お笑いネタ要員であるのだが、ネタであってもそういう風に見てくださるユーザーさんが増えたのは正直ありがたい。

とは言え、今後また何が起こるか分からない。しっかり気を引き締めていかねば。『勝って兜《かぶと》の緒《お》を締めよ』って言葉があるし――って、あれ？　そもそも私、勝ってないのでは……？　今のは取り消しでお願いします。

しっかし……ここまで好評なのを見るとネタで来年の4月とかエイプリルフール企画でボイチェン使うとかそういうネタもありなのかな。話題になったら数字もそれなりに伸びるかもしれないし。その頃までＶＴｕｂｅｒ続けていれば、の話だけれども。

**【8月×日】**

今日は柊先輩、朝比奈《あさひな》先輩との3人でのＶｅｒｔｅｘコラボ配信であったのだが、何と鯖《さば》落ち。『ＭｙＣｒａｆｔ』の件と同じく流行《はや》りのゲームに嫌われているのでは……？　今朝エイム練習していた時は問題なく動作していたはずなのだが。ああ、今は夏休み中でプレイヤーが多いのも原因の一端なのかも。

「柊でーす。というわけで、今日は予定を変更して野郎3人で雑談枠になります」

「朝比奈でーす。夕食はちゃんぽん麺でしたー」

「神坂です。よろしくお願い致します」

［やるゲーム鯖落ちばっかしてんの草］

［神坂君のやるゲーム全部鯖落ちする説］

［貴重な男性Ｖ陣のコラボ］

「私疫病神《やくびょうがみ》か何かですかねぇ……厄払《やくばら》いでもしてもらってこようかな。厄年じゃあないんだけどなぁ。これに限らず仕事運的な意味でも」

「僕も両方プレイはしていたから、うん……」

「夏休みで人多いからなぁ、今年なんて特に暑いし余計に引《ひ》き籠《こ》もり日和《びより》ってわけさ」

確かに。連日の猛暑日。私が小さい頃は真夏日になることもそこまで多くはなかった気がするのだが、昨今ではそれを上回る猛暑日なんて定義も生まれたわけで……個人的には寒いよりかは暑い方がまだマシだと思っている人間なのだが、これは生まれも育ちも雪国ってことが影響しているのは間違いないだろう。首都圏の天気予報に雪マークが付くとちょっとテンション上がってしまうのは雪国あるあるだと思う。

「マシマロ来てたから出してこう。まず、これ」と、柊先輩がマシマロの画面を表示させる。

この手の雑務は基本下っ端の私がやるべきだと思うのだが、持ち回りでやっていこうという話になり、今回は先輩が担当になった。そういうやり取りを若い頃やってこなかったからか、遠回しに次回の機会が約束されたみたいで少し嬉しかった。

□╯（-ー´）╰　たかしがんばるんだよ

「おい、止めろォ！　ウチのリスナーじゃないですか!?」

返して。今、私モノローグでちょっと感動していたあの気持ち返して。

「誰？」

「誰やねん」

「時報オカンやんけｗｗ」

「※神坂君に毎日午前0時にマロを送りつけてくるリスナーです」

「草」


「いや、そもそも何で取り上げたんですか。これ……」

「神坂君の枠の時報オカンの模《も》倣犯《ほうはん》が最近ウチのマロにも来てんだよね。ウチの場合はこれだけど」

□ヽ(`ー´)ノ　たかし今月課金額もう○万円だよ

「配信内でガチャ課金する度に届くんだ……」

「課金控えましょうね、先輩」

「凄《すご》い良い人じゃん！」


「ガチャ天井じゃなくクレカ天井する男」

「あれは天井のないガチャだったから……（震え声）」

［課金は家賃までだぞ］
［あれで無理のない課金＝無課金と言い張る男］
［やたらガチャゲーの案件が来る男］
［私たちのスパチャがガチャに消えるんだ］
［プレイヤーがじゃぶじゃぶ課金したくなるような射幸心を煽《あお》りまくる説明文章］

「ゲーム運営、俺のアカウント知ってて確率絞っている説」

「日頃の行いだよね？」

「野菜食べないからですよ……」

「それ関係なくない!?　もやしとスイカは大好きだから！」

「ちなみに僕のところには配信のゲームのランクポイント増減が機械的に送られてくるんですよね……怖くないですか？」

「あ、私のところには訓練所引きこもり何時間目かカウントするメッセージ届きますね」

［申し訳程度のＶｅｒｔｅｘ要素］
［お前はいつまで訓練所におるんや……］
［えっ!?　まだ引き籠もってたんか!?］
［もう３桁《けた》時間に突入した引き籠もり生活］
［えぇ……（ドン引き］

「めっちゃドン引きされてて草ァ！　はい、次ィ！」

［お前のガチャ狂いっぷりも大概やぞ］
［つ鏡］
［自分も顧みて、どうぞ］

□大学停学になった＼（^o^）／

「お前なにやらかしたんだよォ!?」

「魔王の癖《くせ》に真面目《まじめ》に大学行ってるの笑っちゃうよね」

「将来考えたら、そらね」

「僕は大学行ってないからよくわかんないなぁ……神坂さんは大学出ておられるんでしたっけ？」

「一応は。私はこう見えて昔はやんちゃしてたので……まあ色々あったわけですよね、うん」

「やんちゃ!?」

「うっそだぁ！」

［いや、ガチで何やらかしたんだ……？］

〔その話ｋｗｓｋ〕
〔神坂君がヤンチャとは……解釈違いっすね〕
〔元魔王なのに律儀に大学に通う男。なお単位〕
〔てかいつ大学行ってんだ？〕

「こう見えて大学は皆勤なんだよなぁ」

「「嘘《うそ》ォ⁉」」

「酷《ひど》くねッ⁉」


一体いつ大学行ってるんだろうか。マジで。配信頻度が多い上に深夜から早朝にかけての配信。しかもビッグタイトルのゲームが出た時などは日付変わると同時にスタートしてぶっ通しで半日以上やっていることも珍しくはない。

□特技（変わったの）教えて

「カクテル作り」

「「なんか思ってたのと違う」」

「さっきから酷くねッ⁉　ちゃんとカクテルシェーカーもあるからね⁉　ほら、ママに描き下ろしてもらった部屋背景にだってしっかり描かれてるでしょ、シェーカー！」

「それ、ただのインテリアとして置いてあるだけじゃなかったんか？」

「なんか思ってたのと違う」

「解釈とちゃいますね」

「特技ガチャやろ、そこは」


「僕は……さくらんぼの茎を舌で結べる、とかかな？」

「やろうとしてできないやつ筆頭じゃん」

「舌が長いのかな？」


「さくらんぼ舌でとかちょっとエッチじゃない？」

「キスが上手《うま》いんだろ……ありやな」

「薄いブックスに反映されそうですねぇ」

「これにはお姉さんもニッコリ」


「私はなんだろ、蕎麦《そば》打ちかな」

「滅茶苦茶《めちゃくちゃ》渋いじゃん……蕎麦打ちオフ会やるか」

「僕蕎麦好き。でもざる蕎麦でもおつゆにひたひたしたい派」

「わかる、俺も。でも高い店行くとやり辛いよのなぁ」

「あー、私もですね」

〔蕎麦打ちは草〕
〔お前はどこを目指しとるんや……〕
〔その内農業とか始めそうやな、お前〕

□それぞれの第一印象

「驚くほど、まともな質問ですね」
「こういうのでいいんだよ」
「まともなマロがマジで少ないんだわ、まあ男同士ってのもあるんだろうけど」

神坂怜　チャンネル登録者数７６００人（＋３００）

719 名無しのライバー ID:JBETT3fW6
レイちゃんでデビューしていたら覇権取れていた説

720 名無しのライバー ID:TWP166gCw
それはありそうなのが怖い

721 名無しのライバー ID:2lU4ErJwt
あのスペックで女だったら多分ヤバイことになってたぞ
加えて姉妹百合まで完備してみろ……コーンもニッコリやで

722 名無しのライバー ID:w6eUY5G6G
レディーススーツ
少しキツそうなお目目
デカイ胸
ポニテ
むちむち太もも

なんかこう、DLsi○eで販売されてるCG集で寝取られてそうなキャラデザ感あるよね

723 名無しのライバー ID:Rf8TVj+fA
それはほら、本人が彼女寝取られてたから逆輸入的な？
あんだーらいぶは早く立ち絵実装して、どうぞ

724 名無しのライバー ID:c8cyfO/vL
酢昆布ネキ「これはつまり……ワイはエッチな絵を描けば良いんですね？」

？？？「やってみせろよ、酢昆布ネキ！」
？？？？？「何とでもなるはずだ！」
？？？「姉妹百合だと！？」

以下略

725 名無しのライバー ID:ggTb2Vl7q
次の新衣装はこれだな

726 名無しのライバー ID:W71a54wFC
てかVertexも鯖落ちしてんの草

727 名無しのライバー ID:y7oGxRWDy
登録者100万人越えのYourTuberさんもやってたしなぁ

728 名無しのライバー ID:gb/JHFu5b
あれ……？　野郎3人組のVertexコラボはどうなるんや？

729 名無しのライバー ID:as27d/WqE
あー、そういや今日やるんだっけか
粘ればイン出来なくはないが……ラグひっでぇわ、これ

730 名無しのライバー ID:yFFoSufW3
>>728
予定変更で雑談枠だとさ
ソースはSNSというか、もう待機所のタイトルもそう変更されてる
男性Vのみで3人以上でコラボするのって中々珍しい

731 名無しのライバー ID:1Z9PWT99V

タイマンはあっても頭数自体はまだまだ少ないしな
バ美肉やら性別不明枠やら
男性Vに割り振って良いのかよくわからん層もいるが

732 名無しのライバー ID:y84/w8VRk
明確に公式設定で男性Vは少ないしな
個人ではかなり多いけど

733 名無しのライバー ID:D//YnnUra
男性のみの箱を出すという噂も聞くが、
どうなんだろう

734 名無しのライバー ID:M8iA35p/q
昨今の女性向けの男キャラ沢山出て来る系アニメの円盤売上見ると
市場価値は結構ありそうなんだよなぁ

735 名無しのライバー ID:kDFrvZmdx
畳が割とスパチャ強かったりするし、後に続きたいが中々続かないのが現状や

736 名無しのライバー ID:flnGHgO2h
てか、脱サラはちょっとバズったのに
頑なにスパチャオンにしないよな

737 名無しのライバー ID:DK55gmURv
「お金を投げてもらうのに値する放送していない」って意見はまあ理解出来るが
企業勢としてはどうなんだよって話

738 名無しのライバー ID:3K14ft5tw
マネージャーから言われてないならええんでしょ
自由な配信が売りの箱だからな
1年以上配信してない某ニートに比べたら貢献してるし

739 名無しのライバー ID:06cLav8HI
まあ、うんあの子は配信しないのがキャラみたいなところあるし……

740 名無しのライバー ID:Pv+CGkpqR
はぐれメ○ルみたいなもんやし

741 名無しのライバー ID:9hZcmLb4k
マロ「停学になった＼(^o^)／」

畳「マジかよ？！」
あさちゃん「魔王のくせに真面目に大学行ってて笑う」
畳「将来考えたらそらね」
脱サラ「私はヤンチャしてたので……」(言葉を濁す)
畳、あさちゃん「嘘だぁ！」

742 名無しのライバー ID:KviXltkkc
脱サラの若気の至りは結構気になるな
炎上しそうだから詳細言わないだろうけれど
アンスレ君久しぶりにイキイキしてて笑う

743 名無しのライバー ID:Rf6MPaSoZ
あっても未成年飲酒、喫煙とかじゃね？
先輩に言われて無理矢理とか

744 名無しのライバー ID:y24ojUVWI

まあ新歓で酒飲ませるところなんてどこにでもあるしなぁ
でも多分だけど妹ちゃん絡みだろ、シスコンだし

745 名無しのライバー ID:MoBthread
Q それぞれの話してみての第一印象
・あさちゃん
　畳「女の子じゃん」
　脱サラ「女子力高い」

・畳
　あさちゃん「見た目の割りに良い人」
　脱サラ「親切な人」

・脱サラ
　畳「こいついっつも燃えてんな」
　あさちゃん「何で燃えてるんだろう」

746 名無しのライバー ID:r2RM2rV4l
>>745
解釈一致

747 名無しのライバー ID:GMoxX2vYU
>>745
まあ、そらそうよ

748 名無しのライバー ID:0YL8GasER
>>745
奇怪なキャラで売ってる面子でもないしなまあ魔界やら男の娘設定自体は変化球だけど

749 名無しのライバー ID:MoBthread
Q　好きな女性のタイプ
畳「胸デカイ子」
あさちゃん「一緒にFPSやってくれる子」
脱サラ「裏切らない人、人を傷付ける嘘を吐かない人」

750 名無しのライバー ID:an3kP2t82
>>749
妹とは言わないのな、シスコンコンビはあくまで愛でる対象なのか

751 名無しのライバー ID:gckineki/
>>749
あの……ひとりだけ闇が深そうな人がいるんですが、それは…………

752 名無しのライバー ID:9cWq+/8Qh
>>749
脱サラェ……

753 名無しのライバー ID:ONDT0XFql
その言葉でどんな人生を歩んできたのか察するに余りあるな……

754 名無しのライバー ID:NJzs+G9dX
あさちゃんの飼い猫　白玉ちゃん乱入

755 名無しのライバー ID:Md1+3mcrn
あらかわいい

756 名無しのライバー ID:iQVZ9Annn
めっちゃにゃーにゃー言ってる

757 名無しのライバー ID:kioF8lFiZ

脱サラン家の虎太郎君が鳴き声に釣られて参戦
マイク越しに会話をしだす

白玉ちゃん「ニャー」
虎太郎きゅん「ンニャー」

以下ループ
空気を読む飼い主ふたり（表情はニッコニコ）

758 名無しのライバー ID:TnvpmwHCa
猫も通話する時代か
きちんと意思疎通出来てるんやろうか？

759 名無しのライバー ID:twpyjWlqp
畳「ニャー」
白玉ちゃん「フシャー！」
虎太郎きゅん「シャー！」

虎太郎きゅんマイクへ迫真の猫パンチ

畳「(´・ω・`)」

760 名無しのライバー ID:7Ep0Yzxxi
>>759
猫の間に挟まる男
それは許されない

761 名無しのライバー ID:aRFe/0H/h
>>759
それはいけない

762 名無しのライバー ID:dO1GtQN60
>>759
猫ちゃんポップガード殴りがち

763 名無しのライバー ID:eU9zZjL/4
ライバーの飼い猫配信に入り込みがち

764 名無しのライバー ID:IG39M0xs4
割と猫って人の感情の変化に敏感だったりするよなぁ
演者が凹んでるときとかすぐ駆け付けてくる
まあ、今回の場合は単純に構ってほしかったのと通話越しの声気になっただけだろうけど

765 名無しのライバー ID:ZYmgMZ9qu
猫に限らずペットは割とその辺に敏感やで
ワイのイッヌも似たような感じだ

766 名無しのライバー ID:WK8ENIBWp
！？！？！？

---

新戸葛音@生きてるよ@neet_underlive
久しぶりに開いたらこんなんで草
pic.vitter.com/gazou01

---

767 名無しのライバー ID:/9y0aNXvp
>>766
生きとったんかワレェ！？

768 名無しのライバー ID:eMYFbUeQW
>>766
配　信　し　ろ

769 名無しのライバー ID:o06+hHMUS
>>766
数ヶ月ぶりにツイートしたと思ったらそれかよw

770 名無しのライバー ID:qbnJ2QqLQ
>>766
お前は配信せえや！

771 名無しのライバー ID:ON8wJhW62
月太陽コンビあたりからここ来た人は誰か分かってなさそう

772 名無しのライバー ID:j2yTkyC8Q
あんだーらいぶのはぐれ〇タルとでも思ってくれ

773 名無しのライバー ID:NQUbqb9O+
裏では遊んだりしてるのがバレてるけどな

774 名無しのライバー ID:/qhcbTvdD
ゲームのフレンドログイン時間で割れてたな

775 名無しのライバー ID:YM89PScR8
人の配信にゲストに出ることはあっても自分の枠では1年くらい配信してないからなぁ

776 名無しのライバー ID:lGpY7xN+1
ごく稀にボイスは出す
元々金持ってて道楽でたまにだけ配信してる説とか
社員説とか色々あるが

777 名無しのライバー ID:fOGmZA5G6
いや、ニートそのタイミングでその内容とか絶対コラボ配信見てただろ

778 名無しのライバー ID:XMRV4RkZO
内容は内容で草だけど

**今日の妹ちゃん**

最近お兄ちゃん
虎太郎にばかり
構いすぎじゃない？

## 19話 配信しないVTuber



【8月×日】

ＶＴｕｂｅｒ界隈《かいわい》というのは色々な性格、キャラクター、設定の人がいる。演じている場合もあれば自然体でありのままの自分を曝《さら》け出《だ》す人もいる。どちらが良いか、なんてのは分からない。どちらでも良いと私は思っている。前者であれ後者であれ、それはそのＶにとっての個性なのだから。

　まあ堅苦しい前置きは捨て置くとして、兎《と》に角《かく》この業界本当に色々なタイプの人がいるということが言いたかったのである。あんだーらいぶで活動を始めてから4ヶ月程経《た》つが、未《いま》だに絡みがないどころか挨拶すら交わしていない人もいる。

　そんな絡みのまったくなかったライバーが新戸《あらと》葛音《くずね》さんである。愛称がその苗字《みょうじ》からぶっこ抜いて『ニート』。愛称通り、ニートの引《ひ》き籠《こ》もり設定の20代女性。上下スウェットに、ぼさぼさの髪の毛で目元まで隠れてしまっている。お約束通りというか、ステレオタイプなビジュアルだが、差分にある髪の毛整えたバージョンや前髪を上げたもの等を見れば、彼女も例に漏れず美女なのである。そういったギャップもあってか、ビジュアル面においても箱内で一定数のファンと人気を獲得している彼女なのだが……配信者であるにもかかわらずその本業である配信をまったくしないのである。冗談に聞こえるかもしれないが本当に配信をしていない。

1週間に1回？　いやいや、そんなことはない。1ヶ月に1回？　まだまだ甘い甘い。実に1年以上である。前回彼女が自分のチャンネルで配信をしてから実に1年以上の時が流れているのだ。彼女は『ＶＴｕｂｅｒなのに配信しない』という存在自体が矛盾しているようなキャラなのである。他Ｖの枠にお邪魔することはあっても自枠で配信はしないし、そのコラボ等への参加自体も極稀《ごくまれ》にあるかどうか。参加するとしても自分のＳＮＳなどで告知も一切行われていない。ツイートはされていたとしても配信とは無縁の内容ばかり。

誰が呼んだか、あんだーらいぶのはぐれ〇タル。獅堂《しどう》先輩と同期で最初期からのメンバーのひとり。配信もほぼしていないのに箱推しにとってはとても大きな存在。それが新戸葛音というＶＴｕｂｅｒなのである。

今でこそこの職業を専業として生活できる層がちらほら現れはじめたものの、獅堂先輩や新戸先輩がデビューした当時は違う。企業Ｖであったとしても兼業——仕事をしながら配信活動もする人が多かったと言う。まあ業界全体で見れば現在でもまだまだ専業で食べていける層なんてのはほんの一握りなのだが。そういう人たちは連日配信は出来ないので、結構日付が空いてしまうケースも割とある。とはいえ1年以上企業に所属しながら、自身のチャンネルで配信しないという演者は恐らく彼女くらいだろう。体調不良、受験等の理由で活動休止と発表している人たちも含めればいるにはいるだろうが。

彼女の場合は本当に「面倒だから」という理由でずっと実質休止状態。と言いながら人気のソーシャルゲームのリツイートキャンペーンに自身の公式ＳＮＳアカウントで参加していたり、人気インフルエンサーのプレゼント企画に応募したりとやりたい放題である。そんな背景もあって我があんだーらいぶでは「あの人が休んでるし、少しくらいいいか」みたいな気軽にお休みを取れる雰囲気があるのは、実は箱にとってプラスになっているんじゃないかな。

会社に勤めていらっしゃる人なら分かるかな？　有給あるけど誰も休んでないから有給申請できない空気感。特に日本人はそういうのに敏感な人が多いので、ぐっと自分を殺して我慢しちゃう人も多いだろう。有給休暇の取得義務云々《うんぬん》という話もあるみたいだし、今後はそういうお話もなくなれば良いけれども。得てしてそういうところってタイムカードに細工したりとか余裕でやるからな。侮《あなど》れん。バトル漫画でいえば時を操ってくるタイプの敵なのだ、ブラック企業って。恐るべき強敵なのである。ちなみにソースは私。

さて、先述した新戸先輩が約１ヶ月ぶりにしたツイートが以下の内容である。

---

新戸葛音@生きてるよ@neet_underlive

久しぶりに開いたらこんなんで草

pic.vitter.com/gazou01

---

#あんだーらいぶ男子部

---

柊《ひいらぎ》　冬夜《とうや》

8月×日　宅配届く
8月×日　案件打ち合わせ（事務所）
8月×日　病院
8月×日　コラボ打ち合わせ
8月×日　ガチャ更新

---

朝《あさ》比《ひ》奈《な》あさひ
8月×日　歯医者さん
8月×日　ボイトレ
8月×日　ランクママップ変更
洗剤、トイレットペーパー
あとサムネつくる

---

神《かん》坂《ざか》怜《れい》
8月×日　マヨネーズ特売、ポイント5倍
8月×日　不燃物
8月×日　町内一斉清掃（溝掃除）
今週　墓参り用の蠟燭《ろうそく》、線香買う
仏花は混雑を避け、墓参り前日に買うこと

（農協直売所が安くてお買い得）

【重要】ｍｉｋｕｒｉママの誕生日プレゼント考える

---

あんだーらいぶの演者間での連絡に用いられているチャット、通話ツール、ディスコ。その中には『凸配信用』『配信設定、機材』といった仕事向けのチャンネルから『雑談』『ゲーム』等々プライベートな内容をやり取り出来るチャンネルまで設けられている。基本的にはボイスでなくテキストチャンネルが多いが、適宜《てきぎ》通話でやり取りは出来るし、凸待ち用、配信用等のボイスチャンネルもある。

その中で数少ない男子メンバー用にと設けられた男子部のチャンネル。最初はぎこちない会話をしていたものの、人数がたった3人ということもあってか『別に個人チャット、ＤＭ、通話で良くない？』的なことになり『使わなくなったから代わりにスケジュール手帳代わりにでもしようか』とまあそんな感じのノリでこの有様である。いや、きちんとそれなりの会話とかを楽しんでいる場面もあるんだけどね？　本当だよ？　ちなみに柊先輩とは妹のここが可愛《かわい》かったを週一くらいで語り合っている。配信上でやるとマイシスターからお説教されるんだよね、あれ。先輩の方も夏嘉《なつか》ちゃんから同じようなことをされるらしいので、ひっそり裏でやっているのである。そっちをバラされなかっただけ安心だ。一応事務所所属外の人のお話だからそれは避けたのだろうか？　もっとも晒《さら》されても個人を特定するには至らない程度のストーリーだが。

この件に関しては――

柊冬夜@野菜だいすき@Hiiragi_underlive
いつかネタにしようと温めていたのに……

---

獅堂エリカ@普通VTuber@erika_underlive
私、次の雑談でネタにしようと思っていたのにニートに持っていかれた件
男子の皆さんはもう少しこう……
欲望丸出しの『あの子新衣装エロいよな？』的な内容が欲しかったです

---

まあ、うん、大体こんな感じの反応です。ハイ。ここを予定表に転換させた首謀者が柊先輩という情報だけ置いておきます。あの人、予定書くだけ書いておいて忘れるので私や朝比奈先輩が『○○忘れてないですか？』ってメッセージを送る事もしばしば。この前は危うくボイスの提出期限忘れそうになっていた。その後、その事情を知った羽澄《はすみ》先輩から「忘れさせておけば良かったのに」とのお言葉を賜《たまわ》った。律儀なことに毎回のボイスを彼女に提出して評価してもらっているのだとか。先輩のボイスはその……何と言うか……ちょっと個性的って言うのかな？　みたいなので聞くのにも体力を消耗するらしい。さぞ素晴らしいボイスなんだろうなぁ。羽澄先輩のコメントの最後に涙目になったキャラクターのアイコンが付いていたのは、きっと

深い意図はないはずだ。うん。

ちなみに、新戸先輩はあのツイートするだけして再び沈黙。たまに浮上しては話題をさらっていく——読めない人である。ちなみに例のディスコ——ボイスチャットアプリツールにはそのチャンネルに参加しているユーザーが今現在どのゲームをプレイしているか、という情報が右サイドのメンバー一覧のユーザーアイコンの部分に表記される。新戸先輩は絶賛ホラーゲームプレイ中との情報が我々あんだーらいぶ演者組には伝わっている。この表記、一応設定でオフにも出来るのだが、それをあえて残しておきながら配信にも載せずにゲームを楽しんでいる様子。彼女の普段の生活って本当どんな感じなのか気になってしまう。

普通に昼間も色んなゲームをプレイしているのは私視点でも確認できている。ちなみに毎月発売されているボイス関係もほぼほぼ不参加。たまに思い出したかのように出したりするが、肝心のトラック内容が『足つぼマッサージされるボイス』だとか『絶叫マシーンに乗っているボイス』だとか『カップ焼きそばの湯切り失敗するボイス』みたいなネタ系のものが多い。なんなら本人の声が入っていない様な類《たぐ》いの『家のヤカン沸騰する音』だとか『家のパソコンのファンの音』等々。申し訳程度に前後に「あっ、沸いた」とか本人の肉声が入っているらしいが……もう何でもアリじゃないか。

ネタとして晒されてしまったが、ｍｉｋｕｒｉママへの誕生日プレゼント選定が今月の最重要案件である。サプライズとして当日まで隠し通しておきたかったのだが、こうなってしまっては仕方がない。しかし肝心のプレゼントはどうしよう……？　相手が相手だけに絶対に失敗できない。プライベートでも親交のある酢昆布《すこんぶ》ネキにでもそれとなく聞いておこうか。この件は後日マイシスターと検討会議を開催する必要があるな。少なくとも私なんかよりも妹の方がセンスが良い物を選んでくれるだろうし。何より同性の意見は聞いておきたい。あの人聖人みたいな人だから大体何上げても喜んでくれそうなんだけれども。感謝を伝えることは大事だと思うんだ。

**【8月×日】**

ＶＴｕｂｅｒファンの間でＳｏｌｉＤｌｉｖｅ所属である十六夜《いざよい》真《まこと》嬢のとあるツイートが話題になっていた。

865 名無しのライバー ID:KFjgh/NFP
約1ヶ月ぶりのツイートがこれである

---

新戸葛音@生きてるよ@neet_underlive
久しぶりに開いたらこんなんで草
pic.vitter.com/gazou01

---

#あんだーらいぶ男子部

---

柊冬夜
8月×日　宅配届く
8月×日　案件打ち合わせ（事務所）
8月×日　病院
8月×日　コラボ打ち合わせ
8月×日　ガチャ更新

---

朝比奈あさひ
8月×日　歯医者さん
8月×日　ボイトレ
8月×日　ランクママップ変更
洗剤、トイレットペーパー
あとサムネつくる

---

神坂怜
8月×日　マヨネーズ特売、ポイント5倍
8月×日　不燃物
8月×日　町内一斉清掃（溝掃除）
今週　墓参り用の蠟燭、線香買う
仏花は混雑を避け、墓参り前日に買うこと
（農協直売所が安くてお買い得）
【重要】mikuriママの誕生日プレゼント考える

---

866 名無しのライバー ID:lg/jQ4+7w
>>865
男子部（スケジュール帳）

867 名無しのライバー ID:YVvlqBVTR
>>865
畳：仕事関連
あさちゃん：仕事＋プライベート
脱サラ：主夫

868 名無しのライバー ID:kilogLc4l
>>865
ちょっと男子ぃ～

869 名無しのライバー ID:PniQZT1lV
>>865
脱サラ完全にオカンやんけ

870 名無しのライバー ID:CmqrknMZR
特売とポイント5倍とかお前さぁ……
ただの主婦じゃねぇかよ！

871 名無しのライバー ID:V6xRH7HCT
ただのロールプレイの一環では？

872 名無しのライバー ID:fAE3496Ur
お盆のお墓参り、町内一斉清掃……
VTuberからそんな単語飛び出すとか予想してなかったわ

873 名無しのライバー ID:HtXShbRIU
あさちゃんのほんのちょっぴり混じる生活感すこ

874 名無しのライバー ID:uqAl4Gca0
わかる

875 名無しのライバー ID:VdbKcEKtl
mikuriママへのプレゼント選びが超重要に位置付けられているじゃん
てぇてぇか

876 名無しのライバー ID:czfk+N6h1
悲報　畳この件をネタ出しするつもりがニートにネタを持ち出しされる

877 名無しのライバー ID:adhK5GMPN
>>876
スケジュール手帳化させた張本人がネタにするつもりとか
ただのマッチポンプじゃねぇか！

878 名無しのライバー ID:2EfAXRh9N
>>876
はい、畳低評価

879 名無しのライバー ID:42lWTk1u9
さらっとニートが無許可でスクショ貼り付けた疑惑が浮上したが
まま、スルーでええやろ

880 名無しのライバー ID:vAidbsGW4

---

柊冬夜@野菜だいすき@Hiiragi_underlive
いつかネタにしようと温めていたのに……

---

獅堂 エリカ@普通Vtuber@erika_underlive
返信先:@Hiiragi_underliveさん
私、次の雑談でネタに使用と思っていたのにニートに持っていかれた件
男子の皆さんはもう少しこう……
欲望丸出しの『あの子新衣装エロいよな？』的な内容が欲しかったです

---

881 名無しのライバー ID:wmPZzZswq
>>880
女帝もかよ！

882 名無しのライバー ID:gl6TpRpsM
>>880
お　前　も　か

883 名無しのライバー ID:4X2733gE0
>>880
男性V→女性V
女性V→男性V

それぞれの好感度ランキングとか作ったら荒れそうだから、
印象とか聞いてみたい

884 名無しのライバー ID:cFuG1pax6
というか、ニートは配信しろォ！

885 名無しのライバー ID:ecsLlhRFT
たまに女帝に呼ばれたらコラボには顔を出すから……
後は大人数参加するゲーム系も割と参加するぞ

886 名無しのライバー ID:HD8HVigsc
なお自身の配信枠はない模様

887 名無しのライバー ID:8GjnTTYS1
ニートの配信頻度が増える
↓
親のすねを齧れなくなる
こうなったと思ってしまいそう

888 名無しのライバー ID:PtCztHtxW
あれでクビにならないんだから、脱サラのクビも安心やね

889 名無しのライバー ID:TfiLa44vd
それはそう

890 名無しのライバー ID:G87c1Hxp8
SoliDliveの新人ちゃんが他所箱とコラボだってよ

---

十六夜 真@makoto_solidlive
初めて他の箱のVTuberさんとコラボします！
きんちょーする！

---

891 名無しのライバー ID:/LN7u4zAC
>>890
誰や？

892 名無しのライバー ID:skfP69pth
>>890
他の箱、という表記なので個人勢は除外
つまり雫ちゃんは違う、か……？

893 名無しのライバー ID:ZY0xpDTKH
雫ちゃんは結局夏嘉ちゃんとのコラボ以来ご無沙汰やな

894 名無しのライバー ID:l+nwPM4zA
まあ、別に本業でやってるわけでもないしまして自身のチャンネルすら開設してないわけですし

895 名無しのライバー ID:DionfjcWh
夏嘉ちゃんもチャンネル作ったはいいが、2～3週に1回ちょろっとやってる程度だしな

896 名無しのライバー ID:dx0hXe91R
ブラコンコンビだし
基本的には兄を立てる子たちでしょ
なので頻度少な目

897 名無しのライバー ID:su2FwWBug
脱サラ絡めて雫ちゃんルートという可能性も微レ存

898 名無しのライバー ID:Hn67axD01
雫ちゃん交えてならワンチャンだが、基本はないと思う

899 名無しのライバー ID:8jQJtNULM
畳ファンだったらしいから、畳とコラボでええやん

900 名無しのライバー ID:vubpBISSv
アイドル売りの箱が外部コラボ初手男性Vは現実的でない気がする

901 名無しのライバー ID:4wizOGBMm
あんだーらいぶじゃない可能性を誰も考慮していない件

902 名無しのライバー ID:0dpDJjJbR
考慮はしてるけど
推しが他所の子とコラボするの楽しそうじゃん
客層も微妙に違うし

903 名無しのライバー ID:Pjt+ViRu/
マジレスすると一部の演者がこの記事リツイートしてるから
多分こっち関係者だと思う

904 名無しのライバー ID:p+qJKJ0pH
マジかよ、名探偵じゃん

905 名無しのライバー ID:bJBFOYh8A
まあ、最終的には脱サラが燃えるところまでがテンプレなんだよね

906 名無しのライバー ID:SisterChan
>>905
さ、最近は燃えてないから……

907 名無しのライバー ID:gckineki/
>>905
あいつ、最近ちょっと数字伸びてるんだぞ！

908 名無しのライバー ID:3I2Y76LOv
>>905
一瞬バズったけど、マイクラフト鯖落ちで
熱が冷めてしまう不運

909 名無しのライバー ID:KFjWtDFAn
イマイチ波に乗れてないよな

910 名無しのライバー ID:AoszVgvgG
らしいと言えばらしい

911 名無しのライバー ID:wv1jeBWBF
お前らほんと脱サラ好きね

912 名無しのライバー ID:MoBthread
畳のリアイベとか見てればそらな

913 名無しのライバー ID:QUhuBdS7b
大事なおもちゃ……じゃなくて、男性Vだからね

914 名無しのライバー ID:2W0vab12h
おっ、>>903の予想当たってんじゃん

**今日の妹ちゃん**

ママの誕プレ選び
超重要案件じゃん！

# 20話 後輩、箱外コラボ

【8月×日】

ＳｏｌｉＤｌｉｖｅ所属の十六夜《いざよい》嬢の「他の箱のＶとコラボします」という旨のツイートで一部界隈《かいわい》ではおおいに盛り上がっていた。一部界隈——具体的に挙げると、ＳｏｌｉＤｌｉｖｅさんの箱推しの皆さんや彼女の言う他の箱のＶＴｕｂｅｒ推しの皆さんであるのだが。デビューから1ヶ月程で既にチャンネル登録者数が2万人を超えた新進気鋭のＶが初めて『他の箱』とコラボするというのは中々のニュースなのである。過去にソリライさんと他企業の演者がコラボした実績はあるものの、基本箱内が多い。そのためかなり話題になっている。加えて今回の場合はその相手も相手なので尚更《なおさら》である。

---

日野灯《ひのあかり》@akari_underlive
今日××時からＳｏｌｉＤｌｉｖｅの
十六夜 真《まこと》ちゃんとコラボ配信します！

---

ルナ・ブラン@luna_underlive
　します！

そう——その相手というのが……我があんだーらいぶの新進気鋭コンビである。ちなみに十六夜嬢の相方というか同時デビューした私の元職場、元後輩である霧咲《きりさき》季凛《きりん》はというと今回のコラボにはノータッチらしい。決して不仲ではないらしいのだが、どうにも方向性というかキャラ性が違うらしい。一応コラボとしては『女子高生ＶＴｕｂｅｒコラボ』と銘打っているわけだが。

　一方彼女の相方——霧咲は酒を飲んでぐでんぐでん酔っ払ってふにゃふにゃ状態で寝落ちして、マネージャーさんに配信サイトのアカウントログインしてもらって配信終了とかいう中々の放送事故をやらかしている。

　あいつ、そんなに酒癖悪かったのか……いつだったかストレス発散する術を云々《うんぬん》とか偉そうな事を聞いた記憶はあるが、誰もこんな飲兵衛《のんべえ》になれとまでは言ってないからな。間接的な原因が私にあったりする……？　いやいや、決してそんなことはないはず、多分。それにああいうキャラクターとして一定の需要はあるらしく、アイドル売りをしていたＳｏｌｉＤｌｉｖｅ内では今までになかった酒飲みのダメな子キャラクターという事で、それなりにコアなファン層を獲得しているらしい。勿論《もちろん》私の登録者数とは比べるべくもなく、既に２万人程と最近この界隈の数字のインフレが少しずつ進んでいっている気がしないでもない。

業界が大きくなる分にはこちらとしても喜ばしい事なのだが、この界隈、色々と危うい面も多い印象が強い。急成長してきた分野であり、更には全体的に年齢層が若いこともあって、こまごまとした問題を抱えているところは多い。個人勢、企業勢問わずである。下地をしっかり作る期間もあまりなかったのだろう。今後何かしら大きな問題に直面するような気がしてならない。杞憂《きゆう》で終われば良いのだが……そういう心配よりまず自分の配信の数字伸ばす心配をした方がよっぽど健全か。

**【8月×日】**

いよいよ来週に迫った夏の同人誌即売会イベント。Ｗｅｂ上ではイラストレーターさん、漫画家さん、その他クリエイターさんがイベント販売するアイテムの紹介等をよく見かけるようになった。私の身近なところで言うとｍｉｋｕｒｉママがそれに該当する。残念ながら落選してしまった酢昆布《すこんぶ》ネキは、新刊をママのブースで委託販売するらしい。流石《さすが》は昔からの親友。どういう経緯で親しくなったかは知らないが、一部の層にはｍｉｋｕｒｉママ×酢昆布ネキの妄想が捗《はかど》りそうな展開である。ちなみに風の噂《うわさ》によると落選は書類の不備とかいう話があるのだが、真偽のほどは定かではない。

どのジャンル、原作を取り扱ったブースが多いかといった情報でもちょっとしたお祭り騒ぎになる。日本ってホント平和な国だよね、うん。ブース数＝開催年の話題性があった作品、みたいなある種の物差しみたいなものとして捉《とら》えられているようだ。ジャンルコードなるものでサークルをジャンル分けして出店日、ブース場所等を決定しているらしい。『少年、青年漫画』

といった大きな括《くく》りのものから、人気タイトルとなるとその漫画やアニメのタイトルのみで独立したジャンルコードが与えられる。

ちなみにＶＴｕｂｅｒは『デジタル（その他）』といったところに分類されるらしい。とは言えサークル数自体は中々の数値らしく、数年の間には『ＶＴｕｂｅｒ』のジャンルコードが追加されるのではないか、なんて意見もあるらしい。毎回開催ごとに細かく追加、除外等々されることから過去のものを見返すと各年代のトレンドが分かるとかなんとか。

基本的に同人誌というのは作者の性癖というか、好みに準ずる作品が多く、近年では流行に乗って原作に対しそこまで愛情を持ち合わせていないが利益のために書いている――同人ゴロなんて揶揄《やゆ》されている層もいるのだとか。原作もろくに見ていないので、キャラクターの言動や設定に違和感や矛盾点が生じてしまう。まあ、原作知らないけど好みだったからこの薄い本買いました、と言う人も割といると思うんだよね。

が、我々ＶＴｕｂｅｒというのはイメージ商売なので、過激なもの――昨今だと政治色を含んだものとかが考えられるだろうか？　そういったものに使われるのは困るので、二次創作向けのガイドラインなんかをファンに提示しておくのも良いかもしれない。

この類《たぐ》いの同人イベントに参加した事がないので、私にはサッパリなのだが……あんだーらいぶのメンバーを題材にした頒布物も多くあるらしく、ちょっと気になってしまう。中には私も出ていたりとかするとかいう、中々物珍しい作品もある。いや、凄《すご》いなホント。身内であるｍｉｋｕｒｉママ以外にも描いてくれる人がいるとは思わなんだ。普段からちょこちょこファンアートのイラストを頂くことはあったが、こういう場で製本されて配られるとなると制作に携わっていないのに、大丈夫かな？　とか心配してしまう。

とは言え、まだまだＴＬ《タイムライン》やエゴサ等でヒットしないものがあるやもしれないので少しＳＮＳを活用してみることとしよう。

『同人誌とかで私描いているよって人いたら教えてください』と呟《つぶや》いてみると、数分で身内のふたりからの返信。ｍｉｋｕｒｉママと酢昆布ネキが挙手する様を示す『ノ』の一言だけのリプライ。タイミングまでほぼ同じ。息ピッタリ。貴女たちはもう知ってますって、と思いつつも無意識に頬が緩んでしまった。


**【８月×日】**


犬飼《いぬかい》マネージャーからの定期連絡があった。

「そう言えば、朗報があるんですよ。以前ちらっと言っていた例の件決まりましたよ」

「はい……？」

例の件とは何ぞや……？

921 名無しのライバー ID:5R6bzNYYT
ソリライさんとこの十六夜真ちゃんとコラボだってよ

---

日野灯@akari_underlive
今日××時からSoliDliveの
十六夜真ちゃんとコラボ配信します！

---

ルナ・ブラン@luna_underlive
します！

---

922 名無しのライバー ID:Jt7RoHUlR
>>921
何の繋がりがって思ったけど全員JKか

923 名無しのライバー ID:Oil1d00jj
>>921
カワイイヤッター

924 名無しのライバー ID:Qi1jAKvy+
>>921
このコラボにはユニコーンもにっこり

925 名無しのライバー ID:NzNTp+0+8
あれ……ソリライの新人相方ハブられてね？

926 名無しのライバー ID:m6J1H0eVG
い、一応コラボコンセプトは女子高生VTuberの女子会コラボだから（震え声

927 名無しのライバー ID:Q0NZ4Befd
キリンちゃんは女子力皆無だから……

928 名無しのライバー ID:lIq7RMily
相方ちゃん普段から飲酒配信してたけどこの前でろんでろんに酔っ払って放送事故
マネージャーがログインして無理やり配信止めたとかいう一件があって禁酒命令が下る

929 名無しのライバー ID:+v/HJpsXU
休肝日は設けないと

930 名無しのライバー ID:SisterChan
ふにゃふにゃになったキリンちゃんは可愛いぞ

931 名無しのライバー ID:1+9TLrsZW
なお禁酒生活2日目にして地酒メーカーからの案件を獲得し
早々に禁酒生活を終える模様

932 名無しのライバー ID:1AGfrdVlk
>>931
草

933 名無しのライバー ID:qkZXsGRZi
>>931
案件なら仕方ないなw

934 名無しのライバー ID:iZblF9j4n
>>931
これにはソリライ運営さんも苦笑い

935 名無しのライバー ID:SvrOCwKP7
畳、エロゲ、酒
もうなんでも有りやな、この界隈への案件

残すはギャンブルのみだなパチンコや競馬、競艇あたりか

936 名無しのライバー ID:XkAYK4X4I
そこらの芸能人がやってる動画チャンネルより数字出るからなぁ
後は普通にそういう人たちよりはずっと安価なんだろうし

937 名無しのライバー ID:MoBthread
女子会キタ――(ﾟ∀ﾟ)――!!

938 名無しのライバー ID:yHwUReeJg
いい匂いしそう

939 名無しのライバー ID:kyPrraYNJ
真「女子高生っていうのと後は、あれですね間接的な知り合いと言うか……あれ？　これ触れちゃダメなやつ？」
太陽「いや、別に『名前を呼んではいけないあの人』とかじゃないから！」
月「え？　それって、神坂せんｐ――」
ルナちゃん、脱サラの話題になった途端に声のトーン高くなるのかわよ

940 名無しのライバー ID:NhW+/BNxr
あかん、これじゃまた脱サラが燃えるぅ！

941 名無しのライバー ID:9osnSQiX0
それ、いつものことでは？

942 名無しのライバー ID:Da6H6lmj0
そう言えばそうだったな、じゃあ平気だな。うん

943 名無しのライバー ID:xPsvVPcMY
月太陽⇔脱サラ⇔雫ちゃん⇔真ちゃん
みたいな相関図だし、繋がりがあるといえばあるしな

944 名無しのライバー ID:PNwfO2M94
兄と親友がVTuberになる確率と、隕石直撃するのってどっちのが確率高いの？

945 名無しのライバー ID:GpwijwAGV
流石に前者では？
後者もそこまで低くはないけれど

946 名無しのライバー ID:eZVtam+P2
真「雫ちゃんはお兄さんが実家に戻ってきてから直帰が異様に増えた」
月、太陽「お兄ちゃん大好きなんですね」
真「おやつが美味しいせいで、買い食いとか寄り道しなくなった」
月「お菓子作りできる男性って素敵ですね」
太陽「いっしょにお料理とか憧れるなぁ」
真「わかる」

947 名無しのライバー ID:vfVZes+qv
>>946
雫ちゃん……

948 名無しのライバー ID:MvDJZlzmM
>>946
さらっと雫ちゃんに飛び火するのは草

949 名無しのライバー ID:PcGE4jY8Q
>>946

脱サラまた微妙に小火になりそうな件

950 名無しのライバー ID:NMc9HjHca
脱サラ「えっ？　今からでも入れる保険があるんですか！？」

951 名無しのライバー ID:fCMTvjJ9G
>>950
ないです

952 名無しのライバー ID:c4lP7deKu
>>950
ないよ

953 名無しのライバー ID:3NQPfdyEL
>>950
ねぇだろうなぁ……

954 名無しのライバー ID:TixNgOACi
まあ流石にこれ以上は踏み込まないわな

955 名無しのライバー ID:vJyi/xfX9
そら一応はJKVコラボって体だからな
とはいえ、年下女子に好かれまくってんな
真ちゃんに関しては直接対面なしで、雫ちゃんの情報＋おやつだけで魅了してるのは笑う

956 名無しのライバー ID:gckineki/
カタログスペックだけはマジで高い定期

957 名無しのライバー ID:SLVu9Imgt
一方、脱サラは自身の同人誌情報を募集していた

---

神坂怜@C9X 2日目 東ス20βに行け@kanzaka_underlive
同人誌とかで私描いてるよって人いたら教えて下さい
委託販売あれば買います

---

mikuri@C9X 2日目 東ス20β@mikuri_illustrator
返信先:@kanzaka_underliveさん
ノ

---

酢昆布@新刊委託予定@sukonbu_umaiyone
返信先:@kanzaka_underliveさん, @mikuri_illustrator
ノ

---

958 名無しのライバー ID:DOcTaJgq8
割と自分の同人とか買った報告してる人多いよな

959 名無しのライバー ID:XlxsQuUNW
ハッスとか普通に同人ショップの虎ノ門とかで買った報告どころか
レビューまでしてんだもんなぁ

960 名無しのライバー ID:XDtDVrUfa
アレなんて自分の同人読み上げてたぞ
くっそ色気の欠片もない棒読みだったけど

961 名無しのライバー ID:090WdA7Bn
同人作家「頼む、止めてくれ！　頼むぅ」

アレ「ああん、ああんww大好きwwってお前、ドラ○もんかよwwファーww」
↓
同人作家「よっしゃ、じゃあ口に猿轡させときゃええんや！」
アレ「密林で猿轡買ったww　読み上げまーすww」
同人作家「ファッ？！」
アレ「ん゛ーん゛ー、ん゛〜〜！」
同人作家「なん……だと……」
↓
同人作家「こうなったら催眠プレイや！」

謎の攻防が楽しい季節になりました

962 名無しのライバー ID:xaBWFWAYF
>>961
酷い公開処刑で草
後さらッと国民的アニメの名前出すんじゃねぇよ！

963 名無しのライバー ID:SUT3wjZY5
>>961
懲りずに描く辺り愛はあるよな

964 名無しのライバー ID:c8126nH1g
>>961
謎の攻防草

965 名無しのライバー ID:rdnWANjOd
脱サラさらっとママのブース番号宣伝してるあたり、ホントらしいよなぁ

966 名無しのライバー ID:i2/AdEf3T
BL本とか竿役の同人でも買うのかな？

967 名無しのライバー ID:06ztsp93I
まあ、買うんじゃない？

968 名無しのライバー ID:u7/fOLMg+
ビジネス書式で感想書いてくれそう

969 名無しのライバー ID:HW0cCXySI
すげぇビッシリ書いて来そう

970 名無しのライバー ID:CtN8jHOas
頼めば本当に書きそうなのがちょっと笑えない

**今日の妹ちゃん**

なんかまた
嫌な予感がするんですが、
それは……？

# 21話　グッズ販売

**【8月×日】**


「そう言えば、朗報があるんですよ。以前ちらっと言っていた例の件決まりましたよ」

「はい……？」

犬飼《いぬかい》マネージャーからの定期連絡。以前話していたとは何なのだろうか。朗報と言うからには解雇ではないとして……案件か誰かの３Ｄイベントでも決まったのだろうか。或《ある》いは新人さん加入？　だが、その手のお話は以前からの打ち合わせでも聞いたことはなかったし別件か。

「グッズ製作決まりましたよ」

「ああ、なるほど」

　そう言えば、いつぞやそんな話もしていたっけか。所属ライバー全員に向けて発信されていた情報であって、私とは無縁の話だと想像していたが、どうにもそうでないらしい。朗報と言えば朗報であるのだが、一点気がかりな点がある。

「えっと、その、差し出がましいのは重々承知なんですけれど……採算取れますか、それ……？」

「缶バッジとクリアファイルなので……えっと、その……」

「あー、じゃあ大丈夫ですかね」

私も会社勤めの頃は会社名と製品がプリントされたクリアファイルを展示会で配ったりしたなぁ、などと割とどうでも良い事を考えていた。ああいう類《たぐ》いのイベントは、むさ苦しいスーツ姿の男よりも、女性のイベントコンパニオンさんが配布する方が効果的なのは言うまでもない。ちなみにああいった人たちはランク分けされており、登壇して製品紹介とかしてくれるコンパニオンさんは最上位ランクにあたりお値段も張る。ブース脇でチラシや手提げ、ファイルなんかを配ってくれる人はお値段も控え目といった具合だ。まあ自社の社員にやらせた方が安上がりには違いないのだが、やはりそれらを生業としているプロには及ばない。

懸念していたのはきちんと採算が取れるかどうか。缶バッジ、クリアファイルであれば原価はそこまで高くない上に嵩張《かさば》らない。とは言え問題があるとすれば、それらのグッズに描かれるであろうイラストだろうか。恐らくこのグッズにおいて最も工数が掛かるであろう作業がそこだ。絵師さんへの報酬とかって完成した絵に対して1枚幾らとかそういう感じなんだっけか……？　工数がどれだけ掛かったから幾ら、みたいなノリではなさそうだが。既に公式に出されているイラストや立ち絵を使ったものであれば負担も減るだろうが……。

「イラストって既存絵の使い回しって感じですか？」

「表向きには新規イラスト、でしょうかね。最初期にｍｉｋｕｒｉ先生に頂いた設定画にあったＳＤキャラクターを缶バッジに。クリアファイルには夏の新刊のイラストを使わせて頂いています」

「なるほど」

「グッズ試作品の画像、後ほど送りますね」

「ありがとうございます」

ｍｉｋｕｒｉママのことだから色々理由を付けて新規絵を描《か》き下《お》ろしておいて、後から同人誌に入れたってのも十分にありえそうなのが怖い。グッズのために新規イラストを描いたのか、新刊のために新規イラストを描いたのか。こればっかりは当人しか知りえないが、私には勿体《もったい》ないくらいの愛情を注いでもらっていることだけは確かであろう。

ますます誕生日プレゼントを何にすべきか悩む。親孝行出来るかなぁ……？


**【８月×日】**


ようやく復旧した『Ｍｙ　Ｃｒａｆｔ』のあんだーらいぶサーバーでプレイする。時刻は午前４時である。朝食準備のために午前６時頃で一旦離席しなくてはならないが、まあ早朝Ｖｅｒｔｅｘ練習配信をやるときも大体こんなノリだ。深夜帯の人も朝出勤ある人もお休み中であろう時間なので、視聴者数、コメント数共に少ない。午前６時をすぎた辺りから会社員、学校のある学生さんが起床しだすので数字は少し伸びる。早朝配信するのには自分なりに理由というか、考えがあってのことだ。基本的に夜型の配信スタイルが多いＶＴｕｂｅｒ。朝配信は誰も配信していない『空き巣』の時間帯なのである。

　加えて、日本では早朝かもしれないが海外に目を向けてみるとどうだろうか。時差を考慮すると米国なら昼間である。てなわけで、早朝配信をする際のゲームタイトルは海外でも人気の物をチョイスするようにはしている。まあ、こういうのはもっと数字持っていたり英語出来るライバーさんがやると集客も見込めるのだろうけれども。私これっぽっちも英語とか出来ないからな。あまり効果的とは言い難いが。英語が堪能《たんのう》なライバーさんがデビューしたら海外需要も見込めて中々良いんじゃないかな？

「誰もいないな、ヨシ！」

サーバー内にいるのが自分だけなのを確認する。前回色々あってドッタンバッタン大騒ぎだったので、今回は慎重にやっていきたい所存。

［配信初《しょ》っ端《ぱな》になんてこと言ってやがる］
［前のあれがトラウマになってないか？］
［ヨシ！　じゃねぇよw］

「思ったよりコメントが多くてビックリです。早朝なのに」

［柊《ひいらぎ》君が直前まで配信やってたぞ］
［ラギ君枠あったんで］
［さっきまで先輩がやってたし、その流れで］
［某畳《たたみ》の人が必死こいてボックスガチャイベ周回してたから……］
［畳から］

「先輩、完全に昼夜逆転してないですか?」

［魔界との時差ボケだから……］
［なんもかんも魔界が悪い］
［はいはい魔界のせい魔界のせい］
［魔界設定便利すぎだよなぁ］

「なんでもかんでも魔界のせいにすればいいと思ってる節ありますよね、先輩って」

［ロールプレイとは一体］
［ＲＰ《ロールプレイ》は投げ捨てるもの］
［他と違って人外のＶ少ないよな、ここ］
［言われてみれば……］

「あれでも大学きちんと通ってるらしいですけど、一体いつ通っているんだろうか」

［あんだーらいぶ七不思議のひとつとされているとかいないとか］
［他の七不思議ってなにがあったっけ……？］
［誰も七不思議全体を把握してなくて、我々は雰囲気で語ってる］

［諸説ある。多分1個以上あるけど］

［四天王も五人いたりすることもあるし、誤差だよ誤差］

「誤差とは一体……？　よく創作物だと学校に七不思議とかあったりするけど実際あるものなのかな……少なくとも私の通っているところにはなかったけな」

［あーね］

［確かに］

［ウチはあったよ］

［大学建築科に通ってたけど、研究棟測量すると退学するってのがあったな］

「いや、その研究棟絶対傾いてるやつじゃないですか。なにそれ怖い」

［保健室とか音楽室は鉄板よな］

［割とあるよな］

［友達いなくてそういうのお話する相手がいなかっただけ説］

［あっ……（察し］

［あ……］

［なんかごめん……］

「――こほん。と言うわけで皆はきちんと睡眠取りましょうね。不摂生な生活は身を滅ぼしますよ。あの人は魔界の人なので多分セーフ。本当はセーフじゃないかもだけど。あと野菜はしっかり食べましょう。正しい生活習慣、食生活、そして適度な運動をしましょう。私との約束ですよ」

[誤魔化《ごまか》しやがった！]
[話逸《そ》らして草]
[露骨な話題転換ｗｗ]
[編集点ちょっと作るんじゃねぇ!!]

まあ、夏休みだったり夜勤から帰る途中だったり、人によって生活リズムは違うんだろうけれども。若い内は良いが、歳《とし》を食ってくるとそうも言っていられなくなる。若い内に遊べるだけ遊んでおくのも良い経験ではあるが。青春謳歌《おうか》する方が大事かもなぁ……べ、別に話題を逸らしたんじゃないからね！　うん、私がそんな台詞《せりふ》言っても需要なさそうだから止めとこ。こういうのは可愛《かわい》い女の子か朝比奈《あさひな》先輩みたいな人が発する事で価値があるものだ。
「公式から告知出てましたけどグッズが出るみたいなので、推しのグッズを是非ともこの機会にゲットしてみてください。明日公式グッズ販売ページ公開予定だそうです。柊先輩の３Ｄお披露目イベントのグッズも併《あわ》せて再販されるみたいなので要チェックです。概要欄に公式ページのリンク載せておくので気になった方は是非！」

［自分のグッズを買えと勧めるべきでは？］

［お前も出すやろがい！］

［そういや、公式がツイートしてたな］

［ページ見て来たけど、お前のもあるやんけぇ!?］

「私のはクリアファイルと缶バッジですね。いずれもｍｉｋｕｒｉ先生のイラストですよ。複製直筆サインとメッセージカード付きになっておりまして。お値段なんと税込み１５００円。１５００円となっております。送料別ですのでお気をつけください。いや、これ私のサイン付きで逆に価値が下がったりしない？　大丈夫？」

［通販かな？］

［通販やんけ］

［メッセージ付き……だと……？］

［価値があるに決まってんだるォ!?］

宣伝というかアピールくらいはやっておこう。効果があるかは不明だが。

［Ｈｉ，ｗｈａｔａｒｅｙｏｕｄｏｉｎｇ？］
［海外の人もおるやんけ、おっすおっす］
［ｈｅｌｌｏ］
［海外ネキもよう見とる］

「いつもありがとう、サンキュー。あいぷれい、まいくらふと！」

［棒読み］
［英語は出来ない模様］
［見てて分かってるんやろか……？］
［すこしわかる］
［日本語お上手《じょうず》やん］

「日本語教材として役立っている説……？　あ、取り合えずここ更地にしとこうか、邪魔だし」

［急に山を更地にしようとするのちょっと怖いから止めて］
［草］
［lol］

〔他ユーザーが困惑する姿が目に浮かぶ〕

この時間に配信していると1~2人ほど英語圏のリスナーさんがやって来てくれるのがちょっとした成果なのだと信じたい。このユーザーさんがどの程度私の喋《しゃべ》っている内容を理解しているかは定かではないが、『lol』というのは海外ネットユーザーが使うこっちで言う『w』や『草』みたいなものだったはず……いやぁ、こんなことなら英語の勉強しておくべきだったなあ。

**【8月×日】**

「なぁにこれぇ……?」

いやはや、流石《さすが》にこれは想像していなかった。

106 名無しのライバー ID:GLD+FYQXl
グッズ出るらしい

---

あんだーらいぶ公式@underlive_official

【公式グッズ情報】
オフィシャルストアにて販売開始いたします
また柊冬夜3Dイベントのグッズも再販！
詳細は下記のURLを参照ください
https:underlive_news.jp

---

107 名無しのライバー ID:M6fgS7MGj
>>106
新人組のグッズ販売か
そういや先月だかに月太陽コンビが何かそういうの考える配信してたな

108 名無しのライバー ID:0PxTYTv92
>>106
朗報　脱サラハブられてない

109 名無しのライバー ID:5wdiAYe29
缶バッジ、クリアファイルという何とも原価安そうなグッズではあるが
イラストはmikuriママの新規絵っぽいしええやん

110 名無しのライバー ID:7tk7DGzmR
運営も最低限気を遣えるようにはなったのか

111 名無しのライバー ID:2FZfH4mWP
とはいえ、波に乗ってる新人ちゃんの方はアクスタとチャームなんで微妙に格差がある気がしなくもない

112 名無しのライバー ID:uRa8sVh65
アクリルスタンドはサイズも小さいしまあそこまで時間も金もかからんやろ
チャームはふたりのデザインの奴だから結構な手間かね

113 名無しのライバー ID:Zp7uz6gt8
あのふたりはスパチャ額もそれなりだし売れるのは分かってるからなぁ

114 名無しのライバー ID:bgenb18cE
複製直筆サイン、メッセージ付きだからそれ目当てに買うかもな

115 名無しのライバー ID:wjbkBgfi1
脱サラのサイン、絶対書体とか崩さずフルネームでくっそ丁寧に名前書いてそう

116 名無しのライバー ID:Bnn847Gn9
>>115
容易に想像できて草

117 名無しのライバー ID:Z33g4g5N9
>>115
前にあった色紙だと達筆な筆ペンで名前書いてたぞ

118 名無しのライバー ID:NwTS5+Ten
サイトくっそおっも

119 名無しのライバー ID:UM7zCYRSI
こっちも全然開かんぞ

120 名無しのライバー ID:s8zYeyKv5
鯖弱かったっけ？　ここ

121 名無しのライバー ID:LqJz1/riy
畳のイベグッズ再販もあるからなぁ

122 名無しのライバー ID:WB4yQ304e
それが原因くさいな
転売ヤーも張り付いてそう
フリマアプリで数倍くらいの値段になってたぞ

123 名無しのライバー ID:e+XDDOm/M
畳フィギュア欲しい……

124 名無しのライバー ID:evgmuWdly
職人（ガチ）が作ったフィギュアというより本物の畳だしな
老舗畳メーカーがバックに付くとかホントよくわっかんねぇVだよなぁ

125 名無しのライバー ID:3tErp8x0k
エロゲやらの変わり種案件もあったし
商業的に無視できない規模になってきたってことなので喜ばしいことだ

126 名無しのライバー ID:1DFw0awlf
有名税って言われちまえばそれまでだけど、界隈のアンチも増えてきているのが悲しい現実
1年位前の雰囲気好きだったなぁ

127 名無しのライバー ID:cX6WE+WeT
黎明期から過渡期、成長期と色々進行が早すぎる

128 名無しのライバー ID:XE3vA5R9e
個人、企業の男性Vもちらほら出てきたし、そろそろウチの新人にも男ぶっこんできそう

129 名無しのライバー ID:mHmFx6a03
まあ脱サラにヘイト一極化しない、という点では導入もありだな
新人君のメンタルが心配だが

130 名無しのライバー ID:mOAL7xL/a
性別不詳設定とかオネエキャラ辺りで様子見というのもありなのでは？

131 名無しのライバー ID:we3R+Mgyr
マイクラフト鯖復帰したけど昨日何か面白いポイントあった？

132 名無しのライバー ID:MoBthread
ニートが参戦（配信枠なし）
↓
帯電クリッパーを引き連れ
初期リスポーン地点付近仮拠点が立ち並ぶところで大爆発
↓
悲惨な状況に
↓
謝罪行脚へ

133 名無しのライバー ID:92fRe+Mu0

>>132
えぇ……

134 名無しのライバー ID:Cq5awfGkV
>>132
クリッパーってストーキングしてきて爆発する奴だよな、緑の

135 名無しのライバー ID:Vj2Ga7JMd
せやで
今回のはそれの上位版の帯電ver.で爆発力も2倍や

136 名無しのライバー ID:qSMG6zUlc
クリッパー：匠
帯電クリッパー：巨匠
の名で親しまれている

137 名無しのライバー ID:jDJv7BKFg
まあ、誰もが通る道ではある

138 名無しのライバー ID:WK24YHKzn
マルチ鯖はこういうのがあるから怖いな
自分の建築物ならええけど、他人のは不味い

139 名無しのライバー ID:v6qF0oqR9
最序盤の今は簡素な拠点だから良いけど、その内きっちりした設備爆破とかで荒れそうなのが容易に想像できてしまう

140 名無しのライバー ID:6Qr1yc57D
そういう爆発ネタは脱サラの十八番では？
てか、あいつ鯖復旧後プレイしてたっけか

141 名無しのライバー ID:I9vBwVbs3
早朝にしてたぞ
初期リスポーン周辺更地にしてた

142 名無しのライバー ID:aBmh8ylrE
ああ、女帝とか序盤で迷子になってたしな
森のど真ん中は迷うわ

143 名無しのライバー ID:7VlylaC9A
急に更地になるもんだから一部プレイヤーは困惑した模様

144 名無しのライバー ID:Fqpy3t1+s
早朝って空き巣時間で他と被らないからか

145 名無しのライバー ID:vyXDUo5U5
FPSのエイム練習とかサムネ作ったり、作業系の配信してること多いな
同接は普段の半分以下だが、海外ニキがいたりする

146 名無しのライバー ID:cE51Vgoh7
はぇー、海外だとお昼とか夕方だしその辺の開拓狙いもあるんか？

147 名無しのライバー ID:UYyCSyu9y
狙ってるかは知らんけど、実ればデカイ
ユーザー数が段違いやからな

148 名無しのライバー ID:MoBthread
いつも早朝枠コメしてるの実はニキじゃなくてネキだけどな
アイコンが自撮りっぽいし
ユーザー名調べたら白人美女で嫉妬しそう

149 名無しのライバー ID:aU50TRhzH
な、成りすましだから……

150 名無しのライバー ID:MoBthread
SNSもフォローしてんだよなぁ

151 名無しのライバー ID:FuN9asAW+
自然な流れでネットストーカーしてるのは
引くけどな

152 名無しのライバー ID:SisterChan
こっわ

153 名無しのライバー ID:llsFQSl35
あ、グッズページ繋がったぞ……

154 名無しのライバー ID:z+/4d8Pvd
畳フィギュアもう売り来てるやんけぇ！

155 名無しのライバー ID:dCk1OiNV5
脱サラ完売で草

156 名無しのライバー ID:EN3kYsJ+1
うっそだろ……？

157 名無しのライバー ID:wgNYL0FIU
は？

158 名無しのライバー ID:uo+XmDqLd
またまた御冗談を

159 名無しのライバー ID:gckineki/
っしゃぁあッ！
間に合ったァ！！
勝ったッ！　第3部完！！

160 名無しのライバー ID:nAXbs3JSQ
速報　畳完売
朗報　脱サラ完売

161 名無しのライバー ID:SisterChan
ふぁ！？

**今日の妹ちゃん**

待って！　わたしまだ買えてない!!

## 22話 完売？

【8月×日】

つい昨日正式に発表されたあんだーらいぶ公式グッズサイト。目玉はなんといっても飛ぶ鳥を落とす勢いを見せる我らが後輩ちゃんズ、日野嬢とブラン嬢のアイテムであろう。『新しい子は知らないわ』という古参の方、『女性Ｖに興味はないわ』というお姉さま方もご安心ください。６月末に開催された柊《ひいらぎ》先輩主賓のリアルイベントで完売御礼《かんばいおんれい》となったあの人気アイテムも再販されるのである――とまあ、宣伝は置いておくとして。

「なぁにこれぇ……？」

ホームページにアクセスしたところ、そこには『在庫切れ』と赤字で書かれた文章。上段には『神坂怜《かんざかれい》オリジナル缶バッジ&クリアファイル、複製直筆サイン、メッセージカード（ランダム封入）付き』の文字。すごい、本当に私のグッズ販売ページがある。偽サイトや別の人のページでは、と疑いそうになったが、ＵＲＬを見ても間違いない。どう見ても私のだ。こういうのは売れ残って、月太陽コンビのグッズが早々に完売というのが当初の予想であったが……結果としては後輩ちゃんよりも早く完売したんだとか。それこそ販売開始直後はアクセスが集中しすぎて中々繋《つな》がらなかったらしい。

まあ、彼女たちの場合は数作っても売れることは素人《しろうと》の私にだって分かるくらいだ。生産数もそれこそ桁《けた》がひとつ、下手すればふたつ以上違うなんてことも容易に想像出来る。そもそもの話、チャンネル登録者数の桁が違うわけだし。製造ラインに乗せるには数十ってことはないだろうから、少なくとも数百はロットないと製作出来ないとは思う。犬飼《いぬかい》さんが疲れた顔で一個一個手作りしてる様も想像出来なくはないけれども。

後は私の方のグッズは比較的安価という点も大きいだろう。缶バッジとクリアファイルで１５００円と額面だけ見れば中々のお値段だと感じる。が、ｍｉｋｕｒｉママの超美麗《ちょうびれい》イラスト代と思えば安いくらいだ。この手のグッズの価格としてみれば比較的安いお値段設定だと思う。『複製直筆サイン、メッセージ（ランダム封入）付き』とあるように申し訳程度に私の仕事もあった。最初内容が硬すぎると３回くらいダメ出しされたんだけれども。最終的には全部で５パターンくらい提出した。「こんなに書くって、ランダム封入とかするんですか？」なんてことを犬飼さんに冗談半分で言ったらそれが現実になったようだ。元々そのつもりだったのか、私の余計な一言でそういう方針になったのかは不明であるが、ページ下部にも『メッセージカードは全５種類の中からランダム封入』と書いてあって思わずコーヒーを噴き出しそうになったのはここだけの話である。リアルでソシャゲのガチャみたいなことやってる。いや、まあ注意書きあるなら良いんだけれども。この一件で叩《たた》かれて燃えたりしないかだけが心配です。

早い人ならもう今週中には手元に届くのだと思うとちょっと緊張するな。仕事ならキーボード入力した文章が基本で、客先に直筆で提出するものなんて打ち合わせの議事録とかそのくらいだろう。パソコンやら携帯機器やらを使う事に慣れ親しんだ結果、ごくごく簡単なはずの漢字を忘れてしまい、途中何度か手元のスマホで調べて書くという醜態《しゅうたい》を晒《さら》す羽目になってしまった。幸《さいわ》い、書く方は昔取った杵柄《きねづか》というか幼い頃に書道に通っていたのもあって、不快に感じない程度の字は書けているはず。

「しかし、在庫抱えなくて本当に良かったなぁ」

ボイスよりも少々値が張るものの、その辺の販売数とか見て生産数を決めているんじゃないかとは思う。それが即日完売というのは嬉《うれ》しい誤算。柊先輩のグッズに関しては転売を目的とする転売ヤーの餌食《えじき》になっているのが、少々気がかりなところだが。本来ファンの手元に行くべきはずだったそれらが、数倍、場合によっては数十倍の値段で転売される問題はＶ界隈《かいわい》のみならず、別ジャンルでも見られるようになった現象だ。そういったものを指南するサイトや動画なんかもあるから驚きである。私の方はそういう類《たぐ》いの心配はする必要はないと思う、多分。

**【８月×日】**

「登録者５０００人超えましたし、グッズも盛況でした。このタイミングで新衣装作りませんか？」

６月に一度話を頂いて早２ヶ月。あの時は「せめてチャンネル登録者数５０００人超えてからにしませんか？」と提案して話は流れたかと思っていたのだが、最近になって７０００人を突破し、徐々に登録者が増えはじめて来た上にグッズ完売。犬飼マネの言う通りに準備を進めておけば、この好機に間髪容れずに新衣装公開までやれたのではないだろうか？　そのあたり含めて読んでいたとすれば……犬飼マネ超絶有能なのでは？　流石《さすが》はプロ。まあどの道、あの頃はｍｉｋｕｒｉママも繁忙期だったろうし、断ったことに対して後悔とかはこれっぽっちもないが。

　今は割と好調でも、準備を終えた段階ではどうなっているかは分からない。炎上して登録者激減、なんてのも経験があるだけに色々と怖いところである。あらかじめ製作さえしておけば、頃合いを見計らって後からお披露目できるか。炎上しないことが一番だけど。気を付けていても、何かそういう事態に巻き込まれちゃうから怖い業界である。

「需要ってあるんでしょうか……？」

「お披露目は文字通りお金が飛ぶ傾向にありますので……いえ、今のは少々言い方が悪かったですかね」

「あぁ、なるほど」

　お披露目、お祝い事。ＶＴｕｂｅｒにとってそういったひとつの節目は投げ銭――即《すなわ》ち、スーパーチャットが投げられやすい傾向にある。収益化記念、新衣装、新モデル、〇万人記念、誕生日、デビュー〇周年、活動復帰記念、とまぁ何かと理由を付けて集金される環境が形成されつつあるこの界隈。トップ層ともなれば1回のこういった枠で数十万円から百万近くの金が動く。記念枠でもなんでもないゲーム配信だけで札束飛んだりする人もいたりと……まっことに恐ろしい話である。

「――と言うわけで、収益化記念配信同様にお披露目配信の際にはスーパーチャット機能はオンにしていただけると助かります」

「はい、その点は心得ております」

普段から私がスパチャを切っているのは『投げられるほど面白い配信をしていない』という考えの下であり、それは今も変わらない。寧《むし》ろ私程度であれば投げ銭分をボイスの継続購入や、昨日触れたようなグッズといった形に残る物に支出してくれた方がこちらの収益的にも、ユーザー的にもｗｉｎ－ｗｉｎの関係だと思う。私の枠はコメント量が膨大な大手と違ってスーパーチャットでもしないとコメントが読まれない、なんてことはない。普段見かけないユーザー名のコメントがあれば拾うようにしているし。

しかし、私は個人勢ではなく企業所属。当然利益を上げなければ、席がなくなっても文句は言えない。世間一般の会社でもこの世界においてもそこは大差ない。事務所の方針に従うまでだ。ちなみに、収益化記念配信の際、最初「誰も投げる人なんておらんやろ」みたいな考えも脳裏にあったのか、ガチでオン設定忘れて配信開始して、コメントで指摘されてから慌ててスパチャオンにしたという背景があったのは内緒だゾ。

「後輩のおふたりと同時期に公開できれば、と考えております。同時期であれば波風も立たないでしょうし」

あぁ、その辺は一応気を遣ってくれているわけね。前回後輩ちゃん優先にした方が良いとか、小生意気な意見を言ってしまったのもあってか、その辺も考慮されたとみて良いだろう。ホント、私《こいつ》をプロデュースするの滅茶苦茶《めちゃくちゃ》面倒臭そうだな。

115 名無しのライバー ID:fAEuoPT85
月太陽コンビのがまだ在庫あるって意外やな

116 名無しのライバー ID:E+3c/4CS5
そら生産数も多いし、こういうのは早々に完売状態になるのって
本来はアカン事やで
まだ1日だぞ

117 名無しのライバー ID:WV8uiKZ3s
畳フィギュアが最速で売り切れてたゾ……

118 名無しのライバー ID:EnPC7VNZ/
あのミニ畳フィギュア普通に出来が良いもん
もうひと～ふた回りデカくしてほしいわ
1/8スケールフィギュア乗せれるようにしてほしい

119 名無しのライバー ID:Bo0cBSJSE
フィギュア板でも絶賛されている模様

120 名無しのライバー ID:viA2Cvat8
早々に完売した脱サラのは生産数絞りすぎ説？

121 名無しのライバー ID:2zbmi+2dY
金額が普段のボイスと500円しか変わらんのだからそこ見て作るのが普通だと思うが

122 名無しのライバー ID:P+/ielJJ8
普段のボイスよりも売れたってことなんじゃないか？

123 名無しのライバー ID:QZgfuweUf
配信でスパチャオンにしてたの収益化記念枠だけだろ、あいつ
スパチャ感覚にお布施してるんじゃないか？
購入制限もないし

124 名無しのライバー ID:+AQibmKFO
なお、mikuriママすら買い逃してかなり凹んでいる模様

125 名無しのライバー ID:SlhRgbAiM
いや、普通に関係者だから完成品頼まなくても貰えるのでは？

126 名無しのライバー ID:0cyuSEpQx
缶バッジとクリアファイル自体はあんだーらいぶから貰ってる
だけど、メッセージカードがないから……

127 名無しのライバー ID:AGlcx8B37

---

mikuri@C9X 2日目 東ス20β@mikuri_illustrator
我が子のグッズを買えないウーマン(´・ω・`)
あんだーらいぶさんから担当した品の完成品は頂いたんだけれども、
メッセージカードがないのん……

---

酢 昆 布@新 刊 委 託 予 定@sukonbu_umaiyone
返信先:@mikuri_illustratorさん
わたしも買えなかった

アレが10セットとかガチで草

131 名無しのライバー ID:pFyqRHBEO
>>127
アレさぁ……

132 名無しのライバー ID:MoBthread
なおアレファンからは「あいつのせいで買えなかった」とのお言葉が飛び出す

↓アレファンスレ

---

296 名無しの清楚ライバー ID:jhi+2nTzO
なあ、ワイらの玩具……じゃなかった、神坂きゅんグッズ完売してるんだが？

297 名無しの清楚ライバー ID:nzxkbQxeK
昨日の時点で完売だぞ
うちのが10個買い占めるとかいうアホをやらかしている模様

298 名無しの清楚ライバー ID:RiTudrbRj
は？
絶許

299 名無しの清楚ライバー ID:dDPddq2vb
ふざけんなよ、ぼけ
ワイらアレのせいで買えなかったんか？

300 名無しの清楚ライバー ID:OzfPwwafY
ワイ畳が売り切れで悲しいンゴ

301 名無しの清楚ライバー ID:46/TeSso5
お前らあんだーらいぶ好きすぎないか？

珍しく原稿描いてたのにあァァァんまりだァァアァ

---

アレイナ・アーレンス@清楚系VTuber@seiso_vtuber_Alaina
返信先:@mikuri_illustratorさん, @sukonbu_umaiyoneさん
わwたwしwはw
10セット買ったンゴオオオwww

---

mikuri@C9X 2日目 東ス20β@mikuri_illustrator
返信先:@sukonbu_umaiyoneさん, @seiso_vtuber_Alainaさん
この前高いお肉奢ったよね？　ね？
分ってるよね、ね？

---

酢昆布@新刊委託予定@sukonbu_umaiyone
返信先:@seiso_vtuber_Alainaさん, @mikuri_illustratorさん
5万円までなら出す

---

128 名無しのライバー ID:cBeF3EPIE
>>127
草ァ！

129 名無しのライバー ID:SisterChan
>>127
身内の愛が重すぎる件

130 名無しのライバー ID:HbSgUOZ72
>>127

136 名無しのライバー ID:ZoSudOvlK
アレに関しては過去に結構燃えてた背景あるし
脱サラを後方腕組みしながら応援してるんだ

137 名無しのライバー ID:KeJhGjC5z
脱サラファン「アレは良い人」
アレファン「ちゃ、ちゃうねん」
この天然勘違いネタ狂おしいほど好き

138 名無しのライバー ID:ieW+A1+KN
まあ脱サラの場合は普段からスパチャ切ってるから
お布施感覚で買う層が多いのでは？

139 名無しのライバー ID:XNr8ZVaXA
だろうな
10個買ったところで赤スパ最低ライン1回分だし
今後グッズが出るかと言われると微妙そうだし、確保はしておきたいファン心理

140 名無しのライバー ID:viRNBLPCp
品薄商法という説

141 名無しのライバー ID:c1PY8BN6i
>>140
ここの運営ちゃんそんな搦め手出来るやけないやん

142 名無しのライバー ID:NVDkcUP33
>>140
そんなの出来るほど器用じゃないと思うの

302 名無しの清楚ライバー ID:LyRZXlfkY
被害者の会のメンバー筆頭だぞ、そりゃ応援しないと申し訳ないやん

303 名無しの清楚ライバー ID:wrqjbekLR
お友達料金や慰謝料と思ってワイはボイスも買ってる
正直柊ニキのボイスはちょっとあれだが

304 名無しの清楚ライバー ID:wrqjbekLR
ああいう人でも苦手なことってあるんだって逆に好感度が増す

305 名無しの清楚ライバー ID:wrqjbekLR
レイちゃん実装マダァー？

306 名無しの清楚ライバー ID:+Mefwsmye
アレに清楚という概念を教えてやってほしい

---

133 名無しのライバー ID:bMUmrnFdF
>>132
お前ら、どっちのファンだよww

134 名無しのライバー ID:4yQD1mAyd
>>132
被害者の会は草

135 名無しのライバー ID:17hkcJeH9
>>132
こいつら楽しそうだな
というか女体化ネタまで網羅してんのは笑うわ

143 名無しのライバー ID:KQmVoyQfX
>>140
この箱運営くんは……

144 名無しのライバー ID:gckineki/
炎上時の対応とか見ると、まぁ……うんって感じ
リーク云々のときも後手後手だったし、結局あの後犯人に関する情報等も一切ないし
ほんと運営君さぁ……

145 名無しのライバー ID:pKcgKGlwW
もしかして運営無能なの……？

146 名無しのライバー ID:D3O1zZOM6
営業は頑張ってる
案件とか多いし

147 名無しのライバー ID:AOtS3AWDs
なお案件漬けにして一時通常配信激減とかいう暗黒期があった女帝……

148 名無しのライバー ID:KrhCxeXLZ
やっぱり運営駄目じゃん

149 名無しのライバー ID:BDWJrkhz/
この手のはどこのベンチャー企業にもあるあるだとは思うよ
脱サラのはメッセージランダム封入でコア層に複数購入させようというのは
割とあくどい——じゃなかった賢い気がする

150 名無しのライバー ID:LNDX55Oq+
VTuberの事務所は大体どこも問題抱えてる印象あるわ

151 名無しのライバー ID:oQO/V8zAg
色々対応下手糞だよね

152 名無しのライバー ID:3SQhP+3YK
社員若い人ばっかでノウハウも何もあったもんじゃないからなぁ
後短期間で急成長しすぎて社員の教育もやってる暇がない
ある程度は目を瞑るしかないと思うわ

153 名無しのライバー ID:EKFRlXWrK
アンチ動画は適宜権利者削除とかやってるみたいだし
改善しようという意欲は伝わってきてるから今後に期待ということで

154 名無しのライバー ID:Q6weZrArk
ド底辺の脱サラにも案件、グッズとか割り振ってるし
面倒見はまだ良い方
他所だと完全スルーとかよくある

155 名無しのライバー ID:cWAlj6mlE
脱サラを気にかけている件に関しては運営側のミスが大元の原因ってのもある
・パコガワ事件
→運営が採用前にエゴサとかして確認すれば未然に防げた
・リーク事件
→運営が怪我の発表を影尾より早くしていればあんな事態にはならなかった

156 名無しのライバー ID:C4wOPdm79
パコガワ事件のなかった世界線はどうなっていたんだろうか？

157 名無しのライバー ID:vsPqdCVfg
どの道ユニコーンから叩かれる運命に変わりはなさそう

158 名無しのライバー ID:I0OHwoh7J
そろそろ男性Vの新人ぶち込んできそうな予感はある

159 名無しのライバー ID:6JNEImjE0
男性専用の箱とか他所で出来てるからな
個人ではもう既に結構おるし
そっちに潜在顧客取られるのは痛い

160 名無しのライバー ID:GpTcHrAl0
6月あたりにしてた演者募集がいつの間にか締め切られてるから
裏で選考はしてるんだと思うよ

161 名無しのライバー ID:I+kqC7KWI
ここのファンスレ民も応募するとか言ってたのに全員落選したんかよ……

162 名無しのライバー ID:MoBthread
ワイ応募したのに……
女性Vとイチャコラしたかっただけなのに……

163 名無しのライバー ID:SisterChan
>>162
どうして通ると思ったのか

164 名無しのライバー ID:oRhM1TFcO
>>162
さっき色々言っていたが、駄馬落としてるところを見ると
あんだーらいぶ有能なのでは？

165 名無しのライバー ID:RPFrDUKZI
それはそう

166 名無しのライバー ID:VsWlmaBDz
パコガワ事件以降警戒はしてるってことだな、ヨシ！

167 名無しのライバー ID:MoBthread
(´・ω・`)

**今日の妹ちゃん**

うんうん
やっぱりお兄ちゃんも
需要あるんじゃん

## 23話 新衣装案

【8月×日】

新衣装製作が決まったわけだが、ただ座して待つというわけにもいかない。どういう衣装が良いか、大雑把でも希望を出す必要がある。そら描く側からすれば大まかにでもオーダーがないと困るだろうし。シェフのお任せコースみたいに丸投げする場合もなくはないらしいが。ただ相手の負担を考えると、どういう系統の服装が良いかくらいは要望を出しておきたい。家の炊事を担当する者ならば分かってくれるとは思うが、「何を食べたい？」と尋ねて「なんでもいい」と返答されると困っちゃうじゃないか。

ちなみに新衣装はそのＶＴｕｂｅｒを担当したイラストレーター……私の場合ではｍｉｋｕｒｉママが新衣装のデザインを担当するのが一般的に思われるかもしれないが、全てのＶがそうであるとも限らない。Ｖとイラストレーターの不仲であったり、企業勢であれば契約関係で揉《も》めたり、あるいは単に多忙であるとか理由は色々ある。そういった背景もあり、元々のキャラクター担当絵師以外が衣装デザインすることもこの界隈《かいわい》そう珍しい事ではない。

事務所へ『こういう衣装が良い』と希望を出すことになるが……事務所がｍｉｋｕｒｉママにその話を振る可能性も、彼女の多忙を考慮し別のイラストレーターさんに依頼する可能性もある。彼女のSNSを見る限り、夏の同人誌即売会イベントの原稿は終わっているようだが。負担を考えると余計な仕事を増やしたくはないという感情と、可能であるのならばママに描いてほしいという感情のジレンマ。うーむ、これは所謂《いわゆる》『マザコン』にあたる感情なのだろうか。直接の血縁関係はないが、親子関係。不思議な間柄だ。この関係もきちんとした『家族』であると世間は認識してくれているのだろうか。

ちなみにLive2Dを担当したモデラーさんを『パパ』と呼称する場合もあるそうな。私の場合は社内のエンジニアさんなのでお名前は存じ上げないのだが……個人というよりチームで製作にあたっているようなイメージではあるが、今度事務所に行く用事があったときはその部門の方々にちょっとお高めの菓子折りを持って挨拶に行くのが吉か？

「だが、しかーし。これは困ったことになっちゃった。どうしよう」

——そう……私、ファッションセンス皆無なのであるッ…………！

家にいるときはジャージやスウェット。外出時や事務所へ行くときは基本スーツ姿。近所への買い物に行くにしてもそんな小洒落《こじゃれ》た服を選択することもないし、そもそも持ってもいな——ああ、そう言えば愛《いと》しのマイシスターに選んでもらった服があったんだったな。結局あまり着る機会はないが、妹とデート——じゃなかった一緒に出掛ける際に着たりする程度である。季節の変わり目に服を選んでもらうという口実で、毎シーズン毎にデート出来るのでは……？私天才じゃん。これで行こう、うむ。

「——と言うわけで、マイシスター。新衣装何が良いと思う？」

ちなみに事前に犬飼《いぬかい》さんの方に身内に相談してよいか確認済みである。社外秘の可能性もあるのでこの手の事項は事前確認は大事、ゼッタイ。一応『身内、関係者であれば可。ただし他言はＮＧ』という約束の元、許可を得た。口頭だけだと不安なので、きちんと許可を得たという内容を記載した打ち合わせ議事録はある。今回に限らず、打ち合わせの際必ず書面に残すようにしている。後々言った言わないで揉めるのはお仕事あるある。過去にその手のトラブルで痛い目に遭ったので、もう癖《くせ》みたいなものだ。

今後界隈全体のファン数がもっと増えていけば、リスナーからの希望を募ったり、イラストコンテストで一般公募をしたりという選択肢も近い将来増えてくるのではないだろうか。

「で、わたしにそれを聞くわけ……？」

「うん。お前なら知っているだろう……私の手持ちの衣類を」

「ドヤ顔でスーツばっか入ったクローゼットを見せびらかすの止めて」

呆《あき》れたように溜息《ためいき》をひとつ吐いてから、何かを悟ったような表情で「あー……うん、センスないもんね、お兄ちゃん」と言う。ちょっと哀れみがその瞳に籠もっていませんか？　それ実の兄に向けるものではないよねぇ……？

「うーん。こういうのは色々難しい。ネタに走って新規層を摑《つか》む……いや、ガワは良いんだし女性向け特化スタイル……それだと客層を絞りすぎちゃう？　でも今後を考えると……」

なんだかんだ言いながら割とスマホやらファッション雑誌引っ張り出して真剣に考えてくれる妹。これが世に言うツンデレさんか。うーん、好き。可愛い。今日のおやつはテレビで『美《お》味《い》しそう』と声を漏らしていたバスク風チーズケーキとやらに挑戦してみようかな、うむ。

それにしても流石《さすが》私より長くＶＴｕｂｅｒ界隈の事を知っているだけあって、色々考えがあるらしい。服ひとつまともに決められないなんて、大人として大変恥ずかしいのだが、現実と違って買いなおすみたいな真似《まね》は出来ないので、恥を忍んででも頼らざるを得ないのだ。自分ひとりが苦労するだけならばいいが、ファンや製作に携わる人たちのことを考えるとなぁ……。

「私基本虚無配信マンだし、ネタに走るのもどうかなぁというのが正直なところ」

「それもそうね。って、そこは爆笑必至の配信にするとか。いっそ女性向け特化にＡＳＭＲとかそっち方面にするとかすればいいじゃない」

「ＡＳＭＲってよく羽澄《はすみ》先輩がやってるあれか。耳がぞわぞわするやつ」

「そそ、男性Ｖはそもそも数がまだまだ少ないし。男性が女性向けにそういう配信すること自体珍しいもん」

「成程《なるほど》なぁ。事務所にそこそこいい機材あるらしいし、今度借りて配信してみるのも手かなぁ」

「それがいい。うん。ぜったいそれがいい」

「まあ年内を目標にゆるっと頑張ってみるよ」

　ＡＳＭＲ配信というのは偉大なる検索サービスさんで調べたところによると『Ａｕｔｏｎｏｍｏｕｓ Ｓｅｎｓｏｒｙ Ｍｅｒｉｄｉａｎ Ｒｅｓｐｏｎｓｅ』の略で、日本語に直すと『自律感覚絶頂反応』という意味合いがあるとか。咀嚼音《そしゃくおん》、耳かきや耳元で囁《ささや》く、過激なものになると耳を舐《な》めたりだとかいう類《たぐ》いの音声を、人の頭部を模したバイノーラルマイクというもので収録するとかなんだとか。あんだーらいぶ内では羽澄先輩が深夜に定期配信している。なお内容が少々過激だったせいか何度か配信ＢＡＮされているという情報を補足しておく。

事務所には社長の私物とされる数百万円するバイノーラルマイクが置かれているんだとか。現在では所属演者が割と自由に使っているらしい。なお、柊《ひいらぎ》先輩のみ社長から名指しNGを食らっている模様。朝比奈《あさひな》先輩は使っているし、私に対しても特に使用禁止というお達しはない。今度の定期連絡の際、犬飼マネ経由でそのあたりを確認してみよう。やたらマイシスターも推してくるし。声くらいしか取り柄がないから、まあ当然か。

「うーん。こういうのは女の人にウケは良さそう」

「あー、なるほど。でも、こういうのって現実味がないような気が」

「漫画やアニメならしょっちゅう見るし、別にいいでしょ。個人的には好きだし」

「よし、じゃあこれでいこう。うん」

「とは言え、今のも割とフォーマルだから被ってると言えば被ってるけど。お兄ちゃん、あんま派手なのは好きじゃないでしょ」

スマホで画像を見せてくるマイシスター。確かに今のもスーツや礼服といったかなり畏《かしこ》まったものではないが、ジャケットにパンツというまあ比較的落ち着いた印象の衣装である。設定と中身両方の年齢を考えると、あまり派手なのは個人的には気が進まないことも事実。こういうのチョイスで冒険するのは2着目以降だろう。もっとも、それが得られる機会がもう二度とない可能性の方が高いような気がするのだが。妹がこういうのが好きなのか、ふむ……いや、流石にリアルでは着れないわ。というかどこに売っているんだ？　コスプレショップとか？　密林さんになら売ってそうだけれども。

「流石我が妹、分かってる」

「付き合い長いんだもん、本当はアイドル風衣装とか、和装とか。髪型とか色々言いたいけど、今回は我慢しとく」

『今回は』という言葉を強調させる。次の衣装貰《もら》えるまで頑張れという彼女なりの激励《げきれい》なのだろう。それには応えてあげたいな。それに次回も相談に乗ってくれそうな雰囲気があって、やっぱり妹って最高だぜって気分になってしまう。ふふ、なんだかんだブラコンなんだからぁ。

「人の顔見て変な顔するの止めてもらえる？」

「ごめんごめん。明日のおやつはバスク風チーズケーキにしようかなって」

「え？　わーい、お兄ちゃん大好き！」

「私も、世界一大好きだよ」

ちょろかわ。

**【8月×日】**

新衣装のラフ画が届く。いや、早すぎないか……？　少し不安があったが、そのイラストを見た瞬間ｍｉｋｕｒｉママのものだと分かった。そうか、描いてくれるんだ……出来の悪い息子にも愛を注いでくれる彼女には感謝しかない。と言うか依頼からまだ２４時間経ってすらいないのだが？　速達かな？　ジェバンニすらびっくりの一晩でやってくれました。私のグッズを公式サイトで購入できなかったと嘆いている彼女の姿をＳＮＳでお見かけしたので、申し訳程度にグッズの複製メッセージを彼女に送ってもらうように運営にお願いしておいた。いや、全然お返しになってないかもだけど。

124 名無しのライバー ID:uxnMtJw/o
結局8月に入って大学生以外の学生は夏休みに突入したものの大きなイベント、新人加入なし

125 名無しのライバー ID:oX8zrWQdm
あんだーらいぶHPの求人募集に前まであった演者募集いつの間にかなくなってるから
秋口くらいに来るんじゃね？

126 名無しのライバー ID:3GqZZW7ae
夏休みで新規ファン増やして注目度高めておいての新人実装はまあ割と順当

127 名無しのライバー ID:Vw3FbhBb/
最近運営君はやらかし多いからな
不安しかねぇよ……

128 名無しのライバー ID:cj+d7j1ez
運営に罪はあってもライバーに罪はないからな
推しは応援してあげような
なおパコガワ事件

129 名無しのライバー ID:G82Q/1oXj
あの事件も最早懐かしさすら感じるようになってしまった

130 名無しのライバー ID:zbzCN9Jal
界隈的には解雇RTA1位の記録すら破られてしまったからな

131 名無しのライバー ID:MlLqoqCBy
マジで？
あいつの解雇タイム活動1日だろ……？

132 名無しのライバー ID:uPwLfZqgh
そらデビュー配信前に解雇だからな
現在のRTAトップはSNS稼動後1週間、初配信1日前です

133 名無しのライバー ID:Glo4NlN/t
えぇ……（ドン引き

134 名無しのライバー ID:8h4ppMaOG
引退RTAレギュレーション的にはデビュー前もOKなのか？

135 名無しのライバー ID:Yaroda2cB
レギュもくそもないとマジレスしてみる

136 名無しのライバー ID:GiyiOcREd
そもそも何でデビュー前に解雇されてるんだよ

137 名無しのライバー ID:Rlnnesquo
他所様の箱の事情にあんま首突っ込むのもあれだけど……
契約違反説と、親からの反対で断念説とか色々言われてるがどれも確証はない

138 名無しのライバー ID:+kOvIj1Iq
どちらにせよデビュー前ならまだ良かったでしょ
イラストレーターさんには気の毒だが

139 名無しのライバー ID:yc4mmZlu4

そういや、グッズ早い人ならもう届きはじめてるっぽい？

140 名無しのライバー ID:CgrYB/qdf
畳フィギュア自慢してる奴は結構TLで見た

141 名無しのライバー ID:oaifJ16+J
ルナちゃん、灯ちゃんのフルセット購入特典の
クリアファイルを使って遊ぶ絵師

---

酢昆布@新刊委託予定@sukonbu_umaiyone
この超可愛いクリアファイルにですね
適度に肌と下着を描いた紙を挟むとですね……
あっという間に濡れ透けえちえち衣装の完成です
pic.vitter.com/clear_file01

---

142 名無しのライバー ID:MoBthread
>>141
エッッッッッッッ

143 名無しのライバー ID:y1zccTugE
>>141
たまに天才になるよな、酢昆布ネキ

144 名無しのライバー ID:KvU3rsVtH
>>141
これは有能

145 名無しのライバー ID:06B4cUWwx
>>141
才能の有効活用じゃん……保存しとくか

146 名無しのライバー ID:B+3o+q3Pw
>>141
フルセット購入とかガチ勢じゃん

147 名無しのライバー ID:RGPsjVW5s
なお本命の脱サラのグッズは購入出来なかった模様

148 名無しのライバー ID:jsQDGnICk
ちな、脱サラのサインはこちらです↓

---

アレイナ・アーレンス@清楚系VTuber@seiso_vtuber_Alaina
・筆ペンの達筆
　→字が綺麗、すこ
・何か絵にあるみたいな判子が押されてる
　→ちょっとズレてるところもすこすこ
・直筆コメント何パターンか有り（現在4種類確認済）
　→複製コメントガチャ止めてよォ！
pic.vitter.com/Goods_Photo

---

149 名無しのライバー ID:vysL5tSqD
>>148
落款は流石に草

150 名無しのライバー ID:POsordur8
>>148
お手本みたいに丁寧な筆ペンでのコメント

に落款……
書道作品かな？

151 名無しのライバー ID:/ZZrZkSW4
>>148
何だよwwTipsってw

152 名無しのライバー ID:SisterChan
多分上部のお礼文章硬すぎるとか言われて無理やり取って付けたと思しきTips
・Tips マネージャーから硬すぎると言われました
・Tips マネージャーからフクロウカフェをオススメされた
・Tips 篆刻セットで作ったけど結構楽しかった
・Tips 妹の夏服最高

153 名無しのライバー ID:m+PzlL6M4
ソシャゲのロード画面じゃないんやぞw

154 名無しのライバー ID:DoJY5cBm2
マネージャーネタ多くて草

155 名無しのライバー　ID:XYzEJidsh
篆刻セットマジで売ってるのな

156 名無しのライバー ID:8xN6hJd1V
石に彫る奴か
高校の選択の美術で書道取ったとき作った記憶がある

157 名無しのライバー ID:Ul65DEdH3
お礼米も微妙に違うっぽいし細かいな
NG出したけど折角だしってことなんか分からんが

158 名無しのライバー ID:uZ0qoZQrs
SNS見る限り全部で5パターン？

159 名無しのライバー ID:MoBthread
10セット買っても全部揃ってないアレ……

160 名無しのライバー ID:ePWxgd7//

---

アレイナ・アーレンス@清楚系VTuber@seiso_vtuber_Alaina
複製コメントガチャに敗北したとか言った奴ブロックするからな！
いいもん！
再販されたらまた10セット買うもん！

---

酢昆布@新刊委託予定@sukonbu_umaiyone
複製コメントガチャに敗北したな、ざまぁww

---

mikuri@C9X 2日目 東ス20β@mikuri_illustrator
複製コメントガチャに敗北

---

161 名無しのライバー ID:Gau2yEan1
>>160
草

162 名無しのライバー ID:jffAVjIAA

>>160
そら完売前に10セット買ったとか煽り散らしてたからな
因果応報よ

163 名無しのライバー ID:WEGnlREJh
>>160
mikuriママまで乗っかるんかいw

164 名無しのライバー ID:Okp8xCdsq
>>160
再販予定っぽいしな
アレのところにだけドッ○ンテーブル採用すれば稼げるな

165 名無しのライバー ID:hBx7UuREn
ドッ○ンテーブルってガチャゲーで確率調整されてたあれかw

166 名無しのライバー ID:URVXjMPwD
そそ、アレの住所にだけその1種類届かないようにすれば荒稼ぎできるぞ
この販売サイトは動画配信サイトより手数料ずっと安いし、利益率も大きい

167 名無しのライバー ID:C0lEDzy6W
スパチャ投げても満額本人に届くわけじゃないからな

動画サイト：手数料3割
販売サイト：手数料3.6パーセント

168 名無しのライバー ID:IG+kqtY9r
こっから更に運営が差っ引く上に
端末によっては更に手数料取ってくし

169 名無しのライバー ID:yNvTnyRAu
ボイスのが利益率良いとはよく言われてんね

170 名無しのライバー ID:y+2DmUi7X
手数料嫌なら自前でプラットフォーム用意しろって話だが……
流石に無理やで

171 名無しのライバー ID:zYpJWGy4B
動画サイト君はASMRをBANするの止めてクレメンス……

172 名無しのライバー ID:1skh2VDIB
配信サイト君「えっちなのはいけないと思います！」

173 名無しのライバー ID:PuzwH1e/P
思春期だからね、仕方ない

174 名無しのライバー ID:gckineki/
コンプできてないけど再販ありますか？
ありますよね？
あるって言いなよ
言えよ

**【8月×日】**

新衣装のラフ画《が》が届いた。絵のタッチというか雰囲気でmikuriママのそれだということは分かった。もっとも、後々よく見れば右隅の方にきちんと彼女のサインが書いてあったのを発見したのだが。ともあれ、仕事が滅茶苦茶《めちゃくちゃ》に早い。犬飼《いぬかい》マネに連絡してからまだ丸一日すら経《た》っていない件。かといって雑でもない。デビュー前に貰《もら》った設定画よりも描き込みが多いレベルである。これでもまだ未完成の草案と言うことらしい。なにそれこわい。これ以上どこを描き込むって言うんだ。もうこのままお披露目してもいいレベルでは……？　ひとまず、このまま進めてほしいという旨を犬飼さんに一報入れておく。勿論《もちろん》ママへのお礼も忘れずに。

相変わらず中の人《私》とは似ても似つかないレベルのイケメンさんである。身長や体格は現実の私とそう大差ない設定だが、やはり何よりこの顔である。『しかし顔が良いな、こいつ』みたいなコメントはよく視聴者様からも賜《たまわ》る。定型文的なものだが、言われて悪い気はしない。少しむず痒《がゆ》いが。

現実でもこうだったなら、多分私、色々拗《こじ》らせてないと思うんだよね。今の登録者の大半がこのガワ補正によるものなのは言うまでもない。このガワに合う声とか出せているのだろうか、私。そもそも外見に見合った成果を残せていない事に気付いてしまう。宝の持ち腐れというやつでは……？

一方、配信の方は最近連日のように『Ｍｙ　Ｃｒａｆｔ』をプレイしている。早朝だと同時接続者数は控え目だが、再生回数で言えば４桁《けた》とまではいかないがそれに近い数値は安定して叩《たた》き出《だ》している。ただただドタバタ逃げ回っていた初回配信時に至っては５万回近い再生数である。現在の登録者数は７８００人。最近は停滞や減少なく順調に増えていっている。増加割合自体は初回以降徐々に右肩下がり、減少傾向にあるのだが、減らないだけ凄《すご》いありがたい。それが普通だが。

ひとつ分かったことがある。私の枠で再生数好調だったものを少々見返して見ると『好きなＶＴｕｂｅｒだから視聴する』と言うより、どちらかと言うと『ＶＴｕｂｅｒが自分の好きなゲームをプレイしているから視聴する』――こちらの方が圧倒的に多い。こういった視聴者をいかに固定客化していくのかが課題だ。入り口としてそういう人気ゲームタイトルを利用するのは至極当然の選択。だが、その手のゲームって大概他の同業者さんもプレイしているわけで……何かしらの付加価値をそこに見出してもらわなくては、その入り口から一歩踏み出してもらう事すらできない。単純にゲームをダラダラしていればいいと思われがちだが、実際にはそう簡単な話でもないのだ。

それに単純にそのゲームをただひたすら続ければ良いのか？　否である。流行《はや》り廃《すた》りというのは何事にもあるもので、リスナーの興味の対象が別作品に移ってしまっては目も当てられない。『Ｍｙ　Ｃｒａｆｔ』など根強い人気のあるゲームにおいては、続けても一定の需要は見込めるかもしれないが。

　同一タイトルを長期間続ける場合、どんな作品であれデメリットがある。そのゲームに対し興味のない既存リスナーにとっては、そこまで興味を持てないゲームを擦《こす》られても正直困る。逆に特定ゲームのコアなファン層を獲得して一定数の視聴者を確保できるというメリットもある。この辺りは演者の判断でどういう方向に舵《かじ》を取るかだろう。基本的にあんだーらいぶでは自由にどうぞ、みたいな緩い感じなので特に事務所から配信スタイルについて何か言われたりとかはない。まあそれも良し悪しだが。そしてその緩さが、ある意味あんだーらいぶ《うち》の売りなわけだが。

　中には好きで続けていたゲームが後から人気タイトルになって登録者、視聴者数もうなぎ登りという稀有《けう》なケースもあったりする。我があんだーらいぶで言うと朝比奈《あさひな》先輩がそれにあたる。今では『Ｖｅｒｔｅｘ』界隈《かいわい》でも一目置かれているガチプレイヤーのひとりである。当人曰《いわ》く「ＶＴｕｂｅｒの中では上手《うま》い方なだけで、全体で見れば下手」とのこと。ランクが上から３つ目のダイヤランクなので謙遜することはないと思うが。プレイヤーでも上位数パーセントの中に入っているレベルである。十分高い気がするのだが、そういった謙虚な姿勢もあって評価されているのかもしれない。

　私は既存リスナーも新規リスナーもどっちも大事にしたい欲張りさんなので、適度に配信を続けていこうと思う。２枠続けて同じゲーム配信枠を取らないようにとか、その程度の対応なのだが。下手な鉄砲も数撃ちゃ当たる、なんて言葉もあるわけで。もっとも私の持っている鉄砲の威力がよわよわとかいうツッコミはなしの方向でお願いします。

さて、肝心の『Ｍｙ Ｃｒａｆｔ』であるが……初期リスポーン地点に固まっての生活からも徐々に脱却しはじめていた。とは言ってもそこまで遠く離れた、というわけではない。ゲームオーバー時、所持アイテムは全てその場に散らばり、最後に使用したベッドの位置からリスタートされる。仮にそのベッドが破壊された場合は初期リスポーン地点から再開。死亡時に持っていたアイテムは5分以内に回収しないと全て消滅してしまう。

というわけで保険もかけて初期地点からもそう遠くない場所に拠点を構える人が多い。今後物資を安定して入手できるようになれば、住まいの拡充や、より離れたところへの遠征なども容易になるだろう。この辺りの試行錯誤《しこうさくご》は見ている視聴者にとっても楽しみのひとつなんだと思う。

先述したようにアイテム全てを失い、食うものにも寝る場所にも困る……なんて人そうそういるわけも――

---

〈Hiiragi〉は魔法で殺された
〈Hiiragi〉は魔法で殺された
〈Hiiragi〉再び蘇《よみがえ》るのだ！　ふっはっはっは！
〈Hiiragi〉これが魔王ロールというやつよ……あれぇ……？
〈Hiiragi〉ア、アイテム全ロスしてるぅ……
〈Kanzaka〉あっ……（察し

〈Hiiragi〉食べ物恵んでください

おるやんけ

意外といるもんである。チャット欄で図ったかのようなタイミングでやらかす柊《ひいらぎ》先輩。実は裏で配信見ながらやってるんじゃないだろうか。裏で配信枠はしっかり取っているので偶然だとは思うけれど。魔王ロールって魔王ロールプレイってことだろうか？　自分でロールプレイって言っちゃってるよ、先輩……いや、まあその辺形骸化しているのがネタになってるんだけど。


「草」

「何やってんだ」

「森の初期で迎賓館《げいひんかん》とかよー見つけたな」

「どこまで遠征行ってたんだよ!?」

「尊敬する先輩が物乞《ものご》いする姿なんて見とうなかった」

「寧《むし》ろもっと見たい件」

「先輩に恩は売っておこう」

「畳《たたみ》が死んだ！」
「この人でなし！」

話によると柊先輩は遠征と称して探索に向かい、森深くにひっそりと佇《たたず》む洋館を発見。中を検《あらた》めていたところを大量の敵対ＮＰＣにボコられ、道中獲得したアイテムを全てロストしてしまうという、中々撮れ高的には美味《おい》しい展開があったらしい。

普通にプレイしていても食料は不足気味である。次に改善するとしたら、その辺りだろうか。家畜を繁殖させるか、農業、或《ある》いは釣りをしてある程度ストックを作っておく方が賢明か？初期地点付近に共用出来る仮拠点を作って、そこにベッドやら食料やらを置いておくと先輩のようにロストした人であったり、新規で始めたプレイヤーであったりには良いのかもしれない。

後は各人の拠点とこちらを結ぶインフラ整備も後々必要になってくるだろう。敵がリポップしないように周囲にはある程度の光源をばら撒《ま》く事も忘れてはならない。このゲームモンスターが湧き出てくる条件に『明るさ』というものがある。松明《たいまつ》やランタンといったもので、一定の明るさを確保する行為を『湧き潰し』なんて言ったりもするそうだ。

そういう細かい作業は割と嫌いではない。他の人に快適にプレイしてもらえる環境作りは大事だ。後は第一印象としてマイナスイメージ払拭にもなって丁度良いだろう。流石《さすが》に色々な事態の中心にいたり、巻き込まれたりとかでライトユーザーや一部のライバーのコアなファン層からは大変宜《よろ》しくない印象を持たれてしまっている。その点は改善しなくてはなるまい。今のままでは転じて企業の印象まで悪くなってしまいかねない。イメージ、大事。とは言え、何しても気に食わないと思う人も当然一定数いるのだけれども。

〈Kanzaka〉ここの家自由に使ってください
〈Hiiragi〉マ？
〈Kanzaka〉元々みんなの共用スペース用にと作っていたので
〈Kanzaka〉アイテムも自由に使ってください
〈Hiiragi〉この辺前まで山林があったような……
〈Kanzaka〉邪魔だったので更地にしました
〈Hiiragi〉わぉ……
〈Hiiragi〉ありがたく使わせてもらうぜ。あ、今度ゲームで名前だけ借りて良い？
〈Kanzaka〉？　何かは知らないですけれど承知しました

先日ニートこと新戸《あらと》先輩が破壊した箇所《かしょ》の復旧も概《おおむ》ね終わっていたので、柊先輩にセーフハウス（仮）と中にある物資を好きに使って良いとだけ伝えて早々に先輩の画面からフェードアウトする。
だが、ゲームで名前を借りるとは一体……？

まあ先輩だし、別に悪い事に使ったりはしないだろう。タダで宣伝してもらえるなら有り難いくらいだ。

【ＭｙＣｒａｆｔ】早朝　マイクラ　８月〇日【神坂怜《かんざかれい》／あんだーらいぶ】
最大同時視聴数：約９００人
高評価：３００
低評価：１２０
神坂怜　チャンネル登録者数７８００人（＋２００）

**【８月×日】**

昨日の先輩のあの言葉の意味がようやく理解できた。

「成程《なるほど》……どうしてこの時期急にって思ったけど、夏だからこそか」

こういう面白い企画を思い付く辺り流石の一言である。

210 名無しのライバー ID:yPwIO5J6n
速報　畳森で迷子になる

211 名無しのライバー ID:7mKWMDKs3
あいつ一体何時間やってんだよ

212 名無しのライバー ID:PnRG/nnW3
午前3時で1回寝て
今またやってるだけやで

213 名無しのライバー ID:Dt138uep3
午前中とはいえ休日だったから見れて助かったわ

214 名無しのライバー ID:1+YJbp9gD
休日とはいえ午前は空き巣タイムだしな

215 名無しのライバー ID:7JvwolgJ8
同じ鯖にいるのに通話もプレイも、チャットもろくに交わさない男子さぁ……

216 名無しのライバー ID:IhhlirU/d
脱サラが黙々と初期地点を整備してるのはアイツらしいっちゃらしい

217 名無しのライバー ID:/h4lyB3kf
畳
新天地を目指すも、森で遭難中

脱サラ
共有で使えるセーフハウス建築
鯖内全員分の食料確保が目標

218 名無しのライバー ID:frxS8EqFs
>>217
畳はまあ分かる
脱サラ……こいつゲーム楽しめてるのか？

219 名無しのライバー ID:mjjQqE+je
>>217
前者は脳死で馬鹿なこと言って騒いでるのが面白い
後者は指示厨のコメを適度に拾って実践できるから意外と好き

220 名無しのライバー ID:PGZnMOrtn
脱サラで900人って凄いな
畳で5000人はちょっと少ない……？

221 名無しのライバー ID:Hg/3HRg+o
畳リスナーは前枠午前3時まで付き合ってた層が多いから夢の中って人が多そう

222 名無しのライバー ID:581ZTRS1O
畳：滅多に午前配信しない夜型
脱サラ：毎日朝配信している

でも後者は普段同じ時間の配信では
My Craftだと300～400人、それ以外だと100～200人程度
普通に畳バフや

223 名無しのライバー ID:f62LdtfiL
感覚麻痺してるけど同接5000人は十分多いんだがな

224 名無しのライバー ID:R9EM+RIVE
最近企画系とかで同接1万超え連打してる

と感覚おかしくなってくるわ

225 名無しのライバー ID:DRGnX7uqX
ただ脱サラ建築のセンスは皆無だな

226 名無しのライバー ID:57uJcnPLQ
お洒落な家作られる方が解釈違いだし、へーきへーき

227 名無しのライバー ID: gckineki/
石ブロックで飾りっ気のないお豆腐ハウスは初心者あるあるだと思うの
共有ハウスより先に自分の拠点を整備しろよ……

228 名無しのライバー ID:NgtB41T2P
あいつの拠点どこなん？

229 名無しのライバー ID:CWz4lU9Fp
>>228
岩盤付近の地下深く
ベッドとアイテムボックスしかない
座標は非公式wikiに載ってるで

230 名無しのライバー ID:8+ya/woWU
すぐ隣がマグマだしいつでも燃やせる

231 名無しのライバー ID:sMY2U5QBl
女帝なんて屋根のない雨ざらしで寝てるからまだマシやろ

232 名無しのライバー ID:xovH1c/Fv
速報　畳遠征で森の迎賓館を発見してしまう

233 名無しのライバー ID:wL4CjDsgH
>>232
やるやん

234 名無しのライバー ID:3aJWTAvMP
>>232
無策で突っ込んで死にそう

235 名無しのライバー ID:7ndZIDpkV
>>232
いや素手で制圧は流石に無理だろ……？

236 名無しのライバー ID:oxekl7R0j
悲報　畳死亡

237 名無しのライバー ID:02DRFKsWB
知　っ　て　た

238 名無しのライバー ID:VuVcTiKOF
そらそうなるわ

239 名無しのライバー ID:2GYrNlVsS
単なる空き物件かと思って入ってフルボッコにされてて草

240 名無しのライバー ID:cjYCg9ohA
畳「すげぇ！　超良い物件じゃん！　森の別荘持ちになるぜ！」
↓
畳「人いるじゃん。すいませ――」
玄関入って5秒で瞬殺
↓
リスポーン地点更新用ベッド置いてなくて無事アイテムロスト

241 名無しのライバー ID:MLVu40wf+
ダイヤ2～3個ロスト以外はまあ痛くはないな

242 名無しのライバー ID:jhGlCli4h
有志リスナーがどうせ座標記録してるし
装備整えて後日リベンジやな

243 名無しのライバー ID:WHRtxAPMa
こういう撮れ高はゴールデンタイムにやってクレメンス

244 名無しのライバー ID:MoBthread
脱サラ「こうやって整備してるけど本当に必要なのだろうか？」
リスナー「新しく始める人とポンコツ女帝には必要」
リスナー「食うものにも寝る場所にも困るって人は確かに少ない」

畳「全ロスしました。食べ物恵んでください」

脱サラ「お　る　や　ん　け」

245 名無しのライバー ID:JNCeuGj5s
>>245
タイムリーすぎるw

246 名無しのライバー ID:2i0Nd1m61
>>244
草

247 名無しのライバー ID:kkpQtweMk
>>245
これにはリスナーも苦笑い

248 名無しのライバー ID:9oA8BFV6X
あ、あれだから
最初に先輩が施設のこけら落としすることによって
利用しやすくしてあげただけだから……！

249 名無しのライバー ID:MoBthread
畳そんなことまで考えてないと思うよ
( ˙-˙ )

250 名無しのライバー ID:LR+ZDnxKY
真顔でなんてこと言うの駄馬ァ！

251 名無しのライバー ID:HhOAAtrRt
脱サラ「尊敬する先輩が物乞いする姿なんて見とうなかった」

252 名無しのライバー ID:tqpsIbWSv
ワイらは見たかった

253 名無しのライバー ID:5wdFah139
シスコン、野菜嫌い、ｋｓボイス等々でもう変な幻想は抱いてないぞ

254 名無しのライバー ID:aaSUkJ6H9
女性リスナーさんは抱いてるんだよぉ……

255 名無しのライバー ID:2KTmW6Eak
マジレスするとダメ男好きになるあんな感じぞ

256 名無しのライバー ID:8TTR81R6b
畳、共有ハウスの中があまりにも殺風景なので牛と豚を屋内に誘導する

257 名無しのライバー ID:Yeyc3TMsU
どうしてそうなる

258 名無しのライバー ID:9kwCqKIE2
だれが家畜小屋にしろと言ったw

259 名無しのライバー ID:3EDdL9bdv
脱サラ、ニート帯電クリッパー事件の事故現場復旧までやってんの草生えるんだが

260 名無しのライバー ID:YDwVF3YQv
綺麗に片付いてないと嫌な性質なんだろ

261 名無しのライバー ID:Kahgeffoc
周辺の湧き潰し用の松明の置き方見ると完全にA型のそれ

262 名無しのライバー ID:fDNLrGN1S
畳「今度ゲームで名前借りていい？」
脱サラ「何かわかんないけど、承知しました」

結局これって一体なんだったんだ？

263 名無しのライバー ID:1/kBGlCqb
>>262
さぁ……ゲームでキャラクター名に使ったりとかじゃない？

264 名無しのライバー ID:f+GKiW51D
>>262
SNSとか見れば大体わかるぞ

265 名無しのライバー ID:a8v7iDiGh
>>262
SNSを見るんだ
多分昨日の午後くらいのツイート

266 名無しのライバー ID:chikuwasuki
ちくわ大明神

267 名無しのライバー ID:Zz3WMJSK9
あー、成程ね
確かに時期的にもぴったりだ

268 名無しのライバー ID:eTqLdt1GB
ええやん

269 名無しのライバー ID:8HtQ86HR2
誰だ今の

# 25話 やきうの時間

**【8月×日】**

今後予定している配信用のサムネイル作りを終え、おやつをおねだりしに来た虎太郎を膝上に置き左手で顎の下辺りを撫《な》で回《まわ》しながら現在配信中のメンバーを確認する。困ったことに人が自室の椅子に腰掛けたところでやって来ることが習慣付いてしまったのだろうか。この家で誰が食事を担当しているのか恐らく把握しているので、ちょっと甘えて見せるのだ。

「今の時間帯はもうあげませんよー。ずる賢いやつめぇ」

「うみゃぁ?」

お腹《なか》を見せながら首を可愛《かわい》らしく傾《かし》げてもエサはあげませんからね。我が家にやって来たばかりの頃はあんなに警戒心丸出しだったのに、すっかり野生は何処《どこ》へやら。人間と違って愛情を注いだ分こういう形で帰ってくるんだとしたら、動物に癒《い》やしを求める人がいる理由も何となく分かる。嘘吐《うそつ》かないし、暴言も投げ掛けてこないしなぁ。

「お前は裏切ったりとかそういうのしないか……?」

「にゃうん?」

「ははっ、分かんないよな。冗談だよ、冗談」

視線をディスプレイの方へ向ける。ゴールデンタイムというのもあってか配信者数は多く、あんだーらいぶ含めた大手企業勢だけでも10名近くのVTuberが配信をしているのを見ると、この業界今凄《すご》い勢いで伸びてきているなぁと実感する。ユーザーは右肩上がりだが、Vの頭数も凄い勢いで増え続けている。個人勢含めると数千人を超えたとか、どこかのネットニュースサイトで見た気がする。企業所属だからと胡坐《あぐら》をかいていると大変なことになりそうだ。いや、まぁ……登録者数やら同時視聴者数的には絶賛あれな事になってるわけだけれども。

そんな激戦区のゴールデンタイムで同接10000人を叩《たた》き出《だ》しているVTuberがひとり。文字通り他の演者とは桁《けた》が違っていた。いやはや、凄いなぁ。私がオーディション受けていた頃は3桁行けば御の字、4桁行ったら凄い、みたいな雰囲気だった筈《はず》が……いつの間にかそれが大手企業勢最低ラインみたいな風潮になっている気がしないでもない。それに置いていかれる比較的大手バーチャルタレント事務所所属Vという立場の私である。

【実況ストロング野球8】やきうの時間だあああああああ　【柊《ひいらぎ》　冬夜《とうや》／あんだーらいぶ】
同時視聴者数：10500

知り合いだった。というか同じ事務所の先輩だったでござるの巻。柊先輩って本当は私なんかがおいそれと絡んで良い人ではないんじゃないかという気さえしてきた。

「先輩は本当に凄いな」

個人配信で5000人超えることはザラであり、最近では大きな企画物以外でもとんでもない数字を叩き出している先輩。流石《さすが》は業界を代表する男性ＶＴｕｂｅｒだ。やきう……？　タイトルから察するに野球ゲームなのだろうか？　実況ストロング野球というタイトルはプレイしたことはないものの、耳にしたことくらいはある。お察しの通りの野球ゲームだ。

「夏だしな。野球だよ野球」

［甲子園のシーズンだからな］
［やきうの時間だあああああ！］
［おーい磯野、野球しようぜー！］

このゲーム、幾つかのモードがあるらしいが、今回先輩がプレイしているのは超お手軽にオリジナルの選手を育成できるモード。決められた期間中で甲子園優勝を目指して、キャラクターを育成する。各行動ごとに体力と時間を消費していくシステム。練習メニューはプレイヤーが決めることになるが、体力が設定されておりそれが低いほど練習の成功率が低下する。９９パーセント成功すると表記があっても、失敗する事がままあるようだが。

同じようにプレイしても育成結果は大きく異なる。野球漫画のみに留《とど》まらず様々な媒体のキャラクターをモチーフにしてキャラクリエイトするプレイヤーも少なくはない。

昨日柊先輩が言っていた「名前を借りたい」というのはこの件だったらしく、私を含めたあんだーらいぶや各関係者の面々の名前を借りてキャラメイクをしていこうという企画のようだ。名前だけでなく目元、髪の毛、各色合いが自由に組み合わせられるので、各々のメンバーの見た目をある程度は再現可能。
「――てわけで、俺のキャラ育成は大成功だったな」
［能力高いのはちょっと解釈違いなんですけどぉ］
［怪我《けが》しにくさ〇付いてるのはちょっとおかしくないですかね……?］
［エースで4番やれそうなステは気に入らない件］
［もっと微妙な能力にしてほしかったゾ］

「ふたり目は神坂《かんざか》君で行こうぜ。人数揃《そろ》えてプロチームにペナント挑むぜ!」

［神坂きゅんか、ええやん］
［相変わらず仲良しやな］
［間違っても赤特つけんじゃねぇぞw］
［後輩のキャラクリ失敗したら低評価付けるわ］

その後私の立ち絵を横に出しながらキャラクタークリエイトを開始する先輩。こういう配信中にも作業的な内容になっても止まらずお喋《しゃべ》りを続けられる辺りは流石というべきか。私なら事前にキャラクリ案用意して視聴者に聞いて微調整とかしちゃうと思う。話題は私に関する事とかであるが、まあ割とプライベートな話――勿論《もちろん》表に話しても良い程度の内容で、反応を見るにその手のネタは結構ウケが良いらしい。まあ、私がその類《たぐ》いの話をすると若干荒れそうなんだけれども。野菜嫌い云々《うんぬん》みたいなネタ枠なら結構いけるのだろうか……？　あまり簡単に先輩を弄《いじ》るとそれはそれでファンから反感を買いそうなので、流石に控えるけどね。

「えーっと、立ち絵を隣に出して。しかし悔しいけど顔がいいな、こいつ。現物はすっげぇ疲れた顔してっけどな」

〔高画質立ち絵の顔アップ助かる〕

〔助かる〕

〔ｍｉｋｕｒｉさんだっけママ〕

〔あ゙!?　あの人スクショタイムとか取らないからちょー助かる〕

「いや、スクショタイム取れよ。新衣装とかあったときは絶対そういう時間設けるように言っとくわ。あいつ基本自己評価低すぎなんよなぁ」

〔わかる〕

〔大体炎上してるのが原因だと思われる〕

〔デビュー経緯や過去話聞くにそれ抜きでも変わらんと思う〕

「当人に会ってみ？　スペック高すぎて引くぞ」

［草］

［まあ器用貧乏キャラやしな］

［お前ホント神坂君好きよな］

［貴重な男子部だしね、仲良くもなりますよ］

「3Dイベントの時とかもさ、謎に現場の指示まで的確に出してて、お前一体何しに来たんだって裏で全員でツッコミ入れてた」

［ｗｗ］

［神坂くん何やってんだよｗｗ］

［後輩君さぁ……］

［健常に見えたけどやっぱりあんだーらいぶだったわ］

［あんだーらいぶにまともな人間なんていねぇから……］

「イベ終わった後もさ、主賓よりアイツに挨拶しに行くスタッフ多くてマジで草やったわ」

［お前人望なさすぎて草ァ!!］

［完全に現場監督への挨拶では??］

［あの人なんでもできるイメージある］

何か凄い私の話で盛り上がっていた。他の人のファンの人からどう思われているかとかちょっと気になってはいたが……まあ先輩の熱心なファンの人は割と寛容というか優しい人が多いから、温かいご意見が多いだけなんだと思うけれども。

配信画面では髪の毛や顔、目などのパーツを組み合わせ、更には各パーツの色を選択して私の姿を再現していく。結構似せられるもんなんだなぁ。後、ガワを褒められるのは嬉《うれ》しい。ｍｉｋｕｒｉママのイラストはやはり最高だな。しかし、改めてアップで見ると本当に良い顔してんな。こういうのって自画自賛って言って良いのかな？

「どう？　結構似てないか？　流石に髪型や目の形は再現難しいけど雰囲気は出てるっしょ」

［ええやん］
［結構似てる］
［後は能力ガチャ］

キャラクリを終え、早速私の分身キャラクターの育成を始める先輩。まずは初期のステータスを確認するのがお約束らしい。それによって育成方針とかも決まってくるみたい。

「ちょっと待って！　神坂君にセンス×が付いてんだけどぉ⁉」

［草］

［えぇ……］

［再走して、どうぞ］

［でも初期ステはくっそ高いやん］

［センス○に出来るイベントもあるから……］

赤特というのは先程も少し触れた所謂《いわゆる》バッドステータス的なもので、マイナスに働くステータス。ランダムに付与される事もあるので結構運ゲーみたいな要素もあるが、その逆にプラスに働くステータスである青特が付くこともある。試合中の活躍や特定のイベントによってそれぞれどちらかが付与される。

ちなみに『センス×』というのは能力育成効率が通常より下がってしまう状態である。その代わりと言ってはなんだが初期能力は結構高いらしい。こういう類いのゲームって多少癖《くせ》がある方が愛着が湧くし、採用枠としてもネタ枠なのでいっそ赤特だらけになれば面白いのでは？

「ま、まぁ……ほら初期ステは高いし、何故《なぜ》かバント職人早々に習得したから」

［確かにステは良い］

［投手なら炎上ついてたな］

［それはやめたげて］

野球ってゲームもリアルも実際にプレイした事ないんだよね。中学高校時代なんてそもそも体型が体型だったし、スポーツとかもからっきしだったんだよねぇ……ああいうプレイするのに大勢必要な競技は基本ハードルが高い印象がある。体育の授業でやるにしても、バスケットボールやサッカーだったし。球技ってのは結構センスの有無が大きいと個人的に考えている。私はからっきしだった。今はそれなりに筋トレとかして体力は同年代の人と同じくらいにはなったとは思うが、『じゃあスポーツが出来るか？』と問われると……ドッジボールとかも避けるのは得意だけどキャッチは出来ない系男子なんです、ええ。なお、画面内では私の分身がデッドボールを喰《く》らっていた。顔面は止めて。

「あ……」

［練習試合で２打席連続デッドボール受けてて草］

［まぁたデッドボール］

［でも怪我で途中退場はしない、丈夫やな。流石社畜］

「オイこらぁ！　どこに目を付けてるんだぁ!?　よくもウチのモンに手ェ出したなァ!?　あ、ごめん許してヤメテ……俺の分身にも暴投するのは止めてクレメンスゥ！」

［カタキを取るんじゃなかったんか、お前……］

［相手のＣＰＵライバーに暴投しまくってんな］

〔相手のピッチャー対ライバー◎だろ〕
〔物理的に潰しに来てんじゃねぇかよ！〕
「ハッ⁉　さては貴様、ＶＴｕｂｅｒアンチだな⁉　よけろォ！　我が分身！　どうせ掲示板とかＳＮＳに『ただの絵じゃん！』とか書いてんだろ⁉　知ってんだからなァ⁉」
〔草〕
〔アンチｗｗ〕
〔相手ピッチャーの名前よく見たら長谷川って名前じゃねぇーかよォ⁉〕
〔あ……〕
〔あ〕
〔黒歴史ェ……〕
〔パ〇ガワ事件……嫌な事件だったね……〕
「お、おのれぇ。コメントに滅茶苦茶《めちゃくちゃ》困るじゃねーか！」
どういう確率だよ。ハセガワ君元気にしてるかなぁ……？

**【8月×日】**
同人誌即売会が開催された。

150 名無しのライバー ID:5a7DvJ1Pl
畳、ストやきうやるのか
リアルだと甲子園開幕してるからか

151 名無しのライバー ID:XFXzDeew4
やきうはバフゲーだった！？

152 名無しのライバー ID:EKn8JPwNp
まあ元から数字強い畳が身内とか関係者キャラクリするなら
関係性バフってのがプラスされるわけで

153 名無しのライバー ID:zZtzAfjJq
普通の実況でも5000どころか1万近い数字出すとかやっべぇよ……

154 名無しのライバー ID:asEcHuFLf
悲報　畳、『怪我しにくさ〇』を獲得

155 名無しのライバー ID:qpJdu4+yJ
>>154
うっそだろ、お前……？！

156 名無しのライバー ID:z9oVff2zl
>>154
あれ……？
お前大舞台で怪我してお騒がせしてたよな……？

157 名無しのライバー ID:lxqGyigF+
>>154
バッドステータスの赤い方じゃなくて、
グッドステータスの青い方かよ！

158 名無しのライバー ID:CD3uONGp0
ジャイロボーラーとかどこのノゴローだよ

159 名無しのライバー ID:AZuN7fzlu
スローカーブとチェンジアップ覚えさせてるからノゴロー君じゃないだろ
あの子フォークとストレート構成じゃろ

160 名無しのライバー ID:PHZy7r+YW
・160キロ、コントロールB、スタミナB
・SFF、チェンジアップ、スローカーブ
・怪我しにくさ〇
・ジャイロボール
・重い球
・ノビ◎
・キレ○
・対強打者○
プロに送り込んで無双して遊ぶと楽しそう

161 名無しのライバー ID:takBiLw5J
なんやこの厨キャラ！？

162 名無しのライバー ID:LYqP78QCK
畳要素が見た目しかない件

163 名無しのライバー ID:xmo2rJNjO
解釈違いやろ……

164 名無しのライバー ID:yHKF5oww+
畳、女房役として脱サラの育成を開始する

165 名無しのライバー ID:gckineki/
>>164
！？

166 名無しのライバー ID:oTBa73dZ8
>>164
これにはお姉さま方もにっこり

167 名無しのライバー ID:/yurisuko
>>164
男の人は男の人同士で、女の子は女の子同士で恋愛すべきだと思うの

168 名無しのライバー ID:dKWoluMel
マジレスするとキャッチャー枠
女房役に据えても燃えない人選って実質、脱サラ、あさちゃんくらいだもんね

169 名無しのライバー ID:SpYSzt560
そこは脱サラをピッチャーにしとけよ

170 名無しのライバー ID:DnMIC0DXd
それすぐ炎上するやん……

171 名無しのライバー ID:yWsl8AVnW
ピッチャーが炎上はアカン

172 名無しのライバー ID:2qsYupocY
それはそれで面白そう

173 名無しのライバー ID:kiHD/tskq
そこはアレを入れてやれよ……
1畳（15万）フラスタの恩義を忘れたのか

174 名無しのライバー ID:64GyO4fEd
顔のパーツ数の割には結構再現出来るもんなんだな

175 名無しのライバー ID:RPN9tTlkd
そこまで特徴的な顔のパーツはないけど、脱サラの立ち絵横に並べられたら普通に分かるな

176 名無しのライバー ID:Ql1bfoqLX
悲報　脱サラ センス×

177 名無しのライバー ID:d4KZzPk26
>>176
草

178 名無しのライバー ID:h923iCLz1
>>176
えぇ……

179 名無しのライバー ID:Ur/It6f//
>>176
解釈一致だけどさぁ……
後地味に初期ステが高い

180 名無しのライバー ID:XVTHAzEYj
他面子ってどこ守備ポジになるんやろ？

181 名無しのライバー ID:7jk5yQL6l
月太陽コンビで二遊間やろ

182 名無しのライバー ID:EFmK066CP
女帝は投手枠で欲しい
あさちゃんは代打の切り札か、外野でレーザービーム持ち

183 名無しのライバー ID:SO4xp7w0q
忍ちゃんは応援席で太鼓叩かせとこう

184 名無しのライバー ID:rsY2OncFO
台パンしてるからってそれは酷くないですかねぇ……

185 名無しのライバー ID:KZ5Jy6ZeG
ベンチウォーマー、ニート

186 名無しのライバー ID:GWBU1yByT
ベンチにすら来ないぞ、そいつ

187 名無しのライバー ID:lHY6hg0Ug
召集拒否しそう

188 名無しのライバー ID:M/ayJ+M0E
悲報　脱サラ2打席連続デッドボール

189 名無しのライバー ID:azKZq/WAY
草

190 名無しのライバー ID:V1LwGbygn
やめたげてw

191 名無しのライバー ID:5JoUAEILH
続く畳にも危険球投げてるんだが、このピッチャー

192 名無しのライバー ID:9Q3nJ9rrz
相手のピッチャーの名前長谷川で草

193 名無しのライバー ID:vKul9PWpC
あ

194 名無しのライバー ID:WZoDM4yMr
あかん

195 名無しのライバー ID:cqxOwlwK6
選手の名前ランダム生成だろ
どんな確率だよww

196 名無しのライバー ID:73A8j3ZRq
かわいそう

◇◆◇◆◇◆

283 名無しのライバー ID:Rl7p7p+0D
脱サラステ
・キャッチャーB
・いぶし銀
・アベレージヒッター
・バント職人
・カット打ち
・チャンスE（赤特）

284 名無しのライバー ID:P51anldhz
>>283
打撃のパワーとかのステ低いけどアベヒ、カット打ち持ってるし結構良い仕事しそう

285 名無しのライバー ID:Ki7DjMySQ
>>283
普通に強いやん

286 名無しのライバー ID:Xog8mwRzv
>>283
畳といい高ステ並べられるならペナントぶっこんでも結構簡単に優勝できそう
チャンス赤特が痛いな

287 名無しのライバー ID:9LalYZrBy

>>283
チャンスよわよわなの的確で草

288 名無しのライバー ID:MoBthread
Vやねん！　あんだーらいぶ

289 名無しのライバー ID:G8CK0BDFp
33-4

290 名無しのライバー ID:FEcwZqEiE
なんでや！　阪○関係ないやろ！

291 名無しのライバー ID:LQZzZf+GU
忘れてたけど明日同人誌即売会やんけ

292 名無しのライバー ID:yDnzHALzM
そういやそうだったな

293 名無しのライバー ID:8K6st4OoX
仕事あるし普通にDL販売と委託販売頼みだな

294 名無しのライバー ID:2xvOtqZf7
Vの薄い本結構出るんじゃない？

295 名無しのライバー ID:nGPNqEFyg
関係者（主にママ）がイラスト集出したりとかちょいグッズ出したりとかしてんで

296 名無しのライバー ID:8P/9TvMHt
キャラの権利は事務所にあるわけじゃないんか

297 名無しのライバー ID:oR6IktMBc
大手のV箱大体どこもその辺はオッケーっぽいな

298 名無しのライバー ID:BbN562vmI
流石にエロ同人はアウトって話だぞ

299 名無しのライバー ID:HhCU6UfDo
酢昆布ネキすら自分の子供（アレ）の同人は描いてないからな
他所の子は描きまくってるが

300 名無しのライバー ID:eLXoz9pjZ
酢昆布ネキがまたコスプレして即売会参戦するらしい

**今日の妹ちゃん**

お兄ちゃんなら
もっとステータス高くても
よくない?

【8月×日】

夏の一大イベント。この種のイベントとしては日本どころか世界でも最大級のイベントである。その歴史は古く４０年以上も続いており、毎年夏と冬に開催される。通称『コミケ』というやつである。多い日で２０万人、３日間の開催期間中で５０～６０万人ほどを集客するというのだから驚きである。ブースに出展するクリエイター、出版物やグッズの購買を目的としたユーザー。そしてコスプレイヤーさんとそれらの撮影を目的としたカメコさんの存在も忘れてはならない。この手の知識に疎《うと》い私でも毎年上空から撮影された長蛇《ちょうだ》の列やら、最寄《もよ》り駅《えき》の始発でダッシュする人々の映像、凄《すご》いネタ全振りなコスプレしている人の写真をよく見る。

以前までの私には無縁の世界だったわけであるが、今の私にとっては他人事というわけにもいかない。今回のコミケ、あんだーらいぶ公式の出展ブースはないものの、ｍｉｋｕｒｉママが２日目に参加していたりする。他にも各社のＶＴｕｂｅｒのイラストレーターさんが自身の娘、息子のイラスト集などちょっとしたグッズを販売予定。コンテンツの流行速度が異様に速く、公式グッズの供給が追い付いていないような状況下において、ファンからするとかなり貴重な機会であるらしい。

関係者以外のファンメイドの同人誌も知名度の高いＶＴｕｂｅｒであれば作られる。ちなみにそっちはＲ１８率が高い。主《おも》に女性V物が多くなるわけで、タイムラインでもちょくちょくそういった情報が流れてくるので、同僚の薄い本サンプル画像をどういう感情で見るべきか未《いま》だに正解が分からない。羽澄《はすみ》先輩やアーレンス嬢は自分でそういったエロ同人を嬉々《きき》としてリツイートしている。個人勢のアーレンス嬢は兎《と》も角《かく》として、企業勢の先輩がやっても許されているのが少々驚きではある。R指定のファンアートタグを設定して自ら進んで『いいね』『リツイート』しているので今更と言えば、今更か。ちなみに私のファンアートタグにR指定のものはない。どういった形であれ作ってもらえるのならありがたいのだが、需要は女性演者に比べると少ないのは言うまでもない。

ちなみに今回のイベントではｍｉｋｕｒｉママを除くと3冊程私が描かれた同人誌が出るらしい。その内の一冊はほぼ身内と言っても過言ではない酢昆布《すこんぶ》ネキなんだけれども。私程度で3冊とか、やはり箱の力は偉大である。残り2冊は柊《ひいらぎ》先輩とのＢＬ本、全年齢向けの日常4コマ物のチョイ役である。どういう内容であれ、形にしてもらえるだけで大変ありがたいことなので、現地に行って購入とまでは行かないが後日委託販売される物に関しては全て購入予定。この手の情報求む、と以前ＳＮＳで募集したら割とすぐに情報収集できて助かった。

なお我が愛《いと》しの妹――雫《しずく》ちゃんはｍｉｋｕｒｉママを除けば4冊出てる模様。流石《さすが》はマイシスター、余裕で兄を超えていくな。酢昆布ネキ、日常4コマ物は共通で残り2作品はちょっぴり過激なやつである。柊先輩の妹である夏嘉《なつか》ちゃんと、妹の親友であるＳｏｌｉＤｌｉｖｅの十六夜《いざよい》嬢が女の子同士のもの。妹のそういう本を買うのは流石に気が引けるので、止めておくんだけれども。これまた複雑な心境。妹をえっちな目で見ないでください。

**【8月×日】**

イベントも2日目。ｍｉｋｕｒｉママは今日が出展日だ。別段有名人ってわけでもないので身バレの心配もほぼないので、本来ならば現地に応援にはせ参じたいところだが……田舎《いなか》から盆のシーズンに大都会へ行く、というのは中々にハードルが高い。後は普通に墓参りやらで親戚が来たりだとかそういう方面の用事が多いのもある。今まではそういう家族でやるイベント事みたいなものにはずっと参加してこなかったから、今年くらいは顔を出しておきたかった。去年までは帰省する暇もろくになかったものだから……思えば仕事辞めてからもう半年以上も経《た》っているのだ。時間の流れというのは本当にあっと言う間だ。ＶＴｕｂｅｒを始めてからは特にそう感じるようになった。

配信や毎月出しているボイスの感想ツイートをチェックするためにＳＮＳを開くと、見覚えのあるユーザー同士のやり取りが目に入った。

「うん……？」

---

酢昆布@新刊委託予定@sukonbu_umaiyone

今回のコスプレは雫ちゃんだよ
恐らく業界初だな、うん

　レース部分の再現が死ぬほど大変だった模様
vuploader.vom.jpg

---

mikuri@C9X　2日目　東ス20β@mikuri_illustrator
　そのノリで普段着る服も作ったりしない？
　せめて買うとかさ

---

酢昆布@新刊委託予定@sukonbu_umaiyone
　家はジャージか真っ裸がベターなのん
　周辺ブースの目があるからお喋《しゃべ》り控え目なのに、
　ＳＮＳ上では元気で可愛《かわい》い

---

mikuri@C9X　2日目　東ス20β@mikuri_illustrator
　おいやめろ！　ちょっと人見知りなだけなんだよ！

---

　仲が良さそうでなによりである。かなり長い付き合いらしく、今回のイベントも本来酢昆布ネキは落選して出展できなかったところをｍｉｋｕｒｉママが売り子を手伝う事を条件に自分のブースで彼女の商品の委託販売を行うことにしたらしい。この手のは界隈《かいわい》では決して珍しい

事ではないのだとか。

酢昆布ネキは最近は毎回お手製のコスプレ衣装で売り子をするのが恒例になっているらしく、前回は宵闇《よいやみ》先輩のコスプレ——いつぞやのリアルイベントの名を借りた謎の人生相談イベント時に着ていた衣装で参加していたようだ。今回は雫ちゃんのコスプレだった。口元がマスクで隠れているとはいえ、結構軽いノリで画像をアップロードしているが大丈夫なんだろうか。

相変わらず美人だ。自作で衣装作るとかなにそれ凄い。ひとまず、何かしらの反応はしておいた方がいいだろう。後で見た感想でも呟《つぶや》いておくとしよう。彼女の素《す》の状態の姿って一度も見たことがない気がする。自身でアップしている画像も基本コスプレしてるし。私はそういうのやったことはないけれど、ハマる人はハマるんだろう。個人的には衣装や小物の製作工程とかの方に興味はある。

「——ああ、そう言えば今日だったかぁ……」

自室のカレンダーに付けられた印。ＶＴｕｂｅｒ《仕事》の用件ではなく、完全なプライベート。毎年恒例となった親戚が我が家に訪ねて来るのである。昨年までは仕事で実家に寄生——じゃなかった帰省することもなかったので、顔を合わせることはなかったが、今年は違う。その辺り根掘り葉掘り質問攻めされそうな気がして少々気が重いのである。

「なるようになる、か。すっげー、気が重いけど」

親戚とはいえ身バレは避けたいところ。絶対仕事の事とか付き合っている女性はいるかとか、そっち方面の事聞かれるよなぁ……ネットで炎上して誹謗《ひぼう》中傷投げ掛けられるより、親戚にそっち方面の話振られる方がよっぽど堪《こた》えるよ、正直ね……。

210 名無しのライバー ID:oVYKhBsel
即売会参戦者は熱中症には気をつけるんやで

211 名無しのライバー ID:h48qDN227
VTuberモノの薄い本結構数出てるんだっけ

212 名無しのライバー ID:N2saxN8I3
このまま順調に増加傾向にあれば
単独でジャンルコード貰えそう

213 名無しのライバー ID:QWIMPhuBe
やたらSNSでもV関係のイラスト描く人増えた印象あるわ

214 名無しのライバー ID:cRIqV9SvS
この界隈二次創作関係は結構ユルいからな
描く方も増えるさ

215 名無しのライバー ID:k5hVL4/A2
そら配信者本人がSNS叡智絵用ハッシュタグとか決めてることも増えてるしな

216 名無しのライバー ID:WS498QTjq
なんなら本人が『いいね』や『リツイート』してるケースもある

217 名無しのライバー ID:97GLS9c9g
昨今は公式からR指定の二次創作禁止してるアニメコンテンツもあったりするがな

218 名無しのライバー ID:gsEESP97w
Vのママが息子、娘のグッズを出すあれって実質公式グッズだよな

219 名無しのライバー ID:AYI5AX3WG
ネタで作られた畳抱き枕カバー（表面はキャライラスト、裏面はイグサの方の畳）が速攻完売していた前回の即売会

220 名無しのライバー ID:fqQ4jcJbF
ネタで作ったのに可愛いオリキャラの女の子抱き枕カバーより先に完売
作者のトライデントが凹む事件あったな

221 名無しのライバー ID:WapTqJAct
裏面がマジもんの畳ってなんやねんw

222 名無しのライバー ID:cAVSDOxxl
マジレスすると公式の絵師が息子、娘のエロ絵を描くのはダメって契約らしいぞ

223 名無しのライバー ID:cgvjjNlWB
さっきも言ってたけど、実質公式絵扱いになっちゃうし
そりゃあね

224 名無しのライバー ID:q6BAfyhB4
自分の子供のエロじゃないなら描いてええんか……

225 名無しのライバー ID:EkK0uEjMA
そらそうよ
トライデントとかバリバリにエロマンガ雑誌に掲載してるし
単行本つい最近出してたぞ

226 名無しのライバー ID:YNFdQkft8
個人勢のとはいえ界隈関係者のくせにV叡智絵を描きまくっている酢昆布ネキ

227 名無しのライバー ID:Abm5ugpAh
酢昆布ネキ今回はKENZEN本だぞ

228 名無しのライバー ID:XnNdccmZW
あの人全年齢指定絵描けたのか……

229 名無しのライバー ID:oZr1AH3yq
脱サラ、雫ちゃん、虎太郎きゅんのほのぼの日常4コマだぞ

230 名無しのライバー ID:zPyRQ+lYd
あれ？
酢昆布ネキ今回落選してなかった？

231 名無しのライバー ID:mp8lJ/3cV
>>230
mikuriママのブースで委託販売、本人も売り子参戦

232 名無しのライバー ID:IxkKZv822
SNS見たけどマジだな
後今回のコスは雫ちゃんコス

---

酢 昆 布@新 刊 委 託 予 定@sukonbu_umaiyone
今回のコスプレは雫ちゃんだよ
恐らく業界初だな、うん
レース部分の再現が死ぬほど大変だった模様
vuploader.vom.jpg

---

mikuri@C9X 2日目 東ス20β@mikuri_illustrator
そのノリで普段着る服も作ったりしない？
せめて買うとかさ

---

酢 昆 布@新 刊 委 託 予 定@sukonbu_umaiyone
家はジャージか真っ裸がベターなのん
周辺ブースの目があるからお喋り控え目なのに、
SNS上では元気で可愛い

---

mikuri@C9X 2日目 東ス20β@mikuri_illustrator
おいやめろ！　ちょっと人見知りなだけなんだよ！

---

233 名無しのライバー ID:sFZ8juECl
>>232
酢昆布ネキ黙っていれば美人

234 名無しのライバー ID:il+6z0Ja5
>>232
やっぱ、みく×すこなんだよなぁ

235 名無しのライバー ID:YxCW5Jopd
>>232
酢昆布ネキもmikuriママもかわヨ

236 名無しのライバー ID:ssDkJml4q
>>232
自作なのが凄いわ

237 名無しのライバー ID:cy4OseAkL
自宅だと全裸かジャージの癖にコスプレ衣装だけは充実してるの草だわ

238 名無しのライバー ID:HyMfPrLl7
酢昆布ネキのコスプレ目当てでブース行こうかな

239 名無しのライバー ID:NJN5kDAdt
行ったんなら本も買えよ？

240 名無しのライバー ID:MoBthread
さっき行ったけときは平積みされてたし余裕はありそう
他にお客さんいなかったからちょっとお話もできた

241 名無しのライバー ID:IWiL/1CEd
おー、ええやん

242 名無しのライバー ID:hFwsFhrjG
駄馬が何かやらかしてないかだけが気がかりだわ

243 名無しのライバー ID:aVg32Dy+5
ほんまそれ
奇行がアフィブログに取り上げられて、ファンの民度が～って記事になるのが容易に想像できる

244 名無しのライバー ID:MoBthread
流石にしねぇよ！
ワイ信用なさすぎぃ！

245 名無しのライバー ID:NwrXhShEK
雫ちゃんをソリライ真ちゃん友人特定した戦犯……

246 名無しのライバー ID:AwpWSRF4r
あー、そんなこともあったな

247 名無しのライバー ID:MoBthread
ぐうの音も出ない
でも、客層女性層がやっぱ多かったな
畳のママのトライデントブースは男ばっかだったけど

248 名無しのライバー ID:WgGwxXNgu
そらエロマンガ家のブースだし女性は買いに行き辛いやろ

249 名無しのライバー ID:Ow0X3QDOa
ワイ行ったときはmikuriママと若い女の子のお客さんと楽しそうに会話してた

250 名無しのライバー ID:If5jzpgbh
アナリティクスとか公開してないからファンの男女比率は分からんけど
多分脱サラのが女性率は高いやろ
畳はどうしてもネタ枠感があるから男性ファンが多いと思う

251 名無しのライバー ID:4JKgsVrN1
脱サラに若い女性ファン……？
ちょっと違和感ががが

252 名無しのライバー ID:rWVPVmrJ/
冷静にスペックだけ見ると高いからな

声が良くて、語り口調も柔らかいし結構女性特攻だと思うよ
そういうのが評価されて採用されたんだろうし

253 名無しのライバー ID:uyGuNaTbh
可燃性なのと虚無配信以外は割とハイスペックと前から言われ続けてる

254 名無しのライバー ID:5C9EUq+0f
そのふたつ、配信者としては割と致命的な気が

255 名無しのライバー ID:OeFpnqRBl
顔出しのお料理配信者やってた方が絶対評価されるとおもうわ

256 名無しのライバー ID:JjYT1ucV2
最近はそこそこ有名お料理配信者から
リツイート以外にも直接リプ貰ったりするようになったからな

257 名無しのライバー ID:jmrt5kN3s
もうお料理本出せよ

258 名無しのライバー ID:VrEExgIl5
毎日食事かおやつの画像必ずアップしてるもんな

259 名無しのライバー ID:sszVzU9Py
悲報　脱サラ親戚の集まりで肩身が狭い

260 名無しのライバー ID:seb3xpiYR
草

261 名無しのライバー ID:t6o2d232x
悲報　脱サラ　やらかす

---

酢昆布@新刊委託予定@sukonbu_umaiyone
今回のコスプレは雫ちゃんだよ
恐らく業界初だな、うん
レース部分の再現が死ぬほど大変だった模様
vuploader.vom.jpg

---

神坂怜@親戚の集まりで肩身が狭い系V@kanzaka_underlive
綺麗ですね
とても似合っていると思います
ですが本物も負けず劣らず可愛いのです

---

262 名無しのライバー ID:jnlaPj2PK
>>261
あーあ

263 名無しのライバー ID:Hc126e+hx
>>261
最近平和だと思ったらこれだよ！

264 名無しのライバー ID:gckineki/
>>261
あ゛！？

265 名無しのライバー ID:S7t6pXbSJ
>>261
誰だよ最近燃えてないから逆に不安だとか言ってた奴ぅ！

266 名無しのライバー ID:lxT2pd9p4
雫ちゃんコスプレなら
シスコンが反応しないわけはなく……

267 名無しのライバー ID:mIPe5st/6
推しから可愛いを引き出す
計算通りなら酢昆布ネキ策士だな

268 名無しのライバー ID:a4fX4WHA3
あーあ……

---

柊冬夜@野菜大好き@Hiiragi_underlive
ほんとそういうところやぞ、お前

---

酢昆布@新刊委託販売中@sukonbu_umaiyone
！？！？！？！？！！？

---

アレイナ・アーレンス@清楚系VTuber@seiso_vtuber_Alaina
は……？
許せねぇよなぁ！！

---

ルナ・ブラン@luna_underlive
ふーん、そうなんだ
へー

---

日野灯@akari_underlive
雫ちゃん、本物はどんだけ可愛いんだ……

---

269 名無しのライバー ID:ElR0HyFUV
>>268
んなあああああ！

270 名無しのライバー ID:ryF+fIT0S
>>268
楽しそう（小並感）

271 名無しのライバー ID:6LDi2fXL8
>>269
余計に被害広がってないっすかねぇ……

272 名無しのライバー ID:1321OewdW
ユニコーン絶対殺すマン

273 名無しのライバー ID:l3VMSBk52
これが雫ちゃんのコスじゃなければ、こういう褒め方しなかったんだろうなぁ……

274 名無しのライバー ID:SVd7oUP97
ルナちゃんの新たな一面が垣間見えたので
ワイは満足です

275 名無しのライバー ID:SisterChan
こういう言動リアルでもやってないか真面目に心配だよ……

# 27話 親戚

【8月×日】

世間が――というよりかは、オタク界隈《かいわい》で夏の同人誌即売会が盛り上がりを見せている一方、私の方はというと毎年恒例となった親戚来訪に備えていた。去年までであれば、ずっと仕事で実家への帰省もままならなかったが……今年は実家に『帰省』というか『寄生』しているので当然、親戚の皆さんと対面することになる。身内とはいえ、まったく何も準備しないというわけにもいかない。逆にそういう間柄だからこそ手を抜けないというのもあるのかもしれない。前日には大掃除、今朝は昼食の準備等々。毎年、祖父母の家、我が家、観光、宿泊、帰省というのが例年の流れだそうだ。

都会の方の人からすると新幹線１本で来れるし、程よく田舎《いなか》で海の幸、山の幸が美味である点。観光スポットもほどほどにあって、どこに行っても都会ほどの人混《ひとご》みはなく混雑も少ない。生地を離れて２０年以上経《た》っている筈《はず》だが、皆さん毎年欠かすことなく帰省しお墓参りは必ずやっていく。勤め先があれだったとはいえ、私よりその辺しっかりしているなぁ、と思う。そういう点や、現在の再就職先がＶＴｕｂｅｒ――そこそこに人気があるのならまだしも、ＳＮＳのサジェストでリークやら炎上といった単語が出て来る身としては、仕事を辞めて実家に戻ったとか根掘り葉掘り聞かれると非常に困るのである。

身内とはいえあまり軽々しく言うべきではないだろう。あくまで神坂怜《かんざかれい》という人物はバーチャルの存在であってリアルの私とはまた別個の存在である。応援してくれている人は私ではなく、彼を応援しているのだ。まあ、別段キャラを作っていたりとかはないからほぼイコールに近いのだけれども……ｍｉｋｕｒｉママの超美麗《びれい》イラストがなければもっと悲惨なことになっていたに違いない。それだけは確信を持って言える。私の存在価値とは一体……？

ちなみに私が酢昆布《すこんぶ》ネキの雫《しずく》ちゃんコスを褒めた件がちょっと荒れていた。ストレートに賞賛したのが不味《まず》かったのだろうか。でも愛《いと》しのマイシスターの衣装だったし、このくらい言っておかないと私の妹に対する愛が疑われかねない。好き好きアピールは定期的にしておかないと。余計な虫が寄ってきちゃいそうだ。この前も男性配信者からＳＮＳで声をかけられているのをお兄ちゃんしっかりチェックしてたからな？　だがマイシスターはネットの使い方を心得ている。それら全てをスルーしている。それとなくその件をあの子に聞いてみたら、呆《あき》れた表情で「はいはい、ブロックしたから。ね？」とわざわざ目の前でＳＮＳのブロック機能を使って見せたのだ。流石《さすが》にそこまでする必要はないとは思うのだが、お兄ちゃんこれにはとってもニッコリ。ちなみに自分が台本を担当したボイスの感想が気になるのか、感想ツイートを細かくチェックしているらしい。当人はバレてないと思ってるっぽいので黙っておこう。可愛《かわい》いなあ。

◇◆◇◆◇◆

「づがれだぁ……」

疲労感。気疲れというやつか。想定と違って現在の職業に関してそこまで深く聞かれることはなかった。ちなみに、ＩＴ関係の在宅ワークということで誤魔化《ごまか》しておいた。どちらかと言うと、この歳《とし》で独り身という点の方があの人たちにとってはいい肴《さかな》だったらしい。知人やら、職場の若い子の写真を見せられてどうだとか勧められたり、『良い人はいないの？』的な話題を1時間以上やられると流石に応える。私的にはぶっちゃけ、アンチの人に叩《たた》かれるよりもこういうの方がずっとずっと辛く感じてしまう。彼らに悪意がなく、善意でそういうお話をしているので断りにくいし。そこそこ酒が回ってきたのを理由になんとか抜け出すことに成功した。

私ってこんなヤワだったっけ……？

下手すると見合い話にまで発展しそうなのがちょっと気が重い。酒でそこの話題全部忘れてくれないだろうか。配信のネタにできたりするかなー、なんて考えちゃう辺りは職業病なのだろうか。疲労感的には長時間配信やった後よりもずっと上だ。

「お兄さん、こんにちは」

「こ、こんにちは」

「あー、大きくなったなぁ。凄《すご》い久しぶり。今年中学生だっけ？」

従姉弟——姉とその弟。中学二年生と中学一年生だったと記憶している。

「少し前までオムツ履いてたんだけどなぁ。覚えてないだろうけど、私替えたこともあるんだよ」

「お兄さん、おじさんっぽい」

ふふふと笑っている様は私の記憶にある彼女とは違う。昔はもっと構って、『遊んでくれなくちゃ嫌だー』みたいなやんちゃな女の子だったのだが、驚くほど大人しい——頑張って背伸びして大人ぶっているのは非常に愛らしいと思う。こういう早く大人になりたいとかそういう感情は思春期時代は割と誰でも抱くものだろう。一方の弟君の方は相変わらず人見知り気味で姉の後に隠れるようにしていた。

大人は酒が入ってよく分からない話をしているので、少しつまらない彼らは私や妹が相手をすることになっていた。直接会うのは2〜3年ぶりだろうか。思春期特有の『あなたのことが嫌いです』的な感情を向けられていないのは幸いか。ただ、正直私のベッドの上で寝っ転がるのは些《いささ》かどうかと思いますよ、お嬢さん。

「ちょっとくさい」

「マジで⁉」

遂《つい》にあれか。加齢臭とかいうあれか？　私も遂に行くとこまで行ってしまった感が……さ、流石に私もそれにはショックだよ。

「冗談。冗談。ウチのパパに比べれば全然。匂いなんてしないって」

「お父さんに直接言っちゃダメだよ、それ」

「？　よくわかないけどわかった！」

お父さんがちょっと気の毒になったけれど……私もそういうの大丈夫だよね？　普段から運動しているし、食生活も別段偏らないようにしてる。い、妹ちゃんに確認しておこう。うん。

一方、そんな私をからかっていた背伸びのお姉さんの方は部屋を繁々と眺めてから言う。

「お兄さんゲームとかする人だっけ？」

「ほんとだ、凄い沢山ある！」

ゲーム機見てテンション上がるのは歳相応だ。でも玩具《おもちゃ》とか見てちょっとはしゃぐ気持ちはとっても分かるぞ。この歳になってもゲーム機や家電とか開封して電源入れたり説明書見るあの瞬間はたまらない。まあ昨今のゲームソフトは説明書封入されなくなって、ゲーム画面で確認っていうのが一般的になってきてちょっぴり寂しいアラサーです。ゲーム機が多いのは言うまでもなく、配信用であるからだ。以前まではろくにそういった娯楽グッズもない、閑散とした部屋から一転してこの有様だもんな。そりゃあ疑問にも思うはずだ。

「仕事が在宅になって自由な時間が増えたからね。会社の同僚と一緒にゲームしたりすることが増えたんだ。ほら、最近通話繋《つな》ぎながらゲームとかできるでしょ」

嘘《うそ》ではない。うん……嘘ではないな、ヨシ！　実際同僚だし。

「良いなぁ。ウチはクリスマスにならないと買ってもらえないから」

「姉さんはお小遣い全部服に使っちゃうからでしょ」

「あんたは着る物いい加減自分で選びなさいよ、いつまでしま○らで揃《そろ》えてんのよ」

「しま○ら安いし、コスパいいし、いいじゃん！」

そうだぞ。お兄さんだってユ○クロやしま○ら、ワー○マンでほぼ全身コーディネートしてるんだぞ。今そんな本音を叫ぶと姉の方からドン引きされそうな予感がなんとなくあったので、流石に控えておいた。ファッション関係は本当に興味の埒外《らちがい》だからなぁ……あ、今度妹にアウトレットで全身コーディネートされるのがちょっと楽しみだったりするんだ！　実質デートだし。誰が何と言おうとデートである。後日ＳＮＳで皆に自慢してやらないとな。皆嫉妬《しっと》しちゃうかなぁ。雫ちゃんは可愛いしファンも多いし。ふふ。だからと言って止めるつもりは毛頭ないけどな。こと妹に関してだけは誰に何と言われようと愛を叫び続けたい所存。

　弟君の方がジーッとパソコンの方を観察している。若い子にはパソコンよりもスマートフォンの方が馴染《なじ》みがあるので、こういうのは珍しいのだろうか。スマホは８割以上の人が所有しているらしいが、パソコンの所持率はその半分以下とかいうのをどこかで見た気がする。高性能小型化していっているし、動画を大画面で見たりとかそこそこのスペックを要求されるパソコン用ゲームをしたいという層以外はあまり必要とされないのだろうか。

「ニャー」

　私の部屋の扉から僅《わず》かに顔を覗《のぞ》かせている虎太郎。見知らぬ人物である従姉弟を少し警戒しているらしい。彼の日が『僕のベストプレイスからそっちの人間追い出せ』と語っているようにも感じた。この夏エアコンを新調したため、この部屋がこの家で一番快適に過ごせるという事を彼は知っているのである。配信の邪魔もしない辺り、この子なりに気を遣っているのだろうか。たまに人の足を猫パンチしに来るんだけれども。

「ネコチャンだ！　ほーら、おいでおいで！」

テンション爆上がりの姉の方。虎太郎は『なんやこいつぅ⁉』みたいにビクッと身体を震わせてから逃げ出す。恐らくマイシスターの部屋に逃げ込んだんだろう。ご愁傷様《しゅうしょうさま》。あのくらいの子は好奇心強いから多分捕まると全身くまなく撫《な》で回《まわ》されるだろう。後でチュールあげるから頑張れよ、虎太郎。あそこまで必死に逃げる様を見るのは初めてな気がする。

「お姉ちゃんの部屋かな？　待て待てー」

「ジニ゙ャァア‼」

それを追う少女。あー、この子マイシスターと一緒で動物は好きだけど向こうからは逃げられたりするタイプだなー。なんて事を考えていたところで、弟君の方が私の服の袖《そで》をくいくいっと引っ張る。

「お兄さんお兄さん、これ最新のＣＰＵ積んだパソコンですよね！　グラボは何シリーズの奴《やつ》ですか⁉」

目をキラキラ輝かせて聞いてくる少年の表情を見ると無下な対応も出来ない……こっちはこっちでそっちの方面でテンション爆上がりしてんのね。

そこそこにスペックが要求されるＰＣゲームを起動しながら配信ソフト、通話ソフトなどを動かすので一般的にはハイスペックのゲーミングパソコンがこれだ。私自身はそこまで詳しくはなく、これを買ったときは運営さんにオススメを聞いただけだ。だが、その後ゲーミングＰＣ案件で少し勉強したのでこの子に説明出来るくらいの知識はある。勉強しておいてよかった。

簡単にスペックを紹介すると、興味深く聞き入っていた。

「３０万は軽く超えますよね、いや昨今の価格高騰を考えるとこれ４０万くらいかな？」

凄いな。聞くだけでおおよその値段を当ててくるとは……最近の子供ってこわい。なまじ色々な情報が簡単に入手出来ちゃうもんだから、ちょっと興味があれば特定分野に絞《しぼ》れば大の大人の知識量なんてあっという間に追い抜かれてしまうだろう。そのくらい若い子の吸収力というのは恐ろしいものなのだ。

「これ……キャプボだ……お兄さん配信でも趣味でやってるんですか？　チャンネル教えてくれたら登録しますよ」

キャプボ——キャプチャーボードはゲーム機の映像音声をパソコン側に出力する装置のことで、録画や配信等が主《おも》な利用目的である。よもや中学生の少年にキャプボを見破られるとは……今思えば、若い子世代のなりたい職業ランキングで上位に配信業が入っているし、その機材に詳しい子がいても不思議ではなかったんだろう。事前に片付けて隠しておくべきだったか……。

どう返答すべきか逡巡《しゅんじゅん》していると、彼は何かを納得したように言う。

「分かりますよ、この世の中そういうのやってるって言い出し辛いですもんね。大丈夫です、誰にも言いません。僕も実況動画見るのとか大好きなので応援します！」

キャプボは攻略サイト見ながらゲームやりたかったからという理由も思いついたが、急な誤魔化しが利くとも思えない。機材関連、下手すれば私よりもずっと詳しそうだし。

「皆には内緒ね」

「分かってます、男と男の約束です！」

この後機材とか配信ソフトのことを滅茶苦茶《めちゃくちゃ》聞かれたが、姉や他家族がいる間ではそういった話題は一切出さず、アニメや漫画の話で盛り上がっていたという体で誤魔化していた。どうやら彼はこの手の界隈に非常に高い関心を持っているが、そういった趣味がまだ世間で広く認められていない事も知った上での行動だったらしい。彼もいずれそういう配信とかを始めるようになるんだろうか？　そういう『好きだ』って言うものに真剣に取り組むのは本当に好感が持てる。私も『仕事』としてでなく、こういう方面からこの業界を知りたかったな……

　ちなみに一緒にゲームしたら接待とか抜きにフルボッコにされた。逆に気を遣ってボタン縛りとかはじめたときには……ちょっとお兄さん、自分が情けなくなりました。まる。

365 名無しのライバー ID:0BAWbJ6GA
即売会乙やで

366 名無しのライバー ID:L5RMRVYMU
今年も暑かったな

367 名無しのライバー ID:Axt7r5scW
持ってたダミー財布がいつの間にか消えて
て吹いたわ

368 名無しのライバー ID:iORiR6jdy
あそこ行くなら首からヒモつけて提げとく
くらいじゃないと安心できんわ

369 名無しのライバー ID:g27AYgJms
割と軽犯罪のバーゲンセール状態になって
ると思うの
・盗撮
・痴漢
・スリ
後は500円玉で支払ったように見せて、実
は別の国の硬貨とか

370 名無しのライバー ID:c/PEqJTbm
人が滅茶苦茶多いからな
人混みに紛れて犯行に及べるわけで

371 名無しのライバー ID:pKGrUdKxK
行くなら気をつけろよ
ワイなんてリュックにセミの抜け殻付けら
れてたわ

372 名無しのライバー ID:D7br10+sx
セミテロの人結構前からいるけど
同一犯なのか？

373 名無しのライバー ID:Svp2OSdTp
一子相伝の可能性もあるやん
北斗の暗殺拳みたいに

374 名無しのライバー ID:naMJ9DJrz
ねぇよ！

375 名無しのライバー ID:2MlkTmBvY
みんなは薄い本買えた？

376 名無しのライバー ID:MoBthread
>>375
あんだーらいぶ関係者は全部巡礼したぞ

377 名無しのライバー ID:3Nqg69fcz
>>375
仕事やったから行けんかった
委託販売頼みやわ

378 名無しのライバー ID:V7Baf2RGI
mikuriママブース女性客いてワイ君
怖くて近づけなかった

379 名無しのライバー ID:GiaAcJXIF
ワイ君さぁ……

380 名無しのライバー ID:DkZIgZVfH
草

381 名無しのライバー ID:CEm0/8ylK
なんか執事ふたり引き連れた美人お嬢様が
ブースにいたって話は聞いた

382 名無しのライバー ID:SBQGLczya
車椅子の女性を男装の麗人（執事服）がエスコートしてたらしい

383 名無しのライバー ID:WQ2HPAs+v
執事ふたりはコスプレじゃろ？

384 名無しのライバー ID:gckineki/
案外本物だったりするんじゃないかねぇ……

385 名無しのライバー ID:MoBthread
美人かー、へぇー

386 名無しのライバー ID:7i41l0YF7
畳絵師のトライデントんとこにはアラブの石油王が来たらしい

387 名無しのライバー ID:U55uvJrxg
畳絵師って書くと何か誤解を生みそう

388 名無しのライバー ID:KrKzmV5fT
えぇ……

389 名無しのライバー IID:54G1o1G2h
イグサ生える

390 名無しのライバー ID:kby3gZOrj
ネタかと思ったけどマジな奴なの？

391 名無しのライバー ID:TxPsXjSdq
あれってコスプレじゃないのか？

392 名無しのライバー ID:RN++YsYDy
さぁ……しっかりSPも付いてたけど

393 名無しのライバー ID:L/myEaMgG
ガチの石油王は某格闘ゲームの筐体を
数百セット買っていったという逸話がある模様

394 名無しのライバー ID:cWWnd6sGI
脱サラ：令嬢＋執事
畳：石油王＋SP

何やこの客層……！？

395 名無しのライバー ID:tbNG0zzeP
いや、普通の客が大半だから！

396 名無しのライバー ID:PPbmiEemz
なお脱サラ君は雫ちゃんコスの酢昆布ネキを
褒めまくってたらちょっと燃えた模様

397 名無しのライバー ID:19up59P1d
い　つ　も　の

398 名無しのライバー ID:lxv97W/o1
伝統芸能みたいなもんだから……

399 名無しのライバー ID:WvqfPUqYT
汗でスケスケになっていた酢昆布ネキにも問題があったと思うの

400 名無しのライバー ID:WoA9pgh9d
あの人自分が美人なの自覚した方が良いと思うの

401 名無しのライバー ID:/BQTlD1yj
そういや、もうすぐルナちゃん登録者5万人行くな

402 名無しのライバー ID:DNDKwH+vb
早すぎやろ

403 名無しのライバー ID:bBpRibuob
つっよ

404 名無しのライバー ID:q4sqUzOSa
今月はあれかもだが来月くらいには灯ちゃんも行けそう

405 名無しのライバー ID:Z2r4lnfPz
5万人、銀盾折り返しか

406 名無しのライバー ID:lbCAGEXjD
3ヶ月でそれは凄いな

407 名無しのライバー ID:toaouC09W
銀盾って登録者10万人になったら貰えるやつだっけ？

408 名無しのライバー ID:QWO65HODT
せやで超えるとYourTube君から貰える
銀盾：10万人
金盾：100万人
ダイヤ：1000万人

409 名無しのライバー ID:Dh3DPCVa8
たしか畳、銀盾貰ったけど名前誤字られてたんだよなw

410 名無しのライバー ID:leJRi0Jsp
なお女帝も誤字られてたので
今のところあんだーらいぶ銀盾は全部誤字盾である

411 名無しのライバー ID:anyyW+Jua
草

412 名無しのライバー ID:vHpt8DA0H
YourTube君さぁ……

413 名無しのライバー ID:848kMPfBa
そのあときちんと修正品と交換されたから(震え声

414 名無しのライバー ID:aW9VEf3Qp
5万人の記念枠とか何するんやろ
楽しみやな

**今日の妹ちゃん**

即売会、1回行ってみたいな

# 28話 誕生日プレゼント何買いますか？

**【8月×日】**

さて、今月は絶対に忘れてはならない要件がある。

「それでは、これよりｍｉｋｕｒｉママのお誕生日に何プレゼントするか作戦会議を始めたいと思います」

「はーい。あ、お兄ちゃんのケーキの方が大きくない？　大きいよね？」

「あーうん。じゃあ交換しようね、はい。わざわざ定規持ってこないの。家では良いけど、お外でそういうのするのは止めなさいな」

「わかった」

少し話が逸《そ》れてしまいそうになったが、今月はｍｉｋｕｒｉママのお誕生月。私のキャラデザやグッズ等のイラスト提供に始まり、更には妹の雫《しずく》ちゃんのイラストや、Ｌｉｖｅ２Ｄ準備。毎回のように配信は見守ってくれている上に荒れていればモデレーター権限を用いてコメント消去などもやっていただいている。お世話になりっぱなしなのである。多分私が今一番頭の上がらない人だと思う。足を向けて寝られない、とはこのことだろう。そんなママのお誕生日に何もしないわけにはいかない。だが、何を贈れば良いかひとりでは決めきれない。特に相手は女性。当人に直接欲しい物を聞こうものなら、やんわりお断りされて『気持ちだけで嬉《うれ》しい』と言われてしまう事は目に見えているわけで。

　そんなこんなで、マイシスターとｍｉｋｕｒｉママへのプレゼントを考える会議を開いたのが今回の経緯である。妹の方はというと、目の前のタルトタタンの方に夢中な様子。タルト生地の上にカラメルを絡めたリンゴを乗っけたもの、と言えば良いのだろうか。ほろ苦いカラメルを絡めたリンゴとサクサクのタルト生地。最近では妹が露骨にリビングのテレビを使って次に食べたいお菓子動画を見せ付けて来るのだ。そういうところがまた可愛《かわい》いんだよなぁ。一口食べて見るが、今日のはまぁまぁの出来だ。妹に合わせて、もう少しカラメルを甘めにしても良かったのかもしれない。両親はこのくらいの塩梅《あんばい》が良い、か……？

「おいひい」

　まあ、うん。美味《おい》しいなら良いか。幸せそうにタルトを頬張る妹を見ると何かどうでも良くなってきた。その笑顔のために毎日生きている。その後しばらくティータイムを楽しんだ後、改めて本題へ入ることになった。

「さて、何か意見はあるか？　自分だったら何が欲しい？」

「服」

「サイズがわからんし、男の私から服ってちょっとあれじゃない……？」

「うーん……指輪送ってプロポーズ。本当にママになってもらうってのはどうですかね、そろそろ結婚とか考えるお歳《とし》なわけで。わたし、ｍｉｋｕｒｉママなら義姉さんになってもいいかなって思うし」

「やめろ」

割と親から『孫の顔いつ見られるんだろうなぁ（チラッチラッ』をされる身にもなってほしい。そら三十路《みそじ》も迫ってきているのに彼女のひとりも両親に紹介したりとかも皆無だし、お気持ちされてても仕方あるまい。親戚の集まりでもその辺り根掘り葉掘り聞かれたのは記憶に新しい。何か知らんが、見合いとかやたら勧められたりもしたのだが……マジで後日写真とか届いたらどうすりゃいいんだ……？　配信の雑談ネタにでもするくらいしか思い浮かばない。

「実際のとこ、どうなのよ」

「どうってなにが？　あと、人に向かってフォークを向けないの」

「お兄ちゃんにしかやらないってば」

「そういうので悪癖になってお外でやっちゃうかもでしょ。おやつ抜き案件かな？」

「ごめんなさい。ごめんなさい。もうやりません」

「よろしい」

頭を撫《な》でると心底嫌そうな顔で、嫌いなピーマンを食べているときみたいな顔をする。えっ、酷《ひど》くない？　後サラっとその頭に乗せた手を掴《つか》んで振り落とす。そして手鏡を見ながら髪を整え始める。思春期子の正常な反応なのかな、これ？　流石《さすが》のお兄ちゃんもちょっとショックだよ。いや、寧《むし》ろお兄ちゃん大好きで意識してるだけという事にしておこう。うん。きっとそうに違いない。

「お兄ちゃん的にはどうなんですかね」

「だから何が？」

「いや、いい人いないのかなぁって」

「私が買い物と事務所以外でお出かけしていたことはありますか？」

「あー、うん。それは知ってる。お兄ちゃんには幸せな家庭を築いてもらわないといけないと思うのですよ。思いやり出来る系の出来た妹なわたしとしては」

「ん？　私はお前といられるだけで幸せだよ？」

「うーん……これは重症だ。絶対に覚えてろよ！」

　重度のシスコンという意味合いではまさにその通りなんだけれど。同じような境遇の他所の家――具体的に言うと柊《ひいらぎ》先輩も妹である夏嘉《なつか》ちゃん大好きなのだ。世の中的には妹を持つ兄はみんなシスコンという可能性があるんじゃないかと言うのが私の見解なわけですよ。私が特別おかしいとかではない。仮におかしかったとしてもそのくらいマイシスターが可愛いというだけの話なのである。

「お兄ちゃんはまずその女運のなさが、ね……」

「そうなのかなぁ」

「ひとまずお祓《はら》い行っといた方がいいよ」

「女運は別として確かにお祓いとか商売繁盛的なのはしておいた方が良さそう」

「あー……火の用心のお札買って配信部屋に置いといた方がいいんじゃない？」

「ああいうお札ってネット社会にまで対応しているのだろうか……」

「八百万《やおよろず》の神的なスピリチュアルパワーで何とかなる！　多分！」

「神様も大変だな」

妹が私の女性関係云々《うんぬん》をどの程度把握しているのかは分からないけれども、母さんから何か聞いていたりするのだろうか。まあ主《おも》に彼女の件を思って言っているのだろうけれども……。

「そもそもママの住所知ってるの……？」

「知らない——と言うよりかはあえて聞いてない。プレゼント渡すからって住所聞き出すのってちょっと押し付けがましいというか……色々ヤバくない？」

「たしかに。もぐもぐ。おいひい」

「ひとまず事務所経由でお願いするつもり」

　女性の住所聞くのがそもそもナンセンス。妙齢の女性の自宅住所を聞き出したとか、それこそ燃えるわ。確かに人が良さそうなあの人の事だから特に疑いなく教えてきそうなんだけれども……一応線引きと言うか、その辺はしっかりしておきたい。あちらから同人誌即売会での見本誌を送ってもらうときは事務所を通じて送ってもらった経緯もあるので、今度はこちらからあちらへも事務所を通じて送ってもらおうと考えている。流石に郵送直前には連絡取って、こういうものが届きますくらいの連絡はするんだけれども。ほら、時間帯指定とか場合によっては必要だし。食べ物ならばアレルギー等の心配事もあるし。

「手作りケーキ。アレルギーとかは酢《す》昆布《こんぶ》せんせーに聞けばよくない？」

「手作りは衛生面で不安だし、送られても重いのでは？」

「それはそうか。いつも食べてるわたし目線で語ってしまった……うーん、普通にお店でケーキとかお菓子を買って送ってもらうとか？　そういうサービスもお店によってはあるでしょ」

「うーん、やっぱりその辺がベターかなぁ」

「あと、メッセージとかチョコで書いてもらえる奴《やつ》とかもよくない？」

「ああ、なるほど。そう言うのもあるのか」

手作りの生菓子を送るのは少しハードルは高い。衛生面もあるし、受け取る相手側には少し気味悪がられてしまうやもしれん。きちんとしたお店で買った物を送る方が受け取る側も安心だし、店舗側もそういう対応に結構慣れている。

「ほら、あそこがいいんじゃない？　お兄ちゃんの知り合いの人がやってるあのお店」

「あー、あそこか……」

昔からの知人が営む洋菓子店。たまーに顔を出したりする……『兄貴、兄貴』と慕ってくれるのは悪い気はしないのだが、何と言うか……昔のヤンチャ時代の黒歴史なので、正直複雑ではある。後、単純に見た目が怖いんだよね、彼。スキンヘッドでやたらガタイも良く、普段はサングラスに革ジャンで街を闊歩《かっぽ》しているもんだから堅気《かたぎ》の人には見えない。見た目とは裏腹に手先は器用で犬好き。フランスに修業にまで行っていたとかいう輝かしい経歴の持ち主だったりする。ちなみに、昔はマジでヤンチャだった。懐かしいなぁ……思い出すと若干胃が痛くなってきたわ。彼の飼っているシベリアンハスキーくんは元気だろうか。

「薔薇《ばら》送るとかロマンチック」

「それも重くない？　花言葉的にも。花って貰《もら》っても扱いに困ることのが多いような」

「女心がわかっちゃいないなぁ。確かに後処理はめんどーだけど」

「あ、やっぱり？」

「『母、誕生日プレゼント』で検索っと」

スマートフォンを取り出しおもむろに調べ始める妹。それでいいのか？

「マッサージ器に健康グッズ、グルメギフト、コスメ……ぶっちゃけ実際会ったことないから、どういう雰囲気のがいいとか全然わかんにゃい」

「にゃいですか」

「にゃい」

「あまり気合が入りすぎるのもかえって気を遣わせてしまうかもだしなぁ」

「うーん。じゃあこういうのは――」

その後約1時間に及ぶ話し合いの末、プレゼントアイディアを何とか絞り出した。

その日の夜、配信中の獅堂《しどう》先輩からの通話。そう言えば先日の新人さんデビューするとかの話で盛り上がっていた雑談時に『近々配信中凸るんでヨロシク』なんて事を言っていた記憶がある。少し配信サイトをチラリと確認してみると、同時視聴者数1・2万人とえげつない数字が見えた気がする。ま、細かい事考えていても仕方がない。

まあ、私には無関係だろう。多分。きっと。恐らく。

769 名無しのライバー ID:xpRATgcLl
女帝「夏と言えば怪談。ホラー」
からの怖かった体験談、肝が冷えたエピソードアポなし逆凸を開始

770 名無しのライバー ID:2GCpYvTXx
アポなしで逆凸って好きやな、女帝

771 名無しのライバー ID:9pLbtjnnK
一応前日に「近々配信中凸るんでヨロシク」とは言ってあるらしいが

772 名無しのライバー ID:SYPzeiWxA

獅堂エリカ@逆凸企画20：00～@erika_underlive
あんだーらいぶはアットホームな職場です
pic.vitter.com/gazou01

獅堂エリカ：あ、そう言えばここにいる人たちさ、近々配信中凸るんでヨロシク
羽澄咲：今度またなぁにやらかすんですかねぇ……
獅堂エリカ：夏だからね
柊冬夜：理由になってねぇ
日野灯：あ、怜先輩いつコラボしてくれます？？
ルナ・ブラン：夏休みなので大体いつでも大丈夫です
神坂怜：か、家事で忙しいので……
宵闇忍：見慣れたやり取り
もう諦めてヤッちゃえば良いのに
羽澄咲：JKとヤる……
神坂怜：何か誤解を招く言い回し止めてもらって良いですか！？

773 名無しのライバー ID:PzwYnpxfP
>>772
アポなしではなくね？
さらっと脱サラに飛び火しそうなの草

774 名無しのライバー ID:6HURHsns/
>>772
脱サラ殿がまた燃えておるぞ！

775 名無しのライバー ID:f7GnGJgto
>>772
脱サラ絶対燃やすウーマン

776 名無しのライバー ID:1WZQix4CU
>>772
「ヤッちゃえ」は草

777 名無しのライバー ID:rW8B/Gm58
>>772
JKとヤるのはまずいですよ！

778 名無しのライバー ID:olvC/IQxS
謎にルナちゃん、灯ちゃんから好感度の高いのはなんなんだ……？

779 名無しのライバー ID:SiTdC4Dil
お客さんかな？

780 名無しのライバー ID:ypN7n6+qW
夏休みからのご新規さんやろ

781 名無しのライバー ID:YiKL9XlYX

まあ、あれだ
親戚のお兄ちゃんに懐いてる姪っ子みたいな図ってことで

782 名無しのライバー ID:/J0Sl2lx/
毎回お断りされてるのに懲りないな

783 名無しのライバー ID:DEKCXWRpC
なお他男性Vや配信者からのコラボはやんわりお断りしている模様
コーンも安心だネ

784 名無しのライバー ID:diT9XWRr5
コーン「なんやこの神坂とかいうやつぅッ！？　燃やしたろ！」

785 名無しのライバー ID:K3TOHjl1L
ポッと出の男連中なんぞ警戒して然るべきですしおすし

786 名無しのライバー ID:UxQx8Htza
月太陽コンビのファンも大分慣れてきたろ

787 名無しのライバー ID:avl/H2Ten
一般のファンはもう「いつものやつ」で済んでる感はある
厄介なのは処女厨と他所との対立煽りとかVアンチよな

788 名無しのライバー ID:nk3/I28eB
アンチが沢山いるってのは人気の裏付けだ

789 名無しのライバー ID:ZbTw94tQ3
一途な女の子っていいよね

790 名無しのライバー ID:ue0qc/LS+
あんだーらいぶ男性陣以外とは基本絡まないからなぁ

791 名無しのライバー ID:MoBthread
怖かった体験談、肝が冷えた話まとめ1

ハッス
・先輩からの急な逆凸
・痴漢に遭った

忍ちゃん
・先輩からの急な逆凸
・台パンしたら勢い余ってヘッドホンコード引き千切ってしまった
・台パンしたら飲み物こぼれて大　惨　事

792 名無しのライバー ID:EnhA8QFPm
>>791
怪談要素一切ねぇじゃねぇかよ！

793 名無しのライバー ID:Z/0dH3SVx
>>791
怪談要素皆無である

794 名無しのライバー ID:wbKIU3Hxk
>>791
ハッスのは笑えない件

795 名無しのライバー ID:ZsHvQoVOx
ハッスの中の人は美人確定か

796 名無しのライバー ID:GFf6f+me0
中の人なんていねぇんだよォ！

797 名無しのライバー ID:GmnoCVSlG
そういうのはアンスレあたりでやってくれ

798 名無しのライバー ID:lJvG8WOH9
忍ちゃんのこれは台パンしなければ良いだけでは……？

799 名無しのライバー ID:bCphkqqFj
あの子から台パンっていう大事な個性抜いちゃダメだって

800 名無しのライバー ID:53lwHIByl
彼女の台パン音声だけで作られた音MADが再生数100万行ってんだぞ！
あれ、冷静に考えたらすっげぇおかしくね……？

801 名無しのライバー ID:4OJzAe83B
冷静に考えなくても色々おかしいゾ
台パンシーンのみを切り抜いて集めてる謎の勢力がいる模様

802 名無しのライバー ID:MoBthread
怖かった体験談、肝が冷えた話まとめ2

畳
・先輩からの急な逆凸
・社長のASMR機器使おうとしたら滅茶苦茶怒られたとき
・天井のないガチャ
・クレカには天井がある

あさちゃん
・先輩からの急な逆凸
・集金のおじさんが高圧的で怖い
・最近Gが出て取り逃がした。夜寝るのが怖い

803 名無しのライバー ID:d4jk6pLE9
畳、ちょっとは節制しろよ

804 名無しのライバー ID:aEbl4B+Os
畳、今月も天井までやってたよな……

805 名無しのライバー ID:UBieMWoPX
あさちゃん前に配信中にN○Kの集金来てたな

806 名無しのライバー ID:Qr7QHuLGd
夜中にカサカサ音すると絶対気になって眠れないやつじゃん

807 名無しのライバー ID:DqG1lvYYR
バル○ン焚くしかねぇ

808 名無しのライバー ID:LVV1hSTVn
バル○ン案件待ったなし！

809 名無しのライバー ID:f1yD5q/nP
殺虫剤案件とかあるわけねぇじゃん――と言い切れないのが怖い界隈

810 名無しのライバー ID:2fANCQFsV
老舗畳メーカー、エロゲ、もうなんでも有りやからな

811 名無しのライバー ID:MoBthread
怖かった体験談、肝が冷えた話まとめ3

819 名無しのライバー ID:dk0yyZBDx
見られて困りそうな配信はしてないしセーフでは？

820 名無しのライバー ID:VV3u3tPWA
プライベート匂わせ……？

821 名無しのライバー ID:AK+jcFozU
例の歌リレーのあれだろうなぁ

822 名無しのライバー ID:TCfFGrJGb
だろうな

823 名無しのライバー ID:Ub+6n9Og5
なんかあったん？

824 名無しのライバー ID:KljYoQkwn
過去スレ参照
あくまでスレ民の妄想だとあらかじめ言っておく

825 名無しのライバー ID:MoBthread
怖かった体験談、肝が冷えた話まとめ4

脱サラ
・先輩からの急な逆凸
・親から孫の顔を見せろと言われた
・自分の将来

826 名無しのライバー ID:BQXYBeDFS
全員「女帝からの逆凸怖い」はテンプレなの草

827 名無しのライバー ID:XnNdG1fDn

ルナちゃん
・先輩からの急な逆凸
・初配信で放送事故やらかしたこと
・クラスメイトがVTuberの話してたとき

灯ちゃん
・先輩からの急な逆凸
・プライベートな件。ないしょ（既に解決済みらしい）
・親が配信を時折チェックしてること

812 名無しのライバー ID:QxakD95oF
初配信のやらかしはまぁ……うん

813 名無しのライバー ID:3D5ienClu
クラスメイトは誰推しなんかな？

814 名無しのライバー ID:FbDEOMygK
畳だったら笑う

815 名無しのライバー ID:63l/6cCki
知名度的には寧ろその確率は高いんだよなあ

816 名無しのライバー ID:DN52Hjoz5
※忘れられがちですが男性Vトップです

817 名無しのライバー ID:AooT2DUci
マジで忘れてたわ

818 名無しのライバー ID:6y21xeO9w
親が配信チェックは未成年だし分からんでもない気がする

流石の女帝も「あ、うん……」って大人しくなった模様

828 名無しのライバー ID:4iUBqvYCF
抱えてる問題がリアルすぎる

829 名無しのライバー ID:7iZYp/Fhk
内容的にはハッスがダントツでヤバいんだけどな

830 名無しのライバー ID:Z+ZmQk93S
脱サラ「親戚に見合いを勧められている」

831 名無しのライバー ID:SwBHiP0Y/
草

832 名無しのライバー ID:S3raTp2J+
ファーww

833 名無しのライバー ID:ildZyZo8d
アレがアップを始めました

---

アレイナ・アーレンス@お見合い待機中@
seiso_vtuber_Alaina
推しがお見合いを勧められていると聞いてここに美人で胸が大きくて、同業者の好物件があります

---

834 名無しのライバー ID:gckineki/
アレ、ステイ

835 名無しのライバー ID:KI+VNDujH
アレとならくっ付いても燃えなさそう

836 名無しのライバー ID:E/Wo8WPpX
いや、多分あいつのファンが叩いて脱サラじゃなくてあいつを燃やすぞ

**今日の妹ちゃん**

で、結局見合い話って
どうなったんだろ??

# 29話 恩人

【8月×日】

夏真っ盛り。朝8時とはいえ野外での活動は暑苦しい。汗が滴《したた》り落《お》ちて地面に僅《わず》かにその痕を残す。首からかけていたタオルは汗を吸って少し不快ではあるが、普段自宅に籠《こ》もりきりで買い物や事務所での収録等で上京するとき以外に外出することは滅多にないので、たまには外で身体を動かすのも悪くはないだろう。

「でもさすがにこれは暑い……」

額の汗を袖口《そでぐち》で拭う。この時間帯で既に３０度近くあるというから驚きだ。蟬《せみ》さんは今日も元気に鳴いている。夏の終わりに地面に倒れ伏した彼らが最後の力を振り絞って急に飛び立つあれが印象深い人も多いのではないだろうか。割とトラウマになっている子もいそう。

まだ早い時間故《ゆえ》こんな程度で済んでいるが、真昼間《まっぴるま》にやりたくはないものである。日頃室内でストレッチや筋トレをすることはあっても、屋外で身体を動かすってのは中々に新鮮な気分だ。まあ、毎日やろうとは思わないが。職業病、とかではなくこの辺は単に私の根暗な性格が原因だろう。それでも自身の成果が目に見える形で反映されるのはあまり悪い気はしない。

視線を足元へ向ける。地域指定のゴミ袋２袋に雑草が窮屈そうに押し込まれており、つい１

時間程前までは雑草だらけだったそこは地面が見える程度にはスッキリ片付いていた。つまり長々と語ってきたが、ようは『朝から草むしりしてました』と言うだけの話。

「おつかれ。お茶入れたから休憩にしよう」

近所——正確に述べると実家から道路を１本挟《はさ》んだ斜向《はすむ》かいのお宅の家主《やぬし》であるタヱ子さん。御年《おんとし》７０歳くらいだったかと記憶している。１０年ほど前に旦那さんと死別し、子供や孫は皆首都圏へ。仕事も忙しいらしくここ数年はこちらに帰省もままならなかったが、明日僅かな期間とはいえ帰省することとなったらしい。その旨を嬉《うれ》しそうに語るタヱ子さんの姿を見て『本当に良かった』と心の底から思った。

親族を迎えるにあたってあわただしく準備する様子を見ていたのだが、流石《さすが》にこの炎天下で掃除やら庭先の草むしりやらをするのは赤の他人ながら心配になってしまう。向こう三軒両隣なんてよく言ったもので、ご近所付き合いは大切だし、何より彼女には恩義があるのだ。一応建前上は在宅勤務で身体を動かす機会がなかったこと、家で埃《ほこり》を被っている草刈機の有効活用と言い張って、少々強引にお手伝いしている次第である。

「お気遣いありがとうございます」

「お兄ちゃんも随分《ずいぶん》立派になってぇ……昔ここに来て学校行きたくないって泣いてたあの子と同じ子だなんてとても思えないねぇ」

「その節は大変ご迷惑をおかけしました……」

その昔イジメを受けていた頃、学校に行くフリしてタヱ子さんに泣き付いたことがあった。今思うととんでもないクソガキじゃん、私。当時から割と自覚はあったけど。ちなみに当時両親は共働きだったこともあって、後に町内1周だけして両親が出勤したタイミングでこっそり帰宅という糞《くそ》ムーブをかましていた。更にそれが発展して引き籠もりの不登校の出来上がりである。

「こっちにおんときはよく泣く子じゃったけど、その後は泣くことも笑うこともせんくなって心配したもんよ」

この人は異様に人の機微に気付く人なのだ。赤の他人なら誤魔化《ごまか》せてもタヱ子さんの慧眼《けいがん》を誤魔化せる気はしない。人生経験の差なのか、あるいは幼い頃から見知っているからなのか。よく分からないけれども、私にとっては尊敬すべき人であり、一生頭が上がらない人なのである。

「でもまたこっち戻ってからはよく笑うようになって安心したよ」

――よく笑うようになった、か……ふーむ自覚はなかったが、タヱ子さんが言うのであればきっとそうなのだろう。思えばこの人から色々なことを学んだ。最初に料理を教えてもらったのもこの人だ。あ、ちなみに亡くなった旦那さんからは身体の動かし方を色々と伝授していただいた。当時は運動とかてんでダメダメだったからなぁ。太っていた上にそんな有様だったから余計イジメの対象になり易《やす》かったのだろう。

「お兄ちゃんは人様の痛みの分かる子で、優しい子だからね。一番割を食う性質の人。それでも人から好かれるのはそういう人だよ。でも、なんでもかんでも抱え込みすぎるのはだめ」

「………」

「若い頃から気難《きむずか》しく考えるとハゲるよ」

「若いってもう三十路手前ですよ、私」

「わたしからすればまだまだお子様みたいなもんよ」

それはそう。頭頂部とか薄くなってないよね……？　あとでマイシスターに確認してもらおうかな……ファッションとかに関してはあまり興味もないが、そういうのは流石に気になってしまう。頭皮のケアとかもやった方がいいのかな？

「ああ、そういえばウチのあお――孫が今大学生なんだけど。嫁にどう？　昔何回か会ったことあるでしょう？　あの子だけ彼氏おらんかったと思うわ」

「えぇっと……その多分、ほぼ面識ないと思いますけれど……」

「そうだった？　身内贔屓《みうちびいき》かもしれんけど、美人よ？　それにあんたのお母さんもよー『良い人のひとりも出来ん』って最近よー愚痴っとったし」

　母上、ご近所でもその手の愚痴言うの止めて！　肩身が、肩身が狭くなるからぁ！　長男故そういうのはマジで効く。次男なら耐えられたと思う、マジで。良い歳して独り身で実家に寄生とか、ご近所さんにどう思われているのだろうか……昨今は晩婚化が進んでいるとは言え、そういうのには敏感になっちゃうお年頃なんです。そういう方面、過去の経験もあってか、私個人としてはそういうのはもうこりごりなんだよ。両親への孝行のためにいずれはそういうのもやらなくちゃなんだろうけどさ。

「いやいや、本人の承諾もなしにそういう話を進めるのはいかがなものかと……」

「お見合いだと思っておけばええんよ。あの子でもお仕事がどうとかで顔出すのは9月に入ってからになるんだけど」

今大学生って二十歳《はたち》前後ってことだと思うのだが……仕事ってアルバイトか何かだろうか？　１０程歳の離れた子相手にそういうのは世間体的にどうなんですかね。そもそも、まず第一に変なアラサーの男紹介されるお孫さんの身にもなってあげてほしい。

「死ぬ前にひ孫の顔が見たいから、検討しといて。こっち来たら挨拶に行かせるから」

「ええ……」

ちなみに翌月――いや、この件に関してはおいおい触れるとしよう。

## 【8月×日】

ＶＴｕｂｅｒの活動名義でＳＮＳをしており、そちらにはファンの方から頂くイラスト――即《すなわ》ちファンアート投稿用に設けられたハッシュタグがある。私の場合は『#怜画《れいが》』という何の捻《ひね》りもないものだが、実際にお手元の端末で検索していただけると私やマイシスターのファンアートがある。いや、嘘《うそ》みたいな話だけど本当にあるんですよ。物好きな方がいらっしゃるなぁ……本当にありがたいお話である。

ただ後から妹から忠告されたのだが、本当はこのハッシュタグ名は宜《よろ》しくないらしい。センス云々《うんぬん》は抜きにするとして、３文字以上ないとトレンドに載らない仕様なんだとか。いつか将来何かの事故で大バズりするようなことがあったらちょっと残念なことになるとのこと。冷静に考えて、そんな都合の良いことあるわけはないが。

「ん……？」

そんなハッシュタグをチェックしていたところ、つい1時間程前に投稿された内容。ユーザー名『降旗白愛《ふりはたはくあ》』とある。もしかして5月の収益化記念配信のときに『はくあ』のユーザー名でスパチャを送ってくれた人だろうか？　確かこんなアイコンイラストだったはず……。

「ＯＰ＆待機用動画？」

短いツイート本文。埋め込みで動画が添付されており、動画の高画質版ダウンロードリンクらしきＵＲＬがあった。動画編集リア友、作曲自分とある。再生してみると白と黒シンプルな配色で、プレゼンテーションソフトのスライドを模したデザインの画面に『配信開始までしばらくお待ちください』の表記。更に下部では恐らく虎太郎らしき猫のシルエット。画面の両端を走るバーの中には『ＮｏｗＬｏａｄｉｎｇ・・・』と表記がある、プログレスバーというやつだろう。虎太郎が走るほどその進捗状態を示すメモリが増えていく。端まで行くと動画は最初からまたループする、といった具合。ＢＧＭもなんか喫茶店で流れてそうな落ち着いた雰囲気のもので、派手なものをあまり好まない私に寄せてくれているのが伝わってくる。

「え、なにこれ、すごい」

早速使わせてもらおう。お礼のメッセージを送ると「ご自由にお使いください。応援してます」と短い文章が秒で返ってきた。ネット界隈《かいわい》の皆さん基本的に返信早いよね。1～2週間音沙汰なしも当たり前みたいなことが多かったもんだから、ちょっと驚きである。

配信枠開始から実際に配信本編に入る前や離席時にこういった動画や専用の壁紙を用意しているＶＴｕｂｅｒさんもいらっしゃる。各種配信用の画面調整などでどうしても準備時間というものは必要になってくるので、あると便利なのだ。専用のムービーともなるとまるで有名Ｖみたいじゃあないか。こんなご立派な物を頂いてしまうと逆に申し訳なくなってしまう。勿論《もちろん》普段いただくイラストや配信の感想だけでも嬉しい。優劣を付けるなんて失礼な真似《まね》はできない。だが、こんなに手の込んだものを贈られると驚いてしまう。

ユーザープロフィールを見てみるとと『歌が好き。ボカロ曲とか色々歌ってます』とシンプルなコメントに、ご本人のＹｏｕｒＴｕｂｅチャンネルらしきＵＲＬがあった。登録者１０万人を超えており思わず目を疑った。チャンネルのトップには１００万再生超えの歌ってみた動画があった。歌い手さんというやつなのだろう。私はあまり詳しくなく、概要くらいにはなるが……ボーカロイドと呼ばれる合成音声を用いたソフトがあり、それを用いた楽曲をボカロ曲と呼ぶらしい。若い子を中心にヒットして、そこで活躍した作曲家さんたちが今ではトップアーティストの楽曲を手掛けたりなどもあるくらいだ。

白愛さん、という方はどうやらそんなボカロ曲をメインに歌動画をアップロードしているらしい。直近の動画の概要欄を見るとどうにもここ最近は伸び悩んでいるようだ。『全然伸びない……』とのコメント。それでも私からすると十分すぎるほどの数字ではあるが。数年前に１００万再生を達成したときの勢いと比べると桁《けた》が３つほど少なくなっており、流石に見劣りはしてしまうのかもしれない。

過去の輝かしい経歴があるからこそ、尚更《なおさら》今の置かれている状況に耐えかねるところがあるのやも。ＹｏｕｒＴｕｂｅ業界というのも浮き沈みの激しいもので、1年どころか数ヶ月、数週間でブームが去って忘れ去られていく。ユーザー数は多いが、その分動画を供給する側も多いのだ。昨今ではプロのアーティストや芸能人もこぞってチャンネルを開設しているし、より競争は苛烈《かれつ》になっている。私のようなＶＴｕｂｅｒにしても新設のバーチャルタレント事務所も増え、個人で始める人も増えてきた。ただでさえ成功するのに難しい業界。そこで長く栄華を極めるのは本当に至難の業なのだ。私みたいなのでも彼女の支えになっていたりするんだろうか？　そうだと嬉しいな。

　彼女の歌を聞きながら今後の配信のサムネイルなどを作り、ひと通り聞き覚え改めてお礼と曲の感想を送っておく。「製作のクレジットは不要。名前も伏せてください」とDM《ダイレクトメール》が届いて、最初の書き込みが消えてしまう。

　何か気に障ったのか……？　と思ったけれども、その後の配信告知ツイートはしっかり『いいね』されていたので大丈夫だったらしい。彼女もそれなりに女性の歌い手さんとして有名な人だから、炎上対策とかかもしれない。アフターケアまでバッチリとは恐れ入る。私のファンってやはり基本的にお人好《ひとよ》しが多いよね。恵まれているな、本当に。

「今夜の配信で早速使わせて頂こうっと」

**【8月×日】**

8月某日、ブラン嬢のこんなツイートが投稿されていた。まあ私には無縁な話なのだが。

ルナ・ブラン
　登録者5万人記念で凸待ちします
　誰か来てくれたら嬉しいです

おめでとう！

---

神坂怜@妹人気に乗っかる系Vtuber@kanzaka_underlive
おめでとうございます

---

831 名無しのライバー ID:pxOp3J5+Y
思ったより時間かかった気がする
先月に達成するかと思ってた

832 名無しのライバー ID:CaTm73Ma5
リアル学生さんだから
7月は学校行事とテストやらで週1くらいしか配信できてなかったからな

833 名無しのライバー ID:RVlWWevMx
JK名乗ってる割にガンガン毎日深夜まで配信してる人とかいないですかねぇ……？

834 名無しのライバー ID:jjzDdRePu
VTuber特有のRP放棄

835 名無しのライバー ID:oz9dCTio4
い、一応通信制っていう設定だから

836 名無しのライバー ID:fHCsRhHTK
女帝さんじゅうななさい

837 名無しのライバー ID:h59ZNtDmR
何でや！？　女帝は17歳やろ！

838 名無しのライバー ID:2YLLMBwDa
てか他所の箱の人のお祝いコメが多いな

830 名無しのライバー ID:x5Ssh44Ab
5万人おめおめ

---

ルナ・ブラン@8/X 5万人記念凸待ち@luna_underlive
登録者5万人ありがとうございます！
明日初めての凸待ちします！

---

日野灯@akari_underlive
めでたい！　新衣装もついでにおめ！

---

獅堂エリカ@誰が何と言おうと17歳@erika_underlive
同世代として鼻高々です
今度女子会？的なことしましょう、若い子らしいやつ

---

羽澄咲@7月マンスリーボイス発売中@hasusaku_underlive
新衣装は布面積少な目、肌色マシマシでお願いします
お願いします。そうすると捗るんです
全人類が救われるんです

---

明乃ヒカリ@8月×日歌ってみた公開@hikari_solidlive
おめでとうございます！
今日はお祝いだー！！

---

十六夜真@makoto_solidlive
おめでとう
今度一緒にお歌配信しましょー！

---

柊冬夜@野菜大好き@Hiiragi_underlive

839 名無しのライバー ID:x0sW3wCbR
コーンを抱える者同士ある意味被害者の会

840 名無しのライバー ID:fNLRblLa/
申し訳程度に簡単なお祝いコメする男衆

841 名無しのライバー ID:Z+wvaqYLX
「おめでとう」言ったら言ったでお気持ちされるけど
やらなかったらやらなかったで不仲不仲言う輩がいる

842 名無しのライバー ID:hc4ozuxTp
どう転んでもアウトじゃねぇかよ！

843 名無しのライバー ID:AZMdSKnJM
あさちゃんは本文リツイートのみやな

844 名無しのライバー ID:b5wgwXbdH
動画やイベントで直接の絡みはないからな

845 名無しのライバー ID:WJv2iIA4j
最近凸待ち多いね

846 名無しのライバー ID:Jbd6UH7yh
逆凸はそこそこあったけど
普通の凸は結構久々な気がする

847 名無しのライバー ID:QtgKnTawX
まあ来るのはいつ面なんですけどね

848 名無しのライバー ID:SsSemfSI8
それがええんやんか
サプライズ枠があればなお良し、だけどさ

849 名無しのライバー ID:duRBWRueS
男性Vを呼ぶかどうかが問題だ……

850 名無しのライバー ID:kY8FaVYHd
それな

851 名無しのライバー ID:QWuwJO3Bt
普段のリプとか女帝のお漏らしされた裏でのやり取り見る限りは
畳や脱サラは来ても良さそうだが……

852 名無しのライバー ID:4WwATdyNd
炎上必至じゃん……

853 名無しのライバー ID:8KBVzju7Q
いや逆凸ならまだしも普通の凸待ちならあいつの性格上来ないやろ

854 名無しのライバー ID:bLyY12ijF
だろうな
人様のお祝いの場に火種を持ち込む真似はせんやろ

855 名無しのライバー ID:401wlj8AB
これでコーンも安心だね！

856 名無しのライバー ID:h6xIWvAc+
畳はキャラと数字的に来ても許されそう

857 名無しのライバー ID:Yz0DoYAPR
畳と脱サラは同じ男性Vでも過去の実績、数字諸々がまったく別物

858 名無しのライバー ID:eHGYevDR5

ワンチャン畳と脱サラセットでふたりまとめて凸ればあるいは……？

859 名無しのライバー ID:TusuhkiP1
普段あれだけ構ってアピールしてんだけど凸ってもアウトなんか？

860 名無しのライバー ID:axW5fP1rr
そうだよ

861 名無しのライバー ID:SkCe7PJLi
まあ小火にはなるだろ

862 名無しのライバー ID:5WsmNYV2z
えぇ……（ドン引き

863 名無しのライバー ID:iQrTqK82Q
コーン君はそういうとこ厄介なんだよなぁ
なお金払いは良くて、スパチャ額増加の要因であるのが……

864 名無しのライバー ID:kKKnOJELC
金払いの良い上客なのが性質悪い

865 名無しのライバー ID:+Ekwzl8g8
本当の上客は迷惑行為しない人やろ……
下手に切り捨てると利益激減するし
だからどの箱も基本的に野放しなんだろうけど

866 名無しのライバー ID:QatT1jy0x
ああいうのがいるからV界隈に嫌悪感抱く人だっている

867 名無しのライバー ID:kyfdtFNvS
バチャ豚とはよく言ったもので……

868 名無しのライバー ID:MoBthread
ワイらは豚だった！？

869 名無しのライバー ID:OTdaS8IZG
>>868
いや、お前は角折れたユニコーンだから駄馬——即ち馬やで

870 名無しのライバー ID:/Tx4sIjrJ
>>868
駄馬はいるけど豚までいるとか……家畜場かな？

871 名無しのライバー ID:QW1CpgVg6
スレ＝家畜場
まあ大体あってそう
可愛い子の配信にブヒってるわけだし

872 名無しのライバー ID:gckineki/
ワイらがボロクソ言われる分にはええけど
推しにその矛先向くよりゃマシだよな

873 名無しのライバー ID:XUk+o6LyY
それはそう

874 名無しのライバー ID:sp/pxMnnf
せやな

875 名無しのライバー ID:IxjoKIJDF
ワイらの願いは推しと箱の幸せだけや

876 名無しのライバー ID:3rAxn72JH
なお常に矛先が向く某元社畜

877 名無しのライバー ID:H73EtiKPp
脱サラは……まあ、うん……

878 名無しのライバー ID:WDhOfUF/r
あれでもガチ恋はおるからなぁ

879 名無しのライバー ID:gckineki/
おるんか？　そんなの

880 名無しのライバー ID:8mYaKK7oe
ファンが少数精鋭どころか特殊部隊にまで昇華しそう

881 名無しのライバー ID:kAgFdM+GO
いつの間にかファンメイドの待機映像まで作られてたぞ

882 名無しのライバー ID:eAMlBFar5
映像の虎太郎きゅん走ってるの可愛いよな
BGMもオリジナルっぽいのがすげぇわ
製作者希望で伏せるっていうのが謎だが

883 名無しのライバー ID:YNC+plkTS
愛がくっっっっそ重いやつばっかおる印象

884 名無しのライバー ID:sr0MDHA3i
ま、カタログスペックだけは高いからなぁ
コアなファンがやたら増えるのはわかる

885 名無しのライバー ID:SisterChan
だよね、うん
やればできる子なんだよ、本当は

886 名無しのライバー ID:a6Dfv6Eyi
関係ない話で申し訳ないけどさ……

灯ちゃんが今ハッスの自宅でオフコラボASMRやってるで！！
※きちんと灯ちゃん両親から許可をもらっています

887 名無しのライバー ID:Q0k6/Wx4t
マ！？

888 名無しのライバー ID:eAvt8unjl
なんやて工藤！？

889 名無しのライバー ID:MoBthread
行かなくちゃ！！

890 名無しのライバー ID:/yurisuko
百合と聞いて！

891 名無しのライバー ID:VKKtE6zlq
離席してる間に平常運転に戻って安心したわ
やっぱこのスレはこうやってバカ騒ぎしてないとな

**今日の妹ちゃん**

まあ、さすがに凸らないでしょ

**【8月×日】**

「はぇ……」

ＳＮＳのトレンドに入っていた『#さくあかＡＳＭＲ』。羽澄《はすみ》先輩と日野嬢のオフコラボ配信のハッシュタグらしい。オフコラボと聞くとこちらの印象では事務所とかでやるイメージが強いのだけれども、今回のこれは羽澄先輩の自宅に日野嬢がお泊《と》まりに行っているらしい。私の事を毛嫌いしていそうな人からすると垂涎《すいぜん》ものだろう。女性Ｖ同士が仲良くしている様を楽しむ紳士もこれにはニッコリである。勿論《もちろん》未成年なので親御さんにはきちんと許可《きょか》を取った上での配信だ。配信概要欄等にも記載あるので、杞憂民《きゆうみん》の皆さんも安心。

羽澄先輩が持つ中々良いお値段のするバイノーラルマイクを使っての配信。ふたりが左右からお喋《しゃべ》りしてくれる、というものである。イヤホン、ヘッドホンで聞くのが推奨らしく、試しに聞いてみると確かに耳元で囁《ささや》かれている様な感じはする。が、慣れてないせいか耳がやたらこそばゆい。まあ流石《さすが》に当人や表で『ＡＳＭＲ良かったです』なんて言うとろくなことにならないのは目に見えているので、黙っておくのだが。

社長の趣味で買ったと言われている事務所のとあるブースに据え置かれたバイノーラルマイ

クはもっと凄《すご》いらしい。それこそ、そういう囁き音声専門にボイス販売しているような人が使う代物で値段もウン百万だとかいう噂《うわさ》がある。なにそれこわい。って前もこの話したっけ？　柊《ひいらぎ》先輩は使用禁止が社長直々に言い渡されているらしいが、以前興味本位で使用許可聞いてみたらあっさり許可が下りた。いつかそのマイクを使った配信に挑戦してみても良いのかな？　果たして需要があるかはさておき。男性Ｖがそういうのやる配信ってあんまりないからな……って朝比奈《あさひな》先輩はやってたっけか。中性的で可愛《かわい》らしい男の娘キャラの彼がやるから需要があるんだと思うが。実際声も女性のそれとも勘違いしそうなほどだ。

　ちなみに彼が社長のマイクの傍《そば》でアイスを食べるだけの動画は再生数５０万を超える。当人曰《いわ》く「こう言うのが再生数トップってちょっと複雑」とのこと。朝比奈先輩としてはゲーム配信で数字を出したかったらしい。まあ気持ちは分からんでもないが、数字という実績があるだけで十分すぎると思うんだよね。私なんかどうなるんだ。デビュー配信時を超える再生数を超えるものは未だに存在しない。それ以外で数字が出てそうな動画も大体がコラボばかり。

「まったくもって情けない」

　メンバー間でのコミュニケーションツールとなっているディスコを立ち上げてみる。一般企業におけるメールフォーム開くようなものだ。箱内のイベントやらお知らせなんかもこちらに書き込まれているので、重宝する。会社のメールみたいな堅苦しいものではないが。この前毎朝同じ時間に挨拶書き込んでいたら「ｂｏｔじゃなくて手動なのかよ⁉」と柊先輩から謎のツッコミを受けることとなった。そのメッセージを見てから就寝の準備を始めるのだとか。完全に昼夜逆転してるじゃないか。朝比奈先輩は先輩で朝のストレッチを始めるらしい。私のメッセージを時報か何かと勘違いしてないですかねぇ……。

ルナ・ブラン：登録者5万人記念で凸待ちします。誰か来てくれたら嬉《うれ》しいです
日野灯《ひのあかり》：めっせーじでいつ頃空いてるか送った
獅堂《しどう》エリカ：いく。たぶん開始後1時間後くらいに
羽澄咲：１９１９

　こんな書き込みが目に入る。後輩であるブラン嬢が登録者5万人を越えた記念として凸待ち配信する、という旨を伝えるもの。昨日発信されたのは承知していたが、既に何人もの演者が反応していた。この界隈《かいわい》、誕生日やら節目の数字、記念日等で凸待ち配信するというのは決して物珍しいものでもない。凸待ち——という単語を聞きなれない人に説明すると、配信主《はいしんぬし》が通話アプリ等を介して直接別ユーザーとやり取りする、というものである。元々は『突撃待ち』の略とかだったっけ？　電話でそういう類《たぐ》いの行動を行う電凸なんて言葉もあるくらいだが、あまり良い意味で使われるものではなかった。何かしら問題を起こした組織等に対して電話で問いただす、みたいな感じだと個人的には把握しているし。

　とは言え昨今のＷｅｂ配信等では一般の本当にやり取りしたこともない視聴者とお話しする、なんてストリーマーもいる。中には厄介《やっかい》ごとの相談や口喧嘩《くちげんか》前提のものまで幅広い。我々ＶＴｕｂｅｒ業界では基本的に何かしら繋《つな》がりのある同業者を迎える、という配信スタイルがほとんどである。普段絡みのある演者、そうでない者とのやり取りを見て楽しむものらしい。あん

だーらいぶという箱に所属しているのであれば、「推しがもしかしたら来るかも」なんて期待を抱きながら普段その配信主の放送を見ない層、V同士のやり取りを見て楽しむ箱推しの層が見るので、数字としては増加が見込める――『バフ』として扱われることが多い。

私は別にやる予定とかはないが、女帝こと獅堂先輩から『凸待ち』の逆である配信主側から通話をかける『逆凸』を二度ほど経験している。凸にしろ逆凸にしろ、完全ノープランで募集だけ投げておいて本番を迎えるケース、事前に何時頃に誰それが来ると予定をしっかり決めるタイプがある。

まあ通話時に相手の立ち絵を出さないといけないので、事前に誰が来るか知っていた方が対応はしやすいとは思うが。誰が来ても良いように、予め会話の肴《さかな》を用意しておく事が多い。所謂《いわゆる》『会話デッキ』と呼ばれるものだ。相手に合わせて会話内容を急ごしらえで考えるのも大変なので、最初からある程度そういうネタを用意しておくと会話が続かない、なんて事故も防ぐ事が出来る。元々会話が苦手な配信主が編み出した方式らしいが、中々どうして使い勝手が良いのでそれを真似《まね》る事が一般的になってきているらしい。

ブラン嬢へは表――SNSの方でお祝いリプを送っておいたし、ディスコの反応を見るに参加者は多そうだ。調子に乗ってしゃしゃり出ようものなら、いつものあれだろう。居酒屋での「とりあえず生で」みたいな感覚で燃えたくはない。お祝いのコメントの方も柊先輩と時間帯を合わせて、他のVの皆さんがメッセージを送ったのを見て簡素なものを送っておいた。速攻で送ったら送ったでお小言言われそうだし、送らなかったら送らなかったで不仲とか言われるのが目に見えている。同じ箱所属として送っただけですよー、って言う風に捉《とら》えてもらわないと。勿論、彼女の5万人達成は喜ばしいことだし、もっと気を遣った言葉を贈るべきだったのかもしれない。自分の身可愛さでの言動だったかもしれない。相変わらず自分の言動には反吐《へど》が出そうだ。

　そんな私が出来ることは彼女の花道に近寄らず、遠くから、陰ながら応援してあげるくらいだろう。それがきっと正しい。大多数のファンもその方が良いと思うだろう。今までの経験上、私にだってそのくらい分かる。分かってしまうのだ。

「さて、どんな話してるんだろ」

　丁度配信開始予定時間を迎えたので、箱内で誰が行くかなんてのは事前に書き込みから察してはいるもののついつい気になって配信を開いてしまう。同時視聴者数は1万人を超えていた。流石人気者。ＳＮＳを見るに他の箱の女性Ｖもやって来そうな雰囲気もあったし、あんだーらいぶ以外のファンももしかしたら視聴しているのかもしれない。マイシスター雫《しずく》ちゃんクラスメイトである、十六夜《いざよい》氏もリプを送っていたしな。

「え……？　いや、これ……」

れなかった
めっちゃ柔らかくて良い匂いしたわ
おかしい昨日お風呂で使ったボディーソープとかは一緒のはずなんだよ……
↑なお、お風呂で洗いっこは断られたウーマン

---

日野灯@akari_underlive
えっちなのは嫌い
でも、先輩は好き

---

羽澄咲@8月マンスリーボイス発売中@hasusaku_underlive
あ゛あ゛あ゛あ゛あ゛あ゛あ゛あ゛
わたしも好きいいいいいいいいいいいい

---

ルナ・ブラン@8/X 5万人記念凸待ち@luna_underlive
ふーん、へぇ～
そうなんだぁ……

---

羽澄咲@8月マンスリーボイス発売中@hasusaku_underlive
ちがうの！　これはその、身体だけのカンケイと言うか……
わ、私はみんな大好きだから！

---

日野灯@akari_underlive
ルーは大好きだよ

---

ルナ・ブラン@8/X 5万人記念凸待ち@luna_underlive
えへへ
わたしも大好き

925 名無しのライバー ID:62gNODOl1
いやぁ、昨日のハッスと灯ちゃんのASMRは質でしたねぇ

926 名無しのライバー ID:RMF1FJyW2
あんなんタダでええんかよ……

927 名無しのライバー ID:P/NASLAYx
そんなあなたにスーパーチャット

928 名無しのライバー ID:8+IJA7cEO
動画サイト君に消去されると困るからひっそり保存するマン

929 名無しのライバー ID:2hlnO9lvj
寝るとき聞くとよく眠れる

930 名無しのライバー ID:VWV2f21nq
お耳ふーふーがやばい

931 名無しのライバー ID:21eh/foAl
あの後一緒のベッドで寝たんだよね

932 名無しのライバー ID:M6lyYafmB
女同士、密室、一夜。何も起きないはずがなく……

933 名無しのライバー ID:QVTkNWF6S
灯ちゃんに抱き枕にされたせいで寝不足ハッス

---

羽澄咲@8月マンスリーボイス発売中@hasusaku_underlive
灯ちゃんにずっとぎゅっとされてて全然眠

---

934 名無しのライバー ID:MoBthread
>>933
良い匂い……ごくり……

935 名無しのライバー ID:Jz8Q+Bc8D
>>933
ボーイッシュな子の女の子らしいところ見ちゃうとドキドキしちゃう
でもよ、ハッス……身体だけのカンケイはちょっとどうかと思う

936 名無しのライバー ID:PEBQifATY
>>933
女の子に抱き枕にされたいだけの人生だった

937 名無しのライバー ID:pOcQHZeQa
>>933
おっ、なんだてぇてぇか？

938 名無しのライバー ID:n4q62SZnT
>>933
嫉妬するルナちゃんかわよ

939 名無しのライバー ID:eflRkaGwr
>>933
あら＾～

940 名無しのライバー ID:/yurisuko
>>933
やっぱり、女の子は女の子同士で恋愛すべきだと思うの

941 名無しのライバー ID:QLR6uel6C
女帝に食虫植物扱いされてて草

---

羽澄咲@8月マンスリーボイス発売中@hasusaku_underlive
あら＾～

---

獅堂　エリカ@誰が何と言おうと17歳@erika_underlive
綺麗な百合のやり取りになんか食虫植物交じってね？

---

羽澄咲@8月マンスリーボイス発売中@hasusaku_underlive
ハエトリグサはかわいいから許す

---

942 名無しのライバー ID:H5o3TaduR
あ、許すんだ

943 名無しのライバー ID:1P0qRjELh
百合の間に挟まる男はNGだが、女ならセーフなのでは？

944 名無しのライバー ID:3RuB9LLX6
女帝なりの嫉妬だと思えば可愛いもんよ

945 名無しのライバー ID:K0YvGVdKV
可愛い女性は人様を食虫植物扱いしないと思うの

946 名無しのライバー ID:kU3taCd/x
て、照れ隠しだから……

947 名無しのライバー ID:mpSNr6Vfi
ルナちゃん凸待ち予想面子
・灯ちゃん
・女帝
・ハッス

ソリライから
・ヒカリ姉さん
・真ちゃん
・わかなん

こんなところか

948 名無しのライバー ID:j0shEka+p
だいたいあってそう

949 名無しのライバー ID:Av7HvuE5V
箱内面子のいつメン感

950 名無しのライバー ID:zoqhl8zg0
案外箱外とお友達多いのね

951 名無しのライバー ID:QxvHpl4Sj
お、はじまったやん

952 名無しのライバー ID:lR/PhwtBM
きちゃ

953 名無しのライバー ID:vxNsRlcgn
娘の晴れ姿を見守る後方父親面視聴者多すぎない？？

954 名無しのライバー ID:cpj5HQeRZ
コメント「立派になって……うぅ……」
ルナちゃん「どういう距離感！？」

955 名無しのライバー ID:WysmyDygZ
あれ……？

956 名無しのライバー ID:FuXwodL2G
5分経過、誰も来ず

957 名無しのライバー ID:4SBSnIXWl
悲報　ルナちゃん凸待ち未だ0人

958 名無しのライバー ID:xUKUYGmaM
あるぇ……？

959 名無しのライバー ID:Ori3e2hU2
デビュー時、5万人記念といいなんで節目でやらかしちゃうのか

960 名無しのライバー ID:rgjgp/9Dv
しょんぼりルナちゃん

961 名無しのライバー ID:TQbxHLEDY
お、来たか

962 名無しのライバー ID:Gtv6pUGoo
どうせ裏で誰から行くかとか「どうぞ」「どうぞ」やってたんだろ

963 名無しのライバー ID:BbWdFVl/R
確かにありそう

964 名無しのライバー ID:Mgzc0tsdt
ふぁ！？

脱サラ「いや、それで私来なかったらどうするつもりだったんですか……」
ルナちゃん「来てくれるって思ってましたから」
脱サラ「それは――」
ルナちゃん「だって本当に来てくれたじゃないですか。わたしが困ってるときはいつだって」

973 名無しのライバー ID:OzrUAr5U2
エンダアアアアアイアアア！

974 名無しのライバー ID:uent2BQb8
初配信の時助けてくれたのを脱サラだと暴露
裏でもしょっちゅう機材やソフト関係相談していた模様

975 名無しのライバー ID:3aJhToq6D
スレ民名探偵すぎるな

976 名無しのライバー ID:+v0GRoyHJ
ワイらの予想通りやん！

977 名無しのライバー ID:CdsLueHCK
サポートセンター脱サラ

978 名無しのライバー ID:MoBthread
ルナちゃん「困ってるときいつでも助けてくれるお兄ちゃんみたいな先輩
わたしやあーちゃんが活動続けてこられたのもきっと先輩がいたから
だからどうしても最初に直接お礼が言いたかった

965 名無しのライバー ID:gEC/gZM26
脱サラww

966 名無しのライバー ID:/343hYYEx
予想外超大穴　脱サラ

967 名無しのライバー ID:XFWBn0rMH
性格考えると誰も来ないの見て来ただけっぽくね？

968 名無しのライバー ID:uoyLQ91Vz
あー、それだわ多分

969 名無しのライバー ID:s2ovus8HK
ルナちゃんにっこにこで可愛い
before afterで表情並べてほしいわw

970 名無しのライバー ID:VGkeYnthT
ルナちゃん「来てくれてありがとうございます」
脱サラ「人来るまでの繋ぎだと思っていただければ……」
ルナちゃん「こうでもしないと来てくれないと思ってたんですよ＾＾」
脱サラ「あー……ハイ」

悲報　ルナちゃんの孔明の罠

971 名無しのライバー ID:bjqVNrJ23
普通に呼んでも来ないからか
ちょっと危ない事すんなぁ

972 名無しのライバー ID:G1YoClhix
脱サラなら来てくれるという信頼感パネェ

わたしを——わたしたちを助けてくれてありがとう」

開始ひとり目で泣くのヤメテ……
止めてくれルナちゃん。その術はオレに効く

979 名無しのライバー ID:gckineki/
貰い泣きするからやめーや……
それワイにもクリティカルヒットしちゃうから……

980 名無しのライバー ID:jx/4aESO6
こんなん聞かされたら脱サラ叩く奴誰もおらんやろ

981 名無しのライバー ID:oj0VV3+0E
それはそう

982 名無しのライバー ID:WzltGLJ3C
叩くのはアンチ＆コーンだけ定期

983 名無しのライバー ID:odi3LrELW
コーンすら懐柔していけ

984 名無しのライバー ID:LlJ+dDDD+
悲報　ワイらの玩具が表で発見されてしまう

985 名無しのライバー ID:SisterChan
泣いた

# 31話 凸待ち後輩2

**【8月×日】**

「え……？　いや、これ……」

後輩の凸待ち配信を見守っていたら、配信開始後5分経過しても誰も通話が掛かって来る気配はなく妙《みょう》な違和感を覚えた。ディスコを見る限りは参加者が0人なんて事はまずあり得ない。裏で待機順番で揉《も》めている、なんて様子もない。どうにもわざとこうしているようにしか思えない。

「誰も来ないな……」

——とはいえ、だ……。

［誰も来ないの……？］
［あれ……？］
［今、朝比奈《あさひな》先輩配信裏でやってるからって誘導するなよ］

絵に描《か》いたようにしょんぼり顔の彼女の立ち絵と、その様子を心配するリスナーの図。なぁんで誰も行ってないんですかねぇ……後、画面左に置かれた会話デッキに『下着の色』とか『初恋の話』とかあるけど、大丈夫なんだろうか。まあ逆凸で後輩女子の下着の色を聞く某女帝サマとかいらっしゃるし、そのパロディなんだろうけれども。君がそれをやるのはどうなんだ。ブランディング的に。

ルナ・ブラン：登録者5万人記念で凸待ちします。誰か来てくれたら嬉《うれ》しいです
日《ひ》野《の》灯《あかり》：あー、今ちょっと手が離せないな
獅《し》堂《どう》エリカ：ばんごはんたべてるからまってて
羽《は》澄《すみ》咲：〇〇〇（自主規制）してるから待ってて
柊《ひいらぎ》　冬夜《とうや》：誰か時間稼いでこいよー、男子ぃー

ディスコの方を覗《のぞ》いても参加予定だった面々の反応はこんな感じである。誰かが行って時間稼いで来いとでも言われているような感じである。あまり気は乗らないのだが、視聴者の反応を見ると心苦しい。更には現在裏で配信中の他演者へも波及しそうなのが色々危うい。配信主《はいしんぬし》が意図しない伝書鳩《でんしょばと》行為は総じて嫌われる傾向にあり、箱内のファン同士での揉め事なんて起ころうものならたまったものじゃあない。こうなるようお膳立てされているのならば……。

——仕方ない……。

腹を括《くく》って、未《いま》だに使い慣れない通話機能を使う。5万人記念配信でトップバッターが私とか黒歴史になったりしない、大丈夫？　あ、これ凸待ち用に作られた部屋から通話かけるだけ

で良いんだっけ？　ええい、ままよ！

「かかってきた……！」


「おー、よかった」

「ニッコニコでカワイイヤッター」

「えがった、えがった」

「凸待ち０人とかマジで洒落《しゃれ》にならない」

「誰だ？」

「灯ちゃん？？」

「羽澄センパイとか？」


すまんな、ファン諸君。ワイやねん。本当に申し訳ない。視聴者の「誰が来るんだろう？」みたいな期待とか予想とか全部裏切ってるという自信がある。

「あ、自己紹介の方お願いします」

「あんだーらいぶ所属の神坂怜《かんざかれい》です。ごめんなさい」


「よく燃えてる人じゃん」

「誰？」

「あー、名前だけは知ってる」

［メッセージが消去されました］
［神坂君やん、オッスオッス］
［マイクラのマグマで自殺してた人か］
［メッセージが消去されました］
［あー、鬼ごっこしてた先輩か］
［鬼ごっこ切り抜きで声聞いたくらいしかなかったわ］
［鬼ごっこパイセン！］

コメントの流れが早くてびっくりする。コメント欄見ているだけで目が回りそうだ。知名度的にはお察しみたいだが、直接的な誹謗《ひぼう》中傷もあるのだろうかコメントが速攻で消されている。通話越しに滅茶苦茶《めちゃくちゃ》クリック音が聞こえるのを考えれば、ブラン嬢が笑顔でコメント消去している絵面《えづら》は想像するとちょっと怖い。

「来てくれてありがとうございます」

「次の方が来るまでの繋《つな》ぎだと思っていただければ……皆さんどういうわけか裏で色々と忙しいそうなので」

「まず、先輩と皆に謝っておかないといけないことがあって……ごめんなさい！　これわざとだったんです！　他の参加予定の皆さんにも協力していただいてて……」

デスヨネー。

［配信冒頭の5分にも及ぶあれは茶番だったってこと？］
［まあネタならいいんだけどさ……］
［メッセージが消去されました］
［ドッキリ？］
［めっちゃ心配したぞ］

「こうでもしないと来てくれないと思ってたんですよ」

「それで私来なかったらどうするつもりだったんですか……」

「来てくれるって思ってましたから」

「それは――」

「だって本当に来てくれたじゃないですか。わたしが困ってるときはいつだって」

だが、このやり方は間違っている。彼女の配信にしては異様に低評価数は伸び続けているし、同時視聴者数も落ちてきている。やはり、来るべきじゃなかった。たとえ彼女がそれを望んでいたとしても、だ。どうしてもっとそこまで考えが及ばなかったのか。少し考えればわかることじゃないか。もっと上手《うま》く出来なかったのか――そんな後悔だらけだ。今も昔も。そしてきっとこれからも。

「初配信の時ミュートで放送事故起こしてたの知ってるよね、みんな」

いや、ちょっと待て……それは悪手だ。慌てて『その話は止めたほうが良い』とメッセージを送る。が、それを見たであろう彼女のアバターは、首を横に振ってからウィンクした。明確に『嫌だ』と言葉を受け取ったようなそんな感覚に陥った。

〔あったな、そんなのも〕

〔懐かしい〕

〔その切り抜きから推しになった〕

「そのとき助けてくれたのが先輩だったの」

〔マ？〕

〔あー、だから結構ＳＮＳで絡みにいってんのね、把握〕

〔ありがとう〕

〔メッセージが消去されました〕

〔サンキュー、神坂ァ！〕

正直あの一件は私がやらなければ、この箱の人間なら私以外だって同じように――いや、もっと上手くやれた筈《はず》だ。たまたま一番早かったのが私だったというだけで、とりわけて賞賛されるべきことではない。

「５万人記念でこういう企画やろうって思ったとき、先輩には絶対に来てもらわなくちゃって。わたしやあーちゃんと仲良くしているっていうだけで、先輩を叩《たた》いたり心ない言葉をぶつける人があまりにも多くて。それでも先輩はずっとずっと親切にしてくれてて……でもわたしは先輩に何も恩返しできてなくて、迷惑ばっかりかけてて——それが悔しくて」

［泣かないで……］
［貰《もら》い泣きしそう］
［メッセージが消去されました］
［アンチぜってぇ許さねぇからな］

「困ってるときいつでも助けてくれるお兄ちゃんみたいな先輩。わたしやあーちゃんが活動続けてこられたのもきっと先輩がいたから。だからどうしても最初に直接お礼が言いたかった。わたしを——わたしたちを助けてくれてありがとう」
「こちらこそ、こんな私みたいなのを先輩って頼ってくれて嬉しいよ。ありがとう」

［てぇてぇかよ……！］
［自分涙いいっすか……？］
［るなかん、てぇてぇ］
［メッセージが消去されました］

その……このくらいの歳《とし》の娘に目の前で泣かれると流石《さすが》に困る。妹と同世代の子に泣かれる

と、心が痛い。彼女なりに自分のせいで叩かれている私を不憫《ふびん》に思ったのかもしれない。やり方がちと強引だし、ファンの人からすると本気で心配する人も少なくなかったろう。私の事なんて放っておけば良いのに。それでもあんな事、彼女の口から直接言われちゃうと文句も言えない。同じように納得するリスナーもいれば、逆にそうでない人もいる。「ファンを辞める」なんて風に言う呟《つぶや》きも見かける程に。

配信を終えた彼女に「後悔してないかい？」と問うと、「後悔？　なんでです？　わたしは逆にちょっとスッキリしちゃいました」と逆に肩の荷が降りたようなそんな印象すら感じられた。人気者は人気者で背負うものがあるらしい。彼女の中でも色々と葛藤があったのだろう。

### □調子に乗んな、○ね

というわけで、御馴染《おなじ》みの苦情マシマロは前日比倍くらいにはなった。水面下で不満を持っていた層を刺激した結果なのだから、増えるのは当然だろう。だが、柊先輩のリーク情報云々《うんぬん》の際の苦情４桁《けた》に比べるとえらく生温《なまぬる》い。思ったほどではないかなぁ、というのが正直なところである。

懸念事項があるとすれば、私に来ていたようなああいうちょっと当たりの強いご意見が彼女の元へと届いていないか、だ。一応後で犬飼《いぬかい》さん経由で彼女のマネージャーさんにもその辺りを注視してもらうとしよう。こういう類《たぐ》いのは私ひとりで十分だ。

逆に好意的に捉《とら》えてくれる彼女のファンもそれなりにいるらしく、彼女とセットでのイラストや漫画。ファンメイドの5万人記念振り返り動画では初配信時の模様と、昨日の凸待ちの会話を併《あわ》せて何かこう……イイハナシダナー的な雰囲気で編集されていた。こちらの界隈《かいわい》で俗に言う『てぇてぇ』というやつなんだろうか。当事者だけど特にそういう特別な感覚は一切ないのだけれども。それにしても昨日の今日で動画やらイラスト投稿できちゃうファンの人って本当に凄《すご》いなぁ、なんて思いながら『いいね』と『リツイート』していく。

こういう形で褒められる事が少なかったので嬉しいとかそういう感情より、困惑している。こういう時ってどうしておくのが良いのだろうか。もっとこう……激しい罵倒とかそういう類いのメッセージが4桁、5桁くらい来るものかと思っていたのに。

良い事なんだろうけれど、これはこれでちょっと寂しい気もする。この感覚も如何《いかが》なものかと思うが、まあ大多数の彼女のファンが良しとしたのなら、こちらかが口を挟《はさ》むことでもない。とは言え、踏み込みすぎるとまた叩かれるのは何となく察しが付く。

いつかは一緒に配信してみる――っていうのも面白いかもしれない。いつまでも彼女のコラボ要求突っぱねるのも申し訳なくなって来たし。1対1だと流石に角が立ちそうなので、複数人での配信がベターだろう。コラボしないっていうネタにしちゃうって手もあるけれども。

少しは先輩らしい振る舞いが出来ていたのだろうか。そうありたいと思うばかりである。

神坂怜　チャンネル登録者数８８００人（＋１０００）

105 名無しのライバー ID:/BJcR0bA9
ルナちゃんの凸待ちが質すぎてやばかった

106 名無しのライバー ID:nkAhv9oTU
初手の脱サラでビビッたわ

107 名無しのライバー ID:gckineki/
正直泣いた

108 名無しのライバー ID:KUtgFOKSu
あれはあれで結構危ない橋じゃねぇかと思うけどな
実際あのとき低評価跳ね上がってたし

109 名無しのライバー ID:sfS9FX/Ik
まあ多分それも覚悟の上だったんでしょ
自分の恩人が不当に叩かれる環境に耐えかねてって感じだろ

110 名無しのライバー ID:cCrkLXX2j
脱サラには苦情マロが4桁行ってる上に
リプでも普通に叩いてる連中おることは分かってるわけで

111 名無しのライバー ID:ClcIJHUaW
ルナちゃん当人にもそういう類いの苦情マロが届いてても不思議じゃないわな
優しい性格の彼女がそれを看過できるわけもなく……

112 名無しのライバー ID:sFAShgR2g
終わってみればまあ円満解決？　したんじゃねぇの

113 名無しのライバー ID:ki7o4IWdm
あんな泣きながら感謝述べられたらルナちゃん推しは叩けるわけねぇよ……

114 名無しのライバー ID:OgITEse9l
それはそう

115 名無しのライバー ID:bhYYx/GE9
脱サラの登録者1000人近く増えてるのを見るに許されてる

116 名無しのライバー ID:PXU3UghFp
ファンの作った5万人記念動画でもこの辺まとめられてるし
ニヨニヨの動画コメでも結構好意的なものは多い

117 名無しのライバー ID:gDaARt0B+
逆にこの一件でコーンの生態が広まって
そっち方面を叩くユーザー増えてるのもなんだかなぁーって感じ

118 名無しのライバー ID:mC2LE4pKq
あまりファン同士でギスってもいいことないしな
節度を守って応援してほしいものである

119 名無しのライバー ID:s96AmamAA
ルールを守って楽しくデュエル！

120 名無しのライバー ID:BkJ++3o3y
なおアニメでは急にカード創造したり、書き換えたりする模様

121 名無しのライバー ID:bNUa39+H2
あの後来た灯ちゃんとのやり取りは笑ったわ

太陽「あたしの方がお世話になっているのに、あんなんされても困るんですが」
月「わたしの方がお世話になってるもん」
太陽「あたしは先輩のおかげで大切な親友ともっと仲良くなれたもん」
月「わたしだってそうだもん！」
月、太陽「えへへへ」

122 名無しのライバー ID:Y19n5CLyy
>>121
この娘らいっつも脱サラ取りあってんな

123 名無しのライバー ID:PstEFbVZC
>>121
いいぞ、もっとやれ！

124 名無しのライバー ID:ZdmUGToqx
>>121
仲良しか！

125 名無しのライバー ID:NXmicFSBd
実際諸問題解決後には更に仲良くなったそうな

126 名無しのライバー ID:opgZFm1ju
なお全てのエモを台なしにする女

---

アレイナ・アーレンス@男性Vの凸待ち歓迎@seiso_VTuber_Alaina
男性Vと仲良くしても、何故かわたしだけが自分のファンによって叩かれる謎現象
わたしも泣きながら「オフパコしたい」って言えば許されたりしますか？？

---

酢昆布@新刊委託販売中@sukonbu_umaiyone
黙れ水差し野郎

---

127 名無しのライバー ID:NQ+3Xn+o1
>>126
平常運転だな
こういうのに限って実際は身持ち堅かったりするんだよなぁ

128 名無しのライバー ID:wtuWoLflC
>>126
>黙れ水差し野郎

辛辣すぎて草

129 名無しのライバー ID:7gd38oq2e
>>126
実際ファンからもボロクソに叩かれている模様
まあ例に漏れず愛のある叩きというかネタ、様式美なんだけど

130 名無しのライバー ID:ubXTtiavy
ソリライからも3人も凸来てて結構盛り上がったな

131 名無しのライバー ID:mEe/i3u/K
最高同接が1.2万人は普通にすげぇよ

132 名無しのライバー ID:/rmYJm0gw
社長呼ぼうとしたら普通に真顔でお断りされた話すこ

133 名無しのライバー ID:iprXRVA5e
会社の経営が本業であって配信にでしゃばるつもりはないんだろ

134 名無しのライバー ID:yVrd6yyY3
お前の借金のカタはイベントで一番目立ってただろうが！！

135 名無しのライバー ID:4ScG0r16W
ルナちゃん「借金のカタについてもう少し詳しく話を聞きたかったのに……」

136 名無しのライバー ID:Z4PzHTBfr
厄介コーン層を切り捨てた彼女に怖いものなしやな

137 名無しのライバー ID:U45IUw7XD
あれでファン止める奴とかおるん？

138 名無しのライバー ID:kVpeWPwPM
SNS見てみ、普通におるで
好意的な人もおるが、根深く叩いてる連中もまだまだ多いわ
でも脱サラに味方が少しでも増えたのは事実

139 名無しのライバー ID:MoBthread
要約すると大体こんな感じやで

コーン「ぜんぜん違うじゃん！」
健全ユーザー「……」
コーン「言ったよね！？　男の影はないって……なのに、この結果は何！」
健全ユーザー「当然の結果です」
コーン「当然？　ひどいよ、なんで……私がユニコーンだったから？　もういいよ、私、推しやめる！」

140 名無しのライバー ID:qSgsMNxhT
>>139
マジで大体そんな感じ

141 名無しのライバー ID:9+TVdc9L/
>>139
草

142 名無しのライバー ID:bCv4SdZmQ
>>139
アニメのせいで
あのキャラへの風評被害が酷くて推しだったワイは複雑やで……

143 名無しのライバー ID:MoBthread
それは知らんかったわ
すまんやで

144 名無しのライバー ID:ZBqKHfccb
元コーンの駄馬が言うとちょっと説得力ある感じする

145 名無しのライバー ID:nya27b3nt
別企業箱とも凸待ちできてるし
大きい企画とかもやってほしい

146 名無しのライバー ID:rGfFAFdUA
わかる
ただ、その場合男性Vの扱いが難しいから
ハブられそう

147 名無しのライバー ID:qEXTFAOsC
箱内ですら異性間のコラボは快く思わない
層がいるんだもんなぁ

148 名無しのライバー ID:HZA9YukZw
他所のVとのコラボも後々挑戦してほしい
けど
まずは箱内で異性間だろうが、気軽にコラ
ボ出来る環境になってほしいね

149 名無しのライバー ID:UcyJJg5Ml
カプ厨ワイ、早く男女カプ出来ろと期待し
てる

150 名無しのライバー ID:rqm6NAJuJ
あまりそういうの擦ってほしくはないけど
たまにやる分にはええと思うよ

151 名無しのライバー ID:xvyqh6jzi
機材の設定や取説自前でまとめてあるとか

152 名無しのライバー ID:SisterChan
面白い配信以外は本当に何でもできちゃう
定期

【8月×日】

ｍｉｋｕｒｉママのお誕生日。知人がやっている店でケーキを注文し、事務所経由で彼女の元へ届いている頃だろうか。事前に『ケーキ贈りますね』とは告げてあるので、問題はないはず。最初は普通に断られたけれども、何もしない方が申し訳ないと少々強引に話をつけたのはここだけの話である。ちなみに、お中元や残暑見舞いの品は普通に断られた。特に関係ないのだけれども、ＶＴｕｂｅｒがお中元贈るときって経費で落ちたりするんだろうか。接待交際費の括《くく》りで良いのか？　まあ今年は送ってないから別に気にしなくてもいいんだろうけれども。

ＳＮＳをチェックすると無事彼女の元へケーキが届いたことが伝わった。『息子と娘――怜《れい》君、雫《しずく》ちゃんからお誕生日ケーキが届いた！』と喜ぶ書き込みを見てホッと胸を撫《な》で下《お》ろす。当然のようにそれにリプで絡みに行く酢昆布《すこんぶ》ネキの姿もあった。目の前に一緒にいるのに何故《なぜ》かＳＮＳでやり取りをするふたり。相変わらずの仲良しで、見ていて微笑《ほほえ》ましい。酢昆布ネキからのプレゼントがエナメルスーツというのは少々どうかと思うけれども。根は良い人だから……全体をカメラアプリの機能か何かでボカした画像も併《あわ》せて投稿されていた。さて、こちらの方もそろそろ頃合いか……。

彼女へ添付ファイルを添えたメッセージを送るとしようか。

「おぉ、きんちょーするぅ」

「何度もやり直したしな」

「直接通話することはあっても、こういうのは……ちょっと、ね？」

「気持ちは分かるよ」

送信画面を兄妹揃《そろ》ってじっと見つめて固まっていた。こういうのちょっと重いとか思われたりしないだろうか？　迷惑だとか思われたりしないだろうか？　そんな不安をふたり仲良く抱えているのだ。

「最後にもう一度確認だけしよっか」

「うん、賛成。あ、でも見る度に自分がダメージ受けるんだよね、これ」

「毎月自分のボイスを確認しながらダメージ受けてるからね。あれ、辛辣《しんらつ》なコメントとかマシマロよりダメージデカイからね」

「それはそれでおかしいと思うけど。まあ方向性はちょっと違うからね。羞恥《しゅうち》心《しん》は正常に動作している、と」

「人を機械かなにかと勘違いしていませんか、マイシスター？」

「またまたそんなことあるわけないじゃーん。あ」

「あ……」

マイシスターが私の肩を軽く叩《たた》き、それが引き金となり誤って送信ボタンをクリックしてしまう。

「「あ゙あ゙あぁあああ‼」」

神坂《かんざか》怜
お誕生日おめでとうございます
貴女の子供として生まれて本当に幸せです
至らぬ息子ではありますが、これからもよろしくお願い致します
末永いご健勝とご多幸を心よりお祈り申し上げます
https://vutu.be/BmYCcds3f

ｍｉｋｕｒｉ
素敵なプレゼントありがとう
ふたりの『ママ』であることが誇りです
頼りないかもしれないけど、ずっとずっと応援しています
今までで一番嬉しい誕生日でした

**【8月×日】**
朝比奈先輩から連絡があった。大仕事だ、頑張ろう。

# 設定資料集

Around
30 years old
became VTuber.

# 2

Character Reference

# 朝比奈　あさひ

Asahina Asahi

## Profile

あだ名：あさちゃん
身長：ちいさくない
体重：おもくない
好きなもの：白玉（飼い猫）、FPSゲーム
苦手なもの：歯医者さんの歯削るあれ

## 質問

Question corner

**Q1.** VTuberになったきっかけは？

募集してるの見てなんとなく。こんな長続きするなんて思ってなかった。今思うとあんな怪しげな広告を見てよく応募したなって過去の自分にビックリ。

**Q2.** 最近楽しかった事は？

男性Vだけでコラボしたこと。今度またやろうって約束した！

**Q3.** 同箱の男性V
ふたりに対して一言

今度の食事、お肉とお魚どっちのお店が良いかな。あ、それともスイーツバイキングとかでも大丈夫？　えっ、こういう個人的な連絡じゃダメ……？

# 柊 夏嘉

Hiiragi Natsuka

## Profile

あだ名：夏嘉ちゃん

身長：153cm

体重：リンゴ3個分よりは重い

好きなもの：お母様。兄の配信。（兄は別にすきじゃない。配信だけ）
神坂怜君。

苦手なもの：パセリ

## 質問

Question corner

Q1.

VTuberになった感想は？

お兄ぃのコネみたいなものだから正直複雑。でも応援してくれる皆の事は好き。

Q2.

「お兄ぃ」の事どう思ってる？

配信以外は何もできない社会不適合者。まあ、配信は面白いけど。怜君の爪の垢を煎じて飲むべき。でも怜君と仲良しなのは評価ポイント。

Q3.

今後の目標を教えて

お兄ぃの生活習慣の改善。偏食の矯正。あとついでにお母様くらい料理上手になりたい。

# 霧咲 季凛

Kirisaki Kirin

## Profile

あだ名：キリンちゃん、キリちゃん

身長：165cm

体重：赤スパくれたら下一桁くらいなら教えてあげてもいいよ

好きなもの：酒、お金

苦手なもの：禁酒生活

## 質問

Question corner

Q1.

真ちゃんの第一印象は？

ちっこい、かわいい、小動物。

Q2.

好きな男性のタイプは？

優しくて家事が出来るのが最低条件。あとイケメン長身、高収入ならなお良し。

Q3.

ファンのみんなに一言！

先日の配信で飲み過ぎた結果、いい歳こいてマネージャーから怒られました。皆さんがスパチャを投げて飲め飲めと煽ったのが原因だと思いませんか？悪いと思った人はおすすめのノンアルコール飲料をマシマロで送ってください。

# 十六夜 真

Izayoi Makoto

## Profile

あだ名：よいよい、真ちゃん

身長：148cm

体重：健康診断だと痩せすぎってなってる

好きなもの：VTuber

苦手なもの：理系科目

## 質問

Question corner

Q1.

季凛さんの第一印象は？

オトナの女性、かっけー。
皆が思ってるよりずっと
しっかりした人だよ？

Q2.

好きな男性のタイプは？

友達の様子見てたら出来る人って良いなって——えっ、あっ、これ言っちゃマズいやつ？ あ、後でカットとかでお願いします。あの子お兄ちゃん関連だとめちゃんこ怒るからなぁ……。

Q3.

ファンのみんなに一言！

テスト期間中は
配信とか出来なくなるけど
そこは許してね！

# あとがき

皆様、平素より大変お世話になっております。『アラサーがＶＴｕｂｅｒ《ブイチューバー》になった話《はなし》。』の2巻を手に取って頂きありがとうございます。昨年9月に1巻を発売してから5ヶ月ほどでしょうか。私個人としてはあっという間だったなという印象です。1巻では想像を超える程沢山の方々に読んで頂いて、本当に感謝しかありません。書籍版の感想やレビューなどもひとつひとつが私にとって宝物みたいなものでした、勿論《もちろん》賛否含めて。特に拙作は一般的なライトノベルとは構成が異なるので、好みが本当に分かれるところだと思います。そうした中でも、こうして2巻を発売できたのは皆様のご支援の賜物《たまもの》です。本当にありがとうございます。ちなみに学生の頃ずっと利用していた近所の書店店頭に並ぶことがなかったのはちょっぴり悔しかったです。2巻こそは、と息巻いております。

ちなみに実は2巻にはもうふたつほどエピソードを入れて発売したかったのですが、ページ数の都合によりカットしてしまったという背景がございまして……。これは調子に乗って加筆をしていた私が悪いんですけれども。担当編集様には大変お手数をおかけいたしました。先人の作家先生様の鈍器にも例えられる前例があるから大丈夫だろうとか勝手に思っていました。ただＷＥＢ連載版では人気のエピソードでしたので、色々順番を変える形で調整し3巻に収録する予定でおります。無事に3巻が出せれば……ですが。

さて、２巻発売の前口には「次にくるライトノベル大賞２０２２」の結果も発表されておりまして……なんと本作が単行本部門２位という驚きの結果です。脱サラこと神坂怜《かんざかれい》を声優の小林親弘さんに演じて頂いたＰＶの再生数も２０万回を超えました。去年は某現実の有名企業ＶＴｕｂｅｒさんのＡＩ小説生成サイトを使った配信で何故《なぜ》か神坂怜の名前が生成されたりと……作中より現実での活躍が目覚ましい本作主人公君です。

最後に本作の出版に携わってくださった出版社の皆様、妹ちゃんズのカバーイラストをはじめ素晴らしいイラストをたくさん描いてくださったカラスＢＴＫ《ビーティーケー》様、そして神坂怜という架空の彼を推していただいている、読者――いえ、リスナーの皆様に改めて最大の感謝を。

という訳で、皆様のリアルスパチャによる応援を何卒《なにとぞ》！　何卒よろしくお願い致します。それではまた３巻でお会いしましょう。

とくめい

# アラサーがVTuber《ブイチューバー》になった話《はなし》。2

2023年2月28日　初版発行
2024年3月10日　4版発行

著　者　とくめい
イラスト　カラスBTK
発行者　山下直久
発　行　株式会社KADOKAWA
〒102-8177 東京都千代田区富士見2-13-3
電話 0570-002-301（ナビダイヤル）

編集企画　ファミ通文庫編集部
デザイン　横山券露央（ビーワークス）
写植・製版　株式会社オノ・エーワン
印　刷　TOPPAN株式会社
製　本　TOPPAN株式会社

●お問い合わせ
https://www.kadokawa.co.jp/（「お問い合わせ」へお進みください）
※内容によっては、お答えできない場合があります。
※サポートは日本国内のみとさせていただきます。
※Japanese text only


ISBN978-4-04-737378-5 C0093　定価はカバーに表示してあります。

魔法使いで引きこもり？
He is wizard, but social withdrawal?
Author 小鳥屋エム
Illust 戸部 淑
重版、続々!!!
チート能力《スキル》を持て余した
少年とモフモフの
異世界のんびり
スローライフ！
女神により転生することになったお爺ちゃん。
望んだのは「健康な体」だけだったのに、
チート能力までも与えられてしまう！
転生後にその力を持て余していた少年は、
女神の「冒険者になって人生を楽しみなさい」
という助言により、冒険者として王都へ赴く。
様々な人々との出会いを通して、
彼の世界は広がっていく――。
好評発売中!!!
eb!
enterbrain